文治春秋

总第二卷（2024年秋）

主编 吴俊 张全之

上海交通大学出版社

内容提要

《文治春秋》由上海交通大学人文学院中文系及中国语言文学学科创设主办,旨在以中国语言文学研究为中心,兼顾一般文史学术。内容上既以本土、传统资源的更新再创为本,也重文明互鉴、融汇世界学术;推崇高水平研究成果,鼓励新学术、新思想的探索。本卷乃第二卷,延续了首卷的"名家访谈""学术致辞""古典新义""审美新场域""历史现场""学案追踪""书评"等栏目,新增"史料与阐释""学术译文"两栏目。本书可供中国文学和语言学研究者参考。

图书在版编目(CIP)数据

文治春秋.总第二卷,2024年.秋/吴俊,张全之主编.－－上海:上海交通大学出版社,2024.11.
ISBN 978-7-313-31988-3

Ⅰ.I-55

中国国家版本馆CIP数据核字第2024XR3405号

文治春秋　总第二卷(2024年秋)
WENZHI CHUNQIU　ZONG DI-ER JUAN (2024 NIAN QIU)

主　　编:吴　俊　张全之	
出版发行:上海交通大学出版社	地　　址:上海市番禺路951号
邮政编码:200030	电　　话:021-64071208
印　　制:上海盛通时代印刷有限公司	经　　销:全国新华书店
开　　本:710mm×1000mm　1/16	印　　张:18.5
字　　数:280千字	插　　页:2
版　　次:2024年11月第1版	印　　次:2024年11月第1次印刷
书　　号:ISBN 978-7-313-31988-3	
定　　价:75.00元	

版权所有　侵权必究
告读者:如发现本书有印装质量问题请与印刷厂质量科联系
联系电话:021-37910000

福建社会科学院研究员 南帆题字

《文治春秋》学术顾问、编委会、编辑部成员名单
(按音序排列)

学术顾问

曹顺庆　陈平原　陈思和　陈子善　程光炜　丁　帆　李继凯　孙　郁
王　宁（北京师范大学）　　王　宁（上海交通大学）　　王锡荣　王泽龙
叶舒宪　张福贵　张中良

编委会委员

陈剑澜　陈晓明　陈引驰　党怀兴　董丽敏　董　晓　杜桂萍　杜晓勤
杜泽逊　冯国栋　傅其林　高　玉　郜元宝　韩振江　洪治纲　胡玉冰
黄发有　赖大仁　李　浩　李锡龙　李小荣　李　怡　李遇春　刘佳林
刘　勇　刘　钊　吕　浩　罗　岗　罗宗宇　马嘉思　毛　尖　南　帆
彭玉平　孙士聪　谭桂林　田建民　汪民安　汪云霞　王本朝　王　峰
王　骏　王立军　文贵良　吴　俊　吴晓东　武新军　谢有顺　徐兴无
杨　扬　曾　军　张丛皞　张光芒　张清华　张全之　张桃洲　张先飞
张新颖　张　颖　张玉梅　郑家建　郑　伟　郑贤章　朱国华　朱丽霞

编辑部成员

柴克东　陈　莉　窦金蒙　韩欣桐　林振岳　刘元春　龙其林　吕　浩
吴　俊　夏　伟　杨　一　姚大勇　尹庆红　张全之　郑　伟

目　录

【名家访谈】

形式语义学可以为汉语研究做点什么？
　　——潘海华教授访谈　　　　　　　　　　潘海华　陈　莉　祝诗琪（1）

【学术致辞·刘勇专辑】

在"新时代海洋文学学术研讨会"上的致辞与发言　　　　　　刘　勇（21）

《中国现代文学研究丛刊》与现代文学学术传统的生成
　　——在《中国现代文学研究丛刊》2023年度优秀论文颁奖礼暨
　　　　"学科传统与守正创新"《丛刊》编委座谈会上的致辞　　刘　勇（27）

诗歌从来都不是用来研究的
　　——在"中国新诗与中外诗歌传统国际学术论坛"开幕会上的
　　　　致辞　　　　　　　　　　　　　　　　　　　　　　　刘　勇（33）

文学经典与文化传播的双向建构
　　——在"中国文学经典化与中华文化传播世界汉学国际学术
　　　　研讨会"上的致辞与发言　　　　　　　　　　　　　　刘　勇（38）

直面现实，更要直面未来
　　——在"中国现当代文学研究的问题与方法"学术研讨会上的
　　　　发言　　　　　　　　　　　　　　　　　　　　　　　刘　勇（44）

【古典新义】

汉文佛典随函音义衍变史管窥：写本时代（二）
　　——《金光明最胜王经》随函音义衍变史之写本时代　　　马进勇（50）

对日本藏《三国志·蜀志·诸葛亮传》伪卷的再研究　　　　　肖　瑜（72）

孟浩然浙西行旅考辨及其诗歌意涵　　　　　　　　苏勇强　林丽思（85）

论《鹖冠子》的文学　　　　　　　　　　　　　　　　　　雷欣翰（105）

【审美新场域】

消费主义语境下的时尚审美表征　　　　　　　　　　　连晨炜（145）

【史料与阐释】

张爱玲前期文学创作不同版本举隅　　　　　　　　　　陈子善（161）

谁更可能翻译了《天鹨儿》？
　　——兼论鲁迅、周作人与《女子世界》之关系　　　乔丽华（169）

【历史现场】

共和国教育视域下的中国当代文学　　　　　　　　　　李宗刚（188）

【学术译文】

迈向失落的世界主义
　　——关于"世界终结"的论述
　　　　　马里亚诺·西斯金德　著　江佳月　魏可人　译（218）

【学案追踪】

学术话语体系的一种自觉建构
　　——"汉语新文学"概念再考察　　　　　　　　　杨青泉（240）

近代词人谱牒之学再检讨
　　——以《夏承焘年谱》一九四〇年八月条为线索　　王　贺（255）

【书评】

作为方法的"关系"
　　——评齐晓红著《文学、语言与大众政治》　　　　向吉发（271）

编后记　　　　　　　　　　　　　　　　　　　　　　张全之（284）

稿约　　　　　　　　　　　　　　　　　　　　　　　　　　（286）

Contents

【Interviews with Renowned Scholars】

What Contributions Can Formal Semantics Make to the Research of Chinese Language?
　——An Interview with Professor Pan Haihua　Pan Haihua　Chen Li　Zhu Shiqi（1）

【Academic Addresses: Liu Yong Special Edition】

The Speech at the "Academic Seminar on Marine Literature in the New Era"
Liu Yong（21）

The Modern Chinese Literature Studies and the Formation of Academic Tradition of Modern Literature
　——Address at the Award Ceremony for Outstanding Papers of *The Modern Chinese Literature Studies* in 2023 and the Symposium of the Editorial Board of the Journal on "Disciplinary Tradition and Adherence to Innovation"　Liu Yong（27）

Poetry Has Never Been Meant for Research
　——The Speech at the Opening Ceremony of the "International Academic Forum on Chinese New Poetry and Sino-Foreign Poetic Traditions"
Liu Yong（33）

The Mutual Construction between Literary Classics and Cultural Dissemination
　——Speech at the International Academic Symposium on the Canonization of Chinese Literature and the Dissemination of Chinese Culture in World Sinology
Liu Yong（38）

Confront Reality, and More Importantly, Confront the Future
　——The Speech at the "Problems and Methods in the Research of Chinese Modern and Contemporary Literature" Academic Seminar　Liu Yong（44）

【 New Interpretations of the Classics 】

A Glimpse into the Evolutionary History of Suihan Yinyi in Chinese Buddhist Texts: Manuscript Era (Part 2)
— The Evolutionary History of the Suihan Yinyi in Yi Jing's Chinese Translation of *Suvarṇa-prabhāsôttama* During the Manuscript Era
　　　　　　　　　　　　　　　　　　　　Ma Jinyong（50）

Restudy to the Fake Roll of Zhuge Liang Record in *Shu Zhi* in *San Guo Zhi* in Japan　　　　　　　　　　　　　　Xiao Yu（72）

Meng Haoran's Travel in Western Zhejiang and His Poetic Significance
　　　　　　　　　　　　　　　Su Yongqiang　Lin Lisi（85）

A Study on the Literature of *Heguanzi*　　　　　Lei Xinhan（105）

【 New Aesthetic Domains 】

The Aesthetic Representation of Fashion in the Context of Consumerism
　　　　　　　　　　　　　　　　　　　Lian Chenwei（145）

【 Historical Materials and Interpretations 】

Examples of Various Versions of Zhang Ailing's Earlier Works
　　　　　　　　　　　　　　　　　　　　Chen Zishan（161）

Who is More Likely to Have Translated *The Lark*?
— Discussion on the Relationship between Lu Xun, Zhou Zuoren and *The Women's World*　　　　　　　　　　Qiao Lihua（169）

【 Historical Perspectives 】

Contemporary Chinese Literature from the Perspective of Education in the People's Republic of China　　　　　　　　Li Zonggang（188）

【Academic Translations】

Towards a Cosmopolitanism of Loss: an Essay about the End of the World

Mariano Siskind

Translated by Jiang Jiayue and Wei Keren（218）

【Reevaluating Academic Controversies】

A Conscious Construction of the Academic Discourse System

— Rethinking the Concept of "Chinese New Literature"

Yang Qingquan（240）

A Re-examination of the Study of the Chronological Biographies of Modern Lyricists

— Taking *The Chronological Biography of Xia Chengtao* as a Case

Wang He（255）

【Book Reviews】

"Relationship" as a Method

— A Criticism of *Literature, Language, and Popular Politics* by Qi Xiaohong

Xiang Jifa（271）

Postscript   Zhang Quanzhi（284）

Notice to Contributors   （286）

形式语义学可以为汉语研究做点什么？
——潘海华教授访谈

●潘海华　○陈　莉　祝诗琪

What Contributions Can Formal Semantics Make to the Research of Chinese Language?
— An Interview with Professor Pan Haihua

Pan Haihua　Chen Li　Zhu Shiqi

●潘海华（1962—），男，语言学博士，香港中文大学讲席教授、博士生导师，国际中国语言学会会长。主要从事句法理论、形式语义学、计算语言学等研究。

○陈莉（1983—），女，语言学博士，上海交通大学副教授、硕士生导师。主要从事形式语义学、生成语法、心理语言学等研究。

祝诗琪（2000—），女，上海交通大学人文学院硕士研究生。主要从事形式语义学、心理语言学研究。

○潘老师您好！感谢您接受我们的访谈。我们都说，与英语相比，汉语是话题优先型语言，存在"悬垂话题"（dangling topics），例如我们可以说"他们，我看你，你看我""那场火，幸亏消防队来得早"。在上述例句中，我们很难从句法结构的角度，说哪个是主语，哪个是谓语。您怎么看待汉语的话题句呢？

●非常荣幸接受你们的访谈。像大家观察到的，在悬垂话题中，话题（topic）和述题（comment）之间的关系很难确认。关于话题的生成，学界大致有两种分析思路：一种是从句法移位的角度进行解释[①]，但是这种解释仍旧面临很多例外；另一种是从语义的角度进行解释，认为汉语的话题不是移位得到的，而是基础生成的，条件是话题和述题之间具有某种相关性（aboutness condition）[②]，这一解释的问题在于我们很难定义述题和话题在什么程度相关，如何相关。因此，我们希望从语义的角度，通过谓词逻辑为汉语的话题句提供一种更加精确的解释。

我们先考察英语和汉语的区别。英语严格遵守句法规则，在形式和语义层面具有一一对应的关系，要求有时态限制的动词短语（tensed VP）才可以在简单陈述句中作谓语，所以英语只能是主谓结构，是主语优先型语言。而汉语在句法上较为自由。我们认为汉语的谓语实际上没有任何句法限制，只要求逻辑上是一个一元谓词，语义类型为$\langle e, t \rangle$，而所谓的主语或者话题只是谓语缺少的一个论元，语义类型为$\langle e \rangle$，它们进行函数贴合运算变成一个命题。以（1）为例，"来了"的语义类型为$\langle e, t \rangle$，是一个一元谓词，其内涵是性质和关系，外延是这个谓词用来描写的所有个体的集合，（1）的语义为"'张三'是具有'来了'这种属性集合中的一个个体成员"。

（1）张三来了。

在汉语中，普通名词短语可以充当一元谓词，如"（小张）红头发"（2a）；介词短语也可以充当一元谓词，如"（书）在桌子上"（2b）；动词短语也是一元谓词，如"（张三）打李四"（2c）；不及物动词也是一元谓词，如"（张三）哭了"（2d）；形容词也是一元谓词，如"（张三）高，（李四）矮"（2e）；甚至主谓短语也可以充当一元谓词，如"（李四）王五照顾很合适"（2f）。

[①] C T J HUANG. Logical relations in Chinese and the theory of grammar [D]. Cambridge: Massachusetts Institute of Technology, 1982: 83–90. SHI DINGXU.Topic and topic-comment constructions in Mandarin Chinese [J]. Language, 2000, 76(2): 383–408.

[②] W CHAFE. Giveness, contrastiveness, definiteness, subjects, topics and point of view [C] //Subject and Topic.New York: Academic Press, 1976: 27–55. XU LIEJIONG, D T LANGENDOEN. Topic: structure in Chinese [J]. Language, 1985, 61(1): 1–27. CHAO YUANREN. A grammar of spoken Chinese [M]. Berkley: University of California,1996: 389–406.

（2）a. 小张红头发。　　　　　d. 张三哭了。

b. 书在桌子上。　　　　　e. 张三高，李四矮。

c. 张三打李四。　　　　　f. 李四王五照顾很合适。

我们以汉语主谓短语作谓语的情况为例：

（3）a. 大象，鼻子长。　　　　　b. 那棵树，叶子大。

上述结构在英语中是绝对不可能出现的。因为在（3）中，"鼻子长""叶子大"本身就构成了命题，不存在句法空位，无法允准其他论元。那么在汉语中，为什么"鼻子长""叶子大"这样的述题可以允准前面的话题呢？我们认为，这是因为"鼻子""叶子"在语义上都存在一个领有者的空项，这个领有者的语义空项使得"鼻子长""叶子大"从命题变为一元谓词，并且这个语义空项起着变量的作用，例如在"鼻子大"里该变量可以引发一个由可能的领有者构成的集合{大象，狮子，老虎，…}。如果话题和这个集合的交集非空，那么话题就可以得到允准。因此"大象""那棵树"是通过语义允准的。同样的，例（2f）中"王五照顾很合适"已经是完整的主谓结构，但是在语义上还不自足，其中"照顾"缺少受事题元，该题元引出的语义变量可以产生集合{张三，李四，赵六，…}，话题"李四"和该集合的交集非空，因此得到语义允准。

经典的悬垂话题，例如：

（4）他们，我看你，你看我。

也可以从语义的角度得到解释。话题"他们"提供了一个由限定的人组成的集合T。述题"我看你，你看我"存在变量x、y，述题中的"我"和"你"并不是指说话者和听话者，而是表示"x看y，y看x"，其中变量x、y依赖于一个集合变量Z，因为它们需要从这个集合变量Z中取值。这个集合变量Z就是我们说的语义变量，它与x、y只有逻辑联系，没有句法关系。话题"他们"能够得到语义允准的原因在于话题引发的集合T和集合变量Z存在交集。具体来说，述题"我看你，你看我"通过λ抽象，从命题类型t推导而来，可以表示为λZ［ni'∈ Z & wo'∈ Z & kan'（ni'，wo'）］，这是一个语义类型为〈e，t〉的一元谓词。话题"他们"和述题结合形成一个命题［ni'∈ tamen' & wo'∈ tamen' & kan'（ni'，wo'）］。"你看我，我看你"的每一个小句都是一个一元谓词，它们形成一个并列结构，最终还是一个一元谓词，所以它们和话题实际上形成了一个逻辑上的主谓关系，即话题是逻辑主语，述题是逻辑谓语。

汉语的流水句其实也可以照此分析。关于流水句，学界有"复句说"[①]"零句说"[②]和"超句说"[③]。我们认为汉语流水句实际上也是话题—述题结构，可以由一个单一话题统领多个述题，如（5）所示，也可以是多个话题结构并置或嵌套，如（6）所示。

（5）张三脸色惨白，眼睛呆呆地望着父亲，一言不发。

（6）车夫急着上雨布，铺户忙着收幌子，小贩们慌手忙脚地收拾摊子，行路的加紧往前奔。

无论是何种形式，底层都是逻辑上的主谓关系，述题是话题的函数，最后形成语义类型为〈t〉的命题，话题与述题中的变量存在语义相关性。

综上，我们认为悬垂话题能够被允准需要满足两个条件。第一，述题中存在语义变量，例如：

（7）a. 张三，小丽喜欢。　　　　　　b. *张三，小丽喜欢王五。

---

① 胡明扬，劲松.流水句初探［J］.语言教学与研究，1989（4）：42-54.
② CHAO YUANREN. How Chinese logic operates［J］. Anthropological Linguistics, 1959, 1(1): 1-8.
③ 袁毓林.流水句中否定的辖域及其警示标志［J］.世界汉语教学，2000（3）：22-33.

(7a)中，述题在语义上并不自足，存在受事的语义空项，这个语义空项可以发挥变量的作用。但是在（7b）中，"小丽喜欢土五"因为不包含语义空项，所以不存在语义变量，无法允准"张三"。第二，语义变量引发的集合Z与话题产生的集合T的交集非空，例如：

（8）a. 他们，谁都不来。　　　　　　b. *哪一个，谁都不来。

当（8a）中的"他们"被替换为（8b）中的单数名词短语"哪一个"，句子将不合法，这是因为述题中语义变量产生的集合为复数，与话题"哪一个"在数量特征上不匹配，两者交集为空，所以无法在语义上得到允准。

因此，汉语话题句并非是句法允准的，而是语义允准的。我和胡建华2008年就把汉语话题句语义允准的条件归纳成两条：

（9）话题允准条件
　　一个（悬垂）话题被允准当且仅当
（i）存在一个由述题中的变量x产生的集合Z，并且
（ii）集合Z与话题产生的集合T的交集非空

所以英语不存在悬垂话题句而汉语存在悬垂话题句的深层原因，是汉语没有严格的句法限制，简单陈述句的谓语只要求逻辑上是一个一元谓词，而英语严格遵守句法规则，要求简单陈述句的谓语只能是受时态限制的动词短语。

○ "我看你，你看我"不仅可以出现在话题句中，还可以充当定语从句，例如"我看你，你看我的老师们"。这好像又和英语存在差异。因为英语的定语从句往往存在句法空位，例如"teachers who looked at each other"，但是汉语"我看你，你看我"是完整的命题，并不存在句法空位。英语和汉语在定语从句上的差异是不是也可以用您刚刚说的语义允准来解释？

● 其实汉语的定语从句通常也有一个句法空位对应被它修饰的名词，例如：

（10）a. 张三买 e 的书

b. e 买书的人

c. 张三 e 工作的地方/时间

在（10a）、（10b）中，中心语是从句中缺少的论元，我们称这类定语从句为论元类关系从句（argument relative clause）。在（10c）中，中心语是从句中缺少的状语，我们称这类定语从句为状语或附加语关系从句（adjunct relative clause）。然而汉语还存在部分名词短语，从句中确实没有一个可能的语法空位对应被修饰的名词，例如：

（11）a. 我看你，你看我的老师们

b. 张三弹钢琴的声音

c. 张三杀人的价码

d. 楼下烤鱼的气味

这样的定语从句，我们称为无空位关系从句（gapless relative clause）。

黄正德（2016）的文章"The Syntax and Semantics of Prenominals: Construction or Composition?"认为，（11a）—（11d）中的从句其实是名词的补足语从句（noun complement clause），而不是关系从句。[1]我们不赞同这种观点，我们认为这些从句仍然是关系从句，只不过它们是一种由隐形的没有句法空位的语义变量允准的关系从句。[2]定语的作用本质上是和中心语做交集运算，成为一个更小

---

[1] C T J Huang. The syntax and semantics of prenominals: construction or composition [J]. Language and Linguistics, 2016, 17(4): 431–475.

[2] PAN HAIHUA. Remarks on gapless and completement clauses in Mandarin Chinese[J]. Asia Language and Linguistics, 2022, 3(1): 109–140.

的集合。以（11a）为例，从句"我看你，你看我"实际上存在一个集合变量Z，中心语"老师们"作为一元谓词，产生一个集合，并且该集合与集合变量Z的交集非空，所以"老师们"在语义上得到允准。根据袁毓林等的研究，语义变量也可能由一个隐性谓词来引入[①]，如（12）所示：

（12）a. 张三弹钢琴（所发出来e）的声音。
　　　b. 张三杀人（所要求e）的价码。
　　　c. 楼下烤鱼（所产生e）的气味。

之前提到的话题句其实就是支持无空位关系从句的一个证据，下面我们再补充一个证据。李艳惠教授谈及以下例子：

（13）a. 张三到达的时间。
　　　b. 张三到达的当天。
　　　c. 张三到达的第三天。

（13a）、（13b）属于附加语关系从句。"张三到达"可以补出一个时间状语——时间变量t_1，这个t_1可以引出张三所有到达时间的集合，且对应被修饰的时间。但是（13c）中，"第三天"不可能对应t_1，也就是说t_1不可能允准"第三天"。因为如果是t_1将"张三到达"从命题变成一元谓词，那么t_1和中心语产生的集合进行交集运算后，只能得到"张三到达的当天"，无法在语义上允准"第三天"。（13c）实际表示的语义为"张三到达后的第三天"，即第三天是由另一个语义变量t_2所引出的集合的一员，该变量对应被修饰的名词，且和从句"张三到达"没有任何句法关系，完全是靠语义允准的，即t_2在t_1之后。也就是说，t_1和"的"后被修饰的中心语的那个时间——我们称为t_2——存在先后关系。如果用t_2和中心语产生的

[①] 袁毓林.谓词隐含及其句法后果："的"字结构的称代规则和"的"的语法、语义功能[J].中国语文，1995（4）：241-255.

集合做交集运算，那么得到的结果就是非空的，可以语义允准"第三天"。

至于汉语中的名词补足语从句，我认为需要满足以下两个条件：

（14）（i）相关从句中不存在与中心语对应的句法空位且没有语义变量对应被修饰的名词；

（ii）被修饰的名词与该从句/短语是一个类—例（type-token）的关系，或是对中心语内容的具体化。

什么是类—例的关系？最典型的就是同位语：

（15）a. 校长丁先生　　　　　　b. 院长吴老师

我们参考了古川裕老师在《"的_s"字结构及其所能修饰的名词》一文中的观点，认为名词补足语从句的中心语具有［+CONTENT］的特征[①]，所以可以和从句构成类—例的关系。

有些名词真正的宾语是在无空位的定语从句后面出现的，例如：

（16）张三杀人的3 000块钱的价码

在例（16）中，"张三杀人的"不是"价码"的宾语，"3 000块钱"才是"价码"的宾语（3 000块钱是"价码"的一个具体的取值）。中心语"价码"只能带一个宾语，就是它的内容"3 000块钱"，而不是"张三杀人"，所以这个无空位从句只能是表修饰的关系从句而非名词补足语从句。

综上，我不认同黄正德（2016）关于无空位定语从句是名词补足语的观点，而认为无空位关系从句是纯语义允准的关系从句。理清这一问题也有助于我们从

[①] 古川裕. "的_s"字结构及其所能修饰的名词［J］. 语言教学与研究，1989（1）：10-25.

形式句法语义角度，重新审视朱德熙先生1983年在《自指和转指：汉语名词化标记"的、者、所、之"的语法功能和语义功能》中提出的"自指"和"转指"现象[①]。例如：

（17）a_1. 开车的（人）　　　　　b_1. 他开车的技术
　　　a_2. 老王开的（那辆车）　　b_2. 火车到站的时间
　　　a_3. 装书的（箱子）　　　　b_3. 他用箱子装书的原因

朱德熙先生认为（$17a_1$）—（$17a_3$）中，"的"的语义功能为转指，指称与谓语相关的格，被指称的格在VP内实现为一个缺位，（$17b_1$）—（$17b_3$）中，"的"的语义功能为自指，"的"后的中心语不指称谓词V相关的格。

沈家煊老师、吴怀成老师指出朱德熙先生提出的自指"的"和转指"的"有时难以区分[②]，例如：

（18）他在技校学到很多技术，有开车的，修车的……

朱德熙先生指出"开车的（人）"中的"开车的"是转指开车的人，"开车的技术"里的"开车的"自指开车的行为，而在例（18）中"开车的"也能转指开车的技术。

针对自指/转指界限不明、自指在句法上并不对应一个自然类等问题，我们认为应该由关系从句和名词补足语从句这一对句法概念替代"自指/转指"。我和陆烁2021年在《再谈"的"的分合及其语义功能》中指出，"XP的"可能的语义类型有$\langle e, t\rangle$、$\langle t\rangle$、$\langle e\rangle$三类。[③]当"的"为谓词性语义成分标记时，"XP的"可以是"PP的""AP的""NP的""VP的"，此时语义类型为$\langle e, t\rangle$，是一个一

[①] 朱德熙.自指和转指：汉语名词化标记"的、者、所、之"的语法功能和语义功能[J].方言，1983（1）：16-31.
[②] 吴怀成，沈家煊.古汉语"者"：自指和转指如何统一[J].中国语文，2017（3）：277-289，382.
[③] 潘海华，陆烁.再谈"的"的分合及其语义功能[J].外语教学与研究，2021（1）：54-65，160.

元谓词,在句中可作修饰语或谓语;当"的"为引介论元标记时,"XP的"中"X"可以是"T"或"D","TP/S的"的语义类型为⟨t⟩,"DP的"的语义类型为⟨e⟩,前者表达一个命题,后者表达一个实体,均可在句中作论元,可作名词中心语的补足语。

结合上述分析,我们认为朱德熙先生提到的"自指"和"转指"现象,可以重新根据语义类型分析为关系从句和名词补足语从句两大类。根据之前关于无空位关系从句和名词补足语从句的讨论,可以发现关系从句和名词补足语从句最大的区别在于允准条件不同,关系从句的允准条件要求关系从句内必须有一个语义变量,将关系从句从命题变成一元谓词,关系从句的语义类型为⟨e, t⟩,中心语语义类型也为⟨e, t⟩,两者应用谓词修饰规则进行语义组合运算;而名词补足语从句由具有[+CONTENT]语义特征的中心语名词来允准,名词补足语从句的语义类型为⟨t⟩,中心语语义类型为⟨t,⟨e, t⟩⟩,两者应用于函数运算。这种形式句法语义分类能够更好地保证语义和句法的对应,分类更准确,也可以有效避免"自指/转指"界限不清等问题。

○汉语存在非典型宾语句,例如"吃食堂""吃大碗""吃气氛",英语中不存在类似的结构。非典型宾语句在句法上暂时没有得到特别好的解释,是否也可以通过语义允准的方法进行解释呢?

●陈蓓在她2015年的博士论文中利用泰尔米(Talmy)的图形—背景理论(figure-ground)[1],提出汉语题元到句子结构的投射分为正常投射(canonical projection)和非常投射(non-canonical projection)两种。[2]其中,词汇概念结构(lexical concept structure)是背景,既包括题元,也包括其他语义参与者(semantic participant)。在正常投射中,施事和受事被投射出去,前者作主语,后者作宾语,生成像"张三吃饭""张三吃肉"这样的句子;而在非常投射中,

---

[1] L TALMY. Figure and ground in complex sentences [J]. University of Human Language Syntax,1975,1(1): 419-430.
[2] 陈蓓.现代汉语非典型宾语的句法分析研究[D].香港:香港城市大学,2015:152-179.

则是施事和另外一个非受事的参与者被投射出去，从而生成非典型宾语句。这些非典型宾语句似乎违反了题元准则中的一个条件（即每个题元都必须由一个论元来实现），因为没有句法上的任何论元承载受事题元。这种情况下，我们认为有一些题元，如非典型宾语句里的受事题元，只能以语义的方式允准。

非典型宾语句的生成意味着在从深层结构（deep structure）到表层结构（surface structure）的映射过程中，受事论元无法获得句法实现，如（19a），受事论元"饭"反而无法出现。如果补充受事题元，就必须使用两个动词，如（19b），而且即使使用两个动词，很多情况仍旧不太自然，如（19c）。也就是说，在非典型宾语句中，如果非受事题元占据了宾语的位置，那么受事题元就失去了做宾语的资格。

（19）a. *他吃饭食堂。
　　　b. 他吃饭吃食堂。
　　　c. ？他吃苹果吃食堂。

虽然在非典型宾语句里，受事是受到抑制的，但是这个受事在语义上仍旧是存在的，并非被删除了。因为非典型宾语尽管占据了宾语的位置，但它仍旧不是吃的对象，无论"吃食堂"还是"吃大碗"，仍旧是吃能吃的东西。

除了地点、方式、工具外，我们还可以说"吃三点"，如（20）：

（20）毕业班排队错峰吃饭。这个班吃一点，那个班吃三点。

特别强调"吃三点"，是因为在习语块（idiom chunk）中，通常认为只有VP内部的成分才能形成一个习语块。然而，"三点"在VP之外，是句子层面的副词性成分（sentential adverb）。这表明非典型宾语与习语块有所不同，是一个句法位置相对较高的结构。

动结式是另外一类例子，例如：

（21）张三打死了李四。

在例（21）中，李四得到了两个题元，既是"打"的受事，又是"死"的客体（theme），违反了题元准则的第一个条件，即每一个论元都应该得到且仅能得到一个题元。有人利用pro接受多余的题元，认为这样题元准则就成立了。不过pro的解释即使适用于动结式，但是无法解释非典型宾语句。这是因为受事会出现在动词直接宾语处，而若是pro的话，就应该出现一个名词短语，然而如之前讨论的，在非典型宾语句中，受事是不能出现的。因此，不如统一采用语义允准的方式解释，认为汉语动结式中多出来的题元是通过语义允准的，不需要句法上的实现。

这样，我们就可以说，汉语有语义允准的话题句、无空位关系从句、非典型宾语句和动结式。其实这也解释了汉语会话的一个特点，就是汉语对话中很多内容是可以省略的，如（22）：

（22）a.他是个日本女人。　　b.我是牛肉面。

"是"有两种用法：一种后面跟谓词，表示"属于"义，如（23a）；另一种后面带一个论元，表示"等于"义，如（23b）。

（23）a.他是学生。　　b.奥巴马是美国第44任总统。

有人可能会认为（22a）、（22b）不满足"是"的语义要求，既不表示"属于"义，也不表示"等于"义，所以汉语的"是"其实和英语中的"be"是不一样的。然而我们认为（22a）、（22b）实际上是根据语境做了省略，比如可以补充为（24a）、（24b）。

（24）a.他（的夫人）是个日本女人。　b.我（点的面）是牛肉面。

也就是说，汉语可以根据语境做大量省略，只要不影响语义的表达就行。

综上，我们会发现这些语义允准现象在汉语和英语中有着本质的不同，汉语的相关现象必须满足相关的语义限制，而英语则不仅要满足相关的语义限制，还比汉语多一条句法限制。例如，英语句子和汉语句子最本质的不同，就是我一开始提到的，英语要求谓语必须是有时态限制的动词短语，因此只能是主谓结构，而汉语只要求逻辑上是一元谓词即可，对谓语的句法类别没有限制，比较灵活，还可以是主谓结构做谓语。当主谓结构做谓语时，必须要有一个语义变量把它从命题变为一元谓词，该语义变量可以有对应的句法空位，也可以是纯语义的。由于该变量不一定需要是谓词的一个题元，所以就不一定是句子的主句，只能叫作话题，相关的句子就是话题—述题结构，因此，汉语是话题显著型语言，而英语是主语显著型语言。

○语义在汉语中发挥着重要作用，但句法语义同构的原则是形式语言学最重要的思想之一，我们能不能保留这个原则呢？

●其实我们上面谈论的话题句、无空位关系从句、非典型宾语句等结构，都是句法上无法得到满足的，所以我们才从语义的角度进行解释，发现汉语在句法允准之外，还可以通过语义允准。也就是说，句法允准是第一位的，语义允准是做补充的。

汉语有一些结构包含一些没有句法实现、只有语义允准的元素，这其实有可能会挑战我们传统的句法语义同构的原则。"句法语义同构"认为一个结构和一个语义是一一对应的关系。但是在汉语语义允准的情况下，当这个结构还有一个没有句法关系的逻辑变量时，那么在结构本身意义之外还会多出一个新的意义。如果存在n个没有句法关系的逻辑变量，那么这个结构将有n+1个意义。这样，就很难说句法结构和语义解释有一一对应的关系，也就很难保持句法语义同构的理念了。

○"都"是汉语语义学研究绕不开的一个话题，有把"都"分析为全称量化词的[1],也有分析为加合算子（sum operator）[2]、最大化算子（maximizer）[3]、分配算子（distributor）[4]、程度/语力加强词的[5]。您从2006年开始就发了一系列关于"都"的文章，根据您这么多年的研究心得，您现在是怎么理解"都"的？

●汉语"都"的语义在我们学界一直是备受关注的。我2006年在文章《焦点、三分结构与汉语"都"的语义解释》[6]中支持蒋严[7]"都"表示全称量化的观点，后来陆陆续续也发了很多讨论"都"的文章。目前我还是倾向认为有一个统一的"都"表示全称量化，而不是把"都"分为"都$_1$""都$_2$"。因为将"都"视为全称量化词，引出一个三分结构，可以有效解释很多语言现象。

我们认为"都"是一个全称量化词，会引出一个三分结构，其中"都"是算子，量化域和核心域由句中相应成分充当。我和蒋静忠2013年在《中国语文》上发了一篇文章，归纳了"都"存在的两个量化规则[8]：

（25）(i) P1（话题—述题映射规则）：如果"都"左边直接存在可
　　　　以充当量化域的短语，或者可以由焦点、语境等推导出

---

[1] T H T LEE. Studies on quantification in Chinese [D]. Los Angeles: University of California, 1986: 8-74.蒋严.语用推理与"都"的句法语义特征 [J]. 现代外语, 1998 (1): 10-24.潘海华.焦点、三分结构与汉语"都"的语义解释 [C] //中国语文杂志社.语法研究和探索（十三）.北京：商务印书馆, 2006: 163-184.蒋静忠,潘海华."都"的语义分合及解释规则 [J]. 中国语文, 2013 (1): 38-50, 96.冯予力,潘海华.再论"都"的语义：从穷尽性和排他性谈起 [J]. 中国语文, 2018 (2): 177-194, 255.薛博,潘海华.为什么汉语"都"是关联方向敏感的全称量化词？[J]. 当代语言学, 2023 (4): 500-522.

[2] HUANG SHIZHE. Quantification and predication in mandarin Chinese: a case study of *Dou* [M]. Philadelphia: University of Pennsylvania, 1996.袁毓林."都"的加合性语义功能及其分配性效应 [J]. 当代语言学, 2005 (4): 289-304, 379.

[3] G ANASTASIA, C L LAI-SHEN. (In) definiteness, polarity, and the role of WH-morphology in free choice [J]. Journal of Semantics, 2006, 23(2): 135-183. XIANG MING. Plurality, maximality and scalar inference: a casestudy of mandarine Dou [J]. Journal of East Asian Linguistics, 2008, 17: 227-245.

[4] J W LIN.Distributivity in Chinese and its implications [J]. Natural Language Semantics, 1998, 6: 201-243.

[5] 吴义诚,周永."都"的显域和隐域 [J]. 当代语言学, 2019 (2): 159-180.周永,吴义诚.汉英全称量化对比研究 [J]. 现代外语, 2020 (3): 293-305.

[6] 潘海华.焦点、三分结构与汉语"都"的语义解释 [C] //中国语文杂志社.语法研究和探索（十三）.北京：商务印书馆, 2006: 163-184.

[7] 蒋严.语用推理与"都"的句法语义特征 [J]. 现代外语, 1998 (1): 10-24.

[8] 蒋静忠,潘海华."都"的语义分合及解释规则 [J]. 中国语文, 2013 (1): 45.

"都"的量化域,就把它映射到量化域,并把句子的其余部分映射到核心域;

(ii) P2(背景—焦点映射规则):如果述题中含有一个对比焦点成分,就把它映射到核心域,同时把句子其余部分映射到量化域。

下面我们看具体应用,以(26)、(27)为例:

(26)这些书他都看过了。

Dou [x ∈ zhexie' shu'][ta' kan' guo' le' x]

∀x [x ∈ zhexie' shu' → ta' kan' guo' le' x]

(27)他都写的[小说]_F。("小说"是焦点)

Dou [ta' xiede' x][x = xiaoshuo']

∀x [ta' xiede' x → x = xiaoshuo']

在例(26)中,从句法结构到三分结构的映射使用的是话题—述题规则。话题"这些书"引入一个与书相关的集合{英语书,数学书,语文书…},"都"左向关联的集合{英语书,数学书,语文书…}作为"都"的量化域,谓语"他看过了"作为"都"的核心域,由此得到"集合{英语书,数学书,语文书…}中的每个个体都满足'他看过'的属性"。而在例(27)中,从句法结构到三分结构的映射使用的是背景—焦点规则,右边的焦点"小说"映射到"都"的核心域。用一个变量x替换焦点后,得到背景部分"他写的x",表示所有他写的东西,该背景部分被映射到量化域,由此得到"如果x是'所有他写的东西'中的一员,那么x就是小说"。

大家讨论的汉语特殊疑问词的非疑问用法其实也可以通过全称量化词的三分结构得到解释。下面我们看"都"和特殊疑问词的互动,例如:

（28）a₁. 谁都去了。　　　　　b₁. 都谁去了？

　　　　a₂. 什么都买了。　　　　b₂. 都买了什么？

当特殊疑问词出现在"都"的左边时，如（28a₁）、（28a₂）所示，我们会理解为"任何人都去了""任何东西都买了"，也就是任指义；当特殊疑问词出现在"都"的右边时，如（28b₁）、（28b₂）所示，我们会理解为"都有谁去了？""都买了什么东西？"表示疑问义。也就是说，特殊疑问词既可以出现在"都"的左侧，得到全称量化解读，也可以出现在"都"的右侧，得到疑问句的解读。

郑礼珊（Lisa Cheng）在她1991年麻省理工学院的博士论文里面指出，汉语所有的特殊疑问词都可以翻译成自由变量。[①]那么（28）中的"谁"和"什么"就可以抽象成一个自由变量x，这个自由变量x受到"都"的约束。但是这仍旧没法解释为什么（28a₁）、（28a₂）和（28b₁）、（28b₂）的语义不同，一个是任指义，一个是疑问义。

根据前面两条量化规则，我们认为在（28a₁）、（28a₂）中，从句法结构到三分结构的映射使用的是话题—述题规则，左边的疑问代词映射到"都"的量化域，以（29）为例：

（29）谁都去了。

$$\text{Dou}\,[\,x \in \text{shui'}\,]\,[\,x\ \text{qu'}\ \text{le'}\,]$$

$$\forall x\,[\,x \in \text{shui'} \rightarrow x\ \text{qu'}\ \text{le'}\,]$$

在（29）中，我们认为特殊疑问词"谁"可以抽象成一个自由变量x，受到"都"的约束，并且"谁"还会引入一个与人相关的集合{张三，赵四，王五…}。"都"左向关联的集合{张三，赵四，王五…}作为"都"的量化域，而谓词"去了"作为"都"的核心域，由此得到"集合{张三，赵四，王五…}中

[①] L S CHENG. On the typology of Wh-questions [D]. Cambridge: Massachusetts Institute of Technology, 1991: 112-167.

的每个个体都满足'去了'的属性"，得到全称量化解读。

而在（28b₁）、（28b₂）中，我们认为从句法结构到三分结构的映射使用的是背景—焦点规则，右边的疑问代词映射到"都"的核心域，如（30）所示：

（30）都谁去了？
Dou [f qu' le'] [f = shui']
Qx ∀f [f qu' le' → [f=x]]

在（30）中，用一个变量 f 替换焦点后，得到背景部分"f 去了"，表示所有去的人，由此得到"如果 f 去了，那么 f 就等于疑问算子约束的变量 x"，由此得到疑问义解读。这里，f 是把疑问词看成焦点而引出的焦点变量，疑问词"谁"是 f 的一个取值，x 则是"谁"作为疑问词所引出的变量。由于"都"只需要约束 f，这给疑问算子约束 x 提供了可能性。这就是相关句子一个有任指义，一个有疑问义的原因。

○ 近几年，有人用一种非量化的视角来看"都"，认为"都"不是一个全称量化词，而是焦点算子，主要功能是对焦点生成的选项进行 pre-exhaustification，即从逻辑上排除不满足条件的选项，从而达到某种极端或最大化的解读。[①] 您怎么看这种观点？

● 这类理论虽然可以分析"他连最难的问题都解决了"的结构。但用来分析"疑问代词+都"时，不足以分析疑问代词在"都"左边和"都"右边时的语义差别，也不能解释为什么"都"只可以在其左边允准任指（FCI）解读。"都"左右的成分还分别具有穷尽性和排他性的不同解读。[②] "都"对左侧的量化项进行

[①] LIU MINGMING. Varieties of alternatives: mandarin focus particles [J]. Linguist and Philos, 2017, 40(1): 61-95. XIANG YIMEI. Function alternations of the mandarin particle dou: distributor, free choice licensor, and "even" [J]. Journal of Semantics, 2020, 37(2): 171-217.

[②] 冯予力，潘海华.再论"都"的语义：从穷尽性和排他性谈起 [J]. 中国语文，2018（2）：177-194, 255.

全称覆盖，从而产生穷尽性；而与右侧的焦点项结合时，则产生排他性。例如：

（31）a. 谁都来了。　　　　　　b. 他都吃的［馒头］$_F$。

在（31a）中，"都"将疑问代词"谁"引入的所有可能性进行穷尽性量化，表示所有可能的个体都符合谓词条件。这种穷尽性的语义由"都"的全称覆盖特性产生，确保量化域内的所有元素都得到满足。然而，在（31b）中，"都"与右侧的"馒头"关联，不是对馒头的集合进行全称量化，而是表现为类似"只"或"仅"的排他性，即"他吃的全是馒头，而不是其他东西"。这种排他性解读来自"都"对焦点生成的备选项集合进行排除。因此，排他性和穷尽性是"都"与量化项由两种不同结构，即话题—述题/背景—焦点结构所推导出的结果。

"都"的左向/右向关联得出的穷尽性与排他性的差别可以进一步参看以下对比。在（32a）中，"都"关联的对象出现在其左边，即句首位置，此时基于话题—述题映射规则得出的语义是对于论域所有相关的馒头，主语吃了，但并不排除主语还吃了除馒头之外的别的东西，比如米饭。在（32b）中，"都"关联的对象在其右边宾语位置，此时"都"的背景—焦点结构推出其排他性解读，即主语只吃了馒头而没有吃其他东西。若单单将"都"分析为焦点敏感算子，则无法系统性解释"都"左右关联带来的穷尽—排他的差异。

（32）a.［馒头］他都吃了。　　　b. 他都吃的［馒头］$_F$。

最后，关于"都"有时具有"甚至"义这个问题，其实也可以通过全称量化的三分结构得到妥善解决，例如：

（33）这次讲座，张三都去了。
　　　Dou［x ∈ ALT（zhangsan'）］［x qu' le'］
　　　∀x［x ∈ ALT（zhangsan'）→ x qu' le'］

在（33）中，我们认为"张三"作为对比焦点可以引出一个与人相关的集合{张三，赵四，王五…}，与之相关的变量 x 由全称量化词"都"来约束。并且我们认为"张三"引出的集合{张三，赵四，王五…}是一个有序的量级集合，也就是说张三是集合中去了讲座概率最低的个体，其他个体去了讲座的概率都高于张三。因此当张三去了讲座时，也就意味着集合中的其他个体也都去了讲座，由此得到全称量化义。所以（33）的语义可以理解为"这次讲座，甚至连张三都去了"。

"都"不仅可以表示对所有成员的全称量化，还能够与其他焦点结合，从而在不同的语境中展现复杂的量化效果。"都"的研究实际上拓展了我们对全称量化的理解，尤其是针对自然语言中量化结构的表现。在汉语中，"都"是一个重要的全称量化副词，通过对其多样用法的研究，我们能够更好地理解全称量化是如何在自然语言中编码和表现的。

参考文献：

[1] 陈蓓.现代汉语非典型宾语的句法分析研究[D].香港：香港城市大学，2015.
[2] 冯予力，潘海华.再论"都"的语义：从穷尽性和排他性谈起[J].中国语文，2018（2）.
[3] 古川裕."的_s"字结构及其所能修饰的名词[J].语言教学与研究，1989（1）.
[4] 胡明扬，劲松.流水句初探[J].语言教学与研究，1989（4）.
[5] 蒋静忠，潘海华."都"的语义分合及解释规则[J].中国语文，2013（1）.
[6] 蒋严.语用推理与"都"的句法语义特征[J].现代外语，1998（1）.
[7] 潘海华.焦点、三分结构与汉语"都"的语义解释[C]//中国语文杂志社.语法研究和探索（十三）.北京：商务印书馆，2006.
[8] 潘海华，陆烁.再谈"的"的分合及其语义功能[J].外语教学与研究，2021（1）.
[9] 吴怀成，沈家煊.古汉语"者"：自指和转指如何统一[J].中国语文，2017（3）.
[10] 吴义诚，周永."都"的显域和隐域[J].当代语言学，2019（2）.
[11] 薛博，潘海华.为什么汉语"都"是关联方向敏感的全称量化词？[J].当代语言学，2023（4）.
[12] 袁毓林."都"的加合性语义功能及其分配性效应[J].当代语言学，2005（4）.
[13] 袁毓林.流水句中否定的辖域及其警示标志[J].世界汉语教学，2000（3）.
[14] 袁毓林.谓词隐含及其句法后果："的"字结构的称代规则和"的"的语法、语义功能[J].中国语文，1995（4）.
[15] 周永，吴义诚.汉英全称量化对比研究[J].现代外语，2020（3）.
[16] 朱德熙.自指和转指：汉语名词化标记"的、者、所、之"的语法功能和语义功能[J].方言，1983（1）.
[17] CHAO YUANREN. A grammar of spoken chinese [M]. Berkley: University of California, 1996.
[18] CHAO YUANREN. How Chinese logic operates [J]. Anthropological Linguistics, 1959, 1(1).

［19］C T J HUANG. Logical relations in Chinese and the theory of grammar［D］. Cambridge: Massachusetts Institute of Technology, 1982.

［20］C T J HUANG. The syntax and semantics of prenominals: construction or composition［J］. Language and Linguistics, 2016, 17(4).

［21］G ANASTASIA, C L LAI-SHEN. (In) definiteness, polarity, and the role of WH-morphology in free choice［J］. Journal of Semantics, 2006, 23(2).

［22］J W LIN. Distributivity in Chinese and its implications［J］. Natural Language Semantics, 1998, 6.

［23］L S CHENG. On the typology of Wh-questions［D］. Cambridge: Massachusetts Institute of Technology, 1991.

［24］L TALMY. Figure and ground in complex sentences［J］. University of Human Language Syntax, 1975, 1(1).

［25］PAN HAIHUA. Remarks on gapless and completement clauses in Mandarin Chinses［J］. Asia Language and Linguistics, 2022, 3(1).

［26］T H T LEE. Studies on quantification in chinese［D］. Los Angeles: University of California, 1986.

［27］W CHAFE. Giveness, contrastiveness, definiteness, subjects, topics and point of view［C］//Subject and Topic. New York: Academic Press, 1976.

［28］XIANG MING. Plurality, maximality and scalar inference: a case study of Mandarine Dou［J］. Journal of East Asian Linguistics, 2008, 17.

［29］XU LIEJIONG, D T LANGENDOEN. Topic: structure in Chinese［J］. Language, 1985, 61(1).

【本篇编辑：陈　莉】

学术致辞·刘勇专辑

在"新时代海洋文学学术研讨会"上的致辞与发言

时间：2023年4月8日（星期六）
地点：海南省琼州市博鳌海岛森林海景酒店
中国现代文学研究会会长　刘　勇

摘　要："新时代海洋文学学术研讨会"一方面是拓展文学的视野，扩大文学的内涵，开掘文学版图的一次重要探讨；另一方面也提示研究者关注文学自身的发展新的态势。"新时代海洋文学学术研讨会"不仅为我们提供了一次梳理和回顾海洋文学的发展历程，深入探索和开拓海洋文学新境界的宝贵机会，更重要的是，它将成为激活中国现代文学研究新的热点的一个重要转折，这次会议为现代文学探索新的前进方向提供了非常重要的范式。

关键词：新时代　海洋文学　现代文学传统

作者简介：刘勇（1958—），男，北京师范大学教授、博士生导师，长江学者特聘教授，中国现代文学研究会会长，主要从事中国现当代文学研究。

The Speech at the "Academic Seminar on Marine Literature in the New Era"

Date: Saturday, April 8th, 2023
Location: Boao Island Forest Seaview Hotel, Qiongzhou City, Hainan Province
Liu Yong, President of Chinese Modern Literature Research Association

Abstract: The "New Era Maritime Literature Academic Symposium" serves two primary purposes: expanding the scope of literature, enriching its connotations, and exploring new dimensions of the literary landscape; and prompting researchers to pay attention to emerging trends in the development of literature itself. This seminar not only provides us with a valuable opportunity to sort out and review the development process of marine literature, as well as to deeply explore and pioneer new realms of marine literature, but more importantly, it will serve as a crucial turning point in activating new hotspots in the study of modern Chinese literature. This conference offers a highly significant paradigm for exploring new directions of progress in modern literature.

Keywords: new era　maritime literature　modern literary tradition

尊敬的各位领导、各位专家，亲爱的各位老师、各位同学：

大家上午好！

非常荣幸能够参加由中国现代文学研究会、海南省作家协会、海南师范大学共同举办的"新时代海洋文学学术研讨会"。在此，我首先代表中国现代文学研究会对"新时代海洋文学学术研讨会"的顺利召开表示热烈的祝贺！向与会的各位专家朋友表示崇高的敬意！借此机会，我简单讲三个问题：

一、新时代海洋文学研究的独特价值

以"新时代海洋文学"为研究专题，这在现代文学研究中是不多见的，也可以说在海洋研究中也是不多见的，我理解这个话题包含了两个关键词。

第一个关键词是"新时代"。新时代一个最重要的理念就是人类命运共同体，这个共同体面临什么样的命运？除了疫情、灾难、战争，还有生态、环境等大自然的问题，而大自然中最广阔、最复杂、最生动、最深刻的存在，毫无疑问就是海洋，海平面每升高一点点，海洋的气候每高出一点点，这将对人类的命运带来巨大的影响。海洋对人类有着强大的吸引力，同时海洋也会引发人类最惨重的灾难，几年前印尼一次海啸就导致23万人丧生。面对海洋，人类既享受着最大的欢乐，也承担着最大的痛苦。

第二个关键词是"海洋文学"。海洋不仅属于自然界，也属于人文社会科学界，属于文学，现在已经有越来越多新的文学门类，比如生态文学、文学地理图、区域文学与文化、森林文学、草原文学，早些年还有黑土地、黄土地、红土地文学等等，但是海洋文学的广度和深度要远远超过上述这些文学类别。海洋占地球70%的面积，比人类生活的陆地大很多。海洋不仅面积巨大，本身的内涵也非常丰富，它万千变化的形态从来都是人类所面临的一个非常震撼的问题。我们还要看到这样一个事实，就是海洋给我们居住在陆地上的人类以无穷的想象和联想，从航海史到我们的文学作品，到科幻文学，大量未解之谜，大量吸引人的故事，不都来自海洋吗？谁能说我们今天已经穷尽了海洋深处的所有事物？从小得不能再小的微生物，到大得不可想象的庞然大物，海洋包蕴的生命容量对人类而言是一个个亟待破解甚至无法破解的谜题，没有谜题就无法激活人类的想象，没有未知就无法驱动深刻的思考，所以海洋本身的特点和文学的特点是相通的——都承载着丰饶的世相，见证着莫测的命运，包容一切，呈现一切，既宽厚沉静，又悲喜无常。对文学来讲，没有事物比海洋更能激发我们的理想和愿望，没有事物比海洋更能激发人类的创造能力。

二、海洋文学研究的新启示

"新时代海洋文学学术研讨会"一方面是拓展文学的视野，扩大文学的内涵，开掘文学版图的一次重要探讨，另一方面也提示研究者关注文学自身发展的新态势。近来，有两个特别值得关注的现象：一是教育部印发了《普通高等教育学科专业设置调整优化改革方案》，调整了高等教育学科的专业设置，要深化新工科建设、加强新医科建设、推进新农科建设、加快新文科建设，这其中新文科建设和我们密切相关，包括：新文科要努力回答中国之问、世界之问、人民之问、时代之问；推动文科间、文科和理工农医学科的交叉融合；等等。二是在2023年度国家社科指南推荐条目汇总中没有"文学"这个门类，文学学科移入了"综合类"，这是多少年来都没有出现的现象。我认为这些现象这对于我们研究文学的人来说是一个严重的警示，文学很可能面临着前所未有的挑战，文学的归属问题从来没有像今天摆在一个艰难的十字路口。当然，我个人并不认为国社科指南没有"文学"门类是一个多么不好的事情；相反，我认为把文学独立归为一类，对文学自身的发展并不一定有多大的好处，把文学捆绑为一个固定类型，龟缩在一个固定门类，把文学始终当作一个学科来建设，其实是很有问题的。这个问题其实是由来已久的，我们许多人心里都清楚，只不过这个问题总要有一个了断。哲学、历史、教育、心理可以是一个学科，理工科当然也是一个个的学科，但文学作为一个学科，把文学作为学科来建设，是不是符合文学自身的特点，这是我们不能不重新思考的问题。

多少年来，我们一直自豪地说"文学就是人学"，文学为什么是人学？文学是人学就是说文学是无处不在的。实际上，当我们认定文学是人学的时候，文学就已经无所归类了，文学就无处安放了。早些年我在新加坡做过一个讲座，题目叫"生活永远比文学更精彩"，就是说，文学只有和生活结合，才能绽放出它的光芒。文学只属于一个学科，它的光芒将大为暗淡。眼下我们越来越多地看到，文学研究和社会现实，和经济建设比以往任何时候都紧密结合，比如我们学会与广州暨南大学共同举办的"粤港澳大湾区与中国现代文学传统"高端论坛，与重庆师范大学合办的"区域文化与中国现代文学研究"，在北京师范大学举办的"世界文学视野中的北京书写"国际学术研讨会，以及今天我们在海南合办的"新时代海洋文学学术研讨会"，这一切都在清楚地表明文学的价值无所不在，文学越来越深入、融合于这个世界的方方面面。有一天如果真的没有文学这个门类了，我觉得不是文学消失了，而是文学的价值真正实现了，因为文学无处不在了。所以我们这次在海南举办的"新时代海洋文学学术研讨会"对开拓文学发展的新思路和新前景，都是一次积极有益的探索。

三、海洋文学与中国现代文学传统

中国现代文学研究会毕竟是以现代文学为主要研究对象的，那么我们自然就要考虑一个问题，就是海洋文学与中国现代文学传统有什么关系？

不久前我们在暨南大学召开的"粤港澳大湾区与中国现代文学传统"高端论坛，许多学者都谈到了广东文化的两个重要特点，一个是创新开拓，一个是守正返古。那么我们在探讨海洋文学的时候，就必然要思考现代文学和海洋文学的关系。海洋在许多现代作家的笔下都出现过，它们或者是抒情的对象，或者是作家主体意识的象征，或者是承担着某种深刻的背景，比如郭沫若的诗歌《浴海》、巴金的散文《海上的日出》、郁达夫的小说《沉沦》。在此我想还举两个例子说明海洋文学与现代文学的关系。

一个是徐志摩的著名诗篇《海韵》，这首诗1927年由赵元任谱曲，次年刊于《新诗歌集》，后来由邓丽君演唱，广为流传。徐志摩短短的一首《海韵》，形象而深刻地揭示了人和大海的关系。一个少女在海边游玩，完全被黄昏的大海迷恋，温柔的晚风，夜色的海鸥，让少女流连忘返，后来大海还在狂欢，少女却不见了。这首诗告诉我们，大海有风平浪静、妖娆妩媚的一面，但是大海也有惊涛骇浪、吞噬一切的一面。而这种变化，往往就在一瞬间。人生和命运就像大海一样，这其中不可能没有浪漫，不可能没有幻想，但是它也有现实，甚至是噩梦般的现实，因此在面对大海浪漫的时候，我们同时应该保持清醒的一面，现实的一面，理性的一面。如果我们任由自己沉浸在浪漫的漩涡中，终究会被浪漫裹挟吞噬。以往我们可能会觉得徐志摩的诗歌是浪漫抒情的，甚至有些单纯肤浅，其实这首《海韵》是很深刻的，它充满着生活哲理，承载着对理性和感性的双重认识，特别是他对大海的意象，作出了前所未有的诗意的描述。

第二个例子是许地山的散文诗《海》，许地山笔下的海是一个人生境遇的象征，他把人的生存危机和精神困境安置在大海中，表现了人类的无力与隐忧。人的自由和希望，一到海面便荡然无存了，这是人面对变幻莫测的大海最本能的反应。然而我们的生活不也同样变幻莫测吗？每个人都尽全力地漂浮在命运的海面上，都要面临着各自无法预料、无法躲避的风浪，在注定要迎接的挑战面前，过度的担忧只会消磨意志，折损信念，许地山要传达的是面对世间的种种磨难只有奋力划桨，才有可能穿越风浪。大海能够让人面临困境和绝境，但是大海也能够激发人们拼搏努力，激发人们奋力向前，走向胜利。当人失去一切帮助，困守在大海上的一个小舢板的时候，人类的心态只能是许地山所说的两种，一种是困惑和绝望，四周无边无际，向哪里去呢？另一种是奋力拼搏，不管沿着哪一个方向，拼命地划就有可能达到胜利的彼岸，而停止拼搏、空怀困惑，只有死路一条。

此外，现代文学著名学者王富仁先生曾用河流、湖泊、海湾来描述中国现代的革命文化、京派文化和海派文化的特征，其中用海湾来比喻海派文学，但同时也暗含着另一层意思，那就是现代文学也具有海湾这种互融共通的开放性、包容性和灵活性。我们只有把握了现代文学所蕴含的海洋精神，就不仅仅是理解海派文学的特点，而是更好地理解现代文学不断涌动的生命活力和学术活力。

总之，"新时代海洋文学学术研讨会"不仅为我们提供了一次梳理和回顾海洋文学的发展历程，深入探索和开拓海洋文学新境界的宝贵机会，更重要的是，它将成为激活中国现代文学研究的新热点的一个重要转折，这次会议为现代文学探索新的前进方向提供了非常重要的范式。

再次祝贺大会圆满成功！特别感谢海南省作家协会、海南师范大学为此次会议所付出的辛苦努力！谢谢大家！

【本篇编辑：张全之】

《中国现代文学研究丛刊》与现代文学学术传统的生成

——在《中国现代文学研究丛刊》2023年度优秀论文颁奖礼暨"学科传统与守正创新"《丛刊》编委座谈会上的致辞

时间：2024年6月5日（星期三）

地点：中国现代文学馆

北京师范大学　刘勇

摘　要："学科传统与守正创新"一直是我们学科、学会包括《丛刊》的传统。自1979年11月创刊以来，《丛刊》以其独特的历史地位和文学使命，成为现当代文学研究的权威刊物。从选刊的文章、关注的学术问题，到对文学研究的历史性回顾、对时代变化的积极回应，构成了一种视角独特的现当代文学研究史，这段历史从新时期学科重新焕发活力写起，一直延续到今天，并将不断地演进、奔流下去，这是不断推进学术继续发展的底蕴。

关键词：中国现代文学　《丛刊》　颁奖　学科

The Modern Chinese Literature Studies and the Formation of Academic Tradition of Modern Literature
— Address at the Award Ceremony for Outstanding Papers of *The Modern Chinese Literature Studies* in 2023 and the Symposium of the Editorial Board of the Journal on "Disciplinary Tradition and Adherence to Innovation"

Date: Wednesday, June 5th, 2024

Location: National Museum of Modern Chinese Literature

Liu Yong, Beijing Normal University

Abstract: "Disciplinary tradition and adherence to innovation" has always been a hallmark of our discipline, our academic society, and *The Series*. Since its inaugural issue in November 1979, *The Series*, with its unique historical position and literary mission, has become an authoritative publication in the study of modern and contemporary literature. From the articles it selects, the academic issues it focuses on, to its historical reviews of literary research and its active responses to the changes of the times, *The Series* has shaped a distinctive perspective on the history of modern and contemporary literary studies. This history, which began with the discipline's revitalization during the New Period, continues to this day and will keep evolving and progressing into the future. It represents the foundation for the ongoing advancement of scholarship.

Keywords: modern Chinese literature　*The Series*　awards discipline

尊敬的各位同仁、各位朋友：

大家上午好！

今天，在文学馆举办《中国现代文学研究丛刊》2023年度优秀论文颁奖礼与"学科传统与守正创新"《丛刊》编委座谈会，对具有重大学术价值和影响的研究成果给予表彰。一年一度的颁奖，是《丛刊》的传统，一届又一届的新人在《丛刊》平台上获奖，走向更加宏阔的学术远方。在此，我代表中国现代文学研究会，向荣获《中国现代文学研究丛刊》2023年度优秀论文奖的学者表示衷心的祝贺！向评审的各位专家表示由衷的感谢！

今天座谈会的主题是"学科传统与守正创新"，其实守正创新一直是我们学科、学会包括《丛刊》的传统。1979年，中国现代文学研究会成立，《中国现代文学研究丛刊》作为会刊相伴而生，是当时全国唯一的中国现代文学研究的专门性学术刊物，代表着本学科领域最高研究水平。《丛刊》为现代文学研究创设了自由的空间和交流的阵地，这种对学术研究的坚持与对学科品质的坚守，到今天已经45个年头了。从首任主编王瑶，第二任主编樊骏，第三任主编吴福辉、钱理群，第四任主编吴福辉、温儒敏，第五任主编吴义勤、温儒敏，第六任主编李敬泽、丁帆，到第七任主编李敬泽书记和我，《丛刊》的接力棒一棒又一棒地传下来，前辈学人的传统血脉影响着我们一代又一代，《丛刊》以持重创新的学术立场，见证和陪伴了现代文学学科的成长，见证了学科发展和社会发展的变化与新的态势。45年来，《丛刊》始终引领现代文学研究的新方向，展示现代文学研究的新成果，记录现代文学研究的新进程，《丛刊》的发展历史与中国现代文学研究会的发展历史、中国现代文学学科史与学术史同体共生。1983年，我在《丛刊》上发表了第一篇文章，说起来也40多年了，我对《丛刊》是深有感情的，对于《丛刊》和现代文学学科如何更好地延续和发展，我简单谈几点想法。

一、《丛刊》的历史地位及文学使命

自1979年11月创刊以来，《丛刊》以其独特的历史地位和文学使命，成为现当代文学研究的权威刊物。《丛刊》45年的学术历程，凸显了三个重要定位。

第一，《丛刊》是"一个平台"。《丛刊》作为学界交流的平台，思想传播的媒介，对每一个时期最新、最热、最有价值的问题予以关注，大力推进平等交流、客观争鸣的学术语境，这对于整个中国现当代文学学科建设与研究进程都起到了示范性的作用。更为关键的是，《丛刊》发表的研究成果，不仅有学界名家的厚重积淀，又有青年学者的锐意新言，既体现出现当代文学研究的最高水平，又展现了学界代际演进的蓬勃生命力。

第二，《丛刊》是"一种使命"。《丛刊》伴随我们的学科走过45年光阴，始终秉持着"促进现代文学研究的发展，提高现代文学研究的学术水平"的使命，以学术性、思辨性、当下性的学术风格，不断调整自身与时代接轨，加强现代文学研究和《丛刊》建设与社会现实的渗透与融合，是现代文学研究和《丛刊》发展保有学术活力的关键所在。

第三，《丛刊》是"一段历史"。与文学史、学科史、学术史相对应，《丛刊》本身就是珍贵的史料。从选刊的文章、关注的学术问题，到对文学研究的历史性回顾、对时代变化的积极回应，构成了一种视角独特的现当代文学研究史，这段历史从新时期学科重新焕发活力写起，一直延续到今天，并将不断地演进、奔流下去，这是不断推进学术继续发展的底蕴。

二、持重之基，创新之气

1989年，《丛刊》创刊十周年，唐弢先生在《祝贺与希望》一文中郑重写道，"这个刊物可以用'持重'二字概括。十年来，他发表了一些很有分量的文章，默默地为现代文学研究打下基础"，同时，他深切指出，"光有这些是不够的，除了刊登重要的文章外，一个刊物还应当拓荒，创新，力求进步"，高度提炼了《丛刊》持重创新的办刊方向、学术传统与根本特点。《丛刊》在中国现代文学研究会及文学馆负责人的共同主持下，一直传承持重与创新的理念，成为一代又一代学人学术研究和教书育人的精神平台，体现了现当代学术传统的积淀与赓续。

这里，应该特别提到学会首届秘书长、《丛刊》首任副主编严家炎先生给我们带来的触动。在《中国现代文学研究丛刊》极为困难的时刻，严先生个人做了大量艰苦的努力，包括用募捐的方式，维持着现代文学研究的血脉流通。创刊后的很长一段内，《丛刊》是小开本，许多人不断提议换成大开本，严先生一直不同意，他的理由很简单，他说这个小开本在我们家整整齐齐摆着，突然改成大开本了，摆起来就不协调、不好看了。这看起来是个小事情，但其实浸润着严先生对《丛刊》的一种情感，体现出严先生保持丛刊一以贯之的传统的信念与苦心。后来，《丛刊》还是换了大开本，严先生也欣然接受了，就像严先生自己的研究一样。他在与唐弢先生共同主编的三卷本《中国现代文学史》中，主要负责第三卷解放区文学的编写，在资料方面做了大量工作。随着社会发展、时代变革，他的学术思想与学术兴趣转向了包括通俗文学在内的多个方面，体现出一位学者不断锐意创新的探索。严先生作为前辈学者的代表，充分彰显了现代文学的学术传统，是守正创新的典范。

近年来，在敬泽书记的领导下，《丛刊》始终以守正持重的学术根基与创新进取的学术风气，做了很多积极的创新、拓展的工作，最大限度地提升了《丛刊》的影响力和创新度，凸显了《丛刊》这一现代文学研究重镇的学术内涵，保证了《丛刊》所具有的核心与权威地位，迈开了很多新的步伐。比如，《丛刊》现在已经很少甚至不发书评、会议综述这样的文章，而开设了"特选新作研究""学术评议""茅盾文学奖获奖作品研究"等栏目，这些举措，很好地回应了当下中国文学发展和文学研究的新态势，使具有45年历史的《丛刊》不断焕发出新的面貌。

三、《丛刊》发展的新语境与新挑战

《丛刊》在这么多年的发展历程中始终处于现代文学研究的领先地位。但是我们也要看到，当下有很多刊物迎"头"而上，比如《中国当代文学研究》《中国文学批评》《当代文坛》《南方文坛》《文艺争鸣》《探索与争鸣》《现代中文学刊》。这些刊物的出现，对丛刊的挑战是相当严峻的。我刚在陕西师范大学和西北大学主持答辩回来，一家宾馆里面有这样一条标语很醒目——"不争第一就是在混"。道理很简单，就是"不进则退"！如何让《丛刊》在繁杂的话语体系、变革的时代风尚中持续保有生命力，需要我们各位同仁共同努力。

《丛刊》办刊以来，一直在不断调整自身以应对时代的变化。比如，如何学习各个刊物的经验，追踪最鲜活的学术动态，保持跟更多作者的联系？再如，如何处理现代文学与当代文学关系的问题？《丛刊》诞生初期是现代文学研究的专门性刊物，2011年，《丛刊》由双月刊变更为月刊时，时任主编吴义勤、温儒敏提出打通现代与当代的界限，明确把"当代"的研究也纳入刊发的范围，但要求是偏重文学史的研究性论文，而不发表一般的评论，这是为了区别于其他评论性刊物，因为两者的功能及读者需求上都是有差异的。如今，《丛刊》显示出与当代文学研究的进一步融合，当代文学研究也成了颇具分量的内容。《丛刊》当然要发当代文学的研究成果，现当代是一个学科，但是怎么保持《丛刊》有别于其他刊物的独特性，特别是在众多当代文学刊物涌现的情况下，丛刊怎么接续现代文学研究重镇的底色，怎么在刊发现代文学研究成果方面做出更大的贡献，是一个值得我们深入思考的问题。《中国现代文学研究丛刊》如何在不断开放的姿态下,守住自身的根底,是一个艰难的任务,也是一个必须完成好的任务。

时间有限,我就讲这么多,讲得不对,请大家批评!

【本篇编辑:张全之】

诗歌从来都不是用来研究的
——在"中国新诗与中外诗歌传统国际学术论坛"开幕会上的致辞

时间：2023年9月16日

地址：武汉华中师范大学科学会堂一楼

刘　勇

摘　要：以武汉为中心的华中地区历来就有着诗歌的深厚传统与博大渊源，又有着诗歌的澎湃激情，武汉始终是现代诗歌研究的重镇和高地。但就诗歌而言，诗无达诂，它是意会而不是言传，是心领神会而不是条分缕析。一首诗歌最怕的就是解释，解释得一清二白，诗歌的韵味也就消失殆尽了。因而我认为，诗歌从来都不是用来研究的，写诗的人也不会按照某种理论去写诗，所以说，诗歌研究最重要的命题，莫过于不断激起读者的激情和热忱。

关键词：武汉　新诗　中外诗歌传统

Poetry Has Never Been Meant for Research
— The Speech at the Opening Ceremony of the "International Academic Forum on Chinese New Poetry and Sino-Foreign Poetic Traditions"

Date: September 16, 2023

Location: The first floor of the Science Hall, Central China Normal University, Wuhan

Liu Yong

Abstract: The central China region with Wuhan as its center has always boasted a profound tradition and broad origin of poetry, as well as a surging passion. Wuhan has always been a highland for the research of modern poetry. However, when it comes to poetry, there is no fixed and absolute interpretation. It is meant to be understood intuitively rather than explained verbally, to be grasped by the heart rather than analyzed meticulously. The greatest fear of poetry is being explained. If the explanation is too clear and straightforward, the charm of poetry will disappear completely. Therefore, I believe that poetry has never been used for research, and poets will not write poetry according to certain theories. The most important proposition of poetry research is to constantly arouse the enthusiasm and enthusiasm of readers.

Keywords: Wuhan　New Chinese Poetry　The tradition of Chinese and foreign poetry

尊敬的各位老师,亲爱的各位同学：

大家上午好！

"中国新诗与中外诗歌传统"国际学术论坛在武汉召开是具有特殊意义的。近年来,规模如此之大,话题如此重要、宏阔,并且兼具中外传统的会议,是不多见的。我首先代表中国现代文学研究会以及学会的全体同仁,向举办此次论坛的华中师范大学文学院、北京大学诗歌研究院、首都师范大学诗歌研究中心,表示热烈祝贺和崇高敬意！向前来参加这次会议的各位朋友表示由衷的感谢！

此外,武汉一直以来都是新诗研究的重镇。从陆耀东先生、黄曼君先生,到泽龙兄、长安兄、遇春兄,从对中国新诗史研究的奠基、建构一直到不断开拓现代诗歌研究的新境界、新领域,启发我们研究的新思路,武汉始终是现代诗歌研究的重镇和高地。在我们的长江中下游,随意站在一个地方,就会有"诗"绪万千的感觉,从武汉的黄鹤楼到滕王阁、岳阳楼,一直顺江而下到扬州的二十四桥明月夜,以武汉为中心的华中地区历来就有着诗歌的深厚传统与博大渊源,又有着诗歌的澎湃激情。早在我国诗歌鼎盛的唐代,就有宋之问、王昌龄、王维、刘长卿、杜甫、岑参等人先后游历武汉并留下诗篇。其中崔颢《黄鹤楼》一诗被推为唐人七律之首,千古传诵,妇孺皆知；李白一生中更是多次往来武汉,三度登临黄鹤楼,写下50多首关于武汉的诗歌,足见以武汉为中心的华中地区拥有着深厚的古代诗歌传统和诗歌创作资源。而到清朝末年,武汉已经成为湖北乃至长江中上游各地新文化的传播中心,其中就包括形式和内容均突破了传统诗歌藩篱的现代新诗。1988年汉城（今首尔）奥运会开幕式上的一首《手拉手》传唱至今,仍然广受称赞,我认为这首歌唱得好的根本原因就在于韩国人爱吃泡菜,没有吃过泡菜的嗓子是唱不出这样嘹亮的歌声的。武汉也是如此，武汉人对诗歌的热情其实来自热干面，这恰恰是一种长期吃热干面后火热的激情喷发！

我今天的发言其实有个题目，叫"诗歌从来都不是用来研究的"。借此宝贵机会，我讲三点想法。

首先，诗无达诂，它是意会而不是言传，是心领神会而不是条分缕析。一首诗歌最怕的就是解释，解释得一清二白，诗歌的韵味也就消失殆尽了。因而我认为，诗歌从来都不是用来研究的，写诗的人也不会按照某种理论去写诗。如果一首诗能够被总结出公认的五六个特点，那这首诗一定是一首坏诗！从古至今，我们欣赏诗歌，从来都是体会诗人创作的意蕴和美感。很多人都认为李商隐的诗晦涩难懂，但是如果将他的诗一字一句拆开，彻底地分析，那么也就丧失了那种抽象的、朦胧的诗意了。他在《重过圣女祠》里写，"一春梦雨常飘瓦，尽日灵风不满旗"，整个春天，雨水常淅淅沥沥地落在瓦片上，既不急切，也不停歇；一天天里，灵风总是微微地吹拂，祠堂前的神旗只是轻微地飘摇起落，既不停止，也从没有被风吹开。这样的场景正如同人的情绪，痛苦不是撕心裂肺，也不是排山倒海，它就是那样淡淡地存在着，亘古至今，一直都是这样，甩不开，解不脱，让人在看不到希望的世界里始终郁郁寡欢。现代著名诗人废名称这两句诗"前不见古人，后不见来者，中国绝无仅有的一个诗品"，在他看来，妙处在于"稍涉幻想，朦胧生动"。李商隐的诗意来源于他的命途多舛，来源于他的亡国之感，来源于他的情感与亲身经历。而这种感情本身就是不清不楚的，是需要我们每个人反复阅读反复咀嚼的，是需要我们每个人去体验的！戴望舒的《雨巷》也是如此，给每一个意象都找一个时代的对应物，那就没意思了，雨巷就不再是具有象征意味的雨巷了，太具体就不是诗歌了。雨巷怎么美？美在哪儿？在他展现的孤独惆怅的氛围感，在他对现实、对理想的一系列苦痛愁怨当中。戴望舒创造了很强的象征意味，而且笼罩一种迷离恍惚的气氛的抒情意境，使他能够用有限的篇幅来表达丰富的复杂微妙的思想感情，并给读者留下了驰骋想象的广阔天地，使读者能够积极地充分地参与艺术的再创造，这才是诗歌的意义和内涵所在，才使我们对诗歌有美的享受。

其次，中国现代诗歌的发展与变迁明显受到中国古典传统与西方艺术文化的双重影响，呈现出复杂的、别具特色的诗歌风格。中国现代诗歌的产生与延续并非建立在理论性的文体发展与变迁之上，却是深受特有之时代背景与人情世故的滋养。就如一首诗歌不会存在通达或一成不变的解读，诗歌研究的意义也不应执着于对其形成之参考对象的追求。结合本次大会主题"中国新诗与中外诗歌传统"，以中国现代新诗为中心作讨论，我们可以明确感受到中国现代新诗的问世与兴起之研究价值绝不在于发现它如何延续中国古典传统或如何参考西方外来艺术，而应是探究其"新"在何处，为何而"新"，即中国现代新诗为何与传统对话，又为何向西方学习？对中国现代新诗而言，中国传统与西方艺术并非分裂存在，而常常互相渗透，二者之关系不仅限于理论意义上的、形式上的一脉相承或单薄对应，其本质是一个动态的——能够沟通古典传统与外来文化的复合体。因此，在解读诗歌的过程中，我们必须注重结合具体语境，或仅有如此，才能深入感受诗人在创作之中的情感流动，才能真正感受诗歌本身的魅力。卞之琳是中国现代新诗的代表作家之一，他的新诗善用东方意象，又喜融合西方现代性艺术，从而形成了自己独特的风格。我们都熟知的那首《断章》，精巧短小、诗情朦胧，桥、明月、窗子、梦等意象为其带来了无尽的东方韵味，而其中流露出的哲思和现代性情感的表达又整体刺激了诗歌的活力与动感，但如果生硬地将意象划归为传统，将哲思与情感划归为西方，就显得不过如此，因为二者之间本质上是互动相生的，因而《断章》一诗才能够成为中国现代朦胧诗的经典之作。

最后，诗歌研究最重要的命题，莫过于不断激起读者的激情和热忱。新诗也好，旧诗也罢，究竟哪些诗歌值得我们去读，哪些又能引领人们思想，这一问题困扰着许多诗歌阅读者和研究者。废名是湖北人，他曾在《谈新诗》中以"不写而还是诗"来表达他对诗歌最高境界的看法。"不写而还是诗"，这种境界似乎很玄幻，但我们至少可以将其理解为：一首诗，一首绝好的诗，不是写出来的，而是来自人性，来自诗人心底，是诗人独特的思考、刹那的感悟或自然的流露。情思至此，即便不以文本形式出现，诗也仍旧是诗，其存在于诗人对生活、人生、社会、宇宙的一切理解和认识中。我在此套用废名的话，是想借此引出自己的一个观点，就是"不读而还是经典的"。我认为这一说法对中国现代新诗研究，乃至诗歌研究整体都是适用的。真正的经典，是能耐受住时间考验和反复解读的，是作者自身思想、自身体验、思维智慧与表达艺术的结晶，其存在意义不应通过具体研究而被揭示，亦不需以研究多寡、受捧程度来证明，其意义归根结底在于经典本身。毋庸讳言，多数文学经典的产生都是由作者的辛酸血泪、坎坷人生铸就的，如《红楼梦》的故事绝非才子佳人、宫闱秘事等寥寥数语就能概括；鲁迅小说和杂文背后实质蕴藏着他对世间苦难的洞悉与对人世的悲悯。好的诗歌往往是高度个性化的，它寄寓了诗人独特的生命体验。九叶诗人辛迪曾言，"宁愿自己的诗只有一个人读一千遍，也不愿一千个人只读一遍"，他的话也许道出了许多诗人的心声——他们希望自己的诗歌能够成为与跨越时空距离的那个能与自己交流的人的渠道和媒介，能够经得住后人的反复揣摩与考证，这才是经典特质，是一种贯通前人与后世的情感沟通。诗歌有别于其他各类文体，在我看来，诗歌是与语言最为密切相关的，最根本地揭露了民族思维和审美感受的根性特质，因而诗歌研究意义不在于事无巨细的剖析与展示，而应首要建立在感悟诗歌的本质魅力，这一行为极大依赖诗歌的美感及作家与读者通过诗歌而流通的心领神悟。

  以上就是我的几点看法。最后，再次预祝"中国新诗与中外诗歌传统国际学术论坛"圆满成功，谢谢大家！

【本篇编辑：张全之】

文学经典与文化传播的双向建构

——在"中国文学经典化与中华文化传播世界汉学国际学术研讨会"上的致辞与发言

时间：2024年11月2日

地点：浙江大学

北京师范大学文学院　刘　勇

摘　要：文明互鉴从来都是双向的，具有高度的当下性、互动性、互融性，尤其是具有未来性。在文明互鉴的语境下，经典的双向建构需要充分考虑文化语境的差异，这种差异主要体现在两个方面：一是经典研究的文化取向问题，二是不同文化语境下经典评价的标准问题。

关键词：经典化　中华文化传播　文明互鉴

The Mutual Construction between Literary Classics and Cultural Dissemination

— Speech at the International Academic Symposium on the Canonization of Chinese Literature and the Dissemination of Chinese Culture in World Sinology

Date: November 2nd, 2024

Location: Zhejiang University

Liu Yong, School of Chinese Language and Literature of Beijing Normal University

Abstract: Civilizational exchanges have always been bidirectional, characterized by their strong contemporaneity, interactivity, and integration, particularly their forward-looking nature. Within the context of civilizational exchanges, the bidirectional construction of classics requires full consideration of cultural contextual differences. These differences are mainly reflected in two aspects: first, the cultural orientation in the study of classics; and second, the standards for evaluating classics in different cultural contexts.

Keywords: canonization　　dissemination of Chinese culture　　civilizational exchange

尊敬的各位领导，尊敬的各位专家、各位朋友：

大家上午好！

非常感谢浙江大学金进老师再次邀请我参加"中国文学经典化与中华文化传播世界汉学国际学术研讨会"，"浙大—哈佛"这个平台是非常具有创意的，而且非常成功的，每年都有新的拓展和新的境界。去年10月，在这个平台上，我专门谈了"京津冀协同发展与大文学观的互动"这个话题。今天的会议视野更加宏阔，以整个中国文学发展与中华文化传播为主题，深入探讨在文明互鉴背景下，中国文学的经典化与走向世界的问题。这体现出浙大这个平台特别是金进老师，在中国文学、文化研究方面持续突破、不断创新的学术热忱和学术眼光。我相信浙大这个平台在金进老师的主持下的持之以恒的努力，一定会不断取得重大成就！在此，我代表中国现代文学研究会对此次会议的举办表示由衷的祝贺！期待这次会议产生出新的成果！今天，我以"文学经典与文化传播的双向建构"为题，简单谈三点看法。

一、文明互鉴还是文明自鉴

现在到处都在谈"文明互鉴"，这个词以铺天盖地的态势迅速席卷到研究的各个领域。但是，当下谈得更多的，是我们以往怎么借鉴人家，比如晚明社会将西学思想视为"补儒易佛"的重要方式；人家怎么借鉴我们，比如孔子为代表的儒家观念如何传入17、18世纪的欧洲，吸引了伏尔泰、歌德、席勒、沃尔夫等文学家、思想家的关注。这些都很重要，但这些都是文明互鉴的历史。我们更需要的是今天怎么互鉴，未来怎么互鉴。

文明互鉴从来都是双向的，具有高度的当下性、互动性、互融性，尤其是具有未来性。以往我们的文学史，说来说去都是我们自己的经典，并没有把眼光提升到世界范围。上个月，在重庆师范大学召开中国现代文学研究会第十四届理事会暨"文学史视野中的中国现代经典作家研究"学术研讨会，上海交通大学吴俊老师的发言给我很大的震动，他提出翻译文学经典与学科建设和文学史书写的关系问题，直接启发我对中国现当代文学经典建构与文学史框架的反思。这么多年来，翻译过来的世界文学经典并没有得到我们充分的重视，这些世界文学经典没有和我们自己的经典放在一起去谈，而是各谈各的，没有起到真正互鉴的作用。这表明了一个长期存在的矛盾和困惑：我们不断强调经典的价值和意义，实际上我们讲的仅仅是中国现当代的文学经典，世界文学的经典没有进入我们的视野。

中外经典的建构几乎是同时发展、相得益彰的。鲁迅一生留下了600多万字的作品，其中300多万字是翻译。1903年鲁迅在《浙江潮》上连续发表五篇译作，开启了他的文学道路。他的译作，包括他后来的创作，充满了英国、法国、日本、俄国等多位思想家、文学家的光辉，拜伦、尼采、厨川白村、夏目漱石、安特莱夫、托尔斯泰等大家都是其作品重要的资源。鲁迅自己创作的《呐喊》《彷徨》《野草》以及杂文是他重要的贡献，但不是鲁迅的全部。他的创作与俄罗斯、日本、英国等世界文化思潮的影响加在一起，才是完整的鲁迅。而我们以往的研究，对鲁迅与这些大家的对话、互动，关注是不够的，难道这个工作只能交给比较文学的学者去做吗？我们研究现当代文学的人不应该去做吗？

杭州桂花开了，桂香满陇。全国其他城市的桂花也都很香啊！但为什么大家更多提到杭州的桂花香，因为杭州有郁达夫的那篇《迟桂花》！可以说，是郁达夫的这篇作品给了杭州的桂花更深情、更诗意的内涵。但是人们注意不多的是，郁达夫自己说他的《迟桂花》，与他翻译的德国作家林道的《幸福的摆》，有一种特殊的气味相通。这两篇作品都表现一个肺病患者的性格，无论是由"摆"的运动产生的生命思考，还是通过迟开的桂花产生的思绪沉淀，都充满抒情、诗意和由外物而产生的玄想。这两篇作品又有一种差异：鲁迅说《幸福的摆》始终逃不脱"日耳曼气"，想通过绘图来说明人生，这是德国人严谨、科学的象征；郁达夫则不同，他借景抒情、寓情于景的方式是属于中国抒情传统的表征。这两篇作品，这两位作家，这两个国家的文化为什么能构成一种相通？又如何呈现出差异？这实际上就是我们在文明互鉴层面上要考虑的问题。

将世界文学经典融入我们的文学史为什么是必要的？一是五四那一代人深受世界文学的影响，甚至这种影响是鲁迅之所以成为鲁迅，郭沫若之所以成为郭沫若不可或缺的因素。二是我们今天要把中国现当代作家和世界作家放置在同一个层面去思考、去理解、去研究，不能只知道鲁迅创作了什么、思想有多深厚，而不知道世界同时代的其他人创作了什么、思想又达到了什么深度。如果不能把翻译文学经典、外国文学经典等重要议题纳入我们的讨论体系，我们只能是文明自鉴。

二、如何双向，如何建构

在文明互鉴的语境下，经典的双向建构需要充分考虑文化语境的差异，这种差异主要体现在两个方面。

一是经典研究的文化取向问题。近些年来，我关注到很多留学生的论文选题倾向于研究鲁迅等中国经典作家的作品在他们自己国家的传播情况，把他们自己国家的作家和鲁迅比较。比如鲁迅的《一件小事》和老舍的《骆驼祥子》都写人力车夫，不断被拿出来和韩国、越南等国家的车夫比较，但这种比较真的成立吗？有价值吗？这类研究停留在很肤浅的位置上，没有做到真正的互通、真正的互鉴。只有充分理解到文明背景的差异，构成了对作品阅读、接受、批评的差异，才能够看到经典的多面性和互动性。

二是不同文化语境下经典评价的标准问题。拿当代作家来讲，莫言获得了诺贝尔文学奖，但是在世界范围内，有多少人真正理解莫言、读懂了莫言？我们自己的文学史，很多时候把莫言的作品看作当代中国一个时代的象征和反思，但是对他获得诺贝尔奖究竟有什么重要意义，以及世界范围内对他怎样的解读与理解，研究得还很不到位，致使各方面有很多对莫言的误解、误读。余华的研究也是如此，从他的第一部作品被翻译到国外，到《活着》引起海外读者的关注热潮，只有短短五年时间。余华可以说是迅速成为经典的一个当代作家。截至2019年，余华的作品已经被翻译成近40种语言，在不同国家的译本共有238种，就是说，在近30年中，余华平均每年有八部作品翻译到国外，这在中国的作家当中是非常少见的。莫言的作品获得诺奖，余华的作品在海外广泛传播，但是德国汉学家顾彬却说："余华、莫言是中国的官方作家，他们根本不懂人是什么。"他为什么会有这样的理解？据我知道，顾彬对余华、莫言没有个人成见。这只能从不同国家、不同民族对人是什么的理解有巨大差异来解释。余华出了一本书，叫《我只知道人是什么》。顾彬对，还是余华对？很难有论断。怎么理解"人"，怎么才是懂人，其实是一个非常复杂的问题，这一点特别需要我们加强文明互鉴。

三、跳出文学，研究文学

文明互鉴需要"打通"，打通才能互鉴。不仅中外文学需要打通，文学和历史、哲学、艺术等多个领域也要打通。我近年来一直强调从文本观到大文学观的转向，"文本"是文学作品，是经典。"大文学观"是一种更加广泛的研究理念，更是一种跳出文学研究文学的文化姿态。

第一，打通具有现实价值，势在必行。从国家到学科，都越来越多地指向文学与其他学科的交叉、融合。现在的形势变化这么大、这么快，文科专业不断被减缩，理工科专业不断增强，我们应该能够更充分地感受到，更明智地看到，文科应该怎么建设。

第二，文学发展的过程中，本身就与其他领域高度融合、充满交叉。以我们的研究对象来说，从晚清到现代、当代的文学大家、学术大家，他们本身就是多面的，本身就具有"大而杂""跨学科"的特质。比如文史不分家的问题，1992年郭沫若诞生100周年国际学术讨论会，会议结束后推出了两本厚厚的研究论文集，一本是历史卷，一本是文学卷。事实上，凡是郭沫若重要的学术研讨会，从来都是文学和历史两本论文集，为什么不合起来出一本呢？因为合不起来！研究郭沫若历史的人很难进入郭沫若的文学世界，而研究郭沫若文学的人对郭沫若的历史成就也很难张口。郭沫若既是文学家，又是史学家，他能够在文史之间自如地跨界，在郭沫若身上真正体现了"文史不分家"。但今天文史怎么分的家？是我们后辈无能，我们做不到文史不分家，是我们把文史分了家。我们无法同时了解文史合一的郭沫若，无法全面把握郭沫若这个球形天才的整体成就。

再比如文学和音乐从来都密不可分。走进村上春树的文学世界，一个必需的通道就是爵士乐和摇滚乐。村上最自豪的不是他的书墙，而是密密麻麻的唱片墙。爵士乐、摇滚乐为他的作品提供了诸多灵感，他的代表作《挪威的森林》和甲壳虫乐队的音乐有千丝万缕的联系，如果没有听过甲壳虫乐队的歌曲，对爵士乐毫无了解，就不会理解村上春树对爵士乐的疯狂着迷，就不会走入村上文学创作的深处。再拿余华来说，他的许多文学作品深受音乐影响，他的小说充满了巴赫、门德尔松、贝多芬、莫扎特、亨德尔的节奏，如果我们不懂巴赫和门德尔松，我们对这些音乐家一无所知，说实话是很难深入余华的内心，很难读出其作品的真正价值的。

还有一个层面需要关注，就是我们的教育对象也发生了改变，"老师讲什么就是什么"的时代已经过去了！当今学生在艺术上的知识结构和操作能力，远超老师的想象。拿音乐来说，现在许多学生在声乐、器乐等多方面都有自己的特长，钢琴、小提琴、单簧管、二胡、古筝、琵琶……古今中外，样样都通，样样都精！现在学生的艺术素养如此普遍，我们作为老师如果对音乐一无所知，对艺术很少涉及，怎么能教得好学生？怎么能和学生深入对话？这是一个现实的问题。

第三，跳出文学研究文学呼应了当下世界范围内的大文学思潮，"大文学"就是大融合。文学与文化、历史、社会、地理、生态、人类、经济、心理、传播，甚至与声音、图像、音乐、医学、科技等诸多领域结合，展现出越来越多的新尝试和新成果。文学的跨学科性成为当下世界范围内文学研究的主潮。

前段时间，哈佛大学取消30多门课程，其中一大半都是人文课程。哈佛艺术与人文专业院长凯尔西指出，哈佛日前对人文学科的大规模调整，是为了促进人文学科中新的跨学科课程的改革。也就是说，未来数十年，大学要为进入新的研究领域和新的制度结构而努力。文学的价值永远不会改变，但是文学研究如何改变，则是我们共同的使命和责任！

我的发言完了，谢谢大家！

【本篇编辑：张全之】

直面现实，更要直面未来

——在"中国现当代文学研究的问题与方法"学术研讨会上的发言

时间：2024年11月9日

地点：深圳市南山区圣淘沙酒店（翡翠店）

北京师范大学文学院　刘　勇

摘　要：多少年来整个世界一直是被短视行为所左右的，我们很少按照远见来行动，因为现实决定了一切，左右了我们的思维和行动方式。我们以前一直说要直面现实，其实现实就在我们的面前，你直不直面，它都在你面前，更重要的是直面未来。

关键词：直面现实　直面未来　问题与方法

Confront Reality, and More Importantly, Confront the Future

— The Speech at the "Problems and Methods in the Research of Chinese Modern and Contemporary Literature" Academic Seminar

Date: November 9th, 2024

Location: Sentosa Hotel (Emerald Store), Nanshan District, Shenzhen City

Liu Yong, School of Chinese Language and Literature of Beijing Normal University

Abstract: For many years, the entire world has been dominated by short-sighted behavior. We rarely act with foresight, because reality determines everything and shapes our way of thinking and acting. We used to say that we should confront reality head-on, but in fact, reality is always right in front of us, whether you confront it or not. What's more important is to confront the future head-on.

Keywords: confronting reality　confronting the future　problems and methods

尊敬的各位领导、各位专家、各位朋友，亲爱的各位老师和同学：

大家上午好！

我首先代表中国现代文学研究会对深圳大学"中国现当代文学研究的问题与方法"会议的顺利举办表示由衷的祝贺！深圳不但是改革开放的前沿，也是学术创新的重镇，更有一种执着坚定的信念。深圳大学人文学院多年来在中国现当代文学研究、学科建设方面不断创新、持续突破，不仅关注中国现当代文学的内部发展，还将其置于全球文学和文化的大背景下进行考察，在鲁迅研究、思潮研究、民国期刊研究、华文文学研究、文化研究等诸多领域取得重大成果。我们期待深圳大学人文学院在深圳文学与文化研究上带来的新成果与新突破！

今天会议着重讨论的是"中国现当代文学研究的问题与方法"，在我看来，这个话题具有相当的"反思"意味。受这个角度启发，我在思考一个问题，那就是我们这么多年的研究一直强调直面现实——我们的作家习惯了描写已经发生的事情，我们的评论家和学者也习惯了评论、研究已经创作出来的文本，这当然是必要的，但仅仅直面现实是远远不够的，我认为更重要的是直面未来，特别是对于那些前沿性的、创新性的、还没有发生的、未知的东西，更应该加强关注和研究。所以，我今天发言的题目是"直面现实，更要直面未来"，我主要简单谈三点想法。

一、文学理论和创作的反思

今年7月，我们现代文学研究会在首都师范大学召开了"第五届青年学者创新研讨会"。许多青年学者分享了很多角度新颖、内容新鲜的研究成果。但是钱理群先生等老一辈学者，对年轻一代的研究并不满意。为什么不满意？哪里不满意？钱理群的不满意集中在两点，一是认为现在的青年学者太过专注于"小材料，小分析，小得意"，缺乏大格局、大关怀、大担当。当然，这是前辈学者提出的很高的要求；二是他觉得现在的学者，特别是年轻学者，严重缺乏对未来、对不确定性的事情应该具有的关注和研究。

什么是未来？什么是不确定性的事物？钱理群自己说，他认为最大的不确定性有三：病毒、灾害和战争。半个多世纪没有战争了，人们似乎早已忘记战争了，但是，俄乌战争、中东战争告诉我们，战争就在我们眼前，谁也不敢说明天一定不会爆发世界大战！战争给世界带来的巨大的不确定性，就摆在我们面前，这一点，我们的文学研究，尤其是当代文学研究应该高度关注，要积极跟踪生活、跟踪人生、跟踪世界的不确定性。许多世界大作家，往往能够描写他那个时代以后多少年的事情，让我们今天读来震惊不已。实际上，对未来不确定事物的想象描写，这正是人的创造性思维的重要体现。

不久前，莫言的新作《鳄鱼》搬上了话剧舞台。此前，我在《中国当代文学研究》发表了一篇长文，题目叫《从曹禺的〈雷雨〉到莫言的〈鳄鱼〉——中国现当代作家对命运的根本思考》，强调了曹禺剧作和莫言剧作的深刻相似点，那就是"人总想把握自己的命运，但总是把握不了"。莫言很认同我的文章观点，所以特别给我送了《鳄鱼》在北京首场公演的票。《鳄鱼》的最后一幕，几乎把剧本中主人公的大段独白，一字不落地在舞台上表白："您能解开许多千古之谜，您也一定能预测未来，告诉我，未来十年内，世界上会发生哪些大事？俄罗斯会与美国开战吗？南太平洋岛国汤加会被海水淹没吗？转基因农作物会使人类基因异变吗？干细胞疗法是否可行？人的寿命真能到一百六十岁吗？人的大脑真能与机器连接吗？人类真的会移居火星吗？外星人会来访问地球吗？机器人是不是能代替女人生孩子？人类有没有可能和平相处，让地球上永远没有战争？有没有一种新的高科技的武器，让所有的航母和飞机变成废铁？有没有一种强大的信号，使地球上所有的核武器失效？有没有一种办法，能把人的贪欲像割除赘肉一样割掉？鳄鱼有没有可能由卵生变为胎生？而人类有没有可能由胎生变为卵生，从而使女人的生育痛苦大大减轻？孵化时的温度决定鳄鱼雌雄的化学原理有没有可能被解开？鳄鱼有没有可能成为地球的主人而人类成为鳄鱼的奴仆？有没有可能真的让时光倒流？"未来直截了当地以一个问号的姿态，不容拒绝地呈现在人们的面前。《鳄鱼》为什么对未来如此重视？《鳄鱼》写的不是一个贪官的故事，更不是贪腐的题材，它写的是人性的贪婪，写环境对人性堕落的巨大作用。正是在这一点上，莫言和曹禺的剧作是深刻相通的，我认为，曹禺和莫言的剧作是现实主义的，是魔幻现实主义的，是象征主义的，更是未来主义的！

还有一个小例子值得一提，不久前的一次学术活动中，有学者赞扬李敬泽作为资深编辑，不辞辛劳地改稿子。而李敬泽却表示，当今编辑的主要任务不应该再是点灯熬油地找错字、挑语病，而应该有一种未来的眼光。用他的话来说，"一个伟大的编辑，要有一种面向未来的、绝对的直觉"，成为一个"全面发展的人"。所有这些，都让人强烈地感受到，我们所面临的问题，不仅仅是指向现实，更是指向未来。文学的价值不仅在于记录过去，启发当下，更在于照亮未来。

二、无处不在的"未来"话语

几乎一夜之间，"人工智能"已经铺天盖地地来到我们的面前。多所学校在2024年新开设了"人工智能"专业，截至目前，全国已有530多所院校新增"人工智能"本科专业，还有很多学校围绕"人工智能+"重新布局。一时间，"人工智能"甚嚣尘上，甚至颠覆了我们认识、理解世界的方式。这一切都反复提醒着我们——人工智能的时代已经到来了，而人类唯有面对。要如何面对？对此我有两点考虑：

第一，不能因为社会上整天讲"AI"，就觉得人类好像即将脱胎换骨一样，可以时时事事都依赖科技，这是很荒谬、很不现实的。电脑也好、人工智能也好，不可能代替一切，特别是不可能代替人的思想，这是很早以前就有的共识。但为什么当下面对来势汹汹的人工智能让我们恐慌呢？我想，这和人工智能来得快、来得猛、来得全方位有关。

第二，我们也绝不能轻视人工智能给人类带来的新挑战。人工智能的兴起不仅是一场技术革命，还是一场思想革命。从根本上讲，一切人工智能都是人的思考、人的思想、人的智慧，这是没有问题的，是一种根本性、长久性的思考。但我们不能忽略一点，任何人、任何事都是活在当下的。人工智能最大的优势是，汇聚了全人类的智慧，而我们每个人以一己之力，是很难对抗、战胜的。这其中就包含着一种对未来的忧虑，如果我们不能及时调整自身的认知框架，不能主动跟上这种新的思维方式，那就很可能会落后于机器，最终被时代所抛弃。

三、"未来"也是"现实"

今年3月，莫言和2021年诺贝尔文学奖得主古尔纳在北京师范大学对谈时表示，自己并不担心会被人工智能所取代，因为"作家独具个性的形象思维是AI永远无法替代的"。无独有偶，诗人欧阳江河也说，"AI永远不可能取代的就是诗歌。因为诗歌是一种对难以言说和不可说的述说"。我们的作家拥有这样的信心，我认为是非常合理的。文学是"人学"，它关注的是人的命运、人的情感、人的思想。通过文学，我们能够触及那些尚未发生、但可能发生的事情；感受那些尚未到来、但可能到来的情感；思考那些尚未出现、但可能出现的问题。从文学的角度来说，将"未来"视为"现实"的一部分，就是不仅要分析已经存在的文本，更要探索那些尚未诞生、但可能诞生的文学新形态、新可能。"未来"不仅是文学研究的语境，更是文学研究的直接对象与核心内容。直面未来，就是直面文学的无限可能，直面人类情感的深度与广度，直面我们这个时代最真实、最深刻、最动人的现实。

在我看来，多少年来，整个世界一直是被短视行为所左右的，我们很少按照远见来行动，因为现实决定了一切，左右了我们的思维和行动方式！我们以前一直说要直面现实，其实现实就在我们的面前，你直不直面，它都在你面前，更重要的是直面未来！人工智能浪潮的到来，或许是一个契机，启发我们从危机与困境中抽离出来，把我们的文学研究延伸出去，比起由0和1组成的算法世界，比起由程序和代码规定的指令与行动，文学和艺术充满更多可能，也会带来更多未知的想象！直面未来不仅是直面文学本身具有的弹性空间，而更重要的是直面文学本身的内容，文学没有疆域，就像未来永远等待我们去对话和探寻一样。

最后，我想讲一个小例子。清华大学临床医学的一位院士培养博士，一开始他从医学专业挑选学生，但几年后他探索出一个新的模式，叫"临床医学+"。最先是临床医学加物理，后来启动了临床医学加文学，加物理人们容易理解，加文学就很难理解了。人们去问他，这位院士淡定地回答：一切事物、一切领域走到深处都是文学！无论未来走多远，文学的价值永远是不容置疑的。

我的发言结束了，谢谢大家！

【本篇编辑：张全之】

古典新义

汉文佛典随函音义衍变史管窥：写本时代（二）^①

——《金光明最胜王经》随函音义衍变史之写本时代

马进勇

摘　要：《金光明最胜王经》随函音义在写本时代的演变体现于卷十和卷四。敦煌写本卷十之随函音义存在两种系统并一个例外，经全面校录，从与紫纸金字本之关系、条目次序与字头在经文中首见次序之一致性、"扪""扷"义音关系、"扪"之切语"胡本"反映的音义问题等四方面论证，认为甲系统（第七、八两条音释作"扪：胡本。鲠：庚杏"）为最初形态，或曾经例外形态过渡，后演变为乙系统（第七、八两条作"哽：古杏。扷：無粉"）；该演变完成于唐代；用字愈趋规范、典正，轻、重唇音分化，是导致该演变的主因。卷四则从无到有，发展出一条随函音义。其余八卷无系统性演变。《可洪音义》虽属随函系统，但与《金光明最胜王经》早期随函音义无必然继承关系。

关键词：汉文佛典　随函音义　衍变史　《金光明最胜王经》　敦煌写本

作者简介：马进勇（1988—），男，吉林大学文学院博士研究生，主要从事汉语音韵学、敦煌学、汉语音义学等研究。

---

① 本文2018年初撰时，承蒙业师萧瑜先生多所赐教，惠我良多，谨此敬致谢忱！本文系国家社会科学基金重大项目"汉文佛经字词关系研究及数据库建设"（项目编号：23&ZD311）的阶段性成果。

A Glimpse into the Evolutionary History of Suihan Yinyi in Chinese Buddhist Texts: Manuscript Era (Part 2)
— The Evolutionary History of the Suihan Yinyi in Yi Jing's Chinese Translation of *Suvarṇa-prabhāsôttama* During the Manuscript Era

Ma Jinyong

Abstract: The evolution of the Suihan Yinyi (随函音义) in Yi Jing (义净)'s Chinese Translation of *Suvarṇa-prabhāsôttama* during the manuscript era is reflected in Volume Ten and Volume Four. In the Dunhuang manuscripts of Volume Ten, there are two systems of Suihan Yinyi and one exception. Through comprehensive collation, this study examines four aspects: the relationship with the Suihan Yinyi found in Japan's ancient "Purple Paper and Golden Characters" manuscript, the consistency of item order and the order of their first appearance in the text, the relationship in meaning and pronunciation between the words "扪" and "抆", and the pronunciation and meaning issues reflected by the phonetic annotations of "胡本" for "扪". It is argued that System A (where the seventh and eighth Suihan Yinyi are rendered as "扪：胡本．鲤：庚杏") represents the original form, which may have undergone a transitional phase represented by the exception form before evolving into System B (where the seventh and eighth Suihan Yinyi are rendered as "哽：古杏．抆：無粉"). This evolution was completed during the Tang Dynasty, the increasing standardization and correctness of characters and the differentiation between light labial sounds and heavy labiodental sounds are the two main reasons that led to this change. Volume Four's Suihan Yinyi, on the other hand, developed one Suihan Yinyi from none. The remaining eight volumes did not demonstrate systematic evolution. Although *Ke Hong Yinyi* (《可洪音义》) belongs to the Suihan Yinyi system, it does not have a necessary hereditary relationship with the early Suihan Yinyi in Yi Jing's Translation.

Keywords: Chinese Buddhist Texts　Suihan Yinyi　evolutionary history　Yi Jing's Chinese translation of *Suvarṇa-prabhāsôttama*　Dunhuang manuscripts

宋代以前，佛典多以写卷形式流传，即本文所谓"写本时代"。我们考察《金光明最胜王经》（简称《最胜王经》）随函音义，写本时代部分，除日本古写本紫纸金字本、天平宝字本外，所用《最胜王经》资料均为唐五代敦煌写卷。拙文上篇①已考定紫纸金字本之随函音义即为《最胜王经》随函音义原初内容，本

---

① 马进勇.汉文佛典随函音义衍变史管窥：写本时代（一）：《金光明最胜王经》随函音义探源［M］.吴俊，张全之.文治春秋：总第一卷（2024年春）.上海：上海交通大学出版社，2024.

篇则在其基础上，考察写本时代《最胜王经》随函音义之衍变情况。

一、敦煌写本《最胜王经》卷十随函音义之两个系统考

在最初通过《敦煌宝藏》《敦煌吐鲁番文献集成》丛书、国际敦煌项目（International Dunhuang Project，简称 IDP）网站等查阅、筛选存有随函音义的《最胜王经》写卷时，笔者即发现，其卷十之随函音义，在敦煌写卷中似乎存在着两个不同的系统。两个系统通常均存音释八条。其中，前六条内容大体一致，后两条则判然有别，不仅字头用字不同，相应的反切不同，而且两条音释的先后次序也不一样。后两条音释，一种同于日本紫纸金字本，通常作"扪：胡本。鲠：庚杏"（为便行文，以下称此为"甲系统"）；另一种则通常作"哽：古杏。扖：無①粉"（后文称"乙系统"）。就目前所见，同一系统内，各写卷中后两个条目之字头均同，仅反切用字因讹误、繁简字形等而偶有差异（详见表1）。在这两个系统之外，还存在一个特例，B.1996（玉80）卷末随函音义作"哽：吉杏。扪：無粉"，似乎是两个系统的糅合。后在翻阅《敦煌经部文献合集》（简称《合集》）第11册《金光明最胜王经音》校记时，发现其中已明确指出"'哽'以下二条有两个系统"，并对相关情况有较为详细的校录。②但因其着眼于校录，故于校录之外，未有太多更深层次的研究。

经考察分析，笔者认为，这两个系统存在历时的先后关系，且在一定程度上正好是当时实际语音的演变情况在随函音义中的体现。通过对这两个系统的考究分辨，能够厘清《最胜王经》随函音义在这一阶段的发展演变情况，同时，还可以为相应敦煌写卷的断代提供一定的参考。

（一）敦煌写卷《最胜王经》卷十随函音义校录

为审慎起见，在《合集》校录成果的基础上，笔者首先对《最胜王经》卷第

---

① "無/无"繁简字形关涉不同写卷之差异，行文征引皆存其旧，原文作"無"者不改为简体字"无"。
② 张涌泉.敦煌经部文献合集：第11册［M］.北京：中华书局，2008：5359-5361.

十的敦煌写卷作了重新核查，包括《合集》问世之后新公布的材料，对其中所抄存的随函音义作了重新校录。在此过程中，也发现并校正了《合集》校记中存在的个别疏误。具有系统区别性特征的第七、八两条音释之校录结果见表1。

表1　敦煌写卷《金光明最胜王经》卷十随函音义（部分）校录表

系统	序号	编号	经文	音释7	经文	音释8
甲	1	S.2100	抾	抾 胡本	鯁	鯁 庚杏
	2	Φ.132	抾	抾 胡本	鯁	鯁 庚杏
	3	B.1965	抾	抾 胡本	鯁	鯁 庚杏
	4	B.1971	抾	抾 胡本	鯁	鯁 庚杏
	5	S.2303	抾	抾 胡本	哽	鯁 庚（杳）〔杏〕①
	6	S.5284	抾	抾 胡本	哽	鯁 庚杏
	7	S.6688	抾	抾 胡本	哽	鯁 庚（柰）〔杏〕②
	8	B.1960	抾	抾 胡本	哽	鯁 庚杏
	9	B.1967	抾	抾 胡本	哽	鯁 庚杏
	10	B.1968	抾	抾 胡本	哽	鯁 庚杏
	11	B.1970	抾	抾 胡本	哽	鯁 庚杏
	12	B.1972	抾	抾 胡本	哽	鯁 庚杏
	13	B.1974	抾	抾 胡本	哽	鯁 庚杏
	14	B.1978	抾	抾 胡本	哽	鯁 庚杏
	15	BD14067	抾	抾 胡本	哽	鯁 庚杏
	16	伍倫17③	抾	抾 胡本	哽	鯁 庚杏

① "杳"属上声篠韵，与"鯁""杏"不同韵，且相去甚远，《合集》已指出当系"杏"之形讹，是。
② "柰"属去声泰韵，与"鯁""杏"不同韵，且相去甚远，《合集》已指出当系"杏"之形讹，是。
③ 方广锠.滨田德海搜藏敦煌遗书［M］.北京：国家图书出版社，2016：119-125.

续　表

系统	序号	编号	经文	音释7		经文	音释8	
甲	17	S.6389	—	押	胡本	—	鯁	庚杏
	18	B.1976	—	押	胡本	—	鯁	庚杏
	19	B.1977	—	押	胡本	—	鯁	庚杏
	20	B.1980	—	押	胡本	—	鯁	庚杏
	21	B.1983	—	押	胡本	—	鯁	庚杏
	22	B.1994	—	押	□□	—	鯁	庚杏
	23	B.1997	—	押	胡本	—	鯁	庚杏
	24	B.2000	—	押	胡（昔）〔本〕①	—	鯁	庚杏
	25	B.2002	—	押	胡本	—	鯁	庚杏
例外	1	B.1996	—	哽	（吉）〔古〕杏②	—	押	無粉
乙	1	S.1025	哽	哽	古杏	扷	扷	無𠆢③
	2	S.5129	哽	哽	古杏	扷	扷	無粉
	3	B.1964	哽	哽	古杏	扷	扷	無（紛）〔粉〕④
	4	B.1975	哽	哽	古杏	扷	扷	無粉
	5	S.1622	哽	哽	古杏	押	扷	无粉反

---

① "昔"属入声昔韵，与"押""本"不同韵，与"本"无字形关涉，《合集》已指出"'昔'字承前条'瘠'字注文'情昔'而误"，是。

② 被切字"哽"属见母开口二等，"古"属见母开口一等。反切上字"吉"亦属见母，然系开口三等字，就反切规律而言，"吉"与开口二等的"杏"相切，不及"古""杏"切"哽"和谐顺畅，改"古"为"吉"不合切语改进之常理。又因"吉"与"古"形近，故笔者认为"吉"当系"古"之形讹。下同。

③ S.1025卷尾残损，致使"扷"之反切下字仅可见基本完整的右侧偏旁"分"，左侧偏旁残佚。

④ 被切字"扷"《广韵》《集韵》皆有上声吻韵、去声问韵二音。"纷"属平声文韵，与"扷"不同调，当系"粉"之形讹。下同。

续 表

系统	序号	编号	经文	音释7		经文	音释8	
乙	6	S.2297	哽	哽	古杏	押	扷	無（紛）〔粉〕
	7	S.6371	哽	哽	古杏	押	扷	無（紛）〔粉〕
	8	S.6674	哽	哽	古杏	押	扷	無粉反
	9	S.6677	哽	哽	古杏	押	扷	无粉
	10	B.1966	哽	哽	古杏	押	扷	無粉
	11	S.0712	—	哽	（吉）〔古〕杏	—	扷	無（紛）〔粉〕
	12	S.1108	—	哽	古杏	—	扷	無（紛）〔粉〕
	13	B.1981	—	哽	（吉）〔古〕杏	—	扷	無粉
	14	B.1998	—	哽	古杏	—	扷	無粉
	15	B.2003	—	哽	古杏	—	扷	無（紛）〔粉〕
	16	S.6691	×	哽	古杏	×	扷	拭無粉

说明：1. 因繁简字形关涉不同写卷之差异，为直观、准确地展示和说明有关问题，并保证体例一致，本表迻录随函音义条目时，保留繁体字形，不改为简体字。

2. "—"表示该写卷因卷端残佚而未见该条音释所对应的经文文字。

3. S.6691中《金光明最胜王经音》系集中抄录《最胜王经》各卷之随函音义，本无经文，故以"×"标示。

4. 疑有讹误之字，遵校勘通例，以（ ）标示疑误之原字，以〔 〕注出笔者认为的校正字形，校正理由以脚注阐明。

表1中所校录之写卷，仅B.1998（藏48）有涉及年代信息的写经题记，其余诸卷均无任何有关写经年代的文字记录。B.1998之写经题记显示，此卷为"李晅"于"乙丑年"发愿写就。相关研究多认为此卷及B.1617（致28）的"李晅"与S.980和P.3668的"皇太子晅"系同一人。日本学者池田温认为此"乙丑年"即公元905年。[①]据此，则乙系统至迟在《最胜王经》译成200年后的唐末即已出现。

---

① 池田温.中国古代写本识语集录［M］.东京：东京大学东洋文化研究所，1990：450.

（二）两个系统之先后关系及相关问题

从表1的校录结果看，笔者认为，甲系统早于乙系统，而乙系统是在甲系统的基础上逐步修正、完善、更新而成的，是甲系统发展演变的产物。兹从四个方面分析论证如下。①

第一，拙文上篇②已考定，日本紫纸金字本所抄存之随函音义即是《最胜王经》原初的随函音义，而除S.2303、S.6688和B.2000（腾67）之讹误外，甲系统与紫纸金字本完全一致，因此，甲系统之随函音义也即是《最胜王经》最初的随函音义，诸如乙系统等的不合于紫纸金字本者，则是后出的。

第二，通检《最胜王经》卷十全卷，"扪/抆"和"鲠/哽"之出处均只一处，见于《舍身品第廿六》，原文为"王闻语已，惊惶失所，悲鲠（哽）而言，苦哉，今日失我爱子，即便扪（抆）泪慰喻夫人，告言贤首，汝勿忧戚，吾今共出求觅爱子"。经文中"鲠/哽"字在前，"扪/抆"字在后。理论上，随函音义作为辅助读经的工具，其条目次序安排宜与条目字头在该卷经文中首次出现的顺序保持一致。③从这个角度看，则"鲠/哽"字条当置于"扪/抆"字条之前。而甲系统"扪/抆"字条在"鲠/哽"字条之前，不合于这一隐性的规则，可算作是疏失。

从经文的文义来看，"鲠""哽"二字，当以"哽"字为正体。

"鲠"在《说文·鱼部》："鱼骨也。从鱼，更声。"④唐陆德明《经典释文》卷十二《礼记音义·内则第十二》："鲠人：本又作'哽'，古猛反。《字林》云：

---

① 因前六条的内容大体一致，不存在系统性的区别特征，故在以下有关两个系统异同的论述中，若无特别说明，则均仅指第七、八两条音释的异同。
② 马进勇.汉文佛典随函音义衍变史管窥：写本时代（一）：《金光明最胜王经》随函音义探源[M].吴俊，张全之.文治春秋：总第一卷（2024年春）.上海：上海交通大学出版社，2024.
③ 以《最胜王经》随函音义为例来看，事实上，早期随函音义对于"音释条目次序应和条目字头在经文中的首见出处的顺序保持一致"这一隐性规则执行得并不好。参考《合集》校录成果，并结合笔者的调查，《最胜王经》最初的随函音义，九卷之中，仅卷二、卷三的音释条目次序与经文中首见字次完全吻合。其余七卷，次序或多或少都有所差异。其中更有个别卷次的随函音义条目，相对于经文而言，几乎是杂乱无章的。至后世则渐次增损调整，顺序也陆续有所规范。
④ 许慎.说文解字[M].北京：中华书局，2013：244下。

'鲠，鱼骨也。'又工孟反。"①唐王仁昫《刊谬补缺切韵》上声卅七梗韵"古杏反"梗小韵："刺在喉。亦作'骾'。"②《广韵》上声三十八梗韵"古杏切"梗小韵："刺在喉。又，骨鲠，謇谔之臣。"③

"哽"在《说文·口部》："语为舌所介也。从口，更声。读若井级绠。"④王仁昫《刊谬补缺切韵》上声卅七梗韵"古杏反"梗小韵："咽哽。"⑤《广韵》上声三十八梗韵"古杏切"梗小韵："哽咽。"⑥

清人王筠认为"鲠""哽"二字是假借关系。其《说文句读》卷三"哽"字注云："《后汉书·明帝纪》：'祝哽在前，祝噎在后。'乃借'哽'为'鲠'也。《隋书·卢楚传》：'鲠急口吃。'又借'鲠'为'哽'也。"⑦王力先生《同源字典》将二者归为同源字。⑧笔者赞同二字为同源关系。同时，在中古汉语中，当表示"食物梗塞喉咙难以咽下"和"（通常因悲痛导致）气塞"这两种含义时，二字存在通用关系。特别是在表示"气塞"义时，用"鲠"为"哽"之例时有所见。如《后汉书》卷十下《皇后纪·灵思何皇后》："扶弘农王下殿，北面称臣。太后鲠涕，群臣含悲，莫敢言。"⑨《南史》卷四十一《列传·萧钧》："贵人亡后，每岁时及朔望，辄开视，再拜鲠咽，见者皆为之悲。"⑩《新唐书》卷七十六《列传·后妃上·杨贵妃》："帝视之，凄感流涕，命工貌妃于别殿，朝夕往，必为鲠欷。"⑪但总体来看，中古表"气塞"义时，以用"哽"为主流。

唐人颜元孙《干禄字书》上声："鲠哽：上刺在喉；下哽咽，作'骾'亦

---

① 陆德明.经典释文［M］.上海：上海古籍出版社，1985：736.
② 王仁昫.唐写本王仁昫刊谬补缺切韵［M］.南京：江苏凤凰教育出版社，2017：51.
③ 周祖谟.广韵校本［M］.北京：中华书局，2011：317.
④ 许慎，徐铉.说文解字［M］.北京：中华书局，2013：27上.
⑤ 王仁昫.唐写本王仁昫刊谬补缺切韵［M］.南京：江苏凤凰教育出版社，2017：51.按，注文中"哽"字原以重文符号代替，本文征引时，回改为"哽"字.
⑥ 周祖谟.广韵校本（附广韵四声韵字今音表）［M］.北京：中华书局，2011：317.
⑦ 王筠.说文解字句读［M］//《续修四库全书》编委会.续修四库全书：第216册.上海：上海古籍出版社，2002：534.
⑧ 参见王力.同源字典［M］.北京：商务印书馆，1982：344.
⑨ 范晔.后汉书［M］.北京：中华书局，1965：450.
⑩ 李延寿.南史［M］.北京：中华书局，1975：1038.
⑪ 欧阳修，宋祁.新唐书［M］.北京：中华书局，1975：3495.

通。"《干禄字书》"以平上去入四声为次，具言俗、通、正三体"。"所谓'通'者，相承久远，可以施表奏笺启、尺牍判状，固免诋诃。（若须作文言及选曹铨试，兼择正体用之尤佳。）"[1]据颜真卿为颜元孙所撰《朝议大夫守华州刺史上柱国赠秘书监颜君神道碑铭》[2]，颜元孙卒于唐开元二十年（732年），则与义净三藏同时代而稍晚。《干禄字书》系其为正字而作，成书或亦略晚于《最胜王经》之译成。颜氏将表示"哽咽"义时所写之"鲠"字归为其"俗、通、正三体"之中的"通"类，又据其对"通"类之界定，以及其补充说明中"兼择正体用之尤佳"之说，可知其时"哽咽"义乃以"哽"字为典正，而"鲠"亦可通用。因而，从当时主流用字习惯以及正字规范的角度来看，甲系统经文中写作"悲鲠"或系存古现象，虽不为错，但也是不合于主流、不够规范的。所以在流转传抄过程中，人们就逐渐将其更正为"悲哽"了。

按照典籍文献传抄的一般规律，对典籍中字句等内容作人为的有意识的更改，通常都是校勘者或抄写者认为原文有所疏误，须予更正。对于佛经，基于抄经人的抄经动机，其内在要求抄经必须虔诚、庄严，则更不可能肆意妄改。因此，对于甲、乙两个系统，理当是甲系统在先，其后的抄经人陆续发现随函音义中"扪""鲠"两条音释与二字在经文中的先后次序不一致，[3]以及"鲠"字之于"悲哽"一词在用字上不够典正，不合于主流习惯，遂将"扪""鲠"两条音释予以乙正，将"鲠"字改写作"哽"，渐次演变，最终才有了乙系统。反之，若乙系统在先，则无法解释为何要将这两条音释本合于经文的顺序改为与经文中次序相左，将原来合乎主流用字习惯的字形改为兼可通用的非典正写法，而且改后还能为大众所认可，得以广泛流布。

第三，"扪""扠"二字，从词义分辨和语音演变的角度考察，在经文中当用"扪"字在先，而改用"扠"字在后。

---

[1] 施安昌.颜真卿书《干禄字书》[M].北京：紫禁城出版社，1990：43，8-10.按，圆括号中"若须……尤佳"字句原作小字双行，本文改为单行，以较正文小一号字并加圆括号标示。下仿此。
[2] 董诰，等.全唐文[M].北京：中华书局，1983：3457-3459.
[3] 在经文中，"鲠""扪"二字仅间隔12个字，在敦煌写本中，此二字大都位于紧邻的前后两行，因而二字在随函音义和经文中的先后顺序不一致是比较容易发现的。

"挋"字不见于《说文》。但从传世文献来看,"挋"之出现并不晚于《说文》成书之时代。如《楚辞·九章·悲回风》:"孤子唫而抆泪兮,放子出而不还。"①汉世以至唐初,"挋"亦时有所见。如《汉书》卷八十三《薛宣朱博传》:"冯翊欲洒卿耻,挋拭用禁,能自效不?"唐颜师古注云:"挋拭,摩也。洒音先礼反。挋音文粉反。"②魏张揖《广雅》卷二《释诂》:"挋(吻),拭也。"③《尔雅》卷上《释诂第一》"掁、拭、刷,清也"条,晋郭璞注云:"振讯、挋拭、扫刷,皆所以为洁清。"④唐玄应《一切经音义》(简称《玄应音义》)卷十八《鞞婆沙阿毗昙论》音义:"挋摸:无粉反。《字林》:'挋,拭也。'"⑤卷二十五《阿毗达磨顺正理论》音义:"挋拭:武粉反,下舒翼反。《广雅》:'挋,拭也。'振也。《尔雅》:'拭,清也。'言挋拭所以为清洁也。"⑥据徐时仪先生考证,《玄应音义》成书当在唐高宗之世,而不晚于龙朔三年(663年)。⑦则其先于《最胜王经》之译成将近半个世纪。王仁昫《刊谬补缺切韵》上声十七吻韵"武粉反"吻小韵:"挋,式。"⑧据周祖谟先生考证,王仁昫书成于唐中宗李显复国后在位之世,即神龙元年(705年)至景龙四年(710年)。⑨则该书晚于《最胜王经》之译成未足十年,实乃同一时代。

"挋"上述诸家音"文粉反""无粉反""武粉反"。"文""无""武"三字中古均属微母,故三反切同音,即臻摄合口三等上声吻韵微母。先宋旧注中"挋"仅此一音。⑩乙系统诸本音"無粉""无粉"者是,音"無紛"者非。字义诸家均

---

① 洪兴祖.楚辞补注[M].北京:中华书局,2014:158.
② 班固.汉书[M].北京:中华书局,1962:3402-3403.
③ 张揖.广雅[M]//永瑢,等.景印文渊阁四库全书:第221册.台北:台湾商务印书馆,1986:435上.
④ 郭璞.尔雅[M].北京:中华书局,2016:10.
⑤ 徐时仪.一切经音义三种校本合刊:修订版[M].上海:上海古籍出版社,2012:377.
⑥ 徐时仪.一切经音义三种校本合刊:修订版[M].上海:上海古籍出版社,2012:509.
⑦ 参见徐时仪.一切经音义三种校本合刊绪论[M]//一切经音义三种校本合刊:修订版.上海:上海古籍出版社,2012:13-14.
⑧ 王仁昫.唐写本王仁昫刊谬补缺切韵[M].南京:江苏凤凰教育出版社,2017:45.按,"式"误,应作"拭"。P.2011("王一")、项跋本("王二")、S.2071("切三")均作"拭"。
⑨ 参见周祖谟.王仁昫切韵著作年代释疑[M]//问学集.北京:中华书局,1966:483-493.
⑩ 《广韵》《集韵》中"挋"字有二音,除见于上声吻韵吻小韵之外,还见于去声问韵问小韵。然宋跋本("王三")、项跋本中"挋"字均仅见于上声吻韵吻小韵。

注为"拭",即擦拭、揩拭之义。

"扪"见于《说文·手部》:"抚持也。从手,门声。诗曰:'莫扪朕舌。'"① 王仁昫《刊谬补缺切韵》平声廿二魂韵"莫奔反"门小韵:"扪,以手抚持。"②《广韵》上平声二十三魂韵"莫奔切"门小韵:"扪,以手抚持。"③《集韵》音"谟奔切"。④ "莫""谟"二字中古均属明母。则"扪"字仅有一音,即臻摄合口一等平声魂韵明母。唐慧琳《一切经音义》(简称《慧琳音义》)、辽希麟《续一切经音义》中,"扪"亦仅此一音,或"音门",或作"莫奔反""莫盆反""没奔反",音皆同。唯《玄应音义》中多注二音:

(1)扪摸:莫奔、莫本二反。扪亦摸也。《诗》云:"莫扪朕舌。"《传》曰:"扪,抚持也。"谓执持也。经中有作"摩捉日月"是也。(卷一《大方广佛华严经》音义)

(2)摩扪:莫奔、莫本二反。《声类》云:"扪,摸也。"《字林》:"扪,抚持也。"案,扪持谓手把执物也,故诸经中有作"摩捉日月"是也。(卷三《摩诃般若波罗蜜经》音义)

(3)扪泪:莫奔、亡本二反。《声类》云:"扪,摸也。"《字林》:"扪,持也。"经文有作"抆",亡粉反。《字林》:"抆,拭也。"言须菩提恨不早闻,故涕泪悲泣,今既得解,所以扪泪而言也。(卷三《金刚般若经》音义)

(4)手扪:莫昆、莫本二反。《声类》:"扪,摸也。"《字林》:"抚持也。"案,扪谓执捉物也。(卷九《大智度论》音义)

(5)扪摸:莫昆、莫本二反。《声类》:"扪,摸也。"《字林》:"扪,抚持也。"案,扪摸谓执持物也。(卷十四《四分律》音义)

---

① 许慎.说文解字[M].北京:中华书局,2013:252下。
② 王仁昫.唐写本王仁昫刊谬补缺切韵[M].南京:江苏凤凰教育出版社,2017:18.
③ 周祖谟.广韵校本[M].北京:中华书局,2011:119.
④ 丁度,等.宋刻集韵[M].北京:中华书局,1989:40下。

（6）扪摸：莫奔、莫本二反。案，扪摸谓手执持物也。《字林》："扪，抚持也。"（卷二十二《瑜伽师地论》音义）①

《玄应音义》中，反切下字"奔""昆"中古均属臻摄合口一等平声魂韵，"莫奔""莫昆"二反音同，即历代所注"扪"字"抚持"义之音。而"扪"之"莫本""亡本"音似仅见于《玄应音义》。"本"中古属臻摄合口一等上声混韵。"莫""亡"二字，在轻唇音产生前，均属明母；中古明、微分化后，"莫"属明母，"亡"属微母。很显然，在以上六例中，玄应所注"莫本""亡本"乃是同一个音，即，玄应认为"扪"字有"莫奔"（平声）、"莫本"（上声）二音。

"扪"之"莫本/亡本"一音，不见于前代音注，则可认为"莫本""亡本"两条反切乃玄应自创。其自创之音切，既无所本，则理当是对其时音或方音的反映。由"莫本""亡本"二反同音，则或可认为，在玄应的语音系统中，轻唇的微母尚未产生，或微母尚未从明母中完全分化出来。

又，从"经文有作'扽'，亡粉反"这条异文记载中，至少可解读出以下两点信息。

其一，"粉"中古属臻摄合口三等上声吻韵，"本"中古属臻摄合口一等上声混韵，则"扪"之"亡本"一音与"扽"字声母、声调均同，而韵母仅一、三等之别，甚为相近，因而玄应所注"扪"之"亡本"音与"扽"非常音近。"扪（亡本反）"与"扽"既为音近字而非同音字，则可排除二者为异体字之可能，同时，则可怀疑二者之间乃是同音（音近）假借关系。

其二，在"扪摸""摩扪""手扪"等词中，作"抚持"义之"扪"，均不见有写作"扽"之异文。如《楚辞·九章·悲回风》中，除前文已提及的"孤子唫而抆泪兮"一句外，另有"据青冥而攄虹兮，遂儵忽而扪天"②一句。同一篇中，"抆"和"扪"使用语境彼此分明，不相混同。又如，五代行瑫《内典随函音疏》（简称《行瑫音疏》）卷二百六十四《中阿含经帙之四》卷三十六有"扽：

---

① 一切经音义三种校本合刊：修订版［M］.上海：上海古籍出版社，2012：11，57，75，188，296，445.
② 洪兴祖.楚辞补注［M］.北京：中华书局，2014：159.

非。扪摸：门音"①。据《行瑶音疏》体例，此即说在"扪摸"一词中，"扪"不应写作"扲"。可见，"扲"字无"抚持"义；在这个义项上，二者泾渭分明。独"扪泪"有作"扲泪"者，《最胜王经》有之，其他一些佛经中也偶有所见，则说明"扪""扲"通用当仅限于"拭"义。然而，据《经籍纂诂》《故训汇纂》等所纂集的历代旧训来看，"扪"从未有如"扲"一样被直接训为"拭/拭也"者。②而"扪"在历代音注中均只有"莫奔反"一音，独玄应一家另注"莫本反/亡本反"，则说明"扪"字本无"莫本反"音。由此，笔者认为，"扪泪"之"扪"乃是假借字，其本字当为"扲"；玄应所注"莫本反/亡本反"，非"扪"字固有读音，而系破读之音。至于玄应是否明确意识到"扪""扲"二字之于"扪泪/扲泪"一词系假借关系，则有待进一步考证。③

自清儒钱大昕等提出"古无轻唇音"说以来，除了极少数学者持反对意见外，音韵学界大部分学者是达成了共识、赞同此论断的。④经过几代学人的不断考求、反复论证，已将轻唇音从重唇音分化出来的时代大致划定在隋唐五代时期。

高本汉认为"这个演变是在唐代才有的"。⑤马伯乐的看法与高本汉一致，认为"由于轻唇音在《切韵》里并未见分出来而在越南译音里则分出来了，所以这套音的出现一定是在唐代。""在唐初，大概也就是7世纪上半叶，在长安以及中国北方形成了轻唇音f、fʻ、vʻ、ɱ。"⑥张世禄、杨剑桥两位先生也认为，汉

---

① 北京德宝国际拍卖有限公司.宝藏：佛教文献［M］.北京：北京德宝国际拍卖有限公司，2009：2.
② 慧琳《一切经音义》卷第十五《大宝积经》音义："扪泪：上没奔反。《考声》云：'拊持也，摸也。'案，扪亦拭也。"然此亦仅称"亦拭也"，相当于说"（在此处）也有拭的意思"，而非直接训为"拭也"。二者有差异。
③ 《汉语大字典》（第二版九卷本第2007页）"扪"字义项❸"擦；拭。也作'扲'。"《汉语大词典》（第六卷第724页）"扪"字义项❹"揩拭。"皆引证玄应《一切经音义》卷三（扪）经文有作扲。《字林》：扲，拭也。"不妥。玄应虽未明确指出"扪泪"之"扪"系"扲"之假借，但其已将"扪"读破为"扲"，注"亡粉反"音，则不应以本字"扲"之"拭"义为假借字"扪"之义项。"扪"字本无"擦拭、揩拭"义。《汉语大字典》《汉语大词典》以《玄应音义》为据，取其形、义之说而舍其音，似有断章取义之嫌。
④ 参见乔全生.古无轻唇音述论［J］.古汉语研究，2013（3）：16.
⑤ 高本汉.中国音韵学研究［M］.赵元任，罗常培，李方桂，译.北京：商务印书馆，1994：417.
⑥ 马伯乐.唐代长安方言考［M］.聂鸿音，译.北京：中华书局，2005：42-44.

语轻、重唇音分化的开始时间，可能在7世纪中叶；其分化的完成，当早在8世纪末9世纪初。①张清常先生则认为，轻唇音从重唇音里面分化出来，起源较早，可推溯到汉魏六朝，但彻底分家，似乎是直到北宋之初才得到音韵学家的承认。②而王力先生却认为，隋唐时代唇音还没有分化为重唇（双唇）、轻唇（唇齿），还没有产生轻唇音；唇音的分化，轻唇音的产生，是从晚唐五代开始的。③

据黄淬伯先生研究，在《慧琳音义》的反切中，轻、重唇音已然不混。④储泰松先生通过对初盛唐时期作于关中地区的慧苑《新译华严经音义》、窥基《妙法莲花经音义》、云公《涅盘经音义》三书之反切进行系联考察，发现"轻重唇界限是比较清楚的，最明显的是《王三》类隔，《音义》改为音和"；"轻重唇间略有交涉"，"都是以轻唇切重唇"，"明微的比例较高，可能两组可以混读"。⑤黄仁瑄先生在前代学者研究成果的基础上进一步考察归纳的玄应、慧苑、慧琳三家音系中，唇音均分为重唇、轻唇两组。⑥王曦先生综合运用多种方法对《玄应音义》中的唇音材料进行穷尽式考察后，认为"玄应语音中作为声母音位的轻唇音非、敷、奉、微四母已经独立，但分而未尽，仍有少数轻重唇音有牵混"⑦。徐朝东先生通过调查唐五代敦煌世俗文书中音切与异文别字材料，发现"实际口语中，无论北方方言还是南方方言的语音材料中，轻唇音和重唇音分化已经完成了，明微分化的速度稍慢"。特别指出"唇音中帮、滂、并三纽和鼻音明纽分化的步调也是不一致的，双唇音分化快，鼻音分化慢。"⑧日本学者大岛正二也有类似观点。⑨

---

① 参见张世禄，杨剑桥.汉语轻重唇音的分化问题[J].扬州师院学报（社会科学版），1986（2）：4-5.
② 参见张清常.古音无轻唇舌上八纽再证[M]//张清常文集：第1卷.北京：北京语言大学出版社，2006：108.
③ 参见王力.汉语语音史[M].北京：中国社会科学出版社，1985：166，229.
④ 参见黄淬伯.慧琳一切经音义反切考[M].北京：中华书局，2010：41-46.黄淬伯.唐代关中方言音系[M].北京：中华书局，2010：17-19.
⑤ 储泰松.唐五代关中方音研究[M].合肥：安徽大学出版社，2005：41-45.
⑥ 参见黄仁瑄.唐五代佛典音义研究[M].北京：中华书局，2011：270，277，294.
⑦ 王曦.玄应《一切经音义》唇音声母考察[J].中国语文，2016（6）：709-725.
⑧ 徐朝东.敦煌世俗文书中唇音问题之考察[J].阅江学刊，2018（2）：23-29.
⑨ 参见大岛正二.唐代字音の研究[M].东京：汲古书院，1981：66.

对于诸如《玄应音义》等轻、重唇音已经分化而又偶有轻、重唇音混注的情况，邵荣芬先生指出，"可以设想，当时长安话唇音正处在轻重开始分化的过程之中，分化出来的轻唇字往往都还有重唇的旧读"①。王曦先生补充认为："玄应以轻唇音字作重唇音字的切上字，其中大多数很可能是用轻唇音字还存留的重唇音旧读来作注，但也不能排除其中有些后世的轻唇音字在当时还未分化，仍读重唇音。"②

根据上述诸多学者的考察研究，并结合前文论述来看，在《玄应音义》之前的时代，微母尚未从明母分化出来。则"扪""抆"二字声纽皆明母，二者读音非常近似。又加之"扪"字之"抚摸"义与"抆"字之"揩拭"义也甚为接近，③二者形成假借关系的条件可谓相当成熟，因而顺理成章地造成了"扪（抆）泪"等词中借"扪"为"抆"之现象，造就了"扪""抆"二字的假借关系。

玄应、慧苑等所注音切中轻、重唇音分而未尽，至慧琳时已基本不混。义净三藏等译成《最胜王经》之时，正介于玄应之后，慧琳之前。又据明、微二纽的分化速度略慢，则可认为，义净之时明、微二纽或许仍尚未分化，至少尚未彻底完成分化，后世分属明、微二纽的字在当时声纽仍时有混同。于是"扪""抆"二字仍读重唇音而依旧音近。所以义净等在《最胜王经》中很自然地沿袭了前代较为习用的假借字"扪"来书写"抆泪"一词而作"扪泪"。但从词义上来说，在"扪（抆）泪"一词中，终究还是应以"抆"字更为准确，毕竟"扪"字始终不曾直接拥有"擦拭、揩拭"义。故随着时间的推移和语音的演变，明、微二纽分化完成，"抆""扪"二字已有轻、重唇之别，读音已异，人们遂渐觉"扪"字之于"扪（抆）泪"已不再合适，于是就放弃了沿用多时的假借字"扪"，而将经文中的"扪泪"渐次改回了更合乎实际口语语音且字义亦更为贴切准确的"抆泪"。

当然，似乎也不排除还有一种可能，即义净之世已经处于明、微分化阶段，

---

① 邵荣芬.《切韵》尤韵和东三等唇音声母字的演变［M］//邵荣芬音韵学论集.北京：首都师范大学出版社，1997：204.
② 王曦.玄应《一切经音义》唇音声母考察［J］.中国语文，2016（6）：720.
③ "抚摸"与"揩拭"两种动作，虽然主观目的不尽一致，但二者的动作形态是非常相仿的，有时甚至是完全一样的。

当时的关中民间日常口语中已经出现了轻唇的微母,诸如"抆"字等已然读作轻唇音。但因雅言的正统性、保守性,这种"民间性"的语音现象一时还未能获得通用雅言的官方之认可和接受。而《最胜王经》翻译系奉制为之,乃是朝廷行为,因而其最初的译经用字遵照了较为保守的官方雅言的语音系统。在雅言的语音系统中,依旧是仅有明母而尚无微母,维系"扪""抆"假借关系的语音条件仍在。而前代译出的经书中又多写作"扪泪",借"扪"为"抆",故义净等在译《最胜王经》时遂仍其旧而亦写作"扪泪"。但《最胜王经》流布到民间之后,民间传抄经书时,抄经人以时音读之,认为相较于"扪"字,"抆"字无论是在语音上还是在词义上都更合乎实际口语习惯,遂改"扪"为"抆"。

不过,从前修时贤对于轻、重唇音分化时代的诸多考索成果来看,笔者还是更倾向于前一种可能,即义净等译成《最胜王经》之时,明、微二组尚未分化或分而未尽,"扪""抆"二字均读明母。

第四,从"扪"之切语"胡本"看,亦当先用"扪"字,后来才改作"抆"字。

反切上字"胡"中古属匣母,下字"本"中古属臻摄合口一等上声混韵,而被切字"扪"中古属明母,臻摄合口一等平声魂韵,仅此一音。则"胡本"所切与"扪"字似非同音。然就表1的校录结果看,在众多敦煌写卷之随函音义中,除B.2000误"胡本"为"胡昔",B.1996以"無粉"为切外,其余各本皆以"胡本"切"扪",可知此切语本身必然是无误的。

在中上古时期的汉语西北方音中,晓、匣母合口字与明母字常存在谐声关系。前贤时彦从汉语史、汉语方言、语音音理、民族语言、汉外对音等诸多方面各有论述。在现代汉语方言中也颇多体现。庞光华先生在《上古音及相关问题综合研究》一书第三章之"论明母、晓母相谐的问题"一节旁征博引,举证颇丰,足资参考,兹不赘述。唐代长安方音中既有匣母合口与明母相谐,则以匣母之"胡"作上字,以臻摄合口一等之"本"为下字,切明母臻摄合口一等之"扪"字,从声、韵两方面来看,皆无问题。但"扪"本音平声,而"本"为上声,声调相异,很显然"胡本"所切非"扪"字本音。而对比玄应于"扪"字所音之"莫本反/亡本反",下字完全相同,上字为匣母、明母谐声,则可判定,此"胡本"所切，与玄应之"莫本反/亡本反"实乃同一个音。前揭玄应"莫本反/亡本反"系假借字"扪"之本字"挟"的读音，而《最胜王经》之"扪"字亦正用于"扪泪"一词，因此，"胡本"所切实亦是"挟"之读音，亦即破读。

经中"扪泪"之"扪"系承袭前代所习用之假借字，"挟"乃其本字，故随函音义于"扪"读破而注其音为"胡本"。这也能很好地解释与甲乙两个系统皆异之例外B.1996音"扪"为"無粉"的缘由。笔者认为，B.1996以"無粉"音"扪"，并非抄经人从两个不同的底本上分别抄录了字头"扪"和音切"無粉"——这也不合常理，而很有可能是此卷（或其所据底卷）抄写者乃知音之人，读"胡本"而知此"扪"字须读如"挟"，且意识到"胡本"之于"挟"音虽以谐声关系而甚为音近，但二者毕竟不是完全同音，①遂以与"挟"音完全等同的切语"無粉"易之。这或许可算作是从甲系统发展到乙系统的一种过渡形态，在一定程度上反映了从甲系统演变到乙系统的一个过渡阶段。

《合集》认为B.1996"字头作'哽'和'扪'，当属前一系（笔者按：对应本文之乙系统）的变体。"②笔者对此不敢认同。单就这两条音释的形态，仅从文献学角度看，B.1996的确与乙系统更为接近，似乎可视作由乙系统变而来，但若把文献的视阈扩大到更多有相关用例的前代译经，同时结合汉语史的视角来看，则B.1996随函音义在系统上当更有可能是先于乙系统而存在的。二者更为近似，似乎也只能说明B.1996作为从甲系统演变到乙系统的过渡形态之一种，去甲系统已远而离乙系统更近罢了。并不能因其作为个例与乙系统更加近似，就简单地判定B.1996是乙系统的变体。

从音理的角度来看，轻唇的微母一般只出现在合口三等韵中。当假借字"扪"之读音被玄应、义净等注为"莫本反/亡本反""胡本"时，"本"属一等韵，尚不具备非组声母出现的语音环境；而"扪/挟"一旦被注音为"無粉"，"粉"属合口三等韵，则非组声母出现的语音环境这一必要条件已完全具备。"無"在轻唇音产生前属明母，明、微分化后即属微母。再者，前文已论及，"扪

---

① "胡本"所切为匣母一等韵，"挟"音为明（微）母三等韵。
② 张涌泉.敦煌经部文献合集：第11册［M］.北京：中华书局，2008：5360.

泪"之"扪"被系统性地回改为"抆",在很大程度上当是由于语音演变产生了轻唇音,明、微分化,"扪""抆"已不再同音(音近),二者间假借关系赖以存在的语音条件被破坏所致。因此,笔者认为,B.1996的"扪"和乙系统的"抆"之切语"無粉"所反映的,乃是明、微分化后的轻唇音微母读音,而不再是明、微分化前的重唇音明母读音。

综上,《最胜王经》卷十随函音义第七、八两条初为甲系统形态,或曾经B.1996之过渡形态,后演变为乙系统形态。这一演变完成于唐代。用字趋于规范、典正,以及轻、重唇音分化,是导致这一演变的主要原因。

二、唐五代时期的《最胜王经》音义

就目前所见,有明确写经年代记载,以及可大致推定具体抄写年代,且载有随函音义的《最胜王经》敦煌写卷,共涉及卷一、二、六、七、十等五个卷次(见表2)。就这五卷之情况而言,直到10世纪初,《最胜王经》随函音义仅卷十如前文考论,由最初的甲系统发展到了乙系统;其余四卷,除一些非系统性的条目漏略、文字讹替外,总体上仍保持着最初的形态。在其他更多无具体写经年代信息的写卷中,综合十卷之情况看,亦仅卷四由最初无随函音义发展到有了一条随函音义"枳:姜里,筏木"。此外,便再未发现超出上述发展状况、成系统的其他演变情况。

表2 有具体年代可考的敦煌写卷《金光明最胜王经》随函音义与
紫纸金字本、天平宝字本、S.6691条目数量对比表

序号	写本	卷次									
		一	二	三	四	五	六	七	八	九	十
1	紫纸金字本	16	7	3	0	4	19	11	2	9	8
2	天平宝字本	16	7	3	0	4	19	11	2	9	8
3	唐大中八年本							11			

续　表

序号	写本	卷次									
		一	二	三	四	五	六	七	八	九	十
4	唐光化三年本	16					18	11			
5	李晅写本		7								8
6	S.6691	16	7	0	1	0	19	11	2	9	8

说明　1. "唐大中八年本"即P.2274，末题"大中八年五月十五日奉为先亡敬写弟子比丘尼德照记"。大中八年即公元854年。
　　　2. "唐光化三年本"依次为S.1177、羽048、羽625，卷末写经题记之核心内容完全一致，系"太夫人张氏"发愿写就，均署"大唐光化三年庚申岁六月九日"。光化三年即公元900年。
　　　3. "李晅写本"依次为S.980、B.1998。卷末写经题记显示，S.980为"皇太子晅"于"辛未年二月四日"发愿所写，B.1998为"李晅"于"乙丑年"发愿而写。日本学者池田温认为，此"辛未年"即公元911年，"乙丑年"即公元905年。①
　　　4. S.6691抄写年代不详，是目前所见唯一汇总抄录《最胜王经》随函音义之写卷，题作"金光明最胜王经音"。

中唐时期，《慧琳音义》卷二十九有《金光明最胜王经》音义。②但《慧琳音义》中有相当一部分内容系慧琳取则元庭坚《韵英》、张戬《考声切韵》等韵书以及《说文》《玉篇》等前代字书而作，注音之外，多有较为详细的释义及文字考辨等内容，既非主要辑录自前代佛典随函音义，亦非撰成后散附于佛典后而成为随函音义，不属于随函音义系统，而系音义专书。经初步比对考察，似乎也看不出其与之前或之后的《最胜王经》随函音义存在继承或发扬等必然的交集与联系。故《慧琳音义》暂不列入本专题之考察范围内。

五代雪川沙门行瑫撰《内典随函音疏》五百许卷，惜其书全帙今已不传。目前所知，仅有几种零卷残存于世。据其书名及现存之零卷看，当属随函音义系统无疑。但存世零卷中未见《金光明最胜王经》音义，只能付阙。③

---

① 参见池田温.中国古代写本识语集录[M].东京：东京大学东洋文化研究所，1990：454-455，450.
② 慧琳.一切经音义[M]//《高丽大藏经》编辑委员会.高丽大藏经：第74册.北京：线装书局，2004：607下-624下.
③ 参见黄耀堃.碛砂藏随函音义初探[M]//黄耀堃语言学论文集.南京：凤凰出版社，2004：273-275.高田时雄.可洪《随函录》与行瑫《随函音疏》[M]//敦煌·民族·语言.钟翀，等，(转下页)

五代汉中沙门可洪《新集藏经音义随函录》(简称《可洪音义》)第五册有《金光明最胜王经》音义。①其书名中即已明言"随函","集"则有收集、集录之义,可知《可洪音义》当属于随函音义系统。从内容上看,《可洪音义》以注音为主,兼有释义,释义通常很简短,鲜有较长句段的考论。这也符合随函音义的基本特征。就现今所见之形态而言,《可洪音义》亦已是"音义专书",但其性质有别于《慧琳音义》,具体而言,当属于黄耀堃先生所说的"专收音义的书"②,即在随函音义的基础上汇录整理而成之书。

《可洪音义》较之于紫纸金字本和敦煌写卷等早期的《最胜王经》随函音义,条目数量有大幅增加(见表3)。但仅就《最胜王经》音义而言,《可洪音义》似乎与早期的随函音义关系不大。早期随函音义均只摘录单字注音,即使一个双音词之两字皆需注音,亦分为两个单字条目;偶有字形辨正;无释义。③《可洪音义》似未见单字条目,大多为双音节条目,亦有少量多音节条目。从条目内容上看,其中包含的早期随函音义条目字头,若分卷对应,凡49个,占79个早期条目的62%;若统观十卷,则有59个,占75%弱。而单字反切上、下字俱同的条目,分卷对应仅11个,占79个早期条目的14%;十卷统观亦只12个,占15%。由此,似乎看不出《可洪音义》对《最胜王经》早期随函音义有何必然的继承。

表3 《可洪音义》与紫纸金字本《金光明最胜王经》随函音义条目数量对比表

序号	版本	卷次										合计
		一	二	三	四	五	六	七	八	九	十	
1	紫纸金字本	16	7	3	0	4	19	11	2	9	8	79
2	《可洪音义》	22	17	8	37	8	37	65	10	14	11	229

(接上页)译.北京:中华书局,2005:386-458.李际宁.又见金粟山藏经行瑫"音疏"[J].嘉德通讯,2013(5):234-237.

① 可洪.新集藏经音义随函录[M]//《高丽大藏经》编辑委员会.高丽大藏经:第62册.北京:线装书局,2004:418中-420下.
② 黄耀堃.碛砂藏随函音义初探[M]//黄耀堃语言学论文集.南京:凤凰出版社,2004:273.
③ 参见拙文《汉文佛典随函音义衍变史管窥:写本时代(一)——〈金光明最胜王经〉随函音义探源》之表1"紫纸金字本《金光明最胜王经》随函音义一览表"。

写本时代小结

综观写本时代之《最胜王经》随函音义，自译场草创以来，两三百年间一直颇为稳定，除因用字规范和语音演变导致的个别衍进外，几无系统性变化。这与唐代佛教的兴盛、时人对抄经的庄严有莫大关系。几家音义专书则与《最胜王经》早期随函音义皆无过多交集，而显示出更多独立的创作性。

参考文献：

［1］班固.汉书［M］.北京：中华书局，1962.
［2］北京德宝国际拍卖有限公司.宝藏：佛教文献［M］.北京：北京德宝国际拍卖有限公司，2009.
［3］池田温.中国古代写本识语集录［M］.东京：东京大学东洋文化研究所，1990.
［4］储泰松.唐五代关中方音研究［M］.合肥：安徽大学出版社，2005.
［5］大島正二.唐代字音の研究［M］.东京：汲古书院，1981.
［6］丁度，等.宋刻集韵［M］.北京：中华书局，1989.
［7］董诰，等.全唐文［M］.北京：中华书局，1983.
［8］俄罗斯科学院东方研究所圣彼得堡分所，等.俄罗斯科学院东方研究所圣彼得堡分所藏敦煌文献3［M］.上海：上海古籍出版社，莫斯科：俄罗斯科学出版社东方文学部，1993.
［9］范晔.后汉书［M］.北京：中华书局，1965.
［10］方广锠.滨田德海搜藏敦煌遗书［M］.北京：国家图书馆出版社，2016.
［11］高本汉.中国音韵学研究［M］.赵元任，罗常培，李方桂，译.北京：商务印书馆，1994.
［12］高田时雄.可洪《随函录》与行瑫《随函音疏》［M］//敦煌·民族·语言.钟翀，等，译.北京：中华书局，2005.
［13］郭璞.尔雅［M］.北京：中华书局，2016.
［14］洪兴祖.楚辞补注［M］.北京：中华书局，2014.
［15］黄淬伯.慧琳一切经音义反切考［M］.北京：中华书局，2010.
［16］黄淬伯.唐代关中方言音系［M］.北京：中华书局，2010.
［17］黄仁瑄.唐五代佛典音义研究［M］.北京：中华书局，2011.
［18］黄耀堃.碛砂藏随函音义初探［M］//黄耀堃语言学论文集.南京：凤凰出版社，2004.
［19］黄永武.敦煌宝藏［M］.台北：新文丰出版公司，1981—1986.
［20］慧琳.一切经音义［M］//《高丽大藏经》编辑委员会.高丽大藏经：第74册.北京：线装书局，2004.
［21］可洪.新集藏经音义随函录［M］//《高丽大藏经》编辑委员会.高丽大藏经：第62册.北京：线装书局，2004.
［22］李际宁.又见金粟山藏经行瑫"音疏"［J］.嘉德通讯，2013（5）.
［23］李延寿.南史［M］.北京：中华书局，1975.
［24］陆德明.经典释文［M］.上海：上海古籍出版社，1985.
［25］马伯乐.唐代长安方言考［M］.聂鸿音，译.北京：中华书局，2005.
［26］马进勇.汉文佛典随函音义衍变史管窥：写本时代（一）:《金光明最胜王经》随函音义探源［M］.

吴俊，张全之.文治春秋：总第一卷（2024年春）.上海：上海交通大学出版社，2024.
［27］欧阳修，宋祁.新唐书［M］.北京：中华书局，1975.
［28］庞光华.上古音及相关问题综合研究：以复辅音声母为中心［M］.广州：暨南大学出版社，2015.
［29］乔全生.古无轻唇音述论［J］.古汉语研究，2013（3）.
［30］阮元.经籍纂诂［M］//《续修四库全书》编委会.续修四库全书：第198册.上海：上海古籍出版社，2002.
［31］阮元.经籍纂诂补遗［M］//《续修四库全书》编委会.续修四库全书：第200册.上海：上海古籍出版社，2002.
［32］邵荣芬.《切韵》尤韵和东三等唇音声母字的演变［M］//邵荣芬音韵学论集.北京：首都师范大学出版社，1997.
［33］施安昌.颜真卿书《干禄字书》［M］.北京：紫禁城出版社，1990.
［34］王力.汉语语音史［M］.北京：中国社会科学出版社，1985.
［35］王力.同源字典［M］.北京：商务印书馆，1982.
［36］王仁昫.唐写本王仁昫刊谬补缺切韵［M］.南京：江苏凤凰教育出版社，2017.
［37］王曦.玄应《一切经音义》唇音声母考察［J］.中国语文，2016（6）.
［38］王筠.说文解字句读［M］//《续修四库全书》编委会.续修四库全书：第216册.上海：上海古籍出版社，2002.
［39］徐朝东.敦煌世俗文书中唇音问题之考察［J］.阅江学刊，2018（2）.
［40］徐时仪.一切经音义三种校本合刊：修订版［M］.上海：上海古籍出版社，2012.
［41］许慎.说文解字［M］.北京：中华书局，2013.
［42］张清常.古音无轻唇舌上八纽再证［M］//张清常文集：第1卷.北京：北京语言大学出版社，2006.
［43］张世禄，杨剑桥.汉语轻重唇音的分化问题［J］.扬州师院学报（社会科学版），1986（2）.
［44］张揖.广雅［M］//永瑢，等.景印文渊阁四库全书：第221册.台北：台湾商务印书馆，1986.
［45］张涌泉.敦煌经部文献合集：第11册［M］.北京：中华书局，2008.
［46］中国国家图书馆，任继愈.国家图书馆藏敦煌遗书［M］.北京：北京图书馆出版社，2005—2012.
［47］周祖谟.广韵校本［M］.北京：中华书局，2011.
［48］周祖谟.王仁昫切韵著作年代释疑［M］//问学集.北京：中华书局，1966.
［49］周祖谟.唐五代韵书集存［M］.北京：中华书局，1983.
［50］宗福邦，等.故训汇纂［M］.北京：商务印书馆，2003.

【本篇编辑：刘元春】

对日本藏《三国志·蜀志·诸葛亮传》伪卷的再研究①

肖 瑜

内容摘要： 本文在陈国灿研究的基础上，对日本赤井南明堂藏《蜀志·诸葛亮传》残卷的异文内容、卷尾抄写时间、抄写者进行再研究，得出的结论支持陈国灿的观点，即《蜀志·诸葛亮传》残卷是伪卷。

关键词： 赤井南明堂 《蜀志·诸葛亮传》 伪卷

作者简介： 肖瑜（1978—），男，文学博士，教授，硕士生导师，主要从事敦煌吐鲁番文献及汉语史研究。

Restudy to the Fake Roll of Zhuge Liang Record in *Shu Zhi* in *San Guo Zhi* in Japan

Xiao Yu

Abstract: Based on the study of Chen Guocan, this article restudyed the variant contents, copying time at the end of the manuscript, copyist of the manuscript of Zhuge Liang Record in *Shu Zhi* which collected in Akai Minami Hall. The conclusion supported Chen Guocan's opinion, that is the manuscript of Zhuge Liang Record in *Shu Zhi* is a fake roll.

Keywords: Akai Minami Hall Zhuge Liang Record in *Shu Zhi* fake roll

---

① 本文系国家社科基金重大项目"汉文佛经字词关系研究及数据库建设"（项目编号：23&ZD311）、国家社科基金冷门绝学研究专项"日本散藏'前四史'古写本残卷整理研究"（项目编号：23VJXG060）、广西哲学社科研究课题"敦煌吐鲁番出土南北朝汉文佛典写本群常用字编年与多维研究"（24YYB001）、桂学研究院"广西语言专题研究"团队（项目编号：GXTD202004）、广西师范大学中国语言文学一流学科建设项目"敦煌吐鲁番出土汉文佛典写本群常用字编年与研究"（项目编号：WKY23002）的阶段性成果。

百年来，敦煌和吐鲁番两地出土的《三国志》古写本残卷已经多达六种，即藏于我国新疆博物馆的《吴志·吴主传》《魏志·臧洪传》，藏于敦煌研究院的《吴志·步骘传》，藏于日本的《吴志·虞翻陆绩张温传》《吴志·虞翻传》及《吴志·韦曜华核传》。

1994 年，陈国灿在《对赤井南明堂藏二敦煌写卷的鉴定》一文中揭示了日本赤井南明堂收藏有敦煌写本《三国志·蜀志·诸葛亮》（下简称《诸葛亮传》）残卷，并通过简单异文比较，鉴定其为伪卷[①]。本文以陈国灿的研究为基础，就《诸葛亮传》残卷的异文内容、卷尾的抄写时间、抄写者进行再研究。笔者的结论完全支持陈国灿的观点：赤井南明堂藏《诸葛亮传》残卷确是伪卷，其内容上的异文、卷尾抄写的时间、所署名的抄写者等处都透着伪造的气息。

一、《诸葛亮传》残卷研究概述及形态简介

《诸葛亮传》残卷的出土时间、出土地点、辗转流传情况不明，现藏于日本奈良赤井南明堂。《诸葛亮传》残卷历来未见相关著录和记载。荣新江《李盛铎藏卷的真与伪》[②]一文所附《李木斋氏鉴藏敦煌写本目录》也未见著录《诸葛亮传》残卷。

（一）研究概述

1990 年，陈国灿于日本奈良赤井南明堂得见所谓《诸葛亮传》敦煌写卷，同时获赤井高禧赠予部分影片作鉴定之用。1994 年，陈国灿撰《对赤井南明堂藏二敦煌写卷的鉴定》[③]，从分析书者、写本内容和通行本比勘、书法字形对照、写卷题跋等四方面鉴定《诸葛亮传》和《大般涅槃经》写卷是伪卷。2002 年，陈国灿的《敦煌学史事新证》出版，收录前文，改名为《两件西晋敦煌写卷疑伪

---

① 陈国灿.对赤井南明堂藏二敦煌写卷的鉴定[J].敦煌学辑刊，1994（2）：1-4.
② 荣新江.李盛铎藏卷的真与伪[J].敦煌学辑刊，1997（2）：1-18.
③ 陈国灿.对赤井南明堂藏二敦煌写卷的鉴定[J].敦煌学辑刊，1994（2）：1-4.

考》，并有修正，增加了两种写卷题跋和卷尾的图版①。2002年9月，余欣在《浙敦研065文书伪卷考——兼论敦煌文献的辨伪问题》中也提及陈国灿的《诸葛亮传》写卷研究②。

（二）形态简介

据陈文介绍，《诸葛亮》写卷前均有缺，卷尾完整，纸色尚新，写本起始于"耕于野"，尾全，共107行，每行约14字，卷尾3行内容如下：

蜀志诸葛亮传

元康八年岁在戊午春奉

敕恭录　　　　　臣燉煌索綝敬书

卷头1行，有"木斋审定"的印章，在写卷后三空行的底部，钤有"德化李氏凡将阁"之印。

又，卷尾还有题跋，其内容为"燉煌石室所出汉晋遗墨甚夥，此《三国·蜀志·诸葛亮传》幸为余所获，不胜快慰。题名索綝，考系索靖之子，书法精美，较之所得佛经，独特之宝，可不十袭藏诸子孙其永宝之　　木斋谨志"。下钤"木斋"朱文印记。

二、《诸葛亮传》残卷异文研究

据陈文介绍③，《诸葛亮传》残卷起于陈寿上表中的"耕于野"，卷尾全。我们推测残卷字数大约在1 430字左右。

---

① 陈国灿.敦煌学史事新证［M］.兰州：甘肃教育出版社，2002.
② 余欣.浙敦研065文书伪卷考：兼论敦煌文献的辨伪问题［J］.敦煌研究，2002（3）：41-47.由于笔者未曾见到《诸葛亮传》残卷的全部图版，本文关于该残卷的相关信息，均来自陈国灿先生《两件西晋敦煌写卷疑伪考》的研究成果（下简称陈文）。在此，笔者对陈国灿先生表示诚挚的谢意。
③ 因未能得见残卷全部图版，录文暂付阙如。

(一)《诸葛亮传》残卷版本异文对照表

陈国灿在《两件西晋敦煌写卷疑伪考》中,已经将写本和现在通行的中华书局标点本进行了对比,我们这里据其所录异文,再比照宋本、明南监本、清殿本、金陵书局本,列成如下异文(见表1)。

表1 《诸葛亮传》残卷历代版本异文对照

序号	行数	写本	宋绍熙本	明南监本	殿本	金陵书局本	中华书局本
1	29	无城父韩故使	无城父韩信故使	同宋本	同宋本	同宋本	同宋本
2	38	臣愚为	臣愚以为	同宋本	同宋本	同宋本	同宋本
3	41	然其所与言	亮所与言	同宋本	同宋本	同宋本	同宋本
4	43	然亮之声教遗言	然其声教遗言	同宋本	同宋本	同宋本	同宋本
5	43	皆经事捻物	皆经事综物	同宋本	同宋本	同宋本	同宋本
6	48	上诣著	上诣著作	同宋本	同宋本	同宋本	同宋本
7	49	诚惶诚恐	诚惶诚恐顿首顿首	同宋本	同宋本	同宋本	同宋本
8	58	建兴元年卒	建兴元年卒	同宋本	同宋本	同宋本	建兴六年卒
9	61	为瑾后嗣	为瑾后	同宋本	同宋本	同宋本	同宋本
10	70	皆相传告曰	皆传相告曰	同宋本	同宋本	同宋本	同宋本
11	92	蜀破之明年	蜀破之明年春	同宋本	同宋本	同宋本	同宋本
12	93	为相国参军	为相国参军其秋并散骑常侍使蜀慰劳	同宋本	同宋本	同宋本	同宋本
13	96	虽重仇必赏	虽仇必赏	同宋本	同宋本	同宋本	同宋本
14	97	虽极亲必罚	虽亲必罚	同宋本	同宋本	同宋本	同宋本
15	97	服罪输情者释	服罪输情者虽重必释	同宋本	同宋本	同宋本	同宋本
16	98	游辞巧饰者必戮	游辞巧饰者虽轻必戮	同宋本	同宋本	同宋本	同宋本

续 表

序号	行数	写本	宋绍熙本	明南监本	殿本	金陵书局本	中华书局本
17	100	咸畏而爱	咸畏而爱之	同宋本	同宋本	同宋本	同宋本
18	103	应变略	应变将略	同宋本	同宋本	同宋本	同宋本

《诸葛亮传》残卷共计18条异文。其中漏抄者10条，改字者3条，加字者3条，颠倒者1条，与中华书局标点本不同者1条。

（二）《诸葛亮传》残卷异文细探

陈国灿比对《诸葛亮》写本与今通行本后说：

> 以上18处相出入处，其中有10处是写本漏抄造成的，有的甚至漏脱一行，如第93行，有的漏掉一句，如第49行。如是真本流传至今，相袭读诵，漏字定当补入，甚或朱笔圈画，此本则一概无之。
>
> 另五处出入属错位误抄所致，如"亮所与言"同"然其声教遗言"相错位，变为"然其所与言"和"然亮之声教遗言"。还有三处是妄加添者，如为瑾后"嗣"，第96—97行"虽重仇""虽极亲"等，也是因下一行有"虽重必释""虽轻必戮"语所致。总的来说，所谓元康八年写本《诸葛亮传》，在内容上比今行本要少，且错漏多，这也是一种反常的现象。①

正如陈氏所言，《诸葛亮传》写本连没有一条有价值的异文都找不到，而所见的18处异文又都是低劣的抄写讹误。

下面我们仅举《诸葛亮传》残卷中的若干异文现象进行分析，并与《三国志》其他六个残卷中的同类型异文现象略作比较，以证其伪。

---

① 陈国灿.敦煌学史事新证［M］.兰州：甘肃教育出版社，2002：50-51.

1. 脱漏现象

一般来说，敦煌吐鲁番写本残卷常出现文字脱漏现象，但很多写本在抄完后会复核。一旦复核者发现有脱漏现象，会用小号字写在旁边。《诸葛亮传》写本共脱漏十处，但据陈国灿介绍，《诸葛亮传》残卷的复核脱漏之处"一概无之"。具体如下：

脱漏一行者：《诸葛亮传》残卷第93行，"为相国参军"后脱漏整整一行"其秋并兼散骑常侍，使蜀慰劳"。这句在宋以后的刊本中也未见脱漏。

脱漏一句者：《诸葛亮传》残卷第49行，"诚惶诚恐"后面脱漏一句"顿首顿首"。这句在宋以后的刊本中都未见脱漏。

其余八处都脱漏了一个字（见表2）。

表2 脱漏类异文

序号	行数	写本	宋绍熙本	所脱之字
1	29	无城父韩故使	无城父韩信故使	信
2	38	臣愚为	臣愚以为	以
6	48	上诣著	上诣著作	作
11	92	蜀破之明年	蜀破之明年春	春
15	97	服罪输情者释	服罪输情者虽重必释	虽重必
16	98	游辞巧饰者必戮	游辞巧饰者虽轻必戮	虽轻必
17	100	咸畏而爱	咸畏而爱之	之
18	103	应变略	应变将略	将

其他几种《三国志》写本残卷中，脱漏一字后又在两字之间以小字的形式增补的现象非常普遍。

《魏志·臧洪传》中脱漏补抄三处，分别是：第4行"可胃有志"脱"有"，旁补"有"字，第15行东宗本州的"宗"字误抄为"宫"字后以删除号标志，补抄"宗"字，第18行"致命于五员"脱"于"字，在旁边用小字补上。

《吴志·虞翻陆绩张温传》中共有三处脱漏补抄现象：第8行的"欲与尧舜

比隆"脱"与"字,旁补小字"与";第45行"绩既有"脱"绩"字,旁补小字"绩";第74行"今陛下以聪明之姿"脱"以"字,旁补小字"以"。

《吴志·吴主传》第32行"故先遣使者槁劳"脱"先"字,在旁边用小字补上。《吴志·韦曜华核传》第16行"谨追奏叩头百下"脱"奏"字,旁补小字"奏"。《吴志·步骘传》第23行"能不然者"的"者"字情况同上。

脱漏一整行的现象,在书道博物馆收藏的《吴志·韦曜华核传》残卷中也曾出现,但复核者即用双行小字补在残卷正文的旁边。

从上面所列举其他几种《三国志》残卷脱漏后补抄的情况来看,《诸葛亮传》残卷出现十处脱漏而未见任何一处。陈国灿认为这是反常现象。我们在调查上述其他几种《三国志》写本残卷脱漏补抄现象之后,也对《诸葛亮传》残卷中的这种反常现象感到疑惑,进而对其真实性产生怀疑。

2. 改字现象

《诸葛亮传》残卷里面共有改字现象三处,然而,这三处异文对校正传世本《诸葛亮传》的价值不大。下面就这三处异文稍作分析。

第一,异文3:然其所与言——亮所与言

异文4:然亮之声教遗言——然其声教遗言

《诸葛亮传》残卷第41行"然其所与言"在传世本中作"亮所与言"、第43行"然亮之声教遗言"在传世本中作"然其声教遗言"。此处放在一起讨论。

陈国灿认为这两处异文"属错位误抄所致,如'亮所与言'同'然其声教遗言'相错位,变为'然其所与言'和'然亮之声教遗言'。"①

今按:这两处异文在文本内容方面,没有任何价值,但在校勘学上,提供了一个极好的反面例子,那就是在抄写时因涉上下文而讹。抄写者之粗制滥造,由此可见一斑。

第二,皆经事捻物——皆经事综物

《诸葛亮传》残卷第43行的"皆经事捻物",在传世本中都写作"皆经事综物"。

---

① 陈国灿.敦煌学史事新证[M].兰州:甘肃教育出版社,2002:50.

该异文表面上看来属于同音通假的例子，但是就目前所见，还没有发现文献中有"捴"和"综"通假的现象。据张金泉《变文通假字谱》[①]中所记，敦煌变文中有"緫"和"宗"相通的例子，但没有发现"捴"和"综"通假的现象。

"综"，在文献中也可表示"总"的意思。例如：

《文选·潘岳〈杨仲武诔〉》"固能综览义旨，而轨式模范矣。"李周翰注："综，犹總也。"（萧统，李善，等.六臣注文选［M］.北京：中华书局，1987：1048）

玄应《一切经音义·卷二十三》"错综"下注："综，摠也，摠括文义也。"（《中华大藏经》编辑局.中华大藏经：第57册［M］.北京：中华书局，1993：92）

虽然"综"有时可表示"总"的意思，但"综"和"捴"通假的例证，目前还没有看到。如果说《诸葛亮传》残卷是真的，那么"综"和"捴"相通假，倒是可以为中古汉语通假现象提供可资利用的材料。但"综"和"捴"在文献中是否存在通假的情况还需要其他的文献例子来证明，因此这一条异文并不能证明《诸葛亮传》残卷是真卷。

3. 增字现象

前面说过，《诸葛亮传》残卷里面还有三处增字的地方。但可惜的是这三处增字异文在校正传世本《诸葛亮传》的价值方面，无法与《步骘传》残卷、《吴主传》残卷中的增字异文的校勘价值相比。下面就这三处异文稍作分析。

第一，异文9：为瑾后嗣——为瑾后

《诸葛亮传》残卷第61行"为瑾后嗣"在传世本中都作"为瑾后"。这里讲的是诸葛瑾的儿子诸葛恪被杀以后，诸葛乔的儿子诸葛攀去东吴作回诸葛瑾后人的事情。残卷添加一字，在校勘上意义不大。

---

① 张金泉.变文通假字谱［J］.杭州大学学报（古籍研究所论文专辑），1984（14）：53-86.又见张金泉.唐西北方音丛考［M］.杭州：浙江大学出版社，2020.

第二，异文13：96，虽重仇必赏——虽仇必赏

异文14：97，虽极亲必罚——虽亲必罚

传世本《诸葛亮传》"虽仇必赏""虽亲必罚"，在残卷96行、97行各增一字，变成"虽重仇必赏""虽极亲必罚"。陈寿的原文简洁明了，一个"仇"字就已涵括了各种情况，而残卷中加一"重"字后，不仅没有半分凸显诸葛亮大公无私的胸襟，反显其心胸之狭小。

对上面三条增字的异文，陈国灿认为这三处是"妄加添者"。笔者同意陈氏的看法。

4. 颠倒现象

异文10：皆相传告曰——皆传相告曰

《诸葛亮传》第70行的"皆相传告"在传世本中作"皆传相告"。写本颠倒传世本的"传相"为"相传"。殊不知"传相告"为三国时期的习语，《三国志》中还可见下例：

> 诸牙门亲兵亦咸说此语，一夜传相告，皆遍。（陈寿.三国志：钟会传［M］.北京：中华书局，1982：792）

而"相传告"这种说法在中古时期未见。在唐代以后的文献中，才见到有"递相传告""潜相传告"之类的说法。

由此看来，《诸葛亮传》写本中的"相传告"极有可能是后人在伪造时以今语改古语所致。

此外，写本第58行的"建兴元年卒"，传世的刻本《三国志》都作"建兴元年卒"，在中华书局1982版标点本第931页，陈乃乾已校改为"建兴六年卒"，显然写本作伪时所据底本系旧刻本。

古写本在涉及时间方面的异文一般而言都具有重要的价值。如《虞翻陆绩张温传传》残卷中虞翻年龄的异文"□六十九卒"，就为我们提供了一条考证虞翻的确切生卒年的重要线索。

但《诸葛亮传》残卷中的诸葛乔"建兴元年卒",据卢弼《三国志集解》介绍:"何焯曰:公北驻汉中在建兴五年,元字误。思远之生即在建兴五年也。详'元'字当作'六'。伯松亦以转运之勤死于王事。钱大昭曰:按《霍峻传》云亮北驻汉中,请为记室,使与子乔共周旋游处,与乔传合。然北驻汉中之事,《后主传》及诸葛亮、向朗等传皆在建兴五年。则所云建兴元年卒者,误矣。"①据此,诸葛乔实际应该是"建兴六年卒"。由此可见,日藏《诸葛亮传》写卷在时间异文上不具有任何纠正史书的价值。

(三)《诸葛亮传》残卷异文小结

本文讨论的"西晋索𬘓"写本《蜀志·诸葛亮传》,之所以被断定是伪卷,是因为字体不古和异文乏味这两大明显漏洞。陈国灿认为:"所谓的元康八年写本《诸葛亮传》,在内容上比今行本要少,且错漏多,这也是一种反常现象。"②

在全面调查了这一"晋写本"异文之后,笔者赞同陈文的结论:该写本是伪卷。长达107行、可识1430多字的"晋写本"《诸葛亮传》连一条有价值的异文都找不到,所能找到的18处异文都是低级的抄写讹误。这也从反面说明,敦煌古写本异文的研究富有多种意义,它不仅可以帮助我们窥见古籍原著写本的真实形态,还可以帮助我们贴近古代文化、认识古代的语言文字使用情况。这有裨于辨伪识假。

三、《诸葛亮传》残卷卷尾内容再研究

(一)残卷卷尾内容

据吴金华、萧瑜《〈三国志〉古写本残卷中值得注意的异文》③介绍,其他六种《三国志》写本残卷都是首尾俱残的卷子。而由陈国灿《两件西晋敦煌写卷疑伪考》所展示的《诸葛亮传》残卷卷尾图版可知,《诸葛亮传》写本卷尾完好,内容如下:

---

① 卢弼.三国志集解[M].北京:中华书局,1982:772.
② 陈国灿.对赤井南明堂藏二敦煌写卷的鉴定[J].敦煌学辑刊,1994(2):2.
③ 吴金华,萧瑜.《三国志》古写本残卷中值得注意的异文[J].中国文字研究,2005(1):100-110.

蜀志诸葛亮传

　　元康八年岁在戊午春奉

　　敕恭录　　　　臣敦煌索綝敬书

（二）对抄写时间的考察

陈国灿认为："陈寿《三国志》成书于西晋平吴之后，约在太康间（280—289年）。索綝写本若是真品，可谓陈寿书之首抄者，当为绝世之珍。遗憾的是，此写本乃近世人伪作。"[①]陈国灿没有就抄写时间展开论述，此处略作补充。

缪钺在《三国志选注·前言》中说："晋武帝太康元年（公元280年），晋灭吴。自汉末以来，分崩离析者前后约九十年，至此复归统一。这时陈寿四十八岁，他开始整理三国史事，著《魏》《蜀》《吴书》共六十五篇，称为《三国志》。"[②]

陈寿《三国志》撰成后，当时见到稿本的人都非常赞赏，《晋书·陈寿传》记载"时人称其善叙事,有良史之才"[③]。同时代撰著《魏书》的夏侯湛在看到陈寿所作之后，"便坏己书而罢"[④]。此时，陈寿的《三国志》估计就有抄本在士大夫中间流传。但官方抄录《三国志》，则在陈寿病逝以后。西晋元康七年（297年），陈寿病逝，时年65岁。范頵等人在陈寿死后上表请录《三国志》。[⑤]

而《诸葛亮传》残卷后面落款的抄写时间为元康八年（298年），即陈寿死后一年。虽然抄写时间符合《晋书》的记载，但更凸显了作伪者特意编造早期抄写年代以提高《蜀志·诸葛亮传》残卷身价的嫌疑。

（三）对抄写者的考察

至于《诸葛亮传》卷尾落款中的抄写者敦煌索綝，陈国灿说："索綝，乃索靖之子，《晋书》卷六十索靖传后附有《索綝传》。据传，綝于西晋末年为掌军国

---

① 陈国灿.对赤井南明堂藏二敦煌写卷的鉴定［J］.敦煌学辑刊，1994（2）：1.
② 缪钺.三国志选注［M］.北京：中华书局，1984：2.
③ 房玄龄.晋书［M］.北京：中华书局，1974：2137.
④ 房玄龄.晋书［M］.北京：中华书局，1974：2137.
⑤ 房玄龄.晋书［M］.北京：中华书局，1974：2138.

大事的宰相，其书法不致如写本之潦草拙劣。"①

笔者认为陈说有理。索綝在西晋末年八王之乱和对匈奴刘曜、刘聪等军事力量的作战中，屡立战功，官至侍中、太仆，"又以首迎大驾、升坛授玺之功"②，而被封为弋居伯，又迁前将军、尚书右仆射、领吏部、京兆尹，加平东将军，进号征东。后又有诏书授索綝"卫将军，领太尉，位特进，军国之事悉以委之"。③试想，如此重要的军国大臣，怎么可能奉皇帝敕令去亲录陈寿的《蜀志·诸葛亮传》？

作伪者欲在抄写时间上尽量提早，于是选取陈寿逝世的后一年；又署西晋末年名人索綝手书，无非是想两方面抬高伪卷的身价，以骗取更多的金钱。

结　　语

通过对《蜀志·诸葛亮传》残卷的异文内容、卷尾的抄写时间、抄写者的再次考察，笔者完全同意陈国灿的判断：《蜀志·诸葛亮传》残卷的确是个地道的伪卷。

这个伪卷的异文内容没有任何可供《三国志》版本校勘利用之价值。试想，长达107行、可识1 430多字的"晋写本"《诸葛亮传》残卷，竟然连一条有价值的异文都找不到，反而能比对出来的18处异文，都是抄写方面的讹误现象，殊为怪事。

此伪卷也进一步证明，出土古代写本异文的研究富有多种意义，它不仅可以帮助我们窥见古籍原著的真相，还可以帮助我们近距离观察古代写本和古代语言文字面貌，而且有裨于辨伪识假。

这个伪卷的拙劣之处，还表现在卷尾抄写时间和抄写者这两方面内容所体现的文物伪造者自作聪明的心机。文物伪造者懂得一些粗浅的文史知识：如陈寿死于元康七年（297年），所以就把《诸葛亮传》残卷的抄写时间伪造为元康八年。

---

① 陈国灿.敦煌学史事新证［M］.兰州：甘肃教育出版社，2002：49.
② 房玄龄.晋书［M］.北京：中华书局，1974：1650.
③ 房玄龄.晋书［M］.北京：中华书局，1974：1651.

如此早的"晋代《三国志》写本",署名的抄写者是西晋著名书法家索靖的儿子、西晋末年的军国重臣索绅,如果买主不辨真伪,毫无疑问会不惜重金收入囊中。抄写时代之早、抄写者之有名,这些因素毫无疑问都是造伪者们在售出伪卷时抬高价钱的好砝码。

此外,这个伪卷的卷尾题跋也凸显了造伪者心虚的本质。由于担心所造伪卷卖不出去,造伪者们通过加盖伪造的李盛铎藏印,从而使这个伪卷摇身一变,成为李盛铎收藏过的敦煌卷子。且伪造的李木斋题跋,毫无敦煌学的常识,"燉煌石室所出汉晋遗墨甚夥",纯属胡说一气。"题名索绅,考系索靖之子,书法精美,较之所得佛经,独特之宝,可不十袭藏诸子孙其永宝之",更把造伪者们欲借伪造的李木斋跋文来获取暴利的丑恶嘴脸暴露得淋漓尽致。

诚然,这个伪卷在内容方面没有任何文献校勘价值,但正如陈国灿先生所言,可以为我们在鉴别盖有李盛铎藏印的敦煌伪卷时提供一个极好的参考。在研究敦煌学和敦煌卷子辨伪学的学者看来,这个卷子的学术资料价值,比之真写本虽差,但也不远也。这个伪卷为我们提供了一种伪造的李盛铎"木斋"朱文印的标本,同时还为我们提供了伪造的李盛铎墨迹和"德化李氏凡将阁"印章的标本。这些都是敦煌卷子辨伪学的宝贵财富。

参考文献:

[1] 陈国灿.对赤井南明堂藏二敦煌写卷的鉴定[J].敦煌学辑刊,1994(2).
[2] 陈国灿.敦煌学史事新证[M].兰州:甘肃教育出版社,2002.
[3] 房玄龄.晋书[M].北京:中华书局,1974.
[4] 卢弼.三国志集解[M].北京:中华书局,1982.
[5] 缪钺.三国志选注[M].北京:中华书局,1984.
[6] 荣新江.李盛铎藏卷的真与伪[J].敦煌学辑刊,1997(2).
[7] 吴金华,萧瑜.《三国志》古写本残卷中值得注意的异文[J].中国文字研究,2005(1).
[8] 余欣.浙敦研065文书伪卷考:兼论敦煌文献的辨伪问题[J].敦煌研究,2002(3).
[9] 张金泉.变文通假字谱[J].杭州大学学报(古籍研究所论文专辑),1984(14).
[10] 张金泉.唐西北方音丛考[M].杭州:浙江大学出版社,2020.

【本篇编辑:刘元春】

孟浩然浙西行旅考辨及其诗歌意涵①

苏勇强　林丽思

摘　要：孟浩然舟行浙西桐庐、建德等地，行次模糊，留下了貌似平淡，意蕴遥远的诗句。若要详解诗意构成，则需考辨旅程行次、情思与诗画关系。由此，解码《经七里滩》《宿桐庐江寄广陵旧游》《宿建德江》诸诗，便能呈现其"诗心构图"的丰富内涵。

关键词：孟浩然　浙西行次　诗心构图　考辨

作者简介：苏勇强（1969—），男，文艺学博士，温州大学人文学院副教授，主要从事中国古代文论、唐宋诗学研究。

林丽思（2000—），女，温州大学人文学院文艺学专业硕士研究生。

Meng Haoran's Travel in Western Zhejiang and His Poetic Significance

Su Yongqiang　Lin Lisi

Abstract: Meng Haoran sailed to Tonglu, Jiande and other places in western Zhejiang, and the lines were vague, leaving poems that seemed to be plain and had distant meanings. To explain the composition of poetry in detail, it is necessary to examine the sequence of journeys, the relationship between emotions and poetry and painting. As a result, decoding the poems of "Jing Qili Tan", "Su Tonglu River Sending Guangling Old Tour", and "Su Jiande Jiang" can present the rich connotation of their "poetic heart composition".

Keywords: Meng Haoran　Zhejiang's westward trip　poetic heart composition　examination and identification

---

① 本文系2019年度国家社科基金后期资助项目"印本传播与宋诗嬗变"（项目编号：19FZWB080）的阶段性成果。

历史上"名位不振"(《旧唐书》卷一百九十下)的孟浩然,文献多有阙失,导致与之相关的学术研究常语焉不详。其中他在浙江的行迹史料难寻,仅能以诗歌为凭。

关于孟浩然入越,说法各异。王辉斌认为孟浩然曾三游越剡,时间为:开元十三年(725年)春,开元二十一年(733年)秋,开元二十三年(735年)春。① 李景白则认为孟浩然只在开元十七年(729年)冬,"自洛阳沿汴水东行,经亳州,转入淮水,进入漕渠,直抵杨子津……然后渡过长江,沿官河抵达杭州。……他离开杭州,并未直接直趋越州,而是溯浙江西上,游览浙江景物,然后转赴天台。《早发渔浦潭》《经七里滩》《宿桐庐江寄广陵旧游》《宿建德江》《舟中晚望》诸诗,反映了他浙西途中的情形"②。

一、浙旅行次与目的

不管是开元十七年(729年)抑或二十一年(733年),两次、三次姑且不论,孟浩然行旅浙西的证据源出诗作,纠缠绝对准确本就过分。只是按旅行习惯,诗人的行旅路线肯定不会重复,故浙西行应视作一次,其涉及行次从相关诗歌便可释疑。反过来,行次确定的诗歌顺序也便于探究诗心构图与情思的关系。

浙西行旅途经富阳、桐庐、建德,诗人留下《早发渔浦潭》《经七里滩》《宿桐庐江寄广陵旧游》《宿建德江》等作品,透露了以下信息:① 孟浩然是按行程写了这些诗歌;② 沿途是在舟中过夜。根据是诗题没写"宿建德""宿桐庐",而是详注舟行"经七里滩""宿桐庐江""宿建德江"。唐代租船远行,舟船食宿的情况并不罕见。白居易赴职浙江,《东南行一百韵》有"夜船论铺赁,春酒断缸沽……山歌猿独叫,野哭鸟相呼"的诗句,证明白居易系租赁夜船,宿于舟中。根据《宿建德江》"泊舟烟渚""日暮客愁",以及"江清月近人",再比较杨万里"急滩欲上人声闹,近岸还移牵路穷"(《过胥口江水大涨舟楫不进》))的诗

---

① 王辉斌.孟浩然越剡之旅考实[J].山西大学师范学院学报,2000(3):70.
② 孟浩然,李景白.孟浩然诗集校注[M].北京:中华书局,2018:3.

句,可以判断溯江浙西,孟浩然也乘租船,食宿舟中。

考察水路,孟浩然若从杭州溯江,途次应为富阳、桐庐、建德等地。据李景白考证,《早发渔浦潭》"作于游越初期,约在开元十八年"[①],渔浦潭在富阳东南便是证据。《读史方舆纪要》(卷九十二)记载,渔浦在萧山县西南三十五里;《清一统志·杭州府》载:"渔浦在富阳县东南四十里。"实为同一事实。孟浩然从渔浦潭上船,行程或是富阳裴少府、刘少府(《游江西上留别富阳裴刘二少府》)的安排。从"东旭早光芒""日出气象分,始知江路阔""舟行自无闷,况值晴景豁"等诗语,则证实是清晨舟发,初日晴朗。

孟浩然舟行浙西,富阳、建德皆有诗歌印证,唯桐庐和七里滩,需特别说明。《浙江通志》(卷十九)载,严陵濑在桐庐县西三十五里。七里滩在桐庐县西四十五里,与严陵濑相接。从桐庐富春江以下水凡十六濑,第二濑即严陵濑,地名为七里洲,严陵钓台在此。七里滩又名七里濑。吴越的"濑",指湍急之水。《避暑录话》(卷上)载:"严陵七里濑……两山耸起壁立,连亘七里。土人谓之'泷',讹为'笼'。泷,本意间江反。奔湍貌,以为若笼,谬也。七里之间皆滩濑,今因沈约诗,误为一名,非是。"而《元和郡县志·江南道·睦州》载:"七里濑在县(建德)东北十里。"两部方志佐证:桐庐溯江而上,依次是严陵濑、七里滩,其后是其他滩濑。按《元和郡县志》《避暑录话》《浙江通志》(卷十九)记载,"七里滩"名称之由来,一是行舟此处,若有风助,仅有七里。有方干"一瞬即七里,箭驰犹是难。樯边走岚翠,枕底失风湍"(《暮发七里滩夜泊严光台下》)的诗句可证。若无风助,如行船七十里,故名"七里滩"。二是此处江岸,高山壁立,连亘七里。《经七里滩》"叠嶂数百里,沿洄非一趣",证明七里滩山多壁立,水道南高北低,常有江风,弯多水急。

历史上,七里滩也称严陵滩,与严陵濑伯仲难分。有学者认定七里滩"酷似长江三峡,汹涌急湍,又称'富春江小三峡'……此段上起建德乌石滩,下至桐庐的芦茨埠口,全长22 km。"[②]《浙江通志》(卷十九)载,芦茨溪与严陵钓台隔江

---

① 孟浩然.孟浩然诗集校注[M].北京:中华书局,2018:71.
② 盛亚莱.富春江(桐庐段)文化景观历史变迁研究[D].杭州:浙江农林大学,2016:30.

相对，有大小两源，汇入富春江，距桐庐四十里，盖指大小两源与桐庐的距离。计算起来，桐庐西三十五至四十里是严陵濑。若严陵濑指严陵钓台一段，七里滩比严陵濑更长，包括"富春江小三峡"江段。《浙江通志》（卷十九）有记载可证。

实际上，"富春江小三峡"是从七里泷至梅城富春江上游24千米长的河道。它包括：① 从七里泷口到严陵钓台的"龙门峡"，长约4千米；② 从严陵钓台至子胥渡口的"子陵峡"，长12千米；③ 子胥渡口至梅城三江汇合口的"子胥峡"，长约8千米。由此，诗人"经七里滩"是从芦茨溪至乌石滩一段。据《奉使新安自桐庐县经严陵钓台宿七里滩下寄使院诸公》，可知刘长卿与孟浩然的行旅相同。二人从桐庐至建德（梅城），行次是：桐庐—七里泷口—（龙门峡）—严陵钓台—（子陵峡）—芦茨溪—（子陵峡）—严陵坞—（子陵峡）—乌石滩—胥口江—（子胥峡）—建德（梅城）。建德江更在七里滩上段，以《经七里滩》佐证《宿建德江》时，孟浩然已过了龙门峡和子陵峡。

又，据孟诗"复闻严陵濑，乃在兹湍路""山暝听猿愁，沧江急夜流"，其作诗顺序应是《经七里滩》到《宿建德江》，唯《经七里滩》与《宿桐庐江寄广陵旧游》的顺序存疑。因桐庐江并非桐庐，而是泛指桐庐到建德的江段，即现今的富春江。《元和郡县志·江南道·睦州》："桐庐江，源出杭州于潜县界天目山，南流至（桐庐）县东一里入浙江。"桐庐江又称桐江，《浙江通志》（卷十九）载："桐江，《严陵志》在县南六十步……至县郭之南曰桐江。"两段记载的"桐江"显然与孟浩然的"桐庐江"并不吻合。《孟浩然诗集》有李景白笺注："建德在桐庐江沿岸，可见应为桐庐江……浙江源出歙州，东流至建德与兰溪会，北流桐庐，称桐庐江。"[①]这就是说，桐庐江指梅城附近兰溪汇入浙江（新安江）起始，至桐庐（县郭南六十步）的江段。因桐庐江大部分与"七里滩"重合，很难判断"宿桐庐江"与"经七里滩"的时间先后及创作顺序。

李景白认为孟浩然落第后，于开元十七年（729年）冬还乡。"小住数月，心情逐渐平静，但落第的不豫，还是无法排解，遂于十八年（730年）又经洛阳

[①] 孟浩然，李景白.孟浩然诗集校注［M］.北京：中华书局，2018：312.

转赴吴越游览，追寻山水之乐，以散心中郁闷。"根据"遑遑三十载，书剑两无成"（《自洛之越》）之诗句，李景白推断孟浩然"自洛之越乃在其考试落第之后，三十乃从其为学之时算起，约计三年耳"，此时是开元十八年（730年）。① 而"朝乘汴河流，夕次谯县界"（《适越留别谯县张主簿申屠少府》），则证实汴河清早上船，孟浩然傍晚便到了安徽谯县（亳州）；"向夕问舟子，前程复几多。湾头正好泊，淮里足风波"（《问舟子》），也符合孟浩然自洛赴越，沿汴泗入淮的行程；而《初下浙江舟中口号》的"八月观潮罢"则应了开元十八年秋，钱塘观潮后诗人行旅浙西的情况。

本来"潮落江平未有风"（《济江问舟人》）与"八月观潮罢"的时令暗合，然"何处青山是越中"②指向越州（会稽），却让人错愕。这里，或有两种可能：一是印证了王辉斌的说法，孟浩然不止一次到过浙江，浙江诗句并非单次行旅所作。二是孟浩然"离开杭州，并未直趋越州，而是溯江西上，游览浙江景物，然后转赴天台"。故只取《初下浙江舟中口号》一诗，作为孟浩然"浙西行旅"的开篇之作。

浙江地域不广，无非浙西、浙东、越中等地。《永嘉上浦馆逢张八子容》《岁除夜会乐城张少府》《永嘉别张子容》等诗歌，对应的是开元十九年（731年），孟浩然到永嘉（温州）、乐城（乐清）看望好友张子容（乐城县尉）的行旅；而《久滞越中赠谢南池会稽贺少府》《济江问舟人》《越中送张少府归秦中》等，则对应诗人在会稽的游历。

至于旅行江浙的目的，孟浩然在诗中已有表露：一是仕进难达，未能变成文臣的处士身份导致在山水行程中，归隐之念频生。如"山水寻吴越，风尘厌洛京"（《自洛之越》），"君学梅福隐，余随伯鸾迈"③（《适越留别谯县张主簿申屠少

---

① 孟浩然, 李景白. 孟浩然诗集校注 [M]. 北京：中华书局，2018：323.
② 按：李景白认为孟浩然结束浙西行，转到天台山，"自剡县沿上虞江（今曹娥江）赴越州，行抵曹娥埭，转入镜湖，有《济江问舟人》诗，其时约已开元十八年末。"详见孟浩然, 李景白. 孟浩然诗集校注 [M]. 北京：中华书局，2018：3.
③ 按：梅福字子真，九江寿春人也。少学长安，明《尚书》《穀梁》《春秋》，为郡文学，补南昌尉，后弃官归寿春……元始中，王莽专政，乃弃妻子而去，后有人遇梅福于会稽，已变姓名为吴市门卒。详见《汉书》卷六十七《梅福传》。又，梁鸿字伯鸾，后汉扶风平陵人。家贫而尚节介，（转下页）

府》);二是纵情山水,无复"心念魏阙"而自伤。如"回瞻魏阙路空,空复子牟心"(《初下浙江舟中口号》),乃是借《庄子》中瞻子与魏牟对话,劝自己"不能自胜则从,神无恶乎"①。比较长安落第(开元十七年春)时作"授衣当九月,无褐竟谁怜"(《题长安主人壁》),由浙返乡[开元二十年(732年)]时写的"魏阙心恒在,金门诏不忘。遥怜上林雁,冰泮已回翔"(《自浔阳泛舟经明海》),则可证"山水"虽能暂忘"魏阙",然落第梗塞的内心,实难彻底舍弃待诏。由此,诗人"舟行浙西"的目的昭然——即"纵情山水,忘却功名,无复自伤"。

此外,从"余奉垂堂诫,千金非所轻。②为多山水乐,频作泛舟行"(《经七里滩》),则可看出孟浩然虽惜命爱财,却是"观奇恨来晚"(《经七里滩》),乐此泛舟旅游。结合"西上浙江西,临流恨解携。千山叠成嶂,万壑合为溪。石浅流难溯,藤长险易跻。谁怜问津者,岁晏此中迷"(《浙江西上留别裴刘二少府》),诗人刻意拔高了第三个目的,将"山水游"视如孔子游列国——生命有限,活着就要体察各地风土民情。而"叠嶂数百里,沿洄非一趣"(《经七里滩》),再次佐证浙西行旅,只为山水览胜,赏心悦目,忘却烦恼。

孟浩然是观潮后溯行桐庐,时令已入秋。从"风鸣两岸叶""沧江急夜流"(《宿桐庐江寄广陵旧游》),可知江上有大风。"沧",一指暗绿色;二指水冷。"沧江急夜流"与"风鸣两岸叶"搭配,意指有三:一是暮色中江水呈暗绿色;二是"风鸣"助力,江水湍急;三是秋江水寒。孟浩然访严陵钓台,游七里滩。只因此处有严子陵辞官的典故,且景色优美,猿鸟出没,人迹罕至。若将"山暝猿愁""风鸣急流""月照孤舟"与明代潘亨"怒涛催远客,帆落钓台阴。夜雨他乡梦,秋风何处砧"(《七里滩》)的描述比较,便知秋夜舟行七里滩,大风激

(接上页)博览无不通,而不为章句。与妻共隐于霸陵山中,以耕织为业,咏《诗》《书》,弹琴以自娱。详见《后汉书·逸民传》。
① 《庄子·让王》载:"中山公子牟谓瞻子曰:'身在江海之上,心居乎魏阙之下,奈何?'瞻子曰:'重生。重生则利轻。'中山公子牟曰:'虽知之,未能自胜也。'瞻子曰:'不能自胜则从,神无恶乎?不能自胜而强不从者,此之谓重伤。重伤之人,无寿类矣。'魏牟,万乘之公子也,其隐岩穴也,难为于布衣之士;虽未至乎道,可谓有其意矣!"
② "千金之子,坐不垂堂",见诸《史记》的汉代民谚,意指家中积累千金的富人,坐卧不靠近堂屋屋檐处,怕屋瓦掉下来砸着。

流是常态。由"彩翠相氛氲""猿饮石下潭，鸟还日边树"，可知船行至七里滩，白日晴朗，暮色悠然。若仅从船上远观，定然难嗅彩翠（植物）散发的"氛氲"（浓郁香气）。而"钓矶平可坐，苔磴滑难步"，若非蹑步慎过，怎有此描述？前因后果，即景抒情，犹如"诗语"复现时空，又按时间叙述成了游记。与《宿桐庐江寄广陵旧游》比较，已是另类景象。

从"挥手弄潺湲"到"风鸣急夜流"，"经七里滩"显然经历了两种天气下的江景。时间推移、光影风吹，遂有江水变化。又，由于七里滩是"晚侏罗世火山岩组成的断块山地，此处河谷深切，形成的峡谷水流湍急"[1]，故清代《严州府志》载严州府水路"东沿入桐庐县九十里"[2]。七里滩距桐庐不过四十五里，且"两山夹峙，水驶如箭。谚云：'有风七里，无风七十里。'"（《浙江通志》卷十九）[3]这也证明若有风相助，逆流至胥口江无须两个日夜，"经七里滩"到"宿桐庐江"系一天一夜的航程。方干《暮发七里滩夜泊严光台下》一诗，反向证明从七里滩上游到严陵钓台，顺流无须一夜。

许浑有"天晚日沉沉，归舟系柳阴。江村平见寺，山郭远闻砧"（《晚泊七里滩》）诗句；宋代林景熙夜宿七里滩，又有"买鱼开酒尊""一犬吠前村"（《宿七里滩》），说明在水流急险的七里滩，亦有平缓处可泊船。严陵钓江段的龙门峡，山高谷深，群峰对峙，江面舒展，水势相对平缓，非常符合《经七里滩》的情境。过了龙门峡，舟行至子陵峡，也就是七里滩。此处（直至胥溪入口）仍属桐庐江（富春江）。从"建德非吾土，维扬忆旧游"诗句，可判断时至夜晚，船虽迫近梅城，却仍在桐庐江段——大概是严陵坞至胥口江的江上。否则，诗人不会吟诵"建德非吾土"。据此佐证，孟浩然"宿桐庐江"应在"经七里滩"之后。

因为七里泷（濑）叠嶂数百里，在当时，从上游到达严陵濑（今严子陵钓

---

[1] 盛亚莱.富春江（桐庐段）文化景观历史变迁研究［D］.杭州：浙江农林大学，2016：29.
[2] 吴士进，吴世荣.严州府志.增修重刊本.1883（光绪九年）.［M］//中国方志丛书：第55号.台北：成文出版社，1970：38.
[3] 《浙江通志》卷十九载："七里滩，《严陵志》在（桐庐）县西四十五里，与严陵濑相接。"又，《避暑录话》载："严陵七里濑，两山耸起壁立，连亘七里……七里之间皆滩。"

台处），七里泷是唯一一条水路，想要从中穿过并非是一件简单的事情。七里滩两岸植物种类丰富，滩浅水急。杨万里有诗"北江西水两相逢，胥口波涛特地雄。"（《过胥口江水大涨舟楫不进》）北江即为富春江，西水则为建德江。建德江又名胥口江。《浙江通志》（卷十九）记载，胥口江在建德东二十五里，以伍子胥避难渡此得名。又记"孟浩然'宿建德江'于此"。《读史方舆纪要》（卷九十）载："新安江在城南，自徽州府歙县流入府境……东流至府城东南，而东阳江流合焉……又，东胥口江流合焉，亦谓之建德江口。"东阳江即兰江，由梅城东南江面汇入新安江，两江合流成富春江北上，再有胥口溪汇入。准确地说，梅城东北40千米，七里泷北岸有胥溪汇入。① 又载："胥口溪，府东二十五里。自胥岭发源三十里至胥口，逆流十里达于江，亦谓之'胥口江'，亦谓之'建德江'"。《明史》（卷八十二）载："胥溪南流入江，谓之'胥口'，亦曰'建德江口'。东有乌石关在乌石山下，南临江有乌石滩。"按上述记载，建德江是胥溪进入富春江长达十里的江段，即"胥口江"。

向晚问船夫，"夜宿桐庐江"时，孟浩然已知临近胥口江，即建德江。《宿桐庐江寄广陵旧游》既然是严陵坞到胥口江的桐庐江上写就。与之区别，《宿建德江》自然是次日晚上拟就，位置当在胥口江上，又或在胥口至兰溪汇入口（子胥峡）的江段。孟浩然进入胥口江的原因，大概是从桐庐上来，这里有伍子胥隐居躬耕的大畈村、渡江入吴的胥口渡及伍子胥别庙，是除严陵钓台外，值得再次登临的胜地。

由于"历史上桐庐船舶还可以拉纤沿富春江经过梅城、兰溪、金华江、东阳江到达剡溪去天台山"②，按李景白的说法，《舟中晚望》"舳舻争利涉，来往接风潮"有可能是对船行浙西的描述③，然"问我今何去，天台访石桥。坐看霞色晚，疑是赤城标"，表明诗人此时已转向天台。故《宿建德江》实是孟浩然"舟行浙西"的最后一首诗。

---

① 陈彬彬.新安江：富春江风景名胜历史变迁研究［D］.杭州：浙江农林大学，2012：28.
② 盛亚莱.富春江（桐庐段）文化景观历史变迁研究［D］.杭州：浙江农林大学，2016：19.
③ 孟浩然，李景白.孟浩然诗集校注［M］.北京：中华书局，2018：3.

二、浙西诗歌意涵及画意解码

古人论诗，有"诗画"一说。按弗莱的解释（《文学原型》），诗歌介于音乐与绘画之间，诗语既有叙述节奏，又有组成意象的图画布局。故凡有情境布局，诗歌皆有画意。而捕捉诗歌构图视野，抓住其布局，便可领悟诗歌要表达的意义。因此，若要分析孟浩然的浙西诗歌意涵，当从叙述节奏及意象布局着手。

由《经七里滩》"观奇恨来晚，倚棹惜将暮"，可复现以下时序讲述：一是诗人久闻严陵钓台之名，本该早来，此刻游兴正浓；二是登岸时间有限，未能尽览严陵景致。傍晚鸟返猿栖，无处投宿，诗人返回船上。此诗以游人视角遍览，以诗人情思凝画。"挥手弄潺湲，从兹洗尘虑"，广义是心志表述，却伴随着潺潺的音画。刘长卿贬睦州，亦有"离别寒江上，潺湲若有情"（《新安送穆谕德归朝赋得行字》）。水流清悠，总能舒缓诗人的凡心。与"最爱湖东行不足，绿杨荫里白沙堤"（白居易《钱塘湖春行》）比较，孟浩然补足了白诗所未道——拥抱自然，随缘自适最好。其狭义则指向自我宽慰——尽管游赏不足，却能借清秀山水，洗去尘俗忧虑，令人联想诗人所虑或是仕宦的追求。此诗呈现的是"脱俗去虑，散点随心"的构图布局。

诗歌总是主观情思投向外物的审美反馈。以索绪尔的"能指"解释，"潺湲"有"江水""溪水"之别，"尘虑"意指便需释疑。其所指：一是忧尘土沾手；二是指"名利""人情世故"给人的忧虑。"以实衬虚"，读者会有更多的思考。襄阳隐居的处士身份，令孟浩然"忘情山水，洗却尘虑，渴求归隐"的心思，在江浙行旅中多有表现。如"故林日已远，郡木坐成翳。羽人在丹丘，吾亦从此逝"（《将适天台留别临安李主簿》），"虚舟任所适，垂钓非有待"（《岁暮海上作》），表明垂钓却无姜尚出仕之心。而"故园眇天末，良朋在朝端。迟尔同携手，何时方挂冠？"（《游云门寄越府包户曹徐起居》），竟劝好友挂冠归隐，同游山水。据此，朱起予评说："对尘俗的超脱并不意味着对人世的厌弃，而是另一种形态的对人生的珍惜……从山水之中，他重新体认到了生活的真趣和逸趣，从而他的内心也重新得到了平衡。"①作为情感防御，孟浩然显然将科举失意、归隐眷恋、山水抚慰、亲友怀思等遭遇混合调适，酝酿整理成创作背景。出于身份维持的习惯，诗人将情思和幻想择物赋形，这才有了行旅浙西的诗歌。

自桐庐南下，舟行竟日，"经七里滩"时已过了严陵濑。子陵峡峭壁嵯峨，河道蜿蜒。如今富春江水电站蓄水，峡江已有较大改变。依《浙江通志》（卷十九）、《避暑录话》（卷上）描述，从桐庐以下凡有十六濑，严陵濑是第二濑。无论七里滩或七里泷，吴越土语的"濑"和"泷"都是"奔流湍急"的意思。可见过了严陵濑，尚余十四濑的七里滩，江流湍急。若风起江面，船速是个问题。"船行七里"是舟船顺流桐庐的比喻。而逆行建德，则要考虑"无风助，则如同行船七十里"。秋冬北风居多，孟舟虽是溯流，然水道由东北向西南，却是顺风而行。根据"风鸣两岸叶"的情形，证明当时船行西南，风力导致船速其实并不慢。然而，"沧江急夜流"的却是逆水，这显然又消解了部分的风力。读者若按《经七里滩》《宿桐庐江寄广陵旧游》提供的指令依次生发，两诗在空间上既可呈现画面，时间上也可完成附带情感的叙述。这一模式最终强调的是时间性而非空间性（弗希《为什么无人害怕沃尔夫冈·伊瑟尔》）。由此，抵建德之前，诗人日行江上，晚宿舟中，是以诗心择选写成两首插画式的诗歌游记。

桐庐江上风鸣水急，孟浩然耳闻目见还有"山暝听猿愁"（《宿桐庐江寄广陵旧游》）、"猿饮石下潭"（《经七里滩》），结合许浑"树密猿声响，波澄雁影深"（《晚泊七里滩》），李嘉祐"雨过暮山碧，猿吟秋日曛"（《入睦州分水路忆刘长卿》）的诗句，"诗中猿猴和鸟类自由地在严陵濑生活着，这从侧面证明当时人类对自然界的干扰是极其微弱的"②，佐证"林深茂密，水流猿啼"确是唐代富春江的特征。"猿啼急流"映衬"月夜孤舟"，如同"月落乌啼，江枫渔火"，月华沉静，猿鸣乌啼，枫树静谧，渔火闪烁。以动显静的诗意构图，引人沉思。此处，"猿啼""风鸣""急流"之声映衬出幽林、月夜的沉静，正是"蝉噪林逾静，鸟

---

① 朱起予.孟浩然隐逸趣尚论［J］.苏州大学学报（哲学社会科学版），1993（2）：48-50.
② 陈彬彬.新安江·富春江风景名胜历史变迁研究［D］.杭州：浙江农林大学，2012：22.

鸣山更幽"（王籍《入若耶溪》）欲呈之境。杜牧也用"无处不潺湲，好树鸣幽鸟"（《睦州四韵》）描绘建德山水的幽静。动中有静，动静相衬，诗心便进入另一境界。诗人从最初的随缘漫游，逐渐汇入对亲友的情感依傍。诗心串起审美与情感，"幽静"自然会忆起故人往事，衔出"建德非吾土，维扬忆旧游"。如此衔接契合诗心，依次带出引发情绪的插画映像，并不突兀。美国诗人泰特认为，诗歌的社会交际就是要将众人共享的情感激发出来（《诗歌中的张力》）。这里，"山暝听猿愁"与张继的"月落乌啼"就是以诗人的知觉形式唤起受众"孤独自怜"的情感共鸣。

释迦牟尼说："一月普现一切水，一切水为一月摄。"按常理，"月华清晖"以宁静栖息心灵，诗呈"水月"，禅意自会显现。遗憾的是身处异乡，心怀故土，即便是风鸣月夜，"对愁眠""忆旧游"的诗人显然并不能孤守淡泊。比较"明月松间照，清泉石上流"（王维《山居秋暝》）的淡然，"月照孤舟"已将孤独引向对亲友的思念，诗歌便呈现出"月夜怀想"的影像。从诗句意涵看，"维扬旧游"应包括润州刘隐士（《宿杨子津寄润州长山刘隐士》）、扬州奚三（《洛下送奚三还扬州》）和薛八（《广陵别薛八》）等友人。陶翰籍贯润州，属维扬旧友之一。王辉斌考证，"陶翰也是孟浩然一生中最重要的交游人物之一……开元二十一年（733年），孟浩然在二游越剡期间与陶翰再次相晤"[①]。又，开元十四年（726年），李白与孟浩然在维扬相识，同游溧阳。"孟浩然此次与李白在维扬一线，从初识到同游，时间大约半年左右。"[②] 由此分析，"维扬旧游"一指淮扬结识的老友；二指游历淮扬的往事。"海西头"指扬州（隋炀帝《泛龙舟歌》："借问扬州在何处，淮南江北海西头。"），而以泪"遥寄"，除了科举受挫，异乡思亲，直接源头则是静夜"风鸣""猿啼"触及伤物感怀的悲悯孤凄。人生不顺，挫折遭遇类似，可怜自己便需亲友宽慰。所以，诗人"遥寄润州、扬州"，实是"忆人怜己"地伤感"人生不易，岁月易老"。即便身在旅途，诗人"思乡怜己"的情绪未减分毫，这才有借"万岁楼头望故乡，独令乡思更茫茫。天寒雁度堪垂泪，月落乌啼欲断

[①] 王辉斌.孟浩然交游补笺[J].襄樊学院学报，2001（6）：84.
[②] 王辉斌.孟浩然与李白交游[J].襄樊学院学报，2001（3）：89.

肠"（《登万岁楼》）诗画构筑的情思。

浙西三首诗依时空顺序，经历了游历欢愉到忆友思亲，情感由轻松转入悲苦，渐入深沉，终以亲情摧心。浙西诗画构成与情感的关系是：一是以目光择取新奇变化的游记插画匹配情感，构筑了《经七里滩》的诗画关系。二是蒙太奇式的情景互衬，以景衬托情感。《宿桐庐江》引入友情，用"枫桥夜泊式"的意象选择淡化插画形式，着重渲染岁月流逝的悲欣，将欢娱转成入夜的友情回忆，诗歌也从审美救赎转向亲情救赎。三是如崔颢暮色望乡，诗歌意象与亲情构成简净的唐诗境界，"江清月近人"传递着对生命永恒的渴求。

客观上，诗歌借景抒情，凝练的诗语并不能容纳更多社会内容。唯有穿过事物具体的窄门，才能跨越时空，遥想甚多。本来"山暝听猿愁……月照一孤舟"（《宿桐庐江寄广陵旧游》）足以吸纳受众情思，而"建德非吾土，维扬忆旧游"的地域语境却局限了读者想象。与之相比，江南陆游不可能"心在天山，身老沧州"（《诉衷情·当年万里觅封侯》），唯有彻底升华才能摆脱"具体"的拘泥。当然，读者亦可忽略"建德"与"维扬"的现实指涉，"断章取义"地融入"情思"。英美新批评派将此解释为意象内涵放任其外延拓展，为读者释放情思提供方便。[①]此外，审美终究是要趋向精神升华的。"一个关于美的判断，只要夹着极少的利害感在里面，就会有偏爱而不是纯粹的欣赏判断了。"[②]这就迫使诗歌要消化或转移原生的激情，将个人情感升格到"美情共享"的艺术情感。相较孟浩然前两首诗歌，人们容易忽略《宿建德江》的诗意构图。原因是，若非此诗标注"建德江"，"日暮客愁"可发生在任何落日的水边。而"江月烟渚"的意象布局，也绝非建德、桐庐独有。同时代的"烟波江上使人愁"（崔颢《黄鹤楼》）、"日暮空愁予"（张柬之《大堤曲》）、"野旷天清无战声"（杜甫《悲陈陶》）、"野渡无人舟自横"（韦应物《滁州西涧》）、"月寒江清夜沉沉"（李白《白纻辞》）均与之类似。而《宿建德江》让人似曾相识，是"烟渚""日暮""江月"作为普见的景象，先于其引导产生的文学事实，它们构成了对象的意识图式。一旦这些对象离

---

① 朱刚.二十世纪西方文论［M］.北京：北京大学出版社，2006：81.
② 康德.判断力批判：上卷［M］.宗白华，译.北京：商务印书馆，1987：41.

了原生状态，底层感官刺激便构成上一级环圈应付的感觉和构形（霍兰德《阅读和身份》）。处士与文士在审美感受上，仅有差序性，而无差异性。在两种身份中调适，"仕途失意、山水救赎"导致诗人将景物刺激转化成作诗的因子，所构造的意涵丰富的意象代码①成就了诗歌的节奏和布局。由此，这些布局诗歌的意象便激发读者生成一系列思维图像，建立起自己的诗情画意（费希《为什么无人害怕沃尔夫冈·伊瑟尔》）。于是，《宿建德江》才有以下艺术呈现。

从黄昏到黑夜，不同于前两首诗歌，《宿建德江》以想象构筑有别于俗世的"江舟月夜"，以"文化自然"寄寓诗心。根据弗莱的观点，正是需求的总和及追求进步的"愿望"推动诗人从自然中建构出人类文化的形态。②由于诗语将具体对象变成了可供阐释的代码，其语境与现实少有利害瓜葛。因此，诗中的真善表达才不容置疑，且更具美的晕光。

此诗以"移舟泊烟渚"起首，连缀"日暮客愁"，便构成与"夜泊""思乡"意象旋律关联的序列。而"野旷天低树"与"江清月近人"则是用"和声关联"（弗莱《文学原型》）的意象谋求结构布局的巧思。全诗前两句以叙述展示意象，已是诗人构造的文化自然，反映出时间先后的线形运动；而后两句则以视线指引布局意象，意义便落脚于诗人的情思感受。具体分析，"烟渚"自然指旅舟停泊雾笼的江渚。而此处的烟渚移舟显然是日暮后的停泊，而客愁仿佛诗人的宿主，夜幕便会降临。除了此诗，孟浩然诗集还有"鄂渚"（《送辛大之鄂渚不及》）、"牛渚"（《送袁十岭南寻弟》）、"沙渚"（《赴命途中逢雪》）等12处，诗人不说"泊建德"或"泊睦州（严州）"，不用"沙渚""荆渚"，而用"烟渚"，一是凸显诗人当时对江渚"烟笼"的印象颇深；二是以"烟"染诗，"守空待实"的诗味甚浓。诗歌本身就赋予了读者"以实补虚"的指涉权力。因此，凄迷晕染的"泊烟渚"便有"虚实"两种意指。

就现实而言，新安江水库蓄水，水温常年保持在17度左右，如今新安江晨昏常有浓雾。然唐代睦州治所在梅城，上游并无水库，缘何泊船"烟渚"？真实

---

① 朱刚.二十世纪西方文论［M］.北京：北京大学出版社，2006：100.
② 朱刚.二十世纪西方文论［M］.北京：北京大学出版社，2006：200.

原因是，建德江不同于新安江（前有论述）。形成建德江的胥溪源出乾潭镇与桐庐百江镇的扶梯岭，冷溪从胥口入富春江。胥溪与富春江汇合，水温与江面有较大温差，极易形成雾霭。由此，历代雾笼建德江面的记载并不罕见。元代赵孟頫《桐庐道中》有"卧闻滩声壮，起见渚烟横"，明代潘亨《七里滩》诗曰"渚烟笼树杪，涧水入溪深"，都印证了桐庐至建德，江面晨昏常有迷雾。而明代王叔承"三江烟树嗟空阔"（《自钱塘由富春桐江抵七里滩》）的诗句，更加确定在新安江、兰江、富春江汇合处，两岸有烟树朦胧。由此可知，诗人行至建德江，傍晚恰有雾笼洲渚，不宜行舟，故只暂作停泊。

从虚空分析，"泊烟渚"若非现实指涉，便是诗语习惯。孟诗有"樵人归欲尽，烟鸟栖初定"（《宿来公山房期丁大不至》）、"鹿门日照开烟树，忽到庞公栖隐处"（《夜归鹿门山》）。现存孟诗有"烟树""烟暝""烟波"等意象多达23个，可见诗人的习惯。况且，"烟渚"与"日暮""客愁"对应，既符合暮霭深沉的特点，又能带出情感失落的感伤，犹如"日暮乡关，烟波愁人"，造出"雾霭朦胧，愁绪凄迷"的情境。元代吴师道说，"作诗之妙，实与景遇，则语意自别。古人模写之真，往往后人耳目所未历，故未知其妙耳"（《吴礼部诗话》）。同样，"野旷天低树，江清月近人"的诗意构图，唯有亲临建德江上，方晓其妙。

"野旷天低树"将视线从近旁树木引向天际，构图便有了前后顺序及空间层次。只是这样的引导，却让舟中（或江岸）所见成了错觉——旷野辽阔，天际好似比（近处）近旁的树要低。无独有偶，唐代"水送山迎入富春"的吴融，也有"云低远树帆来重"（《富春二首》）的诗句。错觉新奇与"江月近人"的亲切，从感觉上流连了审美。诗语提供这般图式，必然会刺激读者建立自己的文学事实（弗希《为什么无人害怕沃尔夫冈·伊瑟尔》）。这个文学事实主要由控制读者生活的价值观来决定。这套价值观便是霍兰德说的"身份"（《阅读和身份》）。事实上，"天低树"是不可能的，然暮色降临，从胥口江望向富春江，仿佛置身草原，云天便有比树更低的感觉。显然，这也是诗人"身份"构建的错觉激发了读者共同的观感。按贡布里希所说，此种错觉强化了近树的"高"，引导心神放逐远空，视野所及皆成了心灵的背景。①

不仅如此,"野旷天低树"的错觉甚至隐藏了时间和环境。一说时间,尽管"客愁",暮色并非不能远眺。若天彻底黑了,便没法看到"天低树";二说环境,两句诗的时空并不一致,佐证诗人白天曾极目远眺。就视角言,"野旷"则不可能面朝溪水流下的胥口溪。唯有向南,三江在梅城东南汇合,江面开阔,才有"天低树"的远眺。同样,宋代范仲淹守睦州也是向南,从城垣向外眺望"郡之山川,满目奇胜,衢歙二水,合于城隅",也有"白云徘徊,终日不去"(《晏尚书》)②的既视感。

所谓"诗画本一律,天工与清新"(苏轼《书鄢陵王主簿所画折枝二首》),"古来画师非俗士,摹写物象略与诗人同"(苏轼《欧阳少师令赋所蓄石屏》),何况古代画家兼晓作诗。明代画家李日华认为,"凡画有三次,一曰身之所容(身边近景)……二曰目之所瞩(眺瞩之景)……三曰意之所游(无限空间之远景);目力虽穷而情脉不断处是也"(《紫桃轩杂缀》)。按此画理,"移舟泊烟渚""野旷天低树",的确呈现了"身之所容""目之所瞩",其艺术构图如下。

第一,艺术本质是表现生命的美,或给予生命更好的呈现。其本质,柏拉图称艺术是用清醒的头脑做梦,是内心欲念与外在环境结成的世界呈现。艺术取材于自然,如同人类通过巫术仪式,将自己的愿望、感情赋予自然,仿佛能控制自然。情思满盈的孟浩然当时身处胥口江,凭眼观照,遂以诗心择景——"野旷天低树"乃远景,"江清月近人"则是近景。由远至近,昼夜空间跳跃似不合逻辑,却契合"万物皆备于我"(《孟子·尽心上》)的诗心。这也是诗人内心寻求与自然和谐一致,才以雾霭、旷野、树木、天空等构筑出"水月凄清"的世界。

曾有德国学者夜观星空,悟出"理念之于客体,正如星座之于群星",认为

---

① 贡布里希说:"木马靠在角落时只是一根棍儿,一旦骑上,它就成为儿童想象力的焦点,变成一匹马。"造成"野旷天低树"错觉的原因与此类似。详见E.H.贡布里希.艺术与错觉:图画再现的心理学研究[M].杨成凯,等,译.南宁:广西美术出版社,2012:180.
② 范仲淹.范仲淹全集:中册[M].成都:四川大学出版社,2002:682.

若"理念是永恒的星座",那么理念捕捉现象就不是粗暴收编,而是分化重构。[①]同样,若星丛现象如诗人眼前之境,那诗之理念便是早有架构的星座。不同的是,本雅明仅谈理念超验,作诗却是主体意识对意象的秩序重构。读者除了洞悉诗歌对意象的分化、重构,还有责任作出阐释。而诗人观察世界的方式,又与时代精神与意识形态有关。[②]从"江天低树"到"近人清月",诗人放眼寰宇,落于"江月",如同储光羲眺望远山,近观清溪,留下"落日登高屿,悠然望远山。溪流碧水去,云带清阴还"(《游茅山五首》)的诗句。如此契合"天人合一"的诗心构图给人和谐如摇篮般的安适。宗白华说:"中国人面对着平远之境而很少是一望无边的","我们向往无穷的心,须能有所安顿,归返自我,成一回旋的节奏"。[③]如此一来,诗心(宇宙天地、山水游玩)归返,终宿于情怀。因此,深谙艺术三昧的文人临水抚琴,澄怀观象,只为回归生命的安稳。

诗画同源,创构一体。不过诗人用语词构造,凭意象布局空间(弗莱《文学原型》)。可是它们是如何布局的呢?美国学者杜威说:"画是抽出;是提取出题材必须对处于综合经验中的画家说的东西。此外,由于绘画是由相关的部分组成的整体,每一次对具体人物的刻画都被引入一种与色彩、光、空间层次,以及次要部分安排等其他造型手段的相互加强的关系之中。"[④]这话有两个意思:① 画家根据经验将他认为重要的对象择取出来,表现成画。② 绘画是画家将对象构造出层次、强弱等秩序,并强化所发现的秩序。苏轼说"诗中有画,画中有诗",杜威说的绘画若以"诗歌"取代,道理依然成立。如"落霞与孤鹜齐飞,秋水共长天一色",诗画若以"孤鹜"为主体,"落霞""秋水""长天"便是背景。王勃将这些抽出,是要强化他发现"孤鹜与落霞齐飞"的秩序。落霞飞了吗?可能只是浮于天上,并没和孤鹜齐飞。剖析《宿建德江》的画意,为衬托思乡,孟浩然显然刻意选择了意象。"移舟泊烟渚,日暮客愁新"看似简述了夜宿江舟,却

---

① 瓦尔特·本雅明.德国悲剧的起源[M].陈永国,译.北京:文化艺术出版社,2001:7.
② 朱刚.二十世纪西方文论[M].北京:北京大学出版社,2006:105.
③ 宗白华.美学散步[M].上海:上海人民出版社,1981:113.
④ 约翰·杜威.艺术即经验[M].高建平,译.北京:商务印书馆,2011:16.

也为思乡铺垫了"暮色烟笼"的情境。同样,"野旷天低树"也是诗人在强化所发现的秩序,哪怕这秩序是"错觉"。向往天际的视野,触及旷野树木,诗人将"错觉"抽出是要用眼前所见引发的"新奇"——寓意故乡辽远在天际,近旁野树犹如故乡之树,诗人霎时有"究竟身在何处"的疑惑。同样,柳永也将离别的画面抽出,意象选择为"重城不见,寒江天外,隐隐两三烟树"(《采莲令》)。故所谓"望故乡渺邈,归思难收"(柳永《八声甘州》),预示了视野终将从天地转寻"人和"。

第二,寻求心灵安适的诗人,亟须天地庇护及人和的温暖。"日暮乡关"与"清月近人"的需求,均源于"有恃无恐"的情感倚赖。

弗洛伊德认为,"幻想的动力是无法满足的愿望,每一个幻想都是一个愿望的满足,对令人不满的一种现实的纠正"(《作家与白日梦》)。只有不满足的人才幻想。剥开生命的包裹,若失了"名利、求仙、亲情、情爱、友谊"的依靠,人便可能陷入"困窘、失落、孤独、不安"的情绪。人类本性偏向以远近辨亲疏,又渴求心仪对象反馈的温暖。于是,自小便习惯"暮色思家",且植入了"羁鸟恋旧林,池鱼思故渊"(陶潜《归园田居》)的思绪,孟浩然目睹"野旷天低树",自然便有"黯黯生天际"(柳永《蝶恋花》)的客愁。建德与故乡记忆交错,目力既穷而情脉不断者,"客愁"是也。"旷野的树"如画抽出,代表异乡,然故乡远在天边,遥不可及,与"江月近人"构成呼应关系。诗句传达的感受,与"平林漠漠烟如织,寒山一带伤心碧"相似——同样是黄昏暮色、羁旅孤愁,不同的是斯人江边迷茫,那里却是"暝色入高楼,有人楼上愁"(李白《菩萨蛮》)。苏轼云:"赖有高楼能聚远,一时收拾与闲人"(《单同年求德兴俞氏聚远楼诗三首》)。闲人远游,风光旖旎,聚远的尚有黄昏乡愁。"观云、望月"本为古人雅事,孟诗却凭意象间的"和声关联"寄托生命的救赎。

按亚里士多德的观点,艺术模仿是意识的主观创造,审美效果也是快感的源泉。[①]其"快感"是能让灵魂迅速地、可以感知地恢复到自然状态的运动。因

[①] 章启群.西方古典诗学与美学[M].合肥:安徽教育出版社,2004:44.

此，模仿与创造可以解除灵魂的"不安"，恢复至安适的状态。这里，诗人灵魂的"不安"源自暮色撩发的"亲情依傍"的缺失，"日暮客愁"渲染出通古的悲情。其中"江清月近人"更是《宿建德江》画境的核心。因为建德江源出胥溪，月光熠熠，水质清澈，江中月仿佛就在近旁，舟中人便有"水中月"亲近自己的错觉。客观上，"江月近人"反向强化了"日暮客愁"。旅途孤独，天月太远，水月更近，反衬出独在异乡的愁苦凄清——犹如世界已将"我"抛弃，不离不弃者唯有身旁的这条狗。"犬"与"月"仅是有情与无情众生的分别，诗人泛神地与"水月"实现了情感的"握手"。凝视"水月"，物我便有了沟通交流。"近"字以羁旅思乡的情感撑住了诗人对"水月"的爱惜，境界也呈现韵味深邃的美感。此种"世界幸好有你"的慰藉，映衬的恰是诗人内心渴求温暖的孤寂。

第三，徜徉山水并不能化解诗人内心的躁动，诗歌反而显露出处士与禅士的区别。

作为盛唐有名的处士，孟浩然的"诗心浮沉"具有典型意义。自从辞别黄鹤楼，三月奔向烟花世俗的扬州，"红颜弃轩冕，白首卧松云"的孟夫子便不再平静。俗世追求屡次受挫，或让此诗另有意涵。《世说新语·言语》记梁简文帝入华林园，对左右说："会心处不必在远，翳然林木，便自有濠濮间想也。觉鸟兽禽鱼，自来亲人。"故乡就有月夜烟波，没必要到异乡忍受孤独，"江清月近人"便隐含着对出仕追求的怀疑。又，《鹤林玉露》（甲编卷之三）载："孟浩然诗云：'江清月近人'；杜陵云：'江月去人只数尺'。子美视浩然为前辈，岂祖述而敷衍之耶！浩然之句浑涵，子美之句精工。"按罗大经的看法，"江月去人只数尺"与"风灯照夜欲三更"对仗工整，而"江清月近人"却颇有蕴藉。为了对仗，杜甫只道出了"江月近人仅有数尺远"的实情，孟浩然却用情感来衬托——即"天涯孤旅，眼前亲友皆不见，唯有漾动水中的月亮来亲近我"。白昼喧嚣或许并非生命常态，暮色孤寂反而呈现永恒。从审美视角，这句诗道出了一个哲理——所谓"蹉跎游子意，眷恋故人心"（孟浩然《岘山送朱大去非游巴东》），"泛舟远游"虽可暂获心灵开释，乃至幻想隐士成仙的自由，然纵享自由必要付出代价。于是，诗人"仕与隐"的纠结便在行旅思乡的月夜孤独中显露。

宗白华说："盛唐王、孟派的诗固多空花水月的禅境。"①"江清月近人"与"夜静春山空"比较，孟诗固守伦常情感，未及禅那境界，诗中弥散着孤凄与亲情占有的阴影（荣格《主要原型》）。"江清月近人"缺乏心灵通透的平静随缘，反而带出"孤独、寂寞、思乡、感物、怀人"诸多尘虑且浸没其中，这些与"不执着"的禅旨相距甚远。人生本就一场梦，五蕴参透，故乡异乡，何曾两乡，它们只是心灵暂驻的栖息。风雪"聒碎乡心"（纳兰性德《长相思》）的情绪尽管催泪，却也暴露了作者思亲情重的"凡心"。对比王维，孟浩然只是处士心境，其动静互衬的诗画意涵尚未参破人生的虚妄。

美国学者霍兰德认为自我及其对象都在构筑对方，主客体并没有明确的分界线（《阅读和身份》）。诗人以"江月"作意象，看中的是月亮"阴晴圆缺"的确定属性，而这又内涵了人类情感的全部。由"孤苦、美好、离别"带出适应力软弱的情感都可从明月那里找到寄托，诗人的阴影也总是投射到他认可的同性质对象上（荣格《主要原型》）。这就是批评家纽曼所谓原型意象在特定文化或特定人群中的展现。②美国诗人泰特说："好的诗歌是内涵的极致和外延的极致的结合，是其中所有意义的统一体。然而我们对这种统一意义行为的认可则是由于天赋的经验、文化，或者如果你愿意这么说，由于我们的人文精神。"③世间物象众多，构成意象者寥寥。诗人选中月亮，弄成熟悉的影像，文化及天赋经验起着关键作用。所谓"明月何曾是两乡"（王昌龄《送柴侍御》），"当时明月在，曾照彩云归"（晏几道《临江仙》），因月亮仅一个，可与亲友千里共赏，于是便成了众人情感寄托的客体。"举杯邀明月，对影成三人"（李白《月下独酌》），与月交流，如同与亲友、爱人谈心。为免灵魂失落，传统中国人情扰攘，一直是依靠言语慰藉，凭借"亲情救赎"的社会。孝亲观念左右着古人思想，也造就了以月亮为情感纽带的意象，也由此构造了华夏的人文精神。孝亲文化背景，古今并无变化，这才有《黄鹤楼》《宿建德江》"日暮思亲"的千古共鸣。

---

① 宗白华.美学散步［M］.上海：上海人民出版社，1981：83.
② 朱刚.二十世纪西方文论［M］.北京：北京大学出版社，2006：195.
③ 朱刚.二十世纪西方文论［M］.北京：北京大学出版社，2006：82.

参考文献：

[1] E·H·贡布里希.艺术与错觉：图画再现的心理学研究[M].杨成凯,等.译.南宁：广西美术出版社,2012.
[2] 陈彬彬.新安江：富春江风景名胜历史变迁研究[D].杭州：浙江农林大学,2012.
[3] 范仲淹.范仲淹全集：中册[M].成都：四川大学出版社,2002.
[4] 康德.判断力批判：上卷[M].宗白华,译.北京：商务印书馆,1987.
[5] 孟浩然,李景白.孟浩然诗集校注[M].北京：中华书局,2018.
[6] 盛亚莱.富春江（桐庐段）文化景观历史变迁研究[D].杭州：浙江农林大学,2016.
[7] 瓦尔特·本雅明.德国悲剧的起源[M].陈永国,译.北京：文化艺术出版社,2001.
[8] 王辉斌.孟浩然交游补笺[J].襄樊学院学报,2001（6）.
[9] 王辉斌.孟浩然与李白交游[J].襄樊学院学报,2001（3）.
[10] 王辉斌.孟浩然越剡之旅考实[J].山西大学师范学院学报,2000（3）.
[11] 吴士进,吴世荣.严州府志.增修重刊本.1883（光绪九年）.[M]//中国方志丛书：第55号.台湾：成文出版社,1970.
[12] 约翰·杜威.艺术即经验[M].高建平,译.北京：商务印书馆,2011.
[13] 章启群.西方古典诗学与美学[M].合肥：安徽教育出版社,2004.
[14] 朱刚.二十世纪西方文论[M].北京：北京大学出版社,2006.
[15] 朱起予.孟浩然隐逸趣尚论[J].苏州大学学报（哲学社会科学版）,1993（2）.
[16] 宗白华.美学散步[M].上海：上海人民出版社,1981.

【本篇编辑：姚大勇】

论《鹖冠子》的文学

雷欣翰

摘　要：《鹖冠子》中的一些篇章将结构安排与所要表达的思想内容高度对应，给人以精心设计的印象。溯源式段落前置于篇首，是战国楚文化区域文章创作的重要特点，亦与道家对本源问题的关注密切相关。连续发问的"问体"文章，亦是楚文学的特点。"问体"文章连续的四言短句和《四库提要》对《鹖冠子》"博辨宏肆"的评价，提示了《鹖冠子》与赋之间的关联。以问答体式和"铺采摛文"的文章风格为标准，可以在《鹖冠子》中找到取材范围十分广泛的"写物图貌"段落。《鹖冠子》中的部分主客问答体式接近赋体，且与作为早期散体赋代表作家的宋玉的赋作有比较明确的相似之处。偶句、排比句和具有赋类特征的四言韵文，是《鹖冠子》"铺采摛文"的主体，它们之间常常形成对照或互补。短句与偶句、排比或散句的配合使用，则通过字数的对比、入声韵的使用和对负面事项的表达，形成"巉峭"的"词格"。

关键词：《鹖冠子》　篇章结构　赋类因素　句式　声韵

作者简介：雷欣翰（1990— ），男，文学博士，上海交通大学人文学院副教授，主要从事中国古典学研究。

A Study on the Literature of *Heguanzi*

Lei Xinhan

Abstract: The evaluation of the literature of *Heguanzi* by predecessors is often aimed at the entire article. This is because the structure of some of the articles in *Heguanzi* were highly corresponded to the idea to be expressed, giving the impression of being carefully designed. Placing

---

① 本文系国家社会科学基金青年项目"晚周秦汉之际哲学神话研究"（项目编号：19CZW012）的阶段性成果。

the origin-tracing paragraph at the beginning of the text is an important feature of the creation of articles in the Warring States Chu cultural region, and is also closely related to the Taoist concern for the origin issue. The continuous questioning of "questioning body" articles is also a characteristic of Chu literature, and circumstantial evidence can be found in documents closely related to Chu culture. The continuous four-word short sentences of the "Question type" articles and the evaluation of *Heguanzi* in *The Synopsis of The Si Ku Ti Yao* suggest the connection between *Heguanzi* and Fu. Based on the question-and-answer style and the extravagant literary style, a wide range of meticulous depiction passages can be found in *Heguanzi*. Some of the question-and-answer style passages in this book are close to the style of Fu, and have relatively clear similarities with Song Yu's works as a representative writer of early prose-Fu. Dual sentences, ranking sentences, and four-word rhyming texts with the characteristics of Fu are the main body of the meticulous depiction passages of *Heguanzi*, and they often form contrasts or complement each other. The combination of short sentences and dual sentences, ranking or prose sentences forms a precipitous style through the comparison of word counts, the use of incoming rhyme and the expression of negative matters.

Keywords: *Heguanzi*　article structure　factors of Fu　sentence　rhyme

引　言

迄今为止的《鹖冠子》研究，大都围绕其思想与文献问题。从文学角度进行研究的成果，仅有谭家健《〈鹖冠子〉试论》、张华《〈鹖冠子〉对古代文学的影响》、韩影《〈鹖冠子〉文学性研究》和雷欣翰《〈鹖冠子〉韵文的修辞表现》等少数几种。另外，杨兆贵的《〈鹖冠子·世兵〉篇非抄袭贾谊〈鵩鸟赋〉辨》一文，试图利用文学的研究方法来讨论《世兵》与《鵩鸟赋》的关系。对这两个文本在文体和遣词造句上的一些共同点和不同点亦略有涉及。这些研究讨论了《鹖冠子》文学的部分方面，但尚未见系统论述其文学特色的研究成果。

在古代，《鹖冠子》在文学方面的特色虽然不是研究史中批评、研究的主流，却也并非无证可查。在明代以后的评点本中，更是能看到对《鹖冠子》具体篇章、段落乃至文辞的批评。这些批评虽然并不系统，但已揭示是书几种主要的文学特色。本文试图在前人对《鹖冠子》文学特色之揭示的基础上，从篇章、文体、句式和声韵等几个方面，对《鹖冠子》在文学表现方面的情况进行综合研究，以期推进对《鹖冠子》的文学认识。

一、历代批评及其文学内涵

刘勰以来，历代批评家对《鹖冠子》文学价值的判定大相径庭。对其文学与思想之对应关系的认可，是内在于论争之中的隐性共识。对是书年代及真伪问题的认识，则是评判其思想与文学价值的焦点所在。刘勰、罗明祖、黄中坚等，对是书的文学成就予以高度评价。柳宗元、胡应麟等则恰恰相反，认为是书浅陋鄙薄。刘勰以后对《鹖冠子》文学的批评，按照时间顺序，可以分为论争期和深入期两个阶段。其中，论争期主要讨论文本年代和文学价值问题。深入期则在延续上述问题的基础上，开始出现具有独创性的内容。

（一）刘勰的开创性评价

唐代以来，伴随着《鹖冠子》的真伪讨论，其思想内容与文学艺术的价值，亦一直处于论争之中。在这场延续千年的大论争开始之前，刘勰的《文心雕龙》是今人所见最早言及《鹖冠子》思想、文学价值的材料。在《诸子》篇中，刘勰总结战国秦汉诸子在语言和内容上的特点，并着意将《鹖冠子》与《鬼谷子》并列，指出它们都有文义深奥的特点：

> 鹖冠绵绵，亟发深言；鬼谷眇眇，每环奥义。①

这则评价虽然简短，却是《鹖冠子》文学批评的开端，因此有必要单独引出。这里的"绵绵""眇眇"深言"奥义"，都是说语言的延绵连续和意蕴幽远。刘勰敏锐地觉察到《鹖冠子》之思想与文辞有密切的对应关系。后世对《鹖冠子》的批评，亦总是将其思想内容与文辞并提。此外，《事类》篇在讨论古赋征引旧文问题时，还指出《鵩鸟赋》对《鹖冠子》的引用，是辞赋类作品第一次直

---

① 黄叔琳，李详，杨明照.增订文心雕龙校注［M］.北京：中华书局，2000：230.

接取用前人文字：

> 观夫屈宋属篇，号依诗人，虽引古事，而莫取旧辞。唯贾谊《鵩赋》，始用鹖冠之说；相如《上林》，撮引李斯之书：此万分之一会也。①

辞赋直引古人旧辞是在汉初出现的一种新的文学现象。但是，这一洞见后来被以柳宗元为代表的疑古者忽略。《世兵》篇与《鹏鸟赋》的关系，至今仍是《鹖冠子》真伪之争的焦点。

韩愈、柳宗元以来，对《鹖冠子》价值的评价基本处于两极分化的状态，只有少数批评材料显示出折衷的态度。论争所聚焦的，其一是《鹖冠子》之内容与文辞，究竟是芜杂而繁鄙，还是幽远而宏肆；其二是《鹖冠子》与贾谊赋之关系，究竟孰先孰后。

这两个问题虽然早已内含于《文心雕龙》寥寥数语的评价之中，却要等到唐代的韩愈、柳宗元形成矛盾之后，才在世人的视野中得到充分的显现。第二小节讨论自韩、柳开始的论争，《鹖冠子》批评中的主要问题和主要观点，在这一过程中逐步呈现。这一论争直到胡应麟在《四部正讹》中充分讨论之后，才算暂时告一段落。只有当这一论争的正反双方都充分论述他们的观点，此后的文人才有可能更客观地接受《鹖冠子》，对《鹖冠子》文学的批评亦唯此才有可能继续深入。第三小节的讨论，以罗明祖《读〈鹖冠子〉》为起始，至《四库提要》为止。论争在这一阶段持续发酵，但更具独创性的文学批评亦不时可见。

（二）论争期：从韩愈到胡应麟

韩愈的《读〈鹖冠子〉》是第一种专门论述《鹖冠子》的文献。其中除了记录篇数和文字脱谬以外，还有对是书内容的总结。与文学相关的，如其读《学问》后的感触：

---

① 黄叔琳，李祥，杨明照.增订文心雕龙校注[M].北京：中华书局，2000：230.

《学问》篇称"贱生于无所用,中流失舡,一壶千金"者。余三读其辞而悲之。①

虽然他没有直接评价《鹖冠子》在文学上的特点,而只是表达了对《学问》篇之辞的同感,但在今天看来,这也可以算是对《鹖冠子》文学价值的间接肯定。柳宗元对《鹖冠子》的态度,与和他同时代的韩愈截然相反。其在《辩〈鹖冠子〉》一文中的态度,几乎是要将是书全盘否定。在文学上,柳宗元亦称《鹖冠子》的语言有"不类"之弊。②韩柳对《鹖冠子》的看法针锋相对,也成为后世围绕是书所展开的真伪之争的直接原因。

此后,沈作喆指出《鹖冠子》"词旨剀剴而切磢"③,是继刘勰之后,第一次有人从文学的角度评价《鹖冠子》。

张淏对韩愈与柳宗元的异见进行了比较,他还分析了《世兵》篇与《鵩鸟赋》相似的文字,认为这些文字"虽多为贾谊所采取",但"文辞奇古,与《鵩赋》自不同……后人笔力未易至此"④。关于春秋、战国和汉以后文学风格的不同,历代论家多有评述。这种区别是由时代风尚、文体发展和创作目的等多方因素综合形成的。张淏的评价虽然只有"文辞奇古"四字与文学相关,但他指出《世兵》篇的文字具有战国文学的特色,这与本文对《鹖冠子》篇章结构、赋类因素、句式声韵的考察可以互相印证。

黄震评价《鹖冠子》的文辞,仅有"晦涩,词繁理寡"⑤这六个字。虽然这一评价体现出他对《鹖冠子》的否定态度,但他所关注的是《鹖冠子》内容与文辞的关系。从这个角度上看,他的关注方式与刘勰是一致的。其所谓"晦涩",刘勰称"深""奥"。其所谓"词繁",刘勰称"绵绵""眇眇"。刘勰与黄震从同样的角度来观照《鹖冠子》,做出的评价却全然相反。

---

① 屈守元,常思春.韩愈全集校注[M].成都:四川大学出版社,1996:2722.
② 柳宗元集[M].北京:中华书局,1979:116.
③ 沈作喆.寓简[M]//全宋笔记:第40册.郑州:大象出版社,2019:33.
④ 张淏.云谷杂记[M]//全宋笔记:第56册.郑州:大象出版社,2019:208.
⑤ 黄震.黄氏日抄[M]//全宋笔记:第94册.郑州:大象出版社,2019:26.

胡应麟对此前《鹖冠子》的批评史有比较充分的探讨，他对《鹖冠子》文学的批评则与张淏的角度相似，都是通过语言风格判断其年代："余以此书芜紊不驯，诚难据为战国文字。然词气瑰特浑奥时时有之，似非东京后人所办。"[①]胡应麟认为，《鹖冠子》的文辞兼具"芜紊"和"词气瑰特浑奥时时有之"的特点。

　　从辨伪的角度来讲，从柳宗元指出《世兵》篇与《鵩鸟赋》的文本现象，到胡应麟分条缕析的详细论证，对《鹖冠子》晚出的证据链和伪书形态，已经得到了完整呈现。从文学批评的角度来看，则究竟是做"奇""古"的正面评价、还是做"驳杂"的负面评价，大致就是这一阶段《鹖冠子》文学批评的总体格局。

（三）深入期：从罗明祖到四库馆臣

　　明代以后的《鹖冠子》批评，显示出更加关注其文学特色的倾向。这可能与道教、子学和评点之学的兴盛有所关联。

　　罗明祖撰《读〈鹖冠子〉》文，虽然不过百余字，但就文学批评而言，却是刘勰以后最重要的一则材料。罗氏指出《鹖冠子》在语言和内容上的特点是：

> 词格巉峭而旨义玄微，如对深山道流，穆然不与人接一语，迨其彻音一宣，千重冥关，单骑而破。[②]

　　这一评价与沈作喆"剖厥而切磋"的说法类似，关注的是《鹖冠子》文风奇崛、思想精深的特点。"深山""冥关""单骑"的譬喻，更以形象的方式批注了刘勰所谓"亟发深言"。罗明祖对是书的难解之处和句式特点也有所议论。关于《鹖冠子》的部分难解之处，宋濂曾以"后人又杂以鄙浅言"的猜测，推断其原因是文本内容的不统一，胡应麟对此表示赞同。罗明祖的观点与则与他们有所不同：

---

① 胡应麟.少室山房笔丛［M］//历代笔记丛刊.上海：上海书店出版社，2009：307.
② 罗明祖.罗纹山先生全集［M］.扬州：江苏广陵古籍刻印社，1997：451-452.

> 古人立题目作文非如今时艺一样，其离奇曼靡处，总是奥衍，非局幅所能约也。读者往失把柄，岂能读哉。①

罗氏认为，时人难以理解《鹖冠子》，是因为他们用模式化的文章观念去解读古文。所谓"离奇曼靡处，总是奥衍"，可以看作对柳宗元"不类"说和胡应麟"芜纇"说的回应。关于《鹖冠子》的句式特点，前人没有直接讨论。刘勰的"绵绵""眇眇"之说，从句式的角度上，可以理解为对《鹖冠子》多用排偶和大段韵文的句式特点的描述。对此，罗明祖的说法如下：

> 大凡用陡句者多隽。《鹖冠》句愈陡，味愈厚，非六朝士所辨。②

本文认为，罗明祖所说的"陡句"，是指其常用短句与长句的配合，表达特定的内容。关于这个问题，后文将有更详细的论述。所谓"句愈陡，味愈厚"，即对此两类句式文学效果的描述。罗明祖的批评，延续了刘勰关注《鹖冠子》文辞特点的传统。

黄中坚在《读〈鹖冠子〉》文中认为，《鹖冠子》的文字虽然晦涩，却又有"峭刻之思，古奥之致，奇隽之语，有足耐人寻味者。玩其气格，自是战国人手笔"③。这一评语中的"峭刻""古奥""奇隽"，与刘勰、沈作喆、罗明祖等人的评语，可以相通。黄中坚对《鹖冠子》的评价，批判其内容而赞美其言辞，偏离了刘勰将其思想与文辞深度结合的方法。在一定程度上，这种路径开启了一种新的批评方式，是清代文学阅读与批评高度自觉的表现。

徐时栋的《烟屿楼读书志》中有一些关于《鹖冠子》的笔记，对原书内容、陆佃注和后世的一些评点本都有评价。他称《鹖冠子》"义有纯驳，而语特奇创，

---

① 罗明祖.罗纹山先生全集［M］.扬州：江苏广陵古籍刻印社，1997：452.
② 罗明祖.罗纹山先生全集［M］.扬州：江苏广陵古籍刻印社，1997：452.
③ 黄中坚.蓄斋二集：卷三［M］.清乾隆刻本.20.

宜词必己出之"①，特别肯定是书在文学上的价值。这种倾向，与黄中坚批判其内容而赞美其言辞的说法也有相通之处。

《四库提要》对此前的论争进行了总结性讨论。关于《鹖冠子》内容的属性和文学特色，《提要》一改前人说其内容驳杂、又以"奇""奥"言其"古"的逻辑，称其"大旨本原于道德，其文亦博辨宏肆"②。"博辨宏肆"的判断，是继罗明祖之后又一具有独创性的说法。

总体来说，古人对《鹖冠子》文学价值的评价，呈现两极分化的格局。对其评价低的，大都以鄙浅言之。评价高的，则较多认为其言有辞奇、陡、峭——即文辞犀利的特点。唯《四库提要》"博辨宏肆"的评价，与诸家不同。关于"博辨宏肆"，周中孚曾指出："《十子全书》所收为明朱养和《集评》之本，首行即缀'韩愈评陡起甚闳美'八字。"③此说亦见于今传《集评》本。若据此，韩愈对《鹖冠子》的批评，不仅限于《读〈鹖冠子〉》一文。其"陡起甚闳美"之句，似乎可以作为罗明祖"陡句"说与《提要》"宏肆"说的祖源。

此外，在明代以后的评点中，还能看到不少具体的随文评价。这些评价以赞扬为主。如《博选》中的"四稽""五至"之说，朱养纯评为"笔意高妙"，王世贞称其"最有跌宕处，三复便得之"，焦竑则形容"有一泻千里之势"。又如《夜行》篇，王世贞评其"意本老庄，而简劲特胜"，王荆石称为"文法奇特，玄之又玄"。又如《学问》篇中的对答，吕补评为"超伟奇绝，可珍可爱，条列有法，词简意尽"，方孝孺赞之曰"有玄心，有灏气，可称荡荡大篇"。又如《天权》篇，王维桢评为"意思玄奥，步骤紧严"。再如《环流》篇，张玄超称其"敷衍丽而不烦"，焦竑则评论其"文势有许多转，然意旨直贯，每转愈深，意思驰玄，言之有味"。谭家健认为，《鹖冠子》的文辞虽不致如此之高，但仍有不少精彩之处。在《〈鹖冠子〉试论》一文中，谭先生还分析了《世兵》《夜行》《王铁》等篇中的韵文使用情况，以及书中专论文和问答体的文章

---

① 徐时栋.烟屿楼读书志：卷十五[M].清光绪刻本.6B.
② 永瑢，等.四库全书总目[M].北京：中华书局，1965：1008.
③ 周中孚.郑堂读书记[M].上海：上海书店出版社，2009：853.

体裁。①

上述批评涉及《鹖冠子》的文势、结构、句法、风格、用韵,以及文学与思想之关系等问题,虽然未见系统研究,但已足以构成本文的起点。先贤评论《鹖冠子》文学的角度,可以总结为篇章结构(包含上述文势、结构等问题)、赋类因素(包含上述文势、风格等问题)、句式与声韵(包含上述句法、风格、用韵等问题)这三个方面。下面,本文就从这三种角度入手,尝试进一步挖掘《鹖冠子》的文学特色及其价值。

二、篇章结构及其楚文学特征

前人对《鹖冠子》文学的评价,常以整篇为对象。这是因为《鹖冠子》中的一些篇章将结构安排与所要表达的思想内容高度对应,给人以精心设计的印象。专论文能够做到行文布局与哲思理念一致,是文章写作自觉意识、文章手法高度发达的体现。具体篇章的结构安排,亦与其所要表达的思想密不可分。将溯源式段落置于篇首和连续四言问句的运用,是《鹖冠子》文章的重要特点,体现出其楚文学特征。

(一)溯源式段落前置篇首的楚文学特征

先秦文章中的溯源式段落,是战国楚文化区域文章创作的重要特点,亦与道家对本源问题的关注密切相关。《鹖冠子》中将溯源式段落前置于篇首的,主要有《环流》《道端》《泰鸿》《泰录》等四篇。

《环流》和《道端》的篇首段落,属于衍生式序列。其中《道端》篇首段的序列,先点明"天""地"为万物生成的起点和归宿,其后衍生出"天→地→时→物→圣人"的序列。其"圣人象之"的说法,似乎还包含《泰鸿》篇中那种传承式序列的意味。

---

① 本段所引诸家评语,转引自谭家健.《鹖冠子》试论[J].江汉论坛,1986(2):57-62.

《泰鸿》和《泰录》的首段内容比较相似。《泰鸿》篇首段给出的，是"泰一：大同；泰鸿；神明→傅（圣人）→九皇"的传承序列。"傅谓之得天之解，傅谓之得天地之所始"，"傅"与"泰一"之间的关系，是接受与"承翼"；"九皇殊制，而政莫不效"，处于链条末端的"九皇"，又通过"傅"或"圣人"效法"泰一"。《泰录》篇首段落中的序列与此相似，但多出"泰始"这个概念。"泰始"是"九皇之傅请成"之所，大致可以对应《泰鸿》篇的"天地之所始"。可见《泰鸿》《泰录》两篇篇首所载的溯源序列，内涵基本相同。

　　《环流》篇的首段是列举概念并进行回溯式说明，类似的写法亦见于《庄子》外篇的《在宥》《天地》《天道》。如《在宥》：

> 贱而不可不任者，物也……神而不可不为者，天也。故圣人观于天而不助……因于物而不去。

　　论述次序由"物"至"天"，又由"天"至"物"。虽然其中的一些概念更像是并列而非相互衍生，但这种顺序论述和逆序回溯的行文方式，与《环流》篇首段非常接近。相似的情况还可见于《天地》：

> 故通于天地者，德也；行于万物者，道也；上治人者，事也；能有所艺者，技也。技兼于事，事兼于义，义兼于德，德兼于道，道兼于天。

　　在前一句中，四个概念似乎亦没有明显的关联，但后一句由"技"至"天"的回溯说明了它们间的逻辑链条。《天地》中还有如下文字：

> 泰初有无，无有无名，一之所起，有一而未形。物得以生，谓之德。未形者有分，且然无间，谓之命；留动而生物，物成生理，谓之形；形体保神，各有仪则，谓之性。性修反德，德至同于初。同乃虚，虚乃大。合喙鸣，喙鸣合，与天地为合。其合缗缗，若愚若昏，是谓玄

德，同乎大顺。

这段话包括"泰初·无→一→德·命→形→性"的衍生序列和"性→德→同·初·玄德·大顺"的回溯序列。这两个序列通过关键概念的对位相互说明、补充，亦与《环流》篇首段的情况类似。又《天道》：

> 是故古之明大道者，先明天而道德次之，道德已明而仁义次之……是非已明而赏罚次之。赏罚已明而愚知处宜，贵贱履位，仁贤不肖袭情，必分其能，必由其名。

前一段是"天→道德→仁义→分守→形名→因任→原省→是非→赏罚"的降格序列，后一段是"赏罚→名"的说明性回溯。《天道》篇中的说明性回溯极大地精简了前一序列，完全将重点放在"赏罚"，是整个段落的逻辑中心。这种做法亦与《环流》篇逐层精练、并在回溯序列中列举核心概念的做法相同。

除《鹖冠子》和《庄子》外，出土文献中也有类似的生成序列。郭店简《大一生水》亦采用与《环流》篇首段类似的衍生序列与回溯序列相结合的方式。其中，第一段是"大一→水→天→地→神明→阴阳→四时→沧热→湿燥→岁"的衍生序列，第二段是"岁→湿燥→沧热→四时→阴阳→神明→天地→大一"的回溯序列，第三段是关于"大一""水"和"时"之间关系的说明。① 上博简《恒先》中也有类似的文字：

> 恒先无有……自厌不自忍，或作。有或焉有气，有气焉有有，有有焉有始，有始焉有往者。有出于或，生（性）出于有，音出于生（性），言出于音，名出于言，事出于名。②

---

① 刘钊，廖名春.郭店楚简校释［M］.福州：福建人民出版社，2005：42.
② 马承源.上海博物馆藏战国楚竹书（三）［M］.上海：上海古籍出版社，2003：288-294.

这里的两段论述，分别是"恒先→或→气→有→始→往者"的衍生序列和"或←有←生（性）←音←言←名←事"的回溯序列。两条序列中能对应的概念只有"或"与"有"，根据"有"在衍生序列中的位置，可以判断回溯序列中的"生（性）"至"事"，是对"始"及"往者"的说明。《管子·内业》中的一个序列，内容与此处的回溯序列相近：

音以先言，音然后形，形然后言。言然后使，使然后治。

在"音→形→言"的序列中，"音"与"言"的顺序与《恒先》的回溯序列相同。

在《鹖冠子》前置篇首的溯源式段落中，《道端》篇首段中的序列比较简单，与这类论说方式的早期形态比较接近。《老子》第四十二章道：

道生一，一生二，二生三，三生万物。

"道→一→二→三→万物"，不但是战国诸种生成论的理论来源，还可能是战国道家热衷于使用此种论说方式的学派渊源。《鹖冠子》中除《道端》篇外，还有一处文字亦属于此类序列。《兵政》篇道：

贤生圣，圣生道，道生法，法生神，神生明。神明者正之末也，末受之本，是故相保。

虽然《兵政》篇中的这段话出现在篇末而非篇首，但其起总结篇章主旨的作用，在全篇中的地位与前文所述诸篇首段落类似。"贤→圣→道→法→神→明"的衍生序列，并非一个典型的生成序列，因为其源头"贤""圣"与"道""法""神""明"之间是役使关系而非生成关系。"神明者正之末也，末受之本，是故相保"虽然看似并非回溯序列，但因为前文有"道"与"神明"相保的语境，这里又有本末之分，因此也可以看作是一个回溯性说明。

汉代的道家文献《淮南子·天文训》仍然延续这种论说方式：

> 天地未形，冯冯翼翼，洞洞灟灟，故曰太昭。道始生虚霩，虚霩生宇宙，宇宙生气。气有涯垠，清阳者薄靡而为天，重浊者凝滞而为地。

"太昭·道→虚霩→宇宙→气→天·地"的衍生序列，无论行文还是逻辑结构，都模仿《老子》四十二章，后代学者亦多以此文解《老子》。

上文所述的衍生序列，或配合回溯序列的两段、三段式论述，常用来描述生成的过程，或是以某些概念为主的溯源式论说。这类形态的文本多见于先秦道家文献，且基本都与楚地关系密切，在汉代楚地的道家著作《淮南子》中也有表现。楚系道家文献中的此类文本，不但文本形态高度稳定，且所表述的内容也非常一致。

（二）"问体"与楚文学

《备知》篇的首句"天高而可知，地大而可宰。万物安之？人情安取？"利用一个转折对比天地与万物、人情，提出该篇的主旨，即"知事""知心"的问题。像"万物安之？人情安取？"这样的连续发问，在楚文学中还有不少例子。楚文学中这类问体文章，与上文所述的溯源式序列一样，都是通过逐层推进或列举事类来进行追问。使用这类"问体"最具代表性的无疑是《天问》。在《老子》《庄子》《逸周书》和上博简《凡物流形》等与楚文化关系密切的文献中，也能够找到同类文本。

《备知》篇将连续发问置于篇首，相似的做法亦见于《庄子》。《天运》篇首段：

> 天其运乎？地其处乎……风起北方，一西一东，有上彷徨，孰嘘吸是？孰居无事而披拂是？敢问何故？

《至乐》篇首段：

> 天下有至乐无有哉？有可以活身者无有哉？今奚为奚据？奚避奚处？奚就奚去？奚乐奚恶？

《天下》篇首段也有这种意味：

> 古之所谓道术者，果恶乎在？曰："无乎不在。"曰："神何由降？明何由出？""圣有所生，王有所成，皆原于一。"

以上是前置于篇首的连续发问。

《鹖冠子》中的连续发问，集中出现在《世兵》篇，其以设问的方式夹杂对问题的回答或演绎，现将发问的部分节录如下：

> 彼时之至，安可复还？安可控抟……合散消息，孰识其时……盛衰死生，孰识其期？俨然至湛，孰知其尤……交解形状，孰知其则……斡流迁徙，固无休息，终则有始，孰知其极……楣枋一术，奚足以游？往古来今，事孰无邮？块轧鯀垠，孰煙得之……至博不给，知时何羞……细故袃蒯，奚足以疑？事成欲得，又奚足夸？千言万说，卒赏谓何？

此外，《能天》篇中也有一处：

> 彼安危，孰也；存亡，理也。何可责于天道？鬼神奚与？

这种"问体"文章与溯源式文章一样，亦可于《老子》中找到依据，第十章：

载营魄抱一，能无离乎？专气致柔，能婴儿乎？涤除玄览，能无疵乎？爱民治国，能无知乎？天门开阖，能为雌乎？明白四达，能无知乎？

《世兵》与《能天》篇中的反问，除《世兵》篇的"至博不给，知时何羞？"外，都是负面事如象，属于诘问。如"奚足以游"意为不足以游，"又奚足夸"意为不足夸。而《老子》中的反问句，则都是正面事象，起强调作用。如"能无离乎"强调"无离"，"能为雌乎"强调"为雌"。这是两者的区别。

《世兵》篇以设问为主，每次发问后都有相应的回答或解释。该篇中的连续发问虽然不在篇首，但文本构成与《备知》诸篇相同。相似的形式亦可见于《逸周书·周祝解》：

二人同术，谁昭谁暝？二虎同穴，谁死谁生……故福之起也，恶别之？祸之起也，恶别之？故平国，若之何？顷国、覆国、事国、孤国、屠国，皆若之何？

又：

故海之大也，而鱼何为可得？山之深也，虎豹貔貅何为可服？人智之邃也，奚为可测？跂动哕息，而奚为可牧？玉石之坚也，奚为可刻？阴阳之号也，孰使之？牝牡之合也，孰交之？

这段连续发问针对自然现象，无论从内容和形式上来看，都与《天问》和上博简《凡物流形》非常相似。《天问》和《凡物流形》中的追问都包括自然现象。关于《凡物流形》的结构和内容，曹锦炎先生道：

从简文内容分析，全篇可分为两大部分。前四章为第一部分，主要涉及自然规律；后五章为第二部分，主要涉及人事……全篇有问无答，层次清晰，结构严密，步步深入，中心突出。①

《凡物流形》的连续发问以四言句为主体，杂以三言、五言句，与《天问》很接近。其连续问句几乎全部出现在第一部分，其形式亦与《天问》类似，是没有回答的追问。第二部分中亦有可以被判断为问句的文本，如：

奚谓小彻？人白为识。奚以知其白？终身自若。②

此句的结构与《天问》中的"疑问+陈述"句式相同。

《鹖冠子》中的连续问句，以前引《世兵》篇的文字为代表。《世兵》篇的连续发问全为四言问句，使用的疑问词，以"孰"为最多。如果除去说明性文字而只保留问句部分，则能得出与《天问》篇中四言问句相似的文本形态：

彼时之至，安可复还？安可控抟？合散消息，孰识其时？盛衰死生，孰识其期？交解形状，孰知其则？斡流迁徙，固无休息，终则有始，孰知其极？往古来今，事孰无邮？块轧槾垠，孰煋得之？至博不给，知时何羞？细故觉蒯，奚足以疑？事成欲得，又奚足夸？千言万说，卒赏谓何？

这段连续发问是"安""孰""奚""何"等疑问词交替使用，以"孰"为主。"孰"，《尔雅·释诂》："谁也。"③ 段玉裁《说文解字注·丮部》："孰，与谁双声，故一曰谁也。"④ "孰"与"谁"可以通用，但《周祝解》和《天问》都并用"谁"

---

① 马承源.上海博物馆藏战国楚竹书（三）[M].上海：上海古籍出版社，2003：221.
② 马承源.上海博物馆藏战国楚竹书（三）[M].上海：上海古籍出版社，2003：256.
③ 胡奇光，方环海.尔雅译注[M].上海：上海古籍出版社，2009：39.
④ 许慎，段玉裁.说文解字注[M].上海：上海古籍出版社，1981：113.

与"孰"。在上引诸文献中,除《世兵》篇外,《周祝解》和《天运》篇也较多使用"孰"或"谁"作为疑问词。此外,上博简《凡物流形》主要使用"奚"为疑问词,但也使用"孰"与"何"。

上述文献中的连续发问,除《天问》句式稍多变外,都以四言句为主。其中使用"孰"或"谁"作为疑问词的,几乎都是四言句。例外仅如下三组:

(1)《天运》篇中的"孰居无事"组合问句与一般的四言问句有所区别:

孰主张是?孰维纲是?孰居无事推而行是?

孰隆施是?孰居无事淫乐而劝是?

孰嘘吸是?孰居无事而披拂是?

(2)《凡物流形》第四章中的三言问句将"孰"用于三言问句:

孰为天?孰为地?孰为雷?孰为电?

(3)《天问》中的"不胜心伐帝,夫谁使挑之天"一语。

总之,对楚文学中"问体"文章的比较研究,可以总结为以下四点。

其一,就连续发问文本在篇章中所处的位置,可以分为前置篇首、未置于篇首和通篇发问三种。前置篇首的,有《老子》(第十章)《备知》《天运》《至乐》《天下》《凡物流形》;未置于篇首的,有《世兵》《能天》《兵政》《周祝解》;通篇发问的则有《天问》。

其二,前置篇首与未置于篇首的连续发问,在指涉内容上有所区别。前置篇首的连续发问分为两种:一种是对自然现象的连续追问,如《天运》《凡物流形》(三、四章)和《天问》(首段);一种是对话题的设问,如《老子》(第十章)《备知》《至乐》《天下》。未置于篇首的连续发问,作用在于推进论述或强调某些观念,因此其后亦往往有说明性文字(《世兵》《能天》)或与前后文浑然一体(《周祝解》)。

其三，从句式上来看，置于篇首的往往使用连续问句，未置于篇首的则多使用与陈述句搭配的发问方式。这一特征与发问的内容无关，而与发问在篇章中的位置相关，可能与连续问句用于追问的表现力更强有关。《天问》通篇发问，但较少使用连续问句，其连续问句亦集中于首段。四言问句连续发问四句以上的，仅见于首段文字。

其四，"孰"是先秦时期常用的疑问词之一，除上述文献外，亦常见于《诗经》《左传》《论语》等早期文献的问句。在本文所论的"问体"文章中，凡是使用"孰"作为疑问词的，几乎都是四言问句。

上引材料除《逸周书》外，都出现在楚系作品之中。这种"问体"文章，可以看作是楚文学的一种重要特征。①

三、赋类因素及其与赋体的关系

《四库提要》用"博辨宏肆"来形容《鹖冠子》的文学特色，关注的是其文辞铺张扬厉的一面。铺张扬厉的文风自战国时兴起，对赋体的形成产生了重要的影响。《鹖冠子》属于战国晚期子书，处于赋的成型期。对其文学的研究，有必要从与赋类作品相关的角度进行考察。

（一）赋体的特征和标准

关于赋的发生，古人多有论述，此仅举有代表性的三种。班固在《〈两都赋〉序》中引用时人的观点说"赋者，古诗之流也"，提出赋为诗之流脉的说法。后世的皇甫谧、挚虞、白居易、刘因等都从此说。他在《艺文志·诗赋略》中把荀子和屈原看作第一代赋作者，最早提出诸子与早期赋的生成有关。刘勰的《文心雕龙》有《诠赋》篇，其对赋的论述，是关于赋探源的经典之作。在《诠赋》篇的首段，刘勰从诗之六义的角度诠释班固说，指出作为文体的赋来源于作为作诗

---

① 《卜居》中的连续问句，是带有感叹性质的反问；《管子·问》篇中的连续问句，体制、内容皆与本文讨论的"问体文章"不同。因此，这两种材料，暂不列入讨论范围。

手法的"赋",因此"铺采摛文,体物写志"就是赋最基本的特征。对此,纪昀评道:"'铺采摛文',尽赋之体;'体物写志',尽赋之旨。"[①]"极声貌以穷文"[②],使用铺张的手法描绘外物,通过"蔚似雕画"的"写物图貌"[③]达到表达情志的目的。这一经典论断至今仍是判断赋类文体的基本标准。章学诚认为赋的生成吸取了多种营养,他在《校雠通义》中写道:

> 古之赋家者流,原本诗、骚,出入战国诸子。假设问对,庄、列寓言之遗也;恢廓声势,苏、张纵横之体也;排比谐隐,韩非《储说》之属也;征材聚事,《吕览》类辑之义也。[④]

章学诚发展了班固和刘勰的观点,将赋直接与具体的诸子文章挂钩。如"假设问对",即刘勰所谓的"述客主以首引";"恢廓声势",即"铺采摛文";"征材聚事",则属于"体物写志"的范畴。

关于早期赋的起源或赋体文学的标准问题,当代学者也有不少讨论。[⑤]但究其根底,除了整齐的句式和用韵等诗体特征外,由刘勰、章学诚等提出、发展的客主首引、体物写志及其铺采摛文的特色,最无异议。刘勰把荀子、宋玉赋的出现,作为赋这一文体正式独立的标志。他提供的两条基本标准,即"述客主以首引,极声貌以穷文"。结合《诠赋》篇中的其他论断,可以把刘勰对早期赋作特点的论述总结为两条:其一,以主客问答体式为基本结构;其二,以极尽描摹声貌之文字为特色的"写物图貌"。铺张扬厉的写物图貌与主客问答的文章体式同时也是《鹖冠子》重要的文学特征。下面就分析是书中的这两种特征,并尝试讨论其与赋体之间的关系。

---

① 刘勰,周振甫.文心雕龙注释[M].北京:人民文学出版社,1981:82.
② 刘勰,周振甫.文心雕龙注释[M].北京:人民文学出版社,1981:80.
③ 刘勰,周振甫.文心雕龙注释[M].北京:人民文学出版社,1981:81.
④ 章学诚,叶瑛.文史通义校注[M].北京:中华书局,2014:967.
⑤ 此类论著甚多,如刘斯翰《赋的溯源》、赵逵夫《赋体溯源与先秦赋述论》、伏俊琏《俗赋研究》《先秦赋钩沉》、李炳海《先秦赋类作品探源理路的历史回顾和现实应对》和各类赋史、通论著作等。

（二）早期赋的取材与《鹖冠子》的写物图貌

先秦赋类作品的写物图貌，取材对象可以是自然物、社会现象、神话传说，也可以是某些理念和思想。

屈原的一些作品与赋非常接近，《天问》以神话传说为取材对象，更近诗体，但其在不同段落使用不同句式，以调整节奏，平衡语调，已经有散体赋的意味。又如《橘颂》和上博简中的同类作品《李颂》，主要使用"4字，3字+兮"的句式，如"后皇嘉树，橘徕服兮"。在这里，"兮"字补充后半部分的三言句，构成四个音节，与前句形成四言组句。这种句式与《大招》的以"只"结句如出一辙。这两篇《颂》通过描写橘与李来言志说理，刘熙载称《橘颂》"品藻精至，在九章中尤纯乎赋体"①。此类作品一般被看作诗体赋，以具体的物为取材对象，是咏物赋的开端。《卜居》和《渔父》都是散文用韵，它们虽然有楚民间文学的母题来源，但在具体形式上已经是散体赋。这两篇作品都直接以心志为取材对象。

荀赋与宋赋的取材对象可以合而观之。宋玉的《风赋》《高唐赋》《神女赋》《登徒子好色赋》《笛赋》，荀子的《云》《蚕》《箴》赋，皆以某一具体事物为取材对象，《大》《小言》赋和《礼》《知》二赋则以理念为取材对象。此外，宋玉的《讽赋》记述了一个故事，《钓赋》和银雀山出土的《唐勒》残篇《论义御》则通过讨论钓术和御术书比喻治国之道。以师旷和淳于髡为主角的赋类作品多为政治隐语，与荀赋相似。隐语本来就要通过反复回环的描述设置谜面，因此亦都以某一物为喻或直接以某种理念为谜底。

《鹖冠子》中的篇章可以分为专论文和对答体，但就内容而言，都是说理文，理念和思想是其论述对象。是书对特定的理念或思想加以描述、论说，有的专论对取材对象表现得非常充分，与赋类作品的写物方式相同。《鹖冠子》的这种"写物"，有的贯穿整篇文章，有的是文章中的某些段落，而不是整篇文章。如

---

① 刘熙载.艺概[M].上海：上海古籍出版社，1978：90.

《王铁》篇中有不少"写物图貌"的文字,与其他叙述方式混杂。但"天曲日术"段的前半部分,属于对政治制度的叙述,与赋类作品不相类似。本文判定"写物图貌"的标准有三个:一是具有比较明确的描述对象,《鹖冠子》是以政治哲学为核心的说理文,其描述对象多是某种理念或图景;二是"铺采摛文",运用铺陈、演绎的方式进行描述;三是用韵。下面,就依据这三条标准选择属于"写物图貌"的段落。

(1)《著希》篇论君子、乱世者、贤者,分为"夫君子者……故君子弗径情而行也""夫乱世者……平心而直告之则有弗信""故贤者之于乱世也……其慎勿以为定情也"三段。前两段结构一致,都是先描述君子和乱世者最重要的特征,再通过他们在不同情况下的不同应对来渲染这些特征。对于贤者,则着重描述其所处的负面处境,再描述其无奈的应对。这里关于君子和乱世者的论述是一组正反相成的段落。

(2)《夜行》论鬼见,"随而不见其后……复反无貌"。如王世贞所言:"意本老庄,而简劲特胜。"此段与《老子》近似,起首是一组六言句,主体部分是两句一组的四言句。全段致力刻画此对象不可见、无征验的特点。

(3)《天则》论守度量,"日不逾辰……如月应日"。此段先分别描述日月星辰的规律说明天的度量,在连续的四言句中以"此天之所柄以临斗者也"一句作为转折,开始描述天则与人事的对应和相应的人事规则。"小大必举"一句之后,论述对象转变为守度量的效果,句式亦由四言句两句一组的模式,变为一个六言句、一个相同结构的八言句和两句一组七言句。此后话题回到天则,句式亦随之回到四言组句。此段利用不同句式描述不同对象,实现了文章形式与思想内容的高度一致。

(4)《环流》论分,"道德之法……然其可喜,一也"。此段从方位、阴阳、味、色、声等多角度反复描述"分"的概念。

(5)《道端》论求人,"是以明主之治世也……贼在所爱"。此段运用连续的四言句,从方式、必要性、后果等方面强调"求人"的重要性。

(6)《近迭》论邪臣,"过生于上……少人自有之咎也"。此段以四言为主,杂以三、五、六言句，起伏有致地描绘邪臣带来的严重后果。

（7）《度万》论水火不生，"水火不生……孰知其故"。此段用四个排偶的六言句和四个四言句描绘水火不生带来的严重后果。

（8）《度万》论本，"夫生生而倍其本则德专己……生于本不足也"。此段在用韵的散句间插入大段以四言句为主的文字。"上乱天文……灾害并杂"以四言句为主，夹杂少量五言及"4字+而+4字"句式，从感官、心性、行为、自然现象、造成后果等多方面描述"倍其本"带来的坏处，之后利用"人执兆生，孰知其极"这个与前文句式相同的问句，将话题拉回"本"本身。

（9）《度万》篇论取稽于身，"天地阴阳……莫不从微始"。此段主要使用四言句描述取稽于身的方式和正面结果，结尾处的连续三言句则是对"莫不从微始"这一断语的描述。

（10）《王铁》论天，"天者，诚其日德也……故莫弗以为常"。此段从德、刑、法则、同一等各方面论述天的性质，形成五组对偶押韵的组句。

（11）《王铁》论安危之稽，"辩于人情……其化出此"。此段描述一种理想的政治状态，以四言句为主，并在句式变化处换韵。

（12）《王铁》论化立俗成，"化立俗成……车甲不陈而天下无敌矣"。此段描述教化易俗之后理想的政治状态，以四言句为主，夹以杂言。其中四言句是具象的描述，属于典型的写物图貌。

（13）《王铁》论古今之道，"以今之事……且未易领"。此段用连续的四言句描述理想中的古代生活。

（14）《泰鸿》论神明之极、物、承翼，分为"吾将告汝神明之极……天地尽矣""夫物之始也倾倾……动之则浊""神圣践承翼之位……物至辄合"三段。第一段的描述对象是所谓"神明之极"，即自然法则，作者以四言句为主，从多个角度和范畴呈现出井井有条的"神明之极"。第二段描述"物"所应有的状态。第三段从正反两方面反复铺陈神圣应有的接物方式。

（15）《泰鸿》论执政，"是故有道南面执政以卫神明……音声相衡"。此段从方位、时间、内外等角度，官制、范式等范畴全面描述执政者的理想状态。

（16）《世兵》论善战者、"时命"，分为"昔善战者举兵相从……成名于人""彼时之至……三王钲面备矣"两段。第一段描述善战者的理想状态。第二段描述"时"的不可捉摸，并利用连续问句从正反两方面述说应有的应对态度。

（17）《天权》论兵，"兵有符而道有验……将以明胜"。此段主要运用四言句论述用兵之法，描述善计者用兵的理想状态。

（18）《能天》论原圣心之作，"原圣心之作……能天地而举措"。此段交错使用连续的六言句和四言句描述隐微的"圣心"。

（19）《能天》论安危存亡，"自然，形也……鬼神奚与"。此段起首是三组"2字，2字，4字"偶句，此后是四组"10字，11字"偶句，此后是两组"2字，2字"偶句，最后以两个连续问句结尾。此段描述的是决定安危存亡的"埶"，作者用连续的偶句反复说明其必然性。

（20）《能天》论圣人，"一者，德之贤也……不若方圆治而能陈其形"。此段通过多组杂言偶句描述"圣"的超越性。

（21）《能天》论埶，"昔之得道以立……苓叶遇霜、朝露遭日是也"。此段通过四组偶句描述"埶"之于安危存亡的决定性作用，主题和手法都与第十九条相似，两段都是通过几组意义相同的反义词对"埶"与存亡的关系进行反复论述。但第十九条只是就此理念做抽象的论说，本段则举例说明。

（22）《能天》论至人，"彼虽至人……无所不及"。此段描述至人，采取交韵的方式。描述性文字由"练其精神"起，以四句为一组。前、后两组的描述对象有由近而远，由具体而抽象的变化，并有一次换韵。

上述段落共计四千余字，篇幅超过《鹖冠子》全书的四分之一，涉及19篇中的12篇。可见，作为赋类作品基本属性的写物图貌，在《鹖冠子》中亦是重要的表现手法。其中《能天》通篇皆为"写物图貌"，可见作者对这种手法的运用已经十分熟稔。

《鹖冠子》中的写物图貌，取材范围十分广泛，包括人物形象（如"君子""邪臣"）、哲学概念（如"度量""埶"）、自然现象（如"日月""列星"）、理想状态（如"圣人""化立俗成"）和一些理念（如"求人""时命"）等等。但从体量上说，描摹哲学概念、理想状态和政治、哲学理念的文字要远远多于其他类别。

（三）问答体式的运用及其赋体特征

主客问答体式不同于一般的对话体，具有主客分明的特点。早期文献对主客问答体式的运用非常广泛，是记言、议对类材料的主要结构模式之一。除诸子文章和赋作之外，先秦时期的主客问答文章，如《尚书·皋陶谟》《左传·襄公十四年》载晋侯与师旷的问答、《战国策·楚策》载莫敖子华与楚威王的问对，都与散体赋形制基本相同，且运用排偶、押韵等手法。

《鹖冠子》在《近迭》《度万》《王铁》《泰鸿》《兵政》《学问》《世贤》《天权》等八个篇目中采用了主客问答的写作方式，包括一问一答和逐层深入两种类型。《泰鸿》《武灵王》属于前一类，《近迭》《度万》《王铁》《兵政》《学问》《世贤》属于后一类。

一问一答型由问方提出该篇的主题，答方就这一主题展开论述。

《泰鸿》篇的问答双方是泰皇和泰一。在问答开始前，有一段对泰一、九皇、傅等形象的叙述。这一段落句式丰富，用韵灵活，类似《卜居》和宋玉赋进入问答前对问答背景的叙述。在泰皇与泰一的问答中，泰皇提出天、地、人事的顺位问题，泰一就此作答。泰一的答语中有大量属于写物图貌的文字。《泰鸿》篇十分符合刘勰对散体赋"述客主以首引，极声貌以穷文"的描述。无论是在问答回数、还是答语所占篇幅比例方面，都与宋玉赋接近。不同之处在于，宋玉赋有明确且一般来说是单一的描述对象，而《泰鸿》篇的描写对象涉及自然规律、官制、五行思想等多种，其目的不在于借物言志，而在于论说理念和知识。可见，《泰鸿》篇具备散体赋的形制和要素，但在内容和一些修辞手法上仍与散体赋有很大差异。相比之下，像《逍遥游》论风那样的段落，与散体赋之间的关系显然更为密切。

《武灵王》篇的问答双方是武灵王和庞暖，可能属于《汉志》所载的《庞暖》一书。该篇由武灵王提问、庞暖作答，问答的内容是"不战而胜"。该篇没有属于"写物图貌"的内容，没有大段整齐的用韵，基本不具备赋类作品的特征，是典型的问答类诸子文章。

逐层深入型由问方提起话头，双方在几轮问答后将话题引至该篇论述的重点。此类篇目，除《世贤》篇围绕以医喻政的主题进行以外，往往有不止一个主题，还会旁及其他。

《近迭》篇由庞暖与鹖冠子的十次问答构成，以庞暖说"得奉严教"结尾。庞暖的十问从"圣人之道何先"开始，逐步推进。鹖冠子回答的重点，落在人事以及其中的用兵之义上。鹖冠子的答语是该篇的主体，其中具有写物图貌性质的，在鹖冠子对"今大国之兵反诎而辞穷，禁不止、令不行之故"的回答中。本篇用语以散句为主，夹杂一些格言式的偶句，间或用韵，在整句规模、用韵密度、思想内容等方面，皆不似赋体中的"写物图貌"。

《度万》篇由庞暖与鹖冠子的五次问答构成，从第二次问答开始，庞暖的每次发问都是对鹖冠子答语的追问。《度万》篇的问答回数虽然有五次，但主要是围绕"阴阳"和"五正"这两个话题展开。其中具有写物图貌性质的文字，是鹖冠子对水火不生、本不足之后果，以及对五正之治的假想图景的描述。从用韵上看，亦只有这三条材料的文字比较集中。该篇多整句排比，句式多变。写物图貌以外的部分，不但取材与赋不类，且用韵过于疏缓，赋体特征不明显。

《王铁》篇由庞暖与鹖冠子的十次问答构成，与《度万》篇一样，该篇问答的逐层深入也是通过庞暖对鹖冠子的追问。从内容上看，《王铁》篇的问答有明确的线索和主题，即成鸠氏之治和"天曲日术"。鹖冠子对相关命题的描述，大量运用整句、押韵，且多为描述性语言。这部分文字运用篇幅可观的排比句描述制度和律例，虽是描述性文字，但没有自觉的用韵，也没有铺排和渲染，不具备赋体特征。

《兵政》篇由庞暖与鹖冠子的四次问答构成，通过追问逐层深入。该篇以用兵之法为线索，实则讨论"埶"的问题，思想内容较《度万》篇集中。鹖冠子的答语韵散结合，只有"天不能使人"一段押耕、真部韵，较为集中。其他部分亦多用偶句，但不具备赋体特征。

《学问》篇由庞暖与鹖冠子的五次问答构成，主题是"九道"和"礼乐仁义忠信"。鹖冠子对这两个问题的回答，使用连续的排比句，在末段处则使用格言式的四言韵语。篇中没有写物图貌的文字，基本不具备赋体特征。

《世贤》篇由卓襄王与庞暖的三次问答构成，主题是以医喻政。庞暖对魏文侯问扁鹊故事的复述和评价，是该篇的主体部分。主体部分由三组并不完全对偶的句子构成，押鱼、侯部韵。此后的评价部分，押耕部韵和之、微、脂合韵。该篇虽然没有典型的"写物图貌"文字，但用韵规律，韵散兼用，形制接近散体赋，内容、结构则与《晏子春秋》、优孟故事等"俗赋"相似。

在《鹖冠子》的问答体文章中，问答的回数体现出灵活多变的特点，其中《泰鸿》篇一问一答，问方和情节叙述都被完全省略。这种形制，除了一些短小的赋体段落，只出现在宋玉的《对楚王问》中，而后者也是一篇兼具散文与赋体特征的作品。这种通过将问答过程简化为一问一答来增强答语主体性的做法，比《卜居》的一述、一问、一答、一结还要简单，可以说是将对篇章形式的化约和对内容的重视做到了极致。

《鹖冠子》中的部分主客问答体式接近赋体，且与作为早期散体赋代表作家的宋玉的赋作有比较明确的相似之处。[①]由于宋玉赋在体制、文字上最为完备，学者将它看作散体赋最早的代表作，也是早期赋生成研究最重要的参照标准。就"写物"的取材而言，宋玉赋主要描摹自然现象和神话传说，《大》《小言赋》略涉理念，但主要还是依托实物立言。只有《钓赋》和《论义御》是比较明确地说理论政文章。《钓赋》和《论义御》借钓术、御术说理论政，与《庄子·杂篇》中的《说剑》一文如出一辙。《说剑》在情节铺设、记事属性、"写物图貌"上都与散体赋无差，加上其体物以寓理论政，与上述赋作确实非常相似。《庄子》《鹖冠子》的作者，时代与宋玉接近，它们之间相互影响的可能性与路径有待进一步研究。

---

① 《鹖冠子》在声韵与句式的运用方面，也体现出与《神女赋》等宋玉赋作的关联。参见雷欣翰.《鹖冠子》韵文的修辞表现［J］.中国韵文学刊，2020（4）：111-117.

四、句式与声韵的交用及其渊源

对于《鹖冠子》的文章风格,《四库全书》说它"博辨宏肆",罗明祖则说它"词格巉峭而旨义玄微""句愈陡,味愈厚"。"博辨宏肆"接近赋类作品"铺采摛文"的特点,而"句愈陡,味愈厚"的风格,似乎与"博辨宏肆"有些抵牾。《鹖冠子》能在铺张扬厉的文风中创造出巉峭玄微的文章效果,得益于作者对句式、声韵的灵活运用。这些文章技法使得是书的文字抑扬得当,时而曼衍舒张,时而顿挫铿锵。巧妙的句式设计配合用韵技巧,使得《鹖冠子》的风格丰富而充满变化。其中,"陡句"与入声韵的配合是《鹖冠子》最具特色的手法之一。并用之外,句式与用韵还往往互补,整齐排偶的整句常不用韵,而灵活错落的散句则往往用韵字联结。偶句、排比与声韵的交用,是对散文文体和韵文诗体的高度整合,是先秦说理文"韵散结合体"高度发展的结果。

(一)偶句、排比与声韵的交用

刘勰《诠赋》称"赋者,铺也。铺采摛文,体物写志也",又称赋是"极声貌以穷文"。《鹖冠子》也以"铺采摛文"的文风见长。《四库提要》称"其文亦博辨宏肆",说的就是该书的铺排风格。《鹖冠子》的"铺采摛文",主要体现为偶句的连续使用和排比句的大量运用。

阮元《文言说》道:

> 为文章者,不务协音以成韵,修词以达远,使人易诵易记,而惟以单行之语,纵横恣肆,动辄千言万字,不知此乃古人所谓直言之言,论难之语,非言之有文者也,非孔子之所谓文也。[①]

《鹖冠子》中的偶句和排比,往往不是单独出现的"单行之语",而是通过字

[①] 阮元.揅经室集[M].北京:中华书局,1993:605.

数变化和用韵前后联结。《鹖冠子》中的偶句可以分为单句相偶和多句相偶。单句相偶者，如《著希》"道有稽，德有据"，《天则》"下之所遭，上之可蔽"，《近迭》"失道故敢以贱逆贵，不义故敢以小侵大""行枉则禁，反正则舍"等。多句相偶者，如《天则》"一叶蔽目，不见太山；两豆塞耳，不闻雷霆"等。在多句相偶中，最常见的是双句相偶。《备知》对双句相偶的连用，利用微妙的字数变化和核心思想的反复表达，形成铺排的文学效果：

> 今世非无舜之行也，不知尧之故也；非无汤武之事也，不知伊尹、太公之故也。费仲、恶来得辛纣之利，而不知武王之伐之也；比干、子胥好忠谏，而不知其主之煞之也。费仲、恶来者可谓知心矣，而不知事；比干、子胥者可谓知事矣，而不知心。

这段文字位于《备知》篇的结尾，是对"知心""知事"的总结，利用三组双句对偶反复论述"知心"和"知事"，极具铺张宏肆之风。此外，《鹖冠子》中亦有少数三句相偶的情况，如《天权》篇的"兵极人，人极地，地极天。天有胜，地有维，人有成"，不但三句相偶，且形成顶针句式。

《鹖冠子》常常通过两组或两组以上字数递增的偶句推进论述，如《著希》：

> 端倚有位，名号弗去。故希人者无悖其情，希世者无缪其宾。文礼之野与禽兽同则，言语之暴与蛮夷同谓。

这个段落就是由一组偶句、一组七言偶句和一组九言偶句构成。又如《近迭》"欲知来者察往，欲知古者察今。择人而用之者王，用人而择之者亡"，由一组六言偶句和一组七言偶句构成。相似的结构还可见于《度万》"地湿而火生焉，天燥而水生焉。法猛刑颇则神湿，神湿则天不生水"等。此类句式组合往往出现在段首，用来推进论述。偶句常常与排比配合，形成"总分"或"分总"的结构关系，如《天权》论蔽，起首道：

昔行不知所如往而求者则必惑，索所不知求之象者则必弗得。故人者莫不蔽于其所不见，寙于其所不闻，塞于其所不开，诎于其所不能，制于其所不胜。

这一段落由一组十二言偶句和一组五句六言排比构成，形成"总分"关系。"分总"关系与此相反，整句文字体量递减，这种情况多是前后相偶的排比句相互配合，如《环流》篇论法，其段末道：

言者，万物之宗也。是者，法之所与亲也。非者，法之所与离也。是与法亲，故强；非与法离，故亡。法不如言，故乱其宗。

这一段落讨论法与言、与是非的关系，引文位于段落末尾，由一组三句排比、一组两句排比和一对偶句构成。第一组排比句主体为八言，第二组为六言，配合一对四言句。所讨论的内容，由"言"至"是非"又回到"言"，以"法"为线索，字数递减、内容对应都十分规则。

《鹖冠子》中的长排比句，可以分为单句排比与多句排比。

单句排比者，如《天则》：

同而后可以见天，异而后可以见人，变而后可以见时，化而后可以见道，临利而后可以见信，临财而后可以见仁，临难而后可以见勇，临事而后可以见术数之士。

这种排比可以兼顾充足的信息量和简洁的形式，是书比较常用。单句排比有时还以顶针句式出现，如《天则》"人有分于处，处有分于地……度有分于一"，又如《兵政》"贤生圣，圣生道……神生明"。《环流》篇首段论述生成链条，亦采用顶针句式，起首的九句五言排比构成环环相扣的链条，此后的六言排比系列在对前文进行摘要的同时延续这一链条，最后的三言排比正式进行总结。这一段落由三部分排比句构成，字数增减和句式的交用形成逐层深入的表意效果和丰富的层次感，故焦竑有"每转愈深"之赞。

多句排比见于《博选》论"五至"，《夜行》论"有验"，《近迭》论天、地、时之不可法，《度万》论阴阳、天地、圣人、法令、五正，《王鈇》论"天曲日术"，《泰鸿》论五行，《世贤》论"九道"等。多句排比句式的铺张风格与赋类作品非常接近，是《鹖冠子》论述重要概念、描摹假想图景时常用的手法。

各类偶句和排比句的交用，如《度万》论阴阳：

> 天者，神也；地者，形也。地湿而火生焉，天燥而水生焉。法猛刑颇则神湿，神湿则天不生水；音□声倒则形燥，形燥则地不生火。水火不生，则阴阳无以成气，度量无以成制，五胜无以成埶，万物无以成类。

这段文字位于鹖冠子答"度神虑成之要"的起首，强调法与阴阳的作用，由一组可以拆分为二言句的偶句、一组六言偶句、一组七言偶句和一组四句六言排比构成。类似的句式结构在《度万》《泰鸿》《天权》《能天》等专论文篇章中多有运用，是《鹖冠子》组织论辩性文字时常用的手法。

写物图貌、偶句与长排比句式的运用，形成了《鹖冠子》"铺采摛文"的行文风格。不过，上节辑录的"写物图貌"文字，以用韵为标准之一，偶句和排比句式的运用，却大都不主动用韵，反而常与大段韵文形成呼应，或与小段韵文错落布局。

排比与韵文互为相对独立的段落，并彼此呼应的，如《夜行》篇。该篇的前后两个部分，分别论述有征验者和不可见者，形成前后对应的结构。前半部分陈述"有验、有所以然者"，由一组多句"1+2"言排比和一组多句"2+2"言排比构成，属于对概念的介绍，只重内容，没有押韵。后半部分陈述不可见者，则是一段写物图貌的韵文。排比句的陈述清晰、分明，韵文的描摹则着重渲染其特征和性质。两部分无论内容还是形式，都泾渭分明，形成让人印象深刻的对比效果。排比与韵文错落布局的，如《道端》：

> 寒温之变，非一精之所化也；天下之事，非一人之所能独知也；海水广大，非独仰一川之流也。是以明主之治世也，急于求人，弗独为也。与天与地，建立四维，以辅国政。钩绳相布，衔橛相制，参偶其备，立位乃固。经气有常，理以天地。动逆天时，不祥有祟；事不仕贤，无功必败。出究其道，入穷其变。张军卫外，祸反在内。所备甚远，贼在所爱。

在这里，写物图貌从"与天与地"开始，此前则是一组双句排比和一个散句。虽然使用了三种句式，但这一段落的核心思想非常明确，集中体现在散句中："是以明主之治世也，急于求人，弗独为也。"排比句是对"求人"与"独为"的比喻，写物图貌则是对"求人"与"独为"分别导致的假想图景进行描摹。散句表意清晰直白，排比喻事生动具体，写物图貌则两者兼备，且极尽渲染、强调之能事。

这段文字的用韵，在多句式交用的段落中颇具代表性。阮元所说的"文言"，无论偶对、排比还是押韵，核心都在于对单句进行联结，而联结最有效的手段就是重复。无论对偶、排比还是押韵，都是在重复中提示单句之间的关系。这段文字中的排比和散句部分，没有常规意义上的押韵，但都以"也"字结句，实际上形成了虚字入韵。不过，这里的虚字韵脚与《诗经》中的虚字韵脚相比，形式意义偏弱。在这段文字中，写物图貌的四言句，重音与韵脚重合，而排比句和散句的重音，则都在虚字之前。因此，"也"字虽然起到了联结排比句和散句的作用，但并非常规的押韵。反而是最后一个散句中的倒数第二个字"为"，属歌部与"与天与地，建立四维，以辅国政"三句中的"地"（歌部）与"维"（微部）形成歌、微合韵。可见，散句在韵脚位置与排比句使用相同的虚字，又在重音位置与后句形成押韵。这样一来，这个散句不但是全段意义的中心，亦是句式与声韵转换、联结的枢纽。这一段落依靠虚字入韵和常规押韵的换韵过渡句式，与《天则》《度万》篇中的两条材料，有异曲同工之妙。

总的来说，《鹖冠子》中的偶句有时用韵，长排比句则较少用韵，或使用同字、虚字入韵。即便用韵，也比较宽缓。偶句、排比句与具有赋类特征、写物图貌的四言韵文，是《鹖冠子》"铺采摘文"的主体，它们之间常常形成对照或互补。对多种技法的活用，使得《鹖冠子》的文章色彩丰富、层次清晰而又浑然一体。

（二）短句的诗性因素

《四库提要》所说的"博辨宏肆"，是《鹖冠子》在铺排方面的风格，对应的是偶句、排比和四言韵文的连续使用。罗明祖说《鹖冠子》"词格巉峭而旨义玄微""用陡句者多隽""句愈陡，味愈厚"，则道出了是书的另一特色，即用奇峻的文风表达精深的义旨。

罗明祖的评价，很好地概括了《鹖冠子》文章的此类风格及其对内容的表现方式。所谓"陡句"，可以从句式、声韵和内容三方面来分析。从句式上看，诸子散文多是整句与散句相交替，散句中的单句字数，一般也都在四言以上。而《鹖冠子》多用四言句，间或使用三言句。这类短句在与偶句、排比或散句配合使用时，往往造成字数上的对比，从而让人有"词格巉峭"之感。从声韵上看，诗赋一类的韵文用韵均衡而有规律，诸子散文韵散兼用。在诸子文章中，以《老子》用韵最为频繁，且主要使用三言、四言短句，接近诗体。《老子》之后的道家作品多有模仿《老子》者，如《文子·符言》与《鹖冠子》，都是其例。不过，《符言》全篇模仿《老子》的格言诗体制。《鹖冠子》中的用韵短句，除了"铺采摘文"的赋类文字外，亦多有类似《老子》的格言诗体，在与前后文其他句式的字数对比中体现其"巉峭"；或置于段末、篇末，以格言诗的形式点明主旨，且往往是由散入韵之处。此外，对入声韵的广泛使用是《鹖冠子》的一大特色，也是形成"词格巉峭"风格的重要方式。入声韵的连续使用有时应用于大段四言韵文之中，有时应用于段末的格言式短句。其所表达的内容，往往是负面事象。这种运用短小的句式、急促的声韵来表达负面事象的手法，是《鹖冠子》最具特色的"陡句"风格。而这几种因素分别出现时，亦可通过与其他句式和用韵的对比、转换，形成"巉峭"的"词格"。

本小节先就四言句与三言句的运用情况，来分析《鹖冠子》中的"陡句"。

《鹖冠子》中的四言短句，根据使用规模，可以分为具有赋类特征的"写物图貌"与具有诗性因素的格言警句。后者如《博选》"信符不合，事举不成。不死不生，不断不成"，《天则》"一叶蔽目，不见太山；两豆塞耳，不闻雷霆"，《学问》"中河失船，一壶千金。贵贱无常，时使物然"。它们观点明确，模仿《老子》的格言体。但是，《老子》几乎通篇都是用韵短句，因此其风格是简洁而非"巉峭"。"巉峭"的风格需在对比中体现，《鹖冠子》中的格言体往往位于篇末和语义段落的末尾，起总结、强调的作用。这类四言短句体量较小，一般以四句为单位，类似诗体，能与前文形成字数上的对比。如前文所引《博选》篇中的"信符"等四句，其前文为：

  德音者，所谓声也。未闻音出而响过其声者也。贵者有知，富者有财，贫者有身。

  在杂言散句和以三句为一组的四言句之后接续"信符不合，事举不成。不死不生，不断不成"，从字数和组句体制上都有缩减趋势。这种诗性短句将前文运用各种方式论说的对象格言化，实现形式和内涵的双重精练，是"句愈陡，味愈厚"的一种体现。类似的情况下有时也使用三言短句，如前文曾经提到的《环流》篇首段，以短促的三言句复述整个过程，从文势上看是急停急收，从内容上看又有雄厚的铺陈作为基础。句式变化与内容表达的这种融合，在结构上可以总结前文的铺陈，在内容上又可引出下文的另一轮铺陈。短句在其中的地位和作用，显得独特而关键。

  四言短句除了类似《老子》的格言诗外，还有一处与《诗经》十分相似，值得关注。《王铁》篇写成鸠氏之祭道：

  增规不圆，益矩不方。（阳部）
  夫以效末，传之子孙。（文部）
  唯此可持，唯此可将。（阳部）

将者养吉，释者不祥。（阳部）

埤以全牺，正以斋明。（阳部）

四时享之，祀以家王，以为神享。（阳部）

礼灵之符，藏之宗庙，以玺正诸。（鱼部）

这段文字在意境、章句结构、用韵方面均可与《楚茨》中的第二节对读：

济济跄跄，絜尔牛羊，以往烝尝。或剥或亨，或肆或将。祝祭于祊，祀事孔明。先祖是皇，神保是飨。孝孙有庆，报以介福，万寿无疆。（阳部）①

《王铁》与《楚茨》都描写宗庙祭祀，结构上都是三句一节与两句一节兼用，且押阳部韵。不同之处在于，《王铁》篇存在换韵，押韵频率为偶句押韵。而《楚茨》中的这一节几乎是一句一韵，一韵到底。从《王铁》篇的这段文字可以看出，《鹖冠子》在继承《诗经》的同时，亦有其作为文章而非诗歌的独特之处。其一，《鹖冠子》的押韵频率较缓，在其他大段连续韵文中，亦以偶句押韵为主。其二，《鹖冠子》上引文字在末句换至鱼部韵，而诗体作品一般不会进行这种文字体量不对称的换韵。

《鹖冠子》对《诗经》的继承，还体现在比兴手法的运用。一般认为，赋比兴是《诗经》具有代表性的三种手法。其中的赋，即铺陈的手法，前文已述。比兴也是《诗经》的重要表现方式。《鹖冠子》大量运用比兴，并别具特色。

《鹖冠子》将比兴手法混合运用，两者界限模糊，没有自觉的分别。卢文弨在《书陆农师解鹖冠于后丙申》文中说："宋人黄东发斥其'圣人贵夜行'一语，此又不可以辞害意也。此即《中庸》言不见不闻之意。"② "圣人贵夜行"出自《著希》篇尾，前文袭用《老子》文句，采用象征暗示的笔法。"夜行"即《老子》所

---

① 王力.诗经韵读 楚辞韵读［M］.北京：中华书局，2014：285-286.
② 卢文弨.抱经堂文集［M］.北京：中华书局，1990：145.

说的"习常",强调存、守、不泄露。《鹖冠子》以夜间行路暗喻,是比的手法。又如,傅山提到《天权》篇中的"鸟乘随随,钧蜚垂辊"一语,并加以解释:

> 《天权》篇:"鸟乘随随,钧蜚垂辊。"语不可解读至此。而界之不能过强,以上下之文解之,犹言鸟之乘高也随随然。"钧",犹"佝"乎;"蜚"即"飞";"垂",下也,亦曰"边垂"之"垂";"辊",聊读如"耿",犹言烛照之"瞥"乎,从车,则有辙迹之可见者也。上云:"理之所居谓之地,神之所形谓之天。知天,故能一举而四致,并起而独成。"其即黄鹄一举再举,知山川纡曲、天地圆方之喻耶?下文又曰:"善计者非以求利,将以明数;善战者非以求胜,将以明胜。"大概不欲蔽蒙瓦塞,而欲灼知远见之义,登九天而知九地已耳。①

据此,"鸟乘随随,钧蜚垂辊"是指"知"和"明"像鸟之高飞、烛照之明。这一难解的意象,可谓融比兴于一体。《鹖冠子》运用比兴的方式,有单一型和连类相次型两种。单一型是喻体和比喻对象一对一,通常只是一两句话,较为简略。连类相次则是多个比兴相并列,如《环流》:

> 故东西南北之道踳,然其为分等也;阴阳不同气,然其为和同也;酸盐甘苦之味反,然其为善均也;五色不同采,然其为好齐也;五声不同均,然其可喜一也。

这段论述意在说明"同之谓一,异之谓道"。是多个比兴连类相次。

《鹖冠子》虽然是说理散文,但在句型和表现方式方面,都继承《诗经》的传统。《诗经》以四言句为主,同时也有一些三言句。《鹖冠子》中的短句,也以四言为主,其次是三言。《鹖冠子》中的三言短句,有许多也具有诗性因素,从

---

① 傅山.霜红龛集[M].太原:山西人民出版社,1985:952-953.

结构类型上来看，可划分为以下几种：

1. 固定句式（则字句，于字句，其字句，乎字句）

（1）《天则》：缓则怠，急则困。

（2）《备知》：败则僃，乱则阿，阿则理废，僃则义不立。

（3）《环流》：莫不发于气，通于道，约于事，正于时，离于名，成于法者也。

（4）《天权》：凡事者生于虑，成于务，失于惊。

（5）《度万》：唯圣人能正其音、调其声。

（6）《泰鸿》：调其气，和其味，听其声，正其形。

（7）《度万》：远乎近，显乎隐，大乎小，众乎少，莫不从微始。

2. 主谓句式

（8）《度万》：膏露降，白丹发，醴泉出，朱草生，众祥具。

3. 主谓宾句式

（9）《道端》：故天定之，地处之，时发之，物受之，圣人象之。

（10）《兵政》：贤生圣，圣生道，道生法，法生神，神生明。

（11）《天权》：成无为，得无来。

（12）《天权》：兵极人，人极地，地极天。天有胜，地有维，人有成。故善用兵者慎，以天胜，以地维，以人成。

4. 动宾句式

（13）《度万》：神化者定天地，豫四时，拔阴阳，移寒暑，正流并。

（14）《泰录》：范无形，尝无味，以要名理之所会。

（15）《天权》：连万物，领天地。

三言诗由来甚早，在《诗经》《尚书》和一些春秋时期的民歌中都能看到。《鹖冠子》将三言句运用于诸子文章的方式，与其化用四言句的方式基本相同，既可单独运用形成排比，如（6）（8）（10），也可与其他句型交用成句，如（12）（14）。

《鹖冠子》中的三言句，无论从结构还是使用方式上来看，都与楚文学有密切的联系。《老子》中三字句使用较多，《鹖冠子》中的三字句式有不少都能从

《老子》中找到源头。如第八章中的"居善地，心善渊，与善仁，言善信，正善治，事善能，动善时"，主谓宾齐全；第二十二章中的"曲则全，枉则直，洼则盈，弊则新，少则得，多则惑"，属于则字句；第三十五章中的"执大象，天下往。往而不害，安平太"，属于动宾式和主谓式的联用。《文子·符言》继承了《老子》格言式的风格，在三言句的运用上则更接近《鹖冠子》。如"平乎准，直乎绳，圆乎规，方乎矩"，类似《鹖冠子》中的乎字句。"山生金，石生玉，反相剥，木生虫，还自食，人生事，还自贼"，是主谓宾与主谓句式的联用。"原天命，治心术，理好憎，适情性""节寝处，适饮食，和喜怒，便动静"属于动宾式等。第十四条的"3+3+7"言句结构，在《文子》和《逸周书》中也能见到。如"天为盖，地为轸，善用道者终无尽。地为轸，天为盖，善用道者终无害"一句，既见于《符言》篇，又见于《周祝解》。"3+3+7"言句也是《荀子·成相》篇的标准结构。"成相"向来被认为是一种口头文学的形式，其句式注重三言与四言句的组合、拆分关系。荀子晚年曾为兰陵令，在楚国生活。与《成相》篇相似的句式又在《逸周书》《文子》和《鹖冠子》等楚地道家作品中都能见到。这些线索，说明"3+3+7"句式与楚文学存在密切的联系。

《老子》中动宾结构的三言句并不丰富，主要是有字句与其他句式的联用。《文子》《鹖冠子》则比较多地运用动宾式三言句。与《鹖冠子》几乎同时代的宋玉，是另一位喜用三言句的作者。他在赋中使用了不少三言句，且几乎只有动宾式。

上辑《鹖冠子》三言句中的第八条，是《度万》描述祥瑞的一组四言排比，为主谓结构。主谓结构在《老子》《文子》中应用不广，多是与其他句式交用，没有独用形成排比的例子。宋玉赋几乎全用动宾，汉赋受其影响，三言句亦多动宾结构。使用主谓结构的三言句描述祥瑞，如《系辞传》《文子·九守》《管子·小匡》等中的"河出图，洛出书"等。此类文本至西汉已蔚为大观，其中最引人注意的，除纬书以外，是晁错与董仲舒。《汉书·爰盎晁错传》载晁错在对策中论五帝之德道：

然后阴阳调，四时节，日月光，风雨时，膏露降，五谷熟，祆孽灭，贼气息，民不疾疫，河出图，洛出书，神龙至，凤鸟翔，德泽满天下，灵光施四海。

此处对阴阳、四时等事象的描述，都用主谓结构的三言句。《汉书·董仲舒传》载董仲舒的对策，也有相似的说法：

伊欲风流而令行，刑轻而奸改，百姓和乐，政事宣昭，何修何饬而膏露降，百谷登，德润四海，泽臻草木，三光全，寒暑平，受天之祐，享鬼神之灵。

晁错和董仲舒的主谓结构三言句，不但与《度万》篇一样是描述祥瑞，且都涉及"膏露"意象。晁错的"阴阳调"一语，亦见于《度万》篇的"法错而阴阳调"。此外，在《春秋繁露》中还有如下内容：

王正则元气和顺、风雨时、景星见、黄龙下……故天为之下甘露，朱草生，醴泉出，风寸时，嘉禾兴，凤凰麒麟游于郊。(《王道》)
恩及草木，则树木华美，而朱草生。(《五行逆顺》)

这两条材料涉及的意象都可见于《度万》，尤其《王道》篇中的"下甘露，朱草生，醴泉出"，几乎与《度万》相同。《五行逆顺》描述相似的意象，但使用四言句，类似的写法亦可见于《礼记·礼运》：

天降膏露，地出醴泉，山出器车，河出马图，凤凰麒麟皆在郊椒，龟龙在宫沼，其余鸟兽之卵胎，皆可俯而窥也。

这里描述的亦是祥瑞，但《礼运》使用的是四言而非三言句。看来，对祥瑞题材进行描述，在西汉初年是三、四言并用。膏露、醴泉之类的意象，则与凤凰、河图等,是当时常规的祥瑞意象。晁错与董仲舒在使用三言句描述祥瑞系列的文字都与《度万》篇极其相似。尤其是董仲舒的《春秋繁露》受阴阳家影响极深,作为其核心理念的天人关系,也是《鹖冠子》中的重要论题。如此看来,如果《鹖冠子》中的相关文字不是后代增入,它用主谓式三言句描述祥瑞的做法,就有可能直接影响了西汉以来祥瑞意象的书写方式。

结　语

楚系作品不但在思想上极具特色,而且在文章的形式和手法上也独树一帜。对《鹖冠子》而言,除了几种基本的专论文结构类型之外,道家文学和楚文学的传统,都在是书中留下了明显的"烙印"。《天问》式的连续追问可能受到宗庙壁画或巫祝之辞的影响,这种文章形式在《鹖冠子》和《庄子》《凡物流形》等楚系作品中,通过各种活用,与哲学思辨紧密结合。不同的是,《天问》交替使用各种句式,而《鹖冠子》和《庄子》《凡物流形》中的大多数问句,都是连续的四言短句。

连续的四言短句很容易让人联想到赋。《鹖冠子》兼具主客问答的文章体式和极尽声貌的铺陈文字,这种包含赋类因素的文章,虽然大都与赋体没有直接的联系,但在文字体量上超过了全书的四分之一。这提示我们此类文章与早期赋的生成可能存在关联。赋类作品兴起的源头不只有《诗经》和楚辞,诸子文章对记事韵文、连续四言短句和声韵技巧的大量运用,很可能也是早期赋作重要的营养来源。

除此之外,《鹖冠子》的文章还有极具个性之处。古人读《鹖冠子》,几乎"异口同声"地指出其陡峻的文风。这一风格看似与宏博的铺排相矛盾,实则通过前后对比形成急停急收、顿挫铿锵的文章效果。《鹖冠子》喜用负面事象作为论据,与之对应的是入声韵的大量使用。作者在入声韵与换韵、句式变换的运用上匠心独运,许多语义段落层次分明而又浑然一体,体现出鲜明的自觉意识和高超的文章技巧。这些文章手法有的可以在《诗经》中找到源头,有的则能在楚辞或宋玉赋中寻得旁证，对祥瑞意象和主谓式三字短句的运用，则可能直接影响了汉代相关题材的书写方式。

参考文献：

［1］黄怀信.鹖冠子校注［M］.北京：中华书局，2014.
［2］黄叔琳，李详，杨明照.增订文心雕龙校注［M］.北京：中华书局，2000.
［3］刘钊，廖名春.郭店楚简校释［M］.福州：福建人民出版社，2005.
［4］马承源.上海博物馆藏战国楚竹书（三）［M］.上海：上海古籍出版社，2003.
［5］许慎，段玉裁.说文解字注［M］.上海：上海古籍出版社，1981.
［6］永瑢，等.四库全书总目［M］.北京：中华书局，1965.
［7］章学诚，叶瑛.文史通义校注［M］.北京：中华书局，2014.

【本篇编辑：林振岳】

审美新场域

消费主义语境下的时尚审美表征[①]

连晨炜

摘 要：在当代，时尚的概念与消费主义叠合并相互影响，构成了经济增长与社会发展的重要驱动力。聚焦时尚在消费主义语境下的表征方式，即是把它作为一个特殊的审美话题展开并加以讨论。伴随时尚发展所形成的"生产-消费"循环机制塑造了大众的审美品味，这种具有流动性的品味在精神和情感价值上强化了时尚魅力，并经由品牌的作用完成了消费者个体的身份认同，由此在实践中达成品味、身份认同与审美的互动。这种思路对于重新回归人的审美本质，继而探索消费主义对时尚的深层影响有着启发意义，也为学界进一步研究时尚和审美之间的关系，推动美学研究的前进提供了理论路径。

关键词：消费主义 时尚 审美 品味 身份认同

作者简介：连晨炜（1991—），男，文学博士，西安电子科技大学人文学院讲师，主要从事审美人类学和当代美学研究。

The Aesthetic Representation of Fashion in the Context of Consumerism

Lian Chenwei

Abstract: The concept of fashion overlaps and influences consumerism in contemporary times, becoming an important driving force for economic growth and social development. Focus on the representation of fashion in the context of consumerism means seeing it as a special aesthetic

---

[①] 本文系西安电子科技大学新教师创新基金"当代美学视野下的时尚问题"（项目编号：XJSJ24075）的阶段性成果。

topic. The "production-consumption" cycle mechanism formed with the development of fashion, shaping the aesthetic taste of the masses. This fluid taste strengthens the display of fashion charm in terms of spiritual and emotional value, and completes the identity recognition of individual through the power of brands. In practice, it achieves the interaction between taste, identity and aesthetic. This approach has enlightening significance for returning to the aesthetic essence of human and exploring the profound impact of consumerism on the development of fashion. It also provides a theoretical path for the further study on the relationship between fashion and aesthetics, promoting the advancement of aesthetic study.

Keywords: consumerism fashion aesthetic taste identity

时尚这一概念在人类社会中有着漫长的发展史，在很长一段时间里它都体现出严格的阶层区隔，表现为某种属于少部分上层阶级的生活方式。然而近代以来，西欧所发生的生产力革命及其随之而来的一系列社会变动为时尚的发展开启了新的可能，推动其走向工业化与大众化。由此，时尚的内涵发生改变，从作为上流社会服饰典章的表现而向更为系统性的现代化意义与身份认同转变，并逐渐与现代美学的发展趋势融合，构成一个新颖的美学话题。

在这一转变过程中，资本通过赋予物品某种意义，在消费流通中实现了物品对主体的塑造价值，并在后续不断扩大其生产规模，确保财富进一步流动的同时也推动了时尚自身的发展。人们对时尚的追求成为消费增长的不竭动力，而时尚的扩散也需要对象物在样式上不断更新以符合受众的心理期待与审美品位，并在传播中制造新的时尚点。从这一层面上来看，二者在对流动性的诉求上实现了一致，并借助消费主义的发展实现共荣，共同构成社会进步和经济增长的重要驱动力。随着消费主义在近代以来的蓬勃发展，学者对时尚问题的研究逐渐超越了传统意义上对"穿衣打扮"问题的探讨，他们在一种更为多元、复杂的语境中实现了时尚自身在文化功能和表现形式上的转变，这为时尚问题与美学问题的结合提供了可能。

一、消费主义的发展与时尚的可审美化

学界一般认为，英语中的"时尚"一词在传统文化语境中与服饰的发展变迁

息息相关，因而长期以来研究者都把关注的目光放在了不同时期贵族的服装式样及其对当时社会风尚的影响上。正如这一词语的早期拉丁词源"facito"所表示的那样，其字面上的意义为"'制作'，用来表示各种各样的价值观，包含了诸如一致性和社会联系、反叛和古怪、社会愿望和地位、诱惑和欺骗这些差异巨大的概念。……尽管形式和内容可能会有所不同，但动机都是一致的：装扮人体，表现身份。"[1]

不过，虽然从古至今服装一直是时尚的重要组成元素，但对时尚内涵的讨论却不能局限在服饰的演变上。不同时代服装与饰品形式的演变不仅是在时间上线性展示不同时期人们装扮自身的手段，更包含了对个体风格的彰显。在近代新兴的资产阶级崛起后，时尚的外延和覆盖面都得到扩大，装饰物在符合人们打扮自我的要求后更赋予了个体追求自由的全新生活方式。而从"时尚"一词在不同国家的词源发展来看，它们都已突破早期单纯对装扮身体的诉求。法语和德语里"时尚"都与"现代"一词有着密切的联系，[2]从中也能体现出西方语境下"时尚"与"现代"这两个概念在深层内涵上的指涉。同一时期，"现代主义"的问题也开始在社会各个议题中引发诸多关注。经济上，资本主义生产方式的确立在提高生产效率的同时也彻底改变了传统的经济关联方式。思想上，人们从宗教的束缚中走出，肯定世俗价值，理性主义与启蒙运动的发展让个体意识觉醒。这些因素都共同推动了公民社会的成型以及科学技术方面的进步，并且最终形成了一个内涵丰富的"现代"社会。

当"现代主义"的概念逐渐在欧洲社会确立之后，随着经济规模的不断增长与发展，城市开始迅猛发展并形成了一批最早的大都市。人口的聚集、城市规模的扩大都为现代性观念的进一步传播创造了条件，也使得消费逐步走向工业化形态，为时尚产业的持续发展提供了必备的条件。都市文化的兴盛繁荣使得巴黎等大城市成为承载时尚工业发展的绝佳场所，也更加推动了时尚业的兴旺。19世

---

[1] 玛尼·弗格.时尚通史［M］.陈磊，译.北京：中信出版集团，2016：8.
[2] 法语中用la mode或la modernite来代指"时尚"，德语中则是mode或moderne，它们与"现代"一词在词源上都有相似之处。

纪之后，西欧社会的现代化大工业生产体系已经基本完成，具备现代性图景的社会氛围已然形成。由此，消费主义成为大都市里的一道奇景，琳琅满目的商品对城市居民产生了特殊的吸引力，并不断刺激着他们的感官，推动大众对时尚品的追求。

在现代性的背景之下，基于物质层面快速发展所带来的对传统神学的否定和世俗化进程的加快，使得历史进步的发展观成为社会普遍价值中更为人们接受的内容。人类通过工业革命积累了财富，并能够在未来取得技术上更多的进步，这种现代化线性式时间演进与社会历史始终处在进步中的基本观念，非常契合时尚对于新奇和变换特质的强调。因此，在社会各领域变动的直接影响下，时尚突破了宫廷上层社会的阶级属性，从而具有了更为广阔的文化内涵，原先为少部分群体所独享的时尚开始扩大传播面而逐渐影响普罗大众。由此，时尚的发展也进入了全新的阶段，一种具有大范围影响力的共同行为方式开始形成，这一特点在现代消费社会里表现得更为明显。

在现代化资本因素的作用下，工业生产与时尚消费俨然成为密不可分的整体，消费主义的飞速发展更是直接奠定了今日时尚活动的基本样貌。没有来自大众旺盛的消费需求，社会生产就无法进一步扩大，由此也没有办法继续推动时尚现象的扩散与传播。只有把生产环节与消费环节连接起来构成一个统一体，才能确立现代化的时尚工业体系。在此发展过程中，富裕起来的大众得以消化日益增多的时尚产品，而这种消费活动反过来也会促成更大规模的时尚生产，在工业化的背景下完成生产与消费的循环，在这种互动中推动时尚的发展。伴随着同时期社会的剧烈变化，各种广泛流传、能够引发人们积极仿效和推广的社会习俗都成为时尚的表现方式。特别是在消费主义高度成熟的现代社会，时尚已经"是一种包罗万象的过程、一种跨界现象，逐渐攻占越来越多的生活领域，因此也改造了整个社会——包括实体与文化、物质习惯与论述和影像。"①

在消费主义的不断扩张和时尚自身形态的演变中，现代的美学研究也悄然

---

① 娜达·凡·登·伯格，等.时尚的力量：经典设计的外延与内涵[M].韦晓强，吴凯琳，朱怡康，等，译.北京：科学出版社，2014：75.

改变，传统意义上康德式"无利害的美"面临着新的挑战。在既有的认知中，时尚与审美之间有着天然的界限，时尚产业追求销售利润和消费价值的最大化，这与审美超脱功利、注重深层精神内涵的特性格格不入。然而这一分野在现代社会变得模糊，时尚与审美间产生了全新的聚合关系。一方面，现代审美实践与先锋派艺术都吸收了时尚追求新奇、打破永恒的特点，在短暂的瞬时性中产生了诸多聚焦当下的新式艺术，不再受制于传统意义上对美的价值的追求。另一方面，19世纪末以来各种主张非理性的现代主义思潮促使理论家重新调整既有认知，改变从审美对象内部探索构成美的要素及美感意义的形式论路径，试图把审美的内容与形式问题统合起来，以此解释美学领域出现的新问题。基于现代美学研究的这一转向，学界认识到传统的审美研究模式过于重视形式而忽视了美所赖以生存的社会文化基础。为此，研究者开始从不同的理论向度建构新的审美认知方式，积极引入各类社会科学的最新成果，将跨学科视野内化其中，并以此完成审美研究的社会转向。

这种转向的实质就是强调人们在思考美学问题时必须要综合考虑影响美感表达的各种外部因素，改变传统观念中对于美学自律性的片面强调而加入对他律性的认识。在这一背景下，消费活动能够作为社会要素的一种具体展现方式而与理论性的审美问题发生联系，为时尚的可审美化创造了最基本的条件。此外，现代社会生产方式的改变和中产阶级规模的壮大也使时尚日益走向大众化。现代人对时尚的消费不单是为了炫耀某种地位或经济水平，物品本身所具有的美感和艺术特质反而得到了普通消费者更多的青睐。时尚自身所具备的审美特质以及美学研究在现代以来所发生的变化共同推动了时尚在当代的可审美化，这也为时尚问题进入美学研究的视野提供了条件。

时尚问题在当代的可审美化首先表现为时尚中的消费行为从过去对物质层面的消费转向对审美特质的消费，审美活动越来越紧密地和经济要素结合起来，资本、消费、商品已经作为构成审美的要素深深扎进具体的实践活动中。消费主义的不断扩张让整个社会的生产方式都发生了改变，资本因素成为推动社会进步的重要力量。就时尚而言，资本的流动助推了工业化时尚体系的建立，同时这一过程也为审美研究的变革提供了动力，促使审美关系随着社会关系的改变而不断发生着变化。这种变化使得经济、技术、文化以及个体情感结构之间的联系在新的规则中被重组，由此，人们通过消费活动不仅获得了马克思主义意义上的商品使用价值，还得到了被传统消费行为所长期忽视的来自精神层面的审美愉悦。其次，时尚的审美化还表现在感官层面上的审美鉴赏。这种通过感官获得的审美经验是全方位的，它既包括视觉上对大众的刺激，还包括诸如对音乐的听觉、香水的嗅觉等多样化美感方式，这些多重感觉的结合生成了一种全新的美感混合体。最后，时尚在当代延续了其不断发展变化的特征，通过款式的加速更新为大众不断提供新的流行产物，进而根据受众反馈不停制造出带有审美特质的新产品，借助个体感知将抽象的审美概念对象化为具体的时尚产物。

在消费主义的塑造和美学自身发展的影响下，现代的时尚问题已经超越了单纯对服饰层面的关注而融入人类生活的方方面面，同时这些生活方式也都成为可供审视和鉴赏的特殊化活态审美对象。在这种情况下，人们的感官刺激与审美愉悦都可以通过参与时尚活动来获得最大程度的满足。现代消费主义的运作下，从生产到消费的时尚全过程都可以被纳入审美活动的具体实践。当时尚成为一个美学问题后，时尚工业的生产和消费也超越了一般的经济层面而具有更加丰富的内涵。这样的变化启示当代的时尚制造者在追求销售利润的同时，也要看到审美要素在时尚流动体系中的重要性，努力挖掘商品的美感特质，主动关注并迎合大众的审美需求，在消费和再生产的循环中实现时尚的审美价值。

二、消费主义对时尚品味的塑造

消费主义在全球范围内的流行激发了大众对时尚物的购买欲，"时尚的功能根植于资本主义对无限扩张的需求，由此促进了消费的发展"[①]。同时，这种普遍化的公众消费行为又推动了某种时尚风格的进一步传播流行，反过来为制造新的

---

① M BARNARD. Fashion theory[M]. Abingdon, Oxon: Routledge, 2014: 130.

时尚提供动力。时尚与消费间的这种关系使得生产者不得不在制造环节积极吸收大众的意见，主动迎合公众潜在的消费需求，同时尽可能适应消费者个体的品味。从时尚的运行机制来看，受众对于时尚并非单向传播与接受，他们也会反过来参与时尚体系自身的变化和运转。比如，历史上某地在不同时期所流行的不同服装样式，引发了城市富裕阶层对这些穿衣风格的追逐，这一行为在推动服装款式推陈出新的同时也带来了该地区在成衣制造技术上的变革。由此可见，特定条件下时尚形态和消费行为的活跃间有着积极的关联作用。通过时尚产品的消费活动，生产者在获得大量利润的同时也参与了对消费者个体偏好的塑造，此外消费者变化的品味与挑剔的眼光也促使制造商在商品生产上采取更为灵活、快速的策略，以适应不断变化的市场与时尚体系。

"品味"（taste）的概念自诞生之初就与时尚有关。从词源学上看，这一词语最早指代人们对饮食的选择，后来又引申到贵族们在衣食住行上所要达到的精致状态。社会上层人士对特殊生活方式的追求通过差异化的品味创造出一种区隔大众的生活方式，"使得拥有越来越高雅的品位和建立一个复杂的有区别的体制成为可能"[1]。从这点来看，品味与时尚的发展有着天然的直接联系，因此也成为时尚研究中的重要概念。18世纪后，英国经验主义哲学家将品味和感性经验相联系，使得品味逐渐与爱好、兴趣等因素相关，并被用来指代"敏锐的辨识力或心智能力。通过敏锐的辨识力或心智能力我们可以准确区分好的、坏的或普通的"[2]。而到了以康德为代表的德国古典主义美学时期，品味作为一种审美鉴赏的判断力成为美学研究中一个重要的话题。品味因其自身的文化内涵勾连起时尚与审美两者，在当代社会的重塑下，实践中所形成的大众时尚品味与其背后体现出的审美价值间也都不断产生出全新的互动方式。

在时尚还没有走向大众化的时候，消费活动对大多数人而言首先是一种根据理性选择以满足基本日常生活所需为优先项的行为，因此人们在购买物品时力求

---

[1] 尤卡·格罗瑙.趣味社会学［M］.向建华，译.南京：南京大学出版社，2002：25.
[2] 雷蒙·威廉斯.关键词：文化与社会的词汇［M］.刘建基，译.北京：生活·读书·新知三联书店，2016：527.

达到的目标是以尽可能便宜的价格获取更好的质量以及尽可能更久的使用寿命。然而在时尚走出上层的小圈子开始面向更为广泛的受众群体之后，这一原则被打破。在消费主义高度繁荣的现代社会，为了满足时尚活动追求新奇的基本特质，人们的消费动因突破了基本生存需求进而转向对流动意义的追寻，时尚自身快速更替的流动性和追求当下的瞬时性让周期短暂的快消费成为个体消费形式的主流。在这种情况下，人们不再追求消费品的稳定耐用，短暂而强烈的感官刺激和流动意义成为大众新的青睐对象。时尚求新求异的特质加快了时间的流动性，由此导致消费者对时尚的品味诉求也在不断更新，变得很难固定下来。

时尚品味的这一流动性特点有其复杂的影响。从积极的意义上说，这种流动性为消费主义的发展提供了契机。传统意义上，时尚的品味受阶级因素影响，长期以来呈现为自上而下的模式，由贵族引领时尚潮流。然而在现代社会里消费资本的重新布置改变了品味的流动方式，人们在一个时期所形成的基于对某种审美特质的偏好构成了特定品味，进而转化成消费行为的直接驱动力。这些不断变化和流动的审美品味最终也都可以转化为生产者对流行时尚款式的进一步改造，并在未来不断获取新的利润。换言之，消费主义所塑造的品味刺激了大众对某些具有特定功能属性的时尚产品的需求，同时反过来这些需求又推动了生产者对相关物品的再生产，甚至通过对产品的升级进而实现二次获利。时尚品味的塑造便是建立在生产和消费之间的互动体系之上，通过消费建构出集体性的品味并让生产者借由品味的形成进一步推动生产的发展。

在美学维度的思考之下，品味与审美相关联，成为反映个体审美认知方式的重要概念，人们对于时尚物消费品味的不断改变也反映出某种集体性审美心理的变化。审美品味的变化使得大众在把握时尚自身的美感特质时产生了某种不稳定因素，但这种不稳定从审美研究的角度来看却有其正向意义。正如阿苏利所指出的那样，"审美品味具备相当大的延展性，它能够被改变，以创造或调节能够与可用商品的不断涌现相适应的审美意见的方向。"[①]因而，不管是普罗大众还是研

---

① 奥利维耶·阿苏利.审美资本主义：品味的工业化[M].黄琰,译.上海：华东师范大学出版社，2013：139.

究者都应当接受并允许这种品味的多变,甚至应该在一定程度上鼓励这种多变,这不仅因为它在推动"生产—消费"的循环上具有正向的价值,更因其在制造审美、塑造品味方面都有着积极的意义。

消费主义的影响使资本成为美学和艺术的另类生产者,通过经济循环的模式完成审美从积累、展示到接受的全过程。审美在资本的作用下调和了无功利性与消费实用性,在生产和对象化的实践中扮演着重要角色,"鼓励我们将客体带入存在中以及时尚世界。"[1]由此,消费主义影响下审美品味的变化也成了影响时尚样貌的重要因素,它借由时尚变更所带来的人们日常生活方式的变化重新塑造个体的情感结构。时尚的传播以及它对"生产—消费"全过程的介入深刻影响着人们的审美心理,进而形成了某种群体性的时尚品味。在这一过程中,品味的流动与时尚的自我更新相结合,并可能诞生出新的审美或艺术特质。

然而,品味的流动性所带来的并不全是积极意义,时尚品味的频繁变化在制造新的审美特质的同时,也导致对品味的塑造有面临空洞化的危险。尽管消费主义的迅猛发展制造出了琳琅满目的时尚品,能够不断满足大众的消费欲求并建构个体的时尚品味,但与此同时,消费主义营造出的对时尚的追逐往往并不是消费者的真实需求,来自感官欲望和心理层面的满足感压倒了实际所需。外在社会因素对人们消费行为的影响导致它所建构和塑造出的消费欲望掩盖了大众的真实需求,个体在其间混淆了"需求"和"欲求"之别,过分沉溺于对时尚消费品的物恋。这种情况下,时尚单纯变成了消费主义制造利润的工具,"被完全操控而并不反映市场的直接需求"。[2]由此,消费主义语境下审美主体所产生的审美经验有滑向"非真实"的危险,给品味的塑造带来了新的问题。

鲍德里亚指出,当代的时尚消费某种程度上已经完全沦为了对特定符号的消费。消费被视为是"沟通和交换的系统,是被持续发送、接收并重新创造的符号编码,是一种语言"[3]。在这种情况下,人们完全被符号化的时尚所控制,时尚的

---

[1] PETER MURPHY, EDUARDO DE LA FUENTE. Aesthetic capitalism[M]. Leiden, Boston: Brill, 2014: 50.
[2] T W ADORNO. Aesthetic theory[M]. Minneapolis: University of Minnesota Press, 2002: 316.
[3] 让·鲍德里亚.消费社会[M].刘成富,全志钢,译.南京:南京大学出版社,2014:77.

内涵变成了仿真与代码。同时,人们消费的对象也越来越空洞和符号化,其使用价值被弱化,它已不是马克思所指出的建立在使用价值上的对实物用途的消费而被"主要看作是对记号的消费"。① 在此情况下,现代文化工业体系威胁着审美的自主性,人们通过消费所逐渐确立起来的时尚品味也因此变得空洞化。这种个体审美品味的不稳定可能会消解时尚的本质内涵,掩盖其"革新"的一面,进而通过符号所建构起的意义彻底控制时尚消费行为,并借助媒介手段和消费机制让大众在无形中完全接受这种价值。"消费的过程,总是意义生产的过程。"② 受此影响,主体对审美品味感知的真实感将大打折扣,并可能在极端情况下进一步导致对审美对象的认识产生错位。

在消费社会里潜移默化的影响下,时尚从审美的角度塑造了品味的具体样态,并在此基础上建构了集体性的社会审美心理。同时,生产者可以主动根据消费者所反馈的品味变化制造出更加符合市场需求的产品,进一步推动时尚的发展。然而在此过程中,审美品味也面临着空洞化的危险,因此需要大众避免符号化消费对品味内涵的消解以及审美特质的损害。个体应该尽力克服品味频繁变动和符号式消费所带来的品味空洞化,从时尚求新求异、肯定个体价值的积极性意义入手重新思考其内涵。

三、"美的规律"与重塑个体身份认同

当代社会对时尚品味的塑造充满着各种可能,在这种流动的状态中,审美的形式与内容之间发生了脱离,时尚消费的符号化与时尚品味的空洞化都成为影响时尚审美特质完整表达的因素。为此,需要认真思考资本作为时尚要素的正反两方面作用,重新发掘时尚活动可能作为一种特殊审美对象的积极价值。基于这一点,马克思主义对资本异化的批判和对人类本质规律的探索就成为消费社会背景下认识时尚的重要参照系。审美主体可以借鉴马克思所强调的"美

---

① 费瑟斯通.消费文化与后现代主义[M].刘精明,译.南京:译林出版社,2000:124.
② 约翰·费斯克.理解大众文化[M].王晓珏,宋伟杰,译.北京:中央编译出版社,2001:43.

的规律",在日常生活中努力把握审美经验的完整性,以此完成审美内容与形式的统一。

马克思将审美视作人最本质的属性,并借由彰显"美的规律"确保文化艺术和社会生活的顺利运行,以此抵抗资本对人的异化,从"经济的人"走向"审美的人"。由此出发,对时尚品味的探索就不能只满足于聚焦感官层面上知觉所带来的愉悦,研究者更应该深入挖掘感官知觉背后所体现的基本美学要素,将当代的时尚问题与艺术、审美实践相联系,超越物质层面的认识而把精神层面的美学特质充分纳入对大众集体情感结构的塑造。另外,在此过程中还应该重点关注时尚在实现身份认同、塑造个体价值上的意义,在构建时尚品味的同时努力克服其流动性所可能导致的品味空洞化。

现代时尚研究的奠基者西美尔曾指出:"个体总是有意无意为自己创造某种举止、某种风格。通过它们的显现、自我有效性以及隐退的节奏,风格便被刻画为时尚。"[①]这样的论述启示人们,时尚在现代社会的发展中最突出的特征就在于积极意义上对自我价值的彰显,因而只有从主体入手回到对人的审美价值的挖掘上,才能最大化发挥时尚对品味的正向塑造功能,以此抵御消费主义对人们真实需求的吞噬和对审美鉴赏的负面影响,避免时尚品味的空洞化。

传统社会里的时尚犹如一只"看不见的手",通过上层阶级的引领强化了群体内部的同一性,将想要效法这种时尚风格的大众群体排除在外,他们在凸显了自身差异性的同时始终确立着对时尚前沿的把握。正如西美尔所说,在一个特定时期里总是只有群体的一少部分去引领时尚,剩下的大多数人则只能处在不断追赶的道路上,时尚无法保持永恒的状态而总在发生着变化。这种情况下的时尚既具有模仿的作用,也具有分化的作用。因此,"一方面,就其作为模仿而言,时尚满足了社会依赖的需要;它把个体引向大家共同的轨道上。另一方面,它也满足了差别需要、差异倾向、变化和自我凸显……"[②]

不过,随着现代时尚自身在体系化、工业化乃至大众化的转型,如今的时

---

① 西美尔.金钱、性别、现代生活风格[M].顾仁明,译.上海:华东师范大学出版社,2010:100.
② 西美尔.金钱、性别、现代生活风格[M].顾仁明,译.上海:华东师范大学出版社,2010:95.

尚已经不再是少数群体彰显身份的活动，它日益表现为更广泛群体的集体情感结构。现代社会中诞生的诸多时尚品牌顺应了个性解放的潮流，主动迎合新兴消费群体对时尚特质的新要求。这一时期的受众希望时尚消费在完成其对个体身份地位的象征功能之外，也能在精神层面体现出某种具有先锋性的思想共识，以此在现代主义的思潮中建构一种群体性的特征，彰显他们的文化个性，塑造其作为审美主体的集体认同。个体通过对时尚品牌的青睐形成特定的品味，而这种品味的聚合则将拥有类似偏好的人联系在一起，最终实现一种群体性的身份认同，借由时尚的求新求异完成对自我价值的表达。通过对特定时尚品的接受，人们在实践中将时尚体系置于消费社会的语境之下，并揭示出现代时尚运行机制中品味与身份认同之间的基本关联。"消费文化是一种实现消费者身份认同的物质文化"，①这一论述在指出物质性作为消费活动核心价值的同时也肯定了消费主义对个体身份塑造的意义，明确了品味影响下，时尚消费行为在身份认同上所发挥的重要作用。

时尚的阶层区隔感在当代已大为弱化，其大众性和民主性的一面则不断得到加强，这使得当代的时尚体验在对个性魅力和自我身份的追求上更多体现在精神和情感价值层面。正如雷蒙德·威廉斯将情感结构视为把握共同体经验的方式那样，时尚品味也将个体日常生活中的文化经验加以整合，通过身份认同表现出来。"在时尚空间里我们共同维持一种符号与意义的语言，它在不断地变化着，但也是在任何时候赋予我们的手势以原本含义所必需的背景。"②时尚蕴于人们的日常经验中，经由"生产—消费"的体系完成对主体身份的建构。如今，大众对于时尚的追求已经不再是简单的模仿和追随。在现代社会，消费主义越是发展，越要凸显追求自我风格的重要性，这种诉求与时尚求新求异的特性是一致的。求新一方面意味着追求与众不同、彰显自身的独特价值，另一方面它也激活了时尚内部所可能蕴含的反叛性力量。如风行于20世纪60—70年代的西方嬉皮士运动在看似玩世不恭的背后表达了青年对战争的反对和社会不公的抗议，也展示了他

---

① CELIA LURY. Consumer culture[M]. Cambridge: Polity Press, 2011: 9.
② 查尔斯·泰勒. 现代社会想象[M]. 林曼红，译. 南京：译林出版社，2014：144.

们在抵抗权力、表达个性方面的姿态。"时尚是一种在个体与集体制度间的互动中所生长出的文化现象。"[①]通过对身份认同的重新塑造，他们从另一个层面造就了别样的时尚样态。

年轻人已经成为当代时尚消费的主体人群，因为时尚一词所包含的"求新"内涵符合他们彰显自我的基本诉求。从这一角度出发，时尚的制造者必须抓住以年轻群体的行为驱动模式，构建属于这一消费人群的情感结构。为了实现这一目标，时尚需要借助媒介等手段完成个体偏好和群体品味的统一，以此达到对集体性审美认同的规约。本质上时尚的社会属性有趋同的一面，因而时尚消费中的个体能够在对同一物品的消费中完成对自我的重塑并与他人结成特殊的情感共同体，在时尚的运行中实现审美认同。此外，当时尚品具有美感特质之后，不同的审美主体也能够通过知觉层面上的感知获得共同的审美经验，进而建构起共同体的身份认同。只有这样从外部的社会意义和内部的审美属性进行双向把握，才能够认清时尚塑造个体审美认同的具体运行机制。

基于这一前提，生产者需要尽力调动年轻群体的消费欲，按照这些潜在消费对象的审美标准制造具有审美特质的各类产品。并且，"在那里加强对感性世界的塑造，使之按照年轻的标准而被构造。"[②]通过生产与消费的流动更替，时尚完成了自身的美学革新，在目标群体中构筑起一种特殊的审美认同，也让生产者实现了经济效益的最大化。反过来，实现主体审美认同的年轻消费者也乐于迎合这种趋势，并在认同中重新构筑自身的时尚品味。如前所述，这种品味并不是绝对稳定的，然而时尚的目标人群甚至在期待着品味的变化，并随着时尚的更替作出不同反应，与生产商共同完成对新型时尚样态的塑造。

时尚消费在对时尚物的销售中实现了消费群体对某些审美体验的获得，是一种满足主体感官愉悦的形式。通过这种方式，消费者完成了对特定时尚潮流形式

---

① R L BLASZCZYK. Producing fashion: commerce, culture and consumers[M]. Philadelphia: University of Pennsylvania Press, 2008: 10.
② 沃尔夫冈·弗里茨·豪格.商品美学批判：关注高科技资本主义社会的商品美学［M］.董璐，译.北京：北京大学出版社，2013：95.

的接受乃至再创造，并且在实践中构建了自身的审美认同。在消费社会里这一身份感的获得更为明显，"消费社会的贡献就在于其对于身份认同的一种反身性理解，在此范围内它为时尚个体的自我与政治认同都提供了诸多资源。"[1] 所以，时尚的身份认同不仅是个体的，它还可以扩大到更大的群体。在各国间联系日益加强，全球化势不可挡的今天，这一点表现得尤为明显。时尚跨全球性的传播扩散使得它可以在更大的范围内完成受众的审美认同，以一种塑造出来的带有普遍性的时尚品味影响并改造不同文化背景下的群体。时尚对个体审美认同的塑造既需要大众在消费习惯上主动迎合潮流，又需要一种能够在时尚生产和时尚消费之间有效转换的运行机制。

当代消费主义的背景下，时尚已经深入到社会各个群体之中，通过赋予时尚物特定的符号意义来吸引消费者购买，它在实现生产者利润目标的同时也完成消费者个体审美身份的重新塑造。"时尚性的风格可以为不同的社会阶层提供各种不同的形式，以至于时尚性的要素可以达到几乎各个阶层的消费者"，[2] 从而呈现出多姿多彩的时尚具体样态，让不同群体都能在实践中找到自己的身份认同。一方面，消费者需要认识到这种身份认同可能具有的空洞感，回到人的真正审美需求上去克服它，避免大众的审美认同走向单面化。另一方面，针对不同群体的情感结构，当代时尚界还应强调文化的多元共生，重视地方性审美经验，在将产品推向世界的过程中注意到不同社会文化习俗的差异，借助具有特殊性的集体情感结构完成当地消费者对本品牌的身份认同感。

同时，在当代的时尚消费中，大众还需要在对时尚物的接受中积极捕捉其潜在的美感经验，将之纳入对个体身份认同的建构中。在此过程里，审美主体应该积极立足于人的审美本质属性，把握马克思主义上的"美的规律"，在碎片化的审美经验中把握其内在联系，进而回归时尚引领社会风气、彰显个性价值的正向意义与最初本源。由此，时尚在跨文化传播中构建了既有流行风格烙印，又包含

---

[1] CELIA LURY. Consumer culture[M]. Cambridge: Polity Press, 2011: 199.
[2] YUNIYA KAWAMURA. Fashion-ology: an introduction to fashion studies[M]. Oxford, New York: Berg, 2005: 101.

民族情感的审美认同，完成时尚从阶级区隔到文化融合的功能转变，更好地展现对美感的追求。

结　语

时尚在现代的发展中完成了产业化与体系化，实现了生产与消费间的良性互动。同时，在现代审美研究发生转向后时尚也因其特殊的文化属性而作为一个美学问题进入理论界的视野，成为可以被审美化的对象。时尚有其独特的审美特质，产生吸引个体的美感价值，并使其在具体的消费活动中获得审美愉悦。同时，时尚也通过内部的运行机制重新塑造了大众的审美品味和身份认同，形成了独具特色的情感结构。品味和身份认同与审美的正向互动为时尚研究提供了一种从美学角度进入的可能，也为研究者重新审视消费社会中的审美问题提供了新的视角。

时尚对于社会发展以及个人价值的彰显都有着正面价值。从审美层面看，时尚品味塑造了社会中集体的审美心理，身份认同则重构了不同审美主体间的情感结构，它们都事关人的审美塑造与构建。因此，当代的时尚活动需要回到人的文化本源，结合"美的规律"，从人类的审美属性加以重新把握。在此过程中消费者需要主动参与到时尚审美的意义生产，实现审美品味的再塑造，完成对自我的审美认同，尽可能把握完整的审美经验，以此减小消费主义所带给时尚的负面效果，从更多元的社会维度考察蕴于时尚中的审美话题。

随着当代中国国力的增长，人们对于时尚消费的要求也在不断提高。这种情况下，正确认识消费主义语境下时尚与审美的关系也具有重要的现实意义。在实践中，应该发挥时尚求新求异的正向追求，培育大众良好的审美品味，实现时尚、审美、消费间的正向互动。时尚既是民族的，也是世界的，为了向时尚界发出中国的声音，各个环节的参与者都需要积极探索将民族性元素融入时尚设计的可能，并努力向世界传播带有中国元素的时尚品牌，在此基础上形成一种契合当代中国人的时尚品味和情感结构，建构符合大众审美心理的文化认同。

参考文献：

［1］奥利维耶·阿苏利.审美资本主义：品味的工业化［M］.黄琰，译.上海：华东师范大学出版社，2013.

［2］查尔斯·泰勒.现代社会想象［M］.林曼红，译.南京：译林出版社，2014.

［3］雷蒙·威廉斯.关键词：文化与社会的词汇［M］.刘建基，译.北京：生活·读书·新知三联书店，2016.

［4］玛尼·弗格.时尚通史［M］.陈磊，译.北京：中信出版集团，2016.

［5］迈克·费瑟斯通.消费文化与后现代主义［M］.刘精明，译.南京：译林出版社，2000.

［6］娜达·凡·登·伯格，等.时尚的力量：经典设计的外延与内涵［M］.韦晓强，吴凯琳，朱怡康，等，译.北京：科学出版社，2014.

［7］让·鲍德里亚.消费社会［M］.刘成富，全志钢，译.南京：南京大学出版社，2014.

［8］沃尔夫冈·弗里茨·豪格.商品美学批判：关注高科技资本主义社会的商品美学［M］.董璐，译.北京：北京大学出版社，2013.

［9］西美尔.金钱、性别、现代生活风格［M］.顾仁明，译.上海：华东师范大学出版社，2010.

［10］尤卡·格罗瑙.趣味社会学［M］.向建华，译.南京：南京大学出版社，2002.

［11］约翰·费斯克.理解大众文化［M］.王晓珏，宋伟杰，译.北京：中央编译出版社，2001.

［12］CELIA LURY. Consumer culture[M]. Cambridge: Polity Press, 2011.

［13］M BARNARD. Fashion theory[M]. Abingdon, Oxon: Routledge, 2014.

［14］PETER MURPHY, EDUARDO DE LA FUENTE. Aesthetic capitalism[M]. Leiden, Boston: Brill, 2014.

［15］R L BLASZCZYK. Producing fashion: commerce, culture and consumers[M]. Philadelphia: University of Pennsylvania Press, 2008.

［16］T W ADORNO. Aesthetic theory[M]. Minneapolis: University of Minnesota Press, 2002.

［17］YUNIYA KAWAMURA. Fashion-ology: an introduction to fashion studies[M]. Oxford, New York: Berg, 2005.

【本篇编辑：柴克东】

史料与阐释

张爱玲前期文学创作不同版本举隅

陈子善

摘　要：张爱玲前期文学创作的不同版本（1952年前），以初次发表和后来收入单行本的版本比勘，大致可分为四种不同的情况：① 作品初刊以后，在收入初版本时即有所删节；② 作品初刊以后，收入初版本和再版本时均未作修改，到了单行本定本时才有所取舍；③ 作品初刊以后，收入内地（大陆）版单行本时未作修改，后来出版香港版和台湾版时才作了改动；④ 作品初刊后，未编集，被发掘后重刊，由重刊方加以删节。作品初刊和收入单行本的版本差异，是深入研究张爱玲前期创作必须认真面对的一个问题。

关键词：张爱玲　初刊本　单行本　版本差异

作者简介：陈子善（1949—），男，教授，博士生导师，从事中国现代文学研究。

Examples of Various Versions of Zhang Ailing's Earlier Works

Chen Zishan

Abstract: The various versions of Zhang Ailing's earlier works (before 1952) can be roughly categorized into four different scenarios by comparing the first published version in newspapers and periodicals with the version that was later included in the single-volume edition: (1) After the work was first published, it was abridged at the time of inclusion in the first edition; (2) After the initial publication of the work, the text was included in the initial edition and the reissue without any modification, and it was only when the single-volume edition was finalized that it was different from the original version; (3) After the work was first published, it was included in the single-volume version of the China's mainland edition without any modification, and then changed when China's Hong Kong edition and China's Taiwan edition were published later; (4) After the first publication, the works were not compiled and were reprinted after being discovered and abridged by the republishers. The differences between the first publication and the version of the single-volume book are the problems that needs to be seriously addressed in the in-depth study of Zhang Ailing's earlier works.

Keywords: Zhang Ailing　first published version　single-volume edition　version differences

张爱玲是20世纪中国独树一帜的作家。她的正式的中文文学创作，在我看来，大致可分为前、中、晚三个时期。前期从她1940年8月在上海《西风》第48期发表散文《天才梦》开始，到1951年11月至次年1月在上海《亦报》连载中篇小说《小艾》结束。对这一时期张爱玲文学创作的研究，早已汗牛充栋。但是还有一个问题，即张爱玲前期文学创作不同版本的现象，似至今还未引起应有的关注。本文就对此略加探讨。

张爱玲前期文学创作的不同版本，以初次发表和后来收入单行本的版本比勘，大致可分为四种不同的情况，以下分别论述之。

一、作品初刊以后，在收入初版本时即有所删节，可以随笔《造人》为例

《造人》刊于1944年5月上海《天地》第7、8期合刊"春季特大号"。《天地》是当时也在上海文坛走红的女作家苏青主编的，张爱玲是《天地》的主要作者，《天地》从第2至第14期、第17至19期都刊有张爱玲的作品，而第7、8期合刊更一举刊出《童言无忌》和《造人》两篇，十分显眼。该期设有"谈天说地"和"生育问题特辑"两个专辑，《造人》正是"生育问题特辑"中之一篇，讨论妇女的节育问题。该辑作者还有苏青、柳雨生、周越然、予且、亢德、谭维翰、班公等当时海上文坛名家，各抒己见，甚至还有医师苏复的《节育的理论与方法》一文。

张爱玲这篇《造人》在《天地》发表后，于1944年12月收入她自己发行的散文集《流言》，由上海五洲书报社"总经售"。然而，把《流言》中的《造人》与《天地》初刊的《造人》相对照，就会发现《流言》版《造人》有了重要的修改，即删去了《天地》版《造人》结尾处完整的两大段，现把这两段文字照录如下：

非但应当采用节育的办法，而且遇必要的时候打胎；若在穷乡僻壤，科学的教化所不及的地方，生下孩子来放在水桶淹死他，也还是比较慈悲的，并非犯罪。

　　也许各种流行的节育法都不彻底，但是无论如何是相当有效的限制。也许由卫道之士看来，节育是诲淫的，它减少了私生子的可能性，给予不合法的性生活某种保障，因而间接地鼓励了婚姻之外的同居关系。避孕套是新发明，偷情可是古已有之的。为了这一点反对节育，难免因噎废食之讥。①

　　从此，在各种版本的张爱玲文集和全集中，《造人》末尾的这两段话都不再出现。张爱玲为什么要删去这两段话，当然见仁见智，但这两段话过于直白、尖锐和辛辣，或是原因之一。若要全面探讨张爱玲对节育的看法，这两段话还是大可参考的。

二、作品初刊以后，收入初版本和再版本时均未作修改，到了单行本定本时才有所取舍，可以短篇小说《封锁》为例

　　《封锁》是张爱玲登上20世纪40年代上海文坛的首批佳作之一，刊于1943年11月上海《天地》第2期。《封锁》的发表时间与脍炙人口的《金锁记》正好在同一个月，比另一篇也脍炙人口的《倾城之恋》晚了两个月，比张爱玲的小说处女作《沉香屑：第一炉香》也只晚了半年而已，可见当时张爱玲的小说创作正处于井喷期。而胡兰成也正是读了《封锁》，惊讶于这篇小说"非常洗练"，"精致如同一串珠链"，"简直是写一篇诗"②，才对作者刮目相看，顿生想去拜访的冲动。也许可以这样说，如果张爱玲不写《封锁》，后来的事会不会发生，恐是个未知数。

---

① 张爱玲.造人［J］.天地，1944（7-8）.
② 胡兰成.皂隶·清客与来者［J］.新东方，1944（3）.

《封锁》在《天地》第2期初刊时，末尾有如下两段话：

> 吕宗桢到家正赶上吃晚饭。他一面吃一面阅读他女儿的成绩报告单，刚寄来的。他还记得电车上那一回事，可是翠远的脸已经有点模糊——那是天生使人忘记的脸。他不记得她说了些什么，可是他自己的话记得很清楚——温柔地："你——几岁？"慷慨激昂地："我不能让你牺牲了你的前程！"
>
> 饭后，他接过热手巾，擦着脸，踱到卧室里来，扭开了电灯。一只乌壳虫从房这头爬到房那头，爬了一半，灯一开，它只得伏在地板的正中，一动也不动。在装死么？在思想着么？整天爬来爬去，很少有思想的时间罢？然而思想毕竟是痛苦的。宗桢捻灭了电灯，手按在机括上，手心汗潮了，混身一滴滴沁出汗来，象小虫子痒痒的在爬。他又开了灯，乌壳虫不见了，爬回窠里去了。①

《封锁》的故事是写在上海战时因交通封锁而停驶的电车上，中年银行职员吕宗桢向萍水相逢的未婚女教员翠远调情，翠远也有点心动。但不久电车开动了，一切又恢复了常态。这两段文字就是写吕宗桢回家以后对此事的回味和惆怅心态。

1944年8月，张爱玲把已经发表的中短篇小说结集成《传奇》一书，由上海杂志社初版，列为《传奇》最后一篇的《封锁》末尾，这两段文字保留着。一个月之后，《传奇》由杂志社再版，这两段文字仍然保留着。这就再清楚不过地说明，张爱玲把《封锁》收书之初，自己是认可这两段文字的。如果不见到《传奇》初版本和再版本原书并加以比对，这个重要的细节就不会被发现，而如果认为，张爱玲在《封锁》收书之初就删去了这两段文字，那就更与史实不符了。

然而，到了1946年11月，《传奇》增订本由上海山河图书公司初版时，这两段文字却被删去了。《传奇》增订本得以顺利问世，是当时上海报人唐大郎和

---

① 张爱玲.封锁[J].天地，1943（2）.

出版家龚之方出的大力，这两位"张迷"不可能去改动张爱玲小说的一字一句，这个删节，无疑是出自张爱玲本人的手笔。从此以后，张爱玲小说集的各种版本，包括1954年7月香港天风出版社初版《张爱玲短篇小说集》、1968年11月台湾皇冠出版社初版《张爱玲短篇小说集》等在内，直至台湾版和大陆版的《张爱玲全集》，这两段文字统统都消失了。删去这两段文字后的新的《封锁》，也就成了《封锁》的定本。

当然，作者有删改自己作品的自由。但《封锁》最初收入《传奇》初版本和再版本时，这两段文字并未被删，这个重要的中间环节也决不能忽视，如果继续保留这两段文字，也不是不可以吧。但到《传奇》增订本问世时，也许张爱玲最终还是认为这两段文字有点画蛇添足，删去之后，《封锁》戛然而止，反而更具冲击力？这是值得张爱玲的读者和研究者进一步思考的。

三、作品初刊以后，收入内地（大陆）版单行本时未作修改，后来出版香港版和台湾版时才作了改动，可以短篇小说《等》为例

《等》是张爱玲前期文学创作中最短的一篇短篇小说，刊于1944年12月上海《杂志》第14卷第3期。小说写在战时上海的一个推拿诊所里几位排队等推拿的太太小姐的聊天，奚太太对庞小姐说起丈夫去了"内地"，而她却留在了上海，于是发了一大通牢骚：

> "本来是一道去的呀，在香港，忽然一个电报来叫他到内地去，因为是坐飞机，让他先去了我慢慢的再来，想不到后来就不好走了。本来男人的事情就靠不住，而且现在你不知道，"她从网袋里伸出手指，抓住一张新闻报，激烈地沙沙打着沙发，小声道："蒋先生下了命令，叫他们讨呀？——叫他们讨呀！因为战争的缘故，中国的人口损失太多，要奖励生育，格咾下了命令，太太不在身边两年，就可以重新讨，现在也不叫姨太太了，叫二夫人！都为了公务人员身边没有人照应，怕他们

办事不专心——要他们讨呀！"①

接下来，奚太太再次对大生丈夫家气的童太太抱怨：

"你也不要生气，跟他们住开；图个眼不见。童太太你不知道现在的时势坏不过，里边蒋先生因为打仗，中国人民死得太多的缘故唔，下了一条命令，讨了小的也不叫姨太太叫二夫人——叫他们讨呀！"②

上海山河图书公司初版《传奇》增订本时首次收入了《等》，《等》中的这两段话也原封不动地保留着。然而，到了1954年7月，香港天风出版社初版《张爱玲短篇小说集》时，《等》中的这两段话有了重要修改。这两段中两次写的"蒋先生"都删去了，分别改为"上面下了命令"和"里边因为打仗"。这两处删改，是张爱玲本人所为还是天风出版社编辑所为，已不可考。到了1968年7月，台湾皇冠出版社初版《张爱玲小说集》时，所收的《等》中延续了这一改动，直至后来的台湾版和大陆版的《张爱玲全集》③也都是如此。因此，虽然只是"蒋先生"这个人名的删节，但奚太太讲这两段话时的特定历史语境被改动了，这次改动并非无关紧要，也是显而易见的。

四、作品初刊后，未编集，被发掘后重刊，由重刊方加以删节，可以中篇小说《小艾》为例

张爱玲的中篇小说《小艾》是她离开内地前发表的最后一部作品，连载于1951年11月4日至次年1月24日的上海《亦报》，共81节，未编集。1986年《小艾》被发现，重刊于1987年香港《明报月刊》1月号，提前于1986年12

---

① 张爱玲.等[J].杂志，1944（12）.
② 张爱玲.等[J].杂志，1944（12）.
③ 张爱玲.等[M]//张爱玲全集02：红玫瑰与白玫瑰.北京：十月文艺出版社，2019：140-145.

月27日刊出。同时，台湾《联合报》副刊也于1986年12月27日开始连载，至1987年1月18日连载毕。同年5月，台湾皇冠出版社初版张爱玲小说散文集《余韵》，《小艾》首次编入，为《余韵》的最后一篇，并被誉为《余韵》中"最重要的""中篇小说"。

  值得注意的是，《明报月刊》刊登时限于篇幅，《小艾》的节数有所压缩，但内容基本不变。《联合报》副刊本和《余韵》本均改为70节，署名"皇冠出版社编辑部"实为宋淇执笔的《余韵》之《代序》中说对《小艾》的重刊，"作者表示尽量保持原来的形式和节数，以呈现当时连载的原貌"。然而，无论《联合报》副刊本还是《余韵》本，《小艾》初刊本中的第81节，即小说的最后两段，都被删除了，现照录如下：

  到了医院里，时间已经很晚了，住院的医生特地把妇科主任找了来，妇科主任是一个程医生，一面给她施急救，一面询问得病的经过，问得非常仔细。说病情相当严重，但是可以用不着开刀，先给她把血止住了，然后施手术，要是经过良好，于手术后歇一两天就可以出院。

  小艾起初只是觉得那程医生人真好，三等病房那两个看护也特别好，后来才发现那原来是个普遍的现象。她出院以后，天天去打营养针，不由得感到医院里的空气真是和从前不同了，现在是真的为人民服务了。[①]

而删除这一节之后的《联合报》副刊本和《余韵》本的结尾是这样的：

  小艾咬着牙轻声道："我真恨死了席家他们，我这病都是他们害我的，这些年了，我这条命还送在他们手里。"金槐道："不会的，不会让你死的，不会的。"他说话的声音很低，可是好像从心里叫嚷出来。[②]

[①] 张爱玲.小艾[N].亦报，1952-01-24（3）.
[②] 张爱玲.小艾[M]//张爱玲全集03：怨女.北京：十月文艺出版社，2019：86.

虽然张爱玲1987年2月19日致宋淇信中表示，"我非常不喜欢《小艾》"①，此信中关于《小艾》的一段话已被宋淇引录于《余韵》之《代序》，但这是她见到《小艾》重刊之后的表态，《小艾》在《联合报》副刊重刊时删去第81节这两段，应是编辑所为，收入单行本《余韵》时才得到张爱玲的认可。《小艾》删节本的结尾和初刊本的结尾之不同，开放式的结局和大团圆的结局之不同，为理解张爱玲写作《小艾》时和《小艾》重刊后的不同心境，提供了新的阐释空间。

除此之外，张爱玲前期创作中唯一的长篇小说《十八春》（1951年11月上海亦报社初版），被她后来大幅改写成《半生缘》，早已为张爱玲研究界所熟知，本文就不再讨论了。

张爱玲前期创作作品初刊和收入单行本的版本差异，以上只是粗略的归纳，初步的梳理，肯定远远不止这些，还有待进一步仔细比勘，以期引起张爱玲研究界的重视。因为我以为，这是深入研究张爱玲前期创作必须认真面对的一个问题。

参考文献：

［１］张爱玲.传奇［J］.上海杂志社，1944.
［２］张爱玲.传奇：增订本［M］.上海：山河图书公司，1946.
［３］张爱玲.等［M］//张爱玲全集02：红玫瑰与白玫瑰.北京：十月文艺出版社，2019.
［４］张爱玲.封锁［M］//张爱玲全集01：倾城之恋.北京：十月文艺出版社，2019.
［５］张爱玲.流言［M］.上海：中国科学公司，1944.
［６］张爱玲，宋淇，宋邝文美.书不尽言：张爱玲往来书信集Ⅱ［M］.台北：皇冠文化出版公司，2020.
［７］张爱玲.小艾［M］//张爱玲全集03：怨女.北京：十月文艺出版社，2019.
［８］张爱玲.余韵［M］.台北：皇冠出版社，1987.
［９］张爱玲.造人［M］//张爱玲全集06：流言.北京：十月文艺出版社，2019.
［10］张爱玲短篇小说集［M］.香港：天风出版社，1954.
［11］张爱玲小说集［M］.台北：皇冠出版社，1968.

【本篇编辑：龙其林】

---

① 张爱玲，宋淇，宋邝文美.书不尽言：张爱玲往来书信集Ⅱ［M］.台北：皇冠文化出版公司，2020：288.

谁更可能翻译了《天鹅儿》?
——兼论鲁迅、周作人与《女子世界》之关系

乔丽华

摘 要：原发表于《女子世界》第 16、17 期合刊的译作《天鹅儿》，周作人回忆可能是他所译。本文将《天鹅儿》译文与李丹、方宁所译雨果的《悲惨世界》进行比对，并对周作人早年日记进行查证，认为这篇译作与鲁迅有明显关联，极有可能是鲁迅和周作人共同翻译的。由此也重新审视鲁迅与《女子世界》的关系，指出在弃医从文之前周氏兄弟可能已经开始了文学翻译上的合作。

关键词：鲁迅　周作人　《天鹅儿》《悲惨世界》

作者简介：乔丽华（1969—），女，文学博士，上海鲁迅纪念馆研究馆员、研究室主任，中国博物馆协会文学博物馆专业委员会常务委员。主要从事鲁迅及现代文学研究。

Who is More Likely to Have Translated *The Lark*?
— Discussion on the Relationship between Lu Xun, Zhou Zuoren and *The Women's World*

Qiao Lihua

Abstract: The translated version of "The Lark" originally published in the 16th and 17th issues of "Women's World" may have been translated by Zhou Zuoren based on his recollection. This article compares the translation of "The Lark" with Hugo's "Les Misérables" translated by Li Dan and Fang Ning, and verifies Zhou Zuoren's early diary. It is believed that this translation is clearly related to Lu Xun, and even if it was not translated by Lu Xun himself, it should belong to the joint translation of Lu Xun and Zhou Zuoren. This also re-examines the relationship between Lu Xun and "The Women's World", pointing out that the Zhou brothers may have already begun cooperation in literary translation before Lu Xun abandoned medicine and turned to literature.

Keywords: Lu Xun Zhou Zuoren *The Lark* *Les Misérables*

一、关于《天鹨儿》的译者

20世纪60年代初，陈梦熊就有关鲁迅佚文考释中的一些疑问写信给周作人，周作人的回信有11封，解答了关于鲁迅早年发表作品的一些问题，是很值得重视的史料。他在回信中确认了发表在《浙江潮》第3期的《哀尘》、发表在《女子世界》上的《造人术》两篇系鲁迅所译，同时他否定了发表在《女子世界》上的《天鹨儿》系鲁迅所译，认为可能是他自己翻译的。因此这篇译作现在被收入《周作人译文全集》第11卷①。

《天鹨儿》原发表于《女子世界》第16、17期合刊（1906年7月上旬出版），这期"小说"栏目刊登了两篇翻译小说，另一篇就是《造人术》，署名"索子"。《天鹨儿》署"译者……黑石"，但未署原著者，根据内容可知译自雨果《悲惨世界》，主要讲述芳汀出于无奈，将珂赛特交给无良的旅店老板一家寄养，珂赛特自此饱受虐待。

关于《天鹨儿》，周作人有三封信谈及，主要内容如下：

> 承示《造人术》，确系鲁迅所译，由我转给《女子世界》者，其曰初我者，即是编者丁初我氏。【……】其时鲁迅在弘文学院已经毕业，计当已进仙台医学校矣。《天鹨儿》文笔亦佳，虽颇近似，然不记得有此译作转去，且同一期上意不应用两个署名，至原作者则似当同是嚣俄（即雨果）也。（1962年8月23日致陈梦熊）
>
> 前承抄示之小说《天鹨儿》，觉得十分面善，因为也是讲芳梯的，当是雨果作品之一，日来细细考虑，却终于记不起鲁迅曾经（译）翻译此篇的事。或者可能是我译的。因文中注有英文天鹨（中国称百灵或

---

① 周作人, 止庵.周作人译文全集：第11卷[M].上海：上海人民出版社，2012：652-658.

叫天子），而日文极少引用原文的，当是从英译嚣俄选集中取材者，当时译笔则模仿冷血体，其黑石的笔名可能是偶尔采用。此于先生搜集鲁迅之佚作的工作别无什么用处，但因此想起旧事也觉得很有兴趣也。（1962年8月29日致陈梦熊）

  黑石可能是我的别号，如另外还有论文之类的东西，那就可以肯定是我的而不（是）鲁迅的作品了。（1962年9月6日致陈梦熊）①

细读这三封信，对于谁翻译了这篇小说，信里其实说得很含糊，要么"记不起"，要么是推测，并没有提供令人信服的证据。尽管周作人关于鲁迅及他本人早年文学活动的叙述是最值得参考的第一手资料，但有些回忆作为孤证，研究者有必要对其进一步求证。以下拟从《天鹅儿》这篇译作本身入手，结合鲁迅早期译作的特征，对这篇小说的翻译者重新加以推敲。同时对于周氏兄弟与《女子世界》的关系，本文认为也有必要在周作人回忆言说的基础上做更全面的体认。

二、《天鹅儿》译文之考察

  根据李丹、方宁所译《悲惨世界》（以下简称"李译"），可知《天鹅儿》翻译的是第一部"芳汀"之第四卷"寄托有时便是断送"，包括三章节：一是"一个母亲遇见另一个母亲"，二是"两副贼脸的初描"，三是"百灵鸟"，文末附有"译者曰"。将这部分与《天鹅儿》译文比对，可知首先《天鹅儿》并非全译，而是多处做了删节处理。

  《天鹅儿》对原作第一、二个章节做了大量删节。"一个母亲遇见另一个母亲"这章节中有多处删节未译出，主要是以下几段议论说明文字：

  一个客店门前停辆榻车或小车原是件最平常的事。但在一八一八

---

① 陈梦熊,等.终研集[M].上海：上海文艺出版社,2012：247-250.

年春季的一天傍晚，在那滑铁卢中士客寓门前停着的那辆阻塞街道的大车（不如说一辆车子的残骸），却足以吸引过路画家的注意。

　　车轮、轮边、轮心、轮轴和辕木上面都被沿路的泥坑涂上了一层黄污泥浆，【……】荷马一定会用它来缚住波吕菲摩斯，莎士沈亚用来缚住凯列班。

　　为什么那辆重型货车的前都会停在那街心呢？首先，为了阻塞道路；其次，为了让它锈完。在旧社会组织中，就有许许多多这类机构，也同样明目张胆地堵在路上，并没有其他存在的理由。

　　我们以后不会再有机会谈到斐利克斯·多罗米埃先生了。【……】一个一贯寻芳猎艳的登徒子。

　　最凶猛的禽兽，见人家抚摸它的幼雏也会驯服起来的。

　　这位德纳第妈妈是个赤发、多肉、呼吸滞塞的妇人，是个典型的装妖作怪的母老虎。【……】一个人的一起一坐竟会牵涉到许多人的命运。

　　珂赛特应当是欧福拉吉。【……】我们认得一个人的祖母，她居然把泰奥多尔变成了格农。①

删去的这几处文字，大多属于作者的即兴议论或对人物进行说明，并不影响小说情节的发展，相反，删去后对情节推进来说可能更顺畅。例如删去的第三处，主要是对读者交代多米埃尔先生后来的情况，在一部长篇小说中是必要的，对于节选的这个短篇来说则并非必要。

　　第二章"两副贼脸的初描"揭露旅店老板夫妇的丑恶面目，系大段的议论说明，《天鹅儿》全部未译。不清楚是译者删去的，还是所据译本已经删去。如果是《天鹅儿》作者所删，至少说明译者对这部分内容已经通读，了解删去亦不会影响情节发展。但很大可能是所据译本已经删去。这就要考察当时究竟根据哪个译本翻译的。

---

① 雨果.悲惨世界［M］.李丹，方于，译.北京：人民文学出版社，1992：150-155.

关于早年翻译雨果的事，周作人1922年曾撰文回忆："那时苏子谷在上海报上译登《惨世界》，梁任公又在《新小说》上常讲起'嚣俄'，我就成了嚣俄的崇拜者，苦心孤诣的搜求他的著作，好容易设法凑了十六块钱买到一部八册的美国版的嚣俄选集。这是不曾见过的一部大书，但是因为太多太长了，却也就不能多看，只有《死囚的末日》和Claude Gueux这两篇时常拿来翻阅。"①有必要指出的是，周作人的文章里有时把鲁迅和自己的事情合在一起，实际上省钱买这八册英文版雨果选集的是鲁迅，周作人20世纪50年代的回忆里曾提及：

> 甲辰（一九〇四）年三月中的记有至大行宫日本邮局取小包事，云书共十一册，《生理学粹》《利俾瑟战血余腥录》《月界旅行》《旧学》等皆佳，又《浙江潮》《新小说》等数册，灯下煮茗读之。这些都是中文书，有些英文书则无可考，只记得有一册《天方夜谈》，八大册的《嚣俄选集》，日本编印的英文小丛书，其中有亚伦坡的《黄金虫》，即为《玉虫缘》的底本，《侠女奴》则取自《天方夜谈》里的。大概因为《新小说》里登过照片，那时对于嚣俄（现译为雨果）十分崇拜，鲁迅于癸卯夏回乡时还写信给伍习之，托他在东京买新出的日译《怀旧》寄来，那也是嚣俄的一部中篇小说。（《鲁迅在东京（三四）》，1951年6月11日刊《亦报》）②

> 这部英译的小说选集系美国出版，大册八厚本，每册只卖美金一圆，不算很贵，但在那时留学生每月共总只有学费日金三十三圆，要拿出十六圆来买这一部书，实在很不容易，有一回大概是得了一宗"外快"，给游历官当通事，或者是《月界旅行》得了稿费也未可知，终于买了来了。（《旧日记中的鲁迅（二五）》，1953年12月）③

---

① 周作人.学校生活的一叶［M］//周作人，钟叔河.周作人散文全集：第2卷.桂林：广西师范大学出版社，2009：825-826.
② 周作人，止庵.周作人译文全集：第11卷［M］.上海：上海人民出版社，2012：572.
③ 周作人，止庵.周作人译文全集：第12卷［M］.上海：上海人民出版社，2012：498.

周作人多次回忆自己翻译《玉虫缘》《侠女奴》，以及翻译Claude Gueux（雨果著《克洛德·格》）的往事，但对于节译雨果《悲惨世界》中这一篇却毫无记忆，令人不可解。当然，鲁迅后来也未提到过翻译雨果著作的事。值得注意的是第一章旅店老板娘哼唱的一首歌的翻译，《天鹭儿》采用了楚辞的调子来翻译。李译如下：

母亲，一面荡着她的两个孩子，一面用一种不准确的音调哼着一首当时流行的情歌：

必须如此，一个战士……

她的歌声和她对那两个女儿的注意，使她听不见、也看不见街上发生的事。

正当她开始唱那首情歌的第一节，就已有人走近她身边，她忽然听见有人在她耳边说：

"大嫂，您的两个小宝宝真可爱。"

对美丽温柔的伊默琴说，母亲

那母亲唱着情歌来表示回答，随又转过头来。①

【……】

"我叫德纳第妈妈，"两个女孩的母亲说，"这客店是我们开的。"

随后，又回到她的情歌，合着牙哼起来：

必须这样，我是骑士，

我正要到巴勒斯坦去。②

《天鹭儿》的译文如下：

其母怡然弄儿，口中以不协音之调，微吟曰：

---

① 雨果.悲惨世界［M］.李丹，方于，译.北京：人民文学出版社，1992：151.
② 雨果.悲惨世界［M］.李丹，方于，译.北京：人民文学出版社，1992：154.

是必如是兮古勇士之所云，歆彼意摩琴兮美丽而轻盈。①

【……】

旅舍主人言次，续吟曰：

是必如是兮予上古之名侯，行将去兮为伯尔斯汀之游。②

《天鹅儿》中对这首情歌的翻译，虽然只有两句，却不能不令人联想到鲁迅留日时期的翻译风格。我们知道鲁迅喜欢楚辞，且留日时期喜以楚辞风格翻译小说中的诗歌，如1903年发表在《浙江潮》上的《斯巴达之魂》，他用楚辞笔调翻译了斯巴达军队的一首战歌："战哉！此战场伟大而庄严兮，尔何为遗尔友而生还兮？尔生还兮蒙大耻，尔母答尔兮死则止！"③ 1906年他跟周作人合译《红星佚史》，其中16节诗歌都是鲁迅以楚辞笔调翻译而成的。又如《域外小说集》中显克微支的《灯台守》，其中的诗句也是鲁迅用楚辞笔调翻译的。因此，《天鹅儿》中这首情歌的翻译，很可能出自鲁迅之手。

此外部分词语的翻译值得注意，特别是女主人公"芳梯"的译名，这是属于鲁迅独有的译名。1903年鲁迅发表于《浙江潮》的《哀尘》中就译为"芳梯"。查同时期并无同样的译名法。苏曼殊、陈独秀合译的《惨世界》，其中女性的译名已经本土化，如"宝姑娘""孔美丽"，而且这两位与原著中的芳汀没有任何关系。《时报》刊登过冷血（即陈景韩）翻译的《哀史》之一节《逸犯》，光绪三十三年（1907年）七月八日至七月廿七日发表，署名"冷"，为《悲惨世界》章节选译，主要讲述蒙都市长麦多（今译冉阿让）被警察总长指为多年前重罪逃逸的凶犯金钵儿。其实麦多是真正的金钵儿。麦多内心经过激烈的斗争和路上的百般波折，终于下定了决心出庭认罪。这篇小说发表于1907年，且并未涉及芳汀的故事。④

---

① 黑石.天鹅儿［J］.女子世界，1906（16-17）.（小说第2页第7-8行）
② 黑石.天鹅儿［J］.女子世界，1906（16-17）.（小说第5页第3-4行）
③ 鲁迅全集：第7卷［M］.北京：人民文学出版社，2005：15.
④ 参见梁艳.曲笔针砭时弊：陈景韩译哀史之一节《逸犯》动机考［C］//王志松.文化移植与方法：东亚的训读·翻案·翻译，桂林：广西师范大学出版社，2013：183-197.

从这个译名，基本可以认为这篇译作与鲁迅有关。周作人在看到这篇译作后，因为"芳梯"这个译名，以及行文也有些"眼熟"，所以尽管不记得鲁迅和他本人早年翻译过这篇小说，却认定这篇小说的翻译者必出自他们兄弟二人之手，而非其他译者。

小说第2页第1—4行描写两个孩子的外表，译笔具有很强的文学性，有些词语在鲁迅的作品中也曾出现过，如"衣饰都丽"，在《哀尘》中有"瞥见一少年衣裳丽都"的句子；"两靥有笑涡"，小说《伤逝》中有"于是就看见带着笑涡的苍白的圆脸"……当然这些词非鲁迅专有。值得注意的是小说第2页第1、2行的译文："雏发如沐，一作栗色，一紫色。"紫色头发很少见，李译为棕色，也有译为棕褐色。无论从英文还是日文，都不应该有这样的译法，似是误译，但也许是译者有意为之。鲁迅《野草》中《过客》一篇，开头描述女孩"约十岁，紫发，乌眼珠，白地黑方格长衫"。有研究者发现鲁迅小说中有多处把"紫"这种颜色用于人体描写，①不知这里译成"紫色"是否也体现了鲁迅特别的色彩感？

此外，译文开头部分有个别词语的用法似受日语的影响。小说第1页第5行云："是滑铁庐之军曹。"军曹，这个词在汉语中虽古已有之，但近代以来系日本独有的对中士级别士官的称呼。另外，小说第1页第4行云："盖为一战场之写真。"这里"写真"虽然是绘画而不是照片的意思，但这个词在近代日语中更为常用。又第1页第6行云："此种车专用于多森之地。"同样，"多森"也更像是日语的用法。

第三章"百灵鸟"这部分可以说是较为忠实的翻译，没有大段的删节，译文也相对平实。小说第11页最后一行是："邻里小儿辄呼之曰：天鹨儿。Lark"。周作人正是根据这个英文注解，推断这篇小说非鲁迅翻译，而是他本人从英译本翻译过来的，"因文中注有英文天鹨（中国称百灵或叫天子），而日文极少引用原文的"。②在这篇译作中，除了lark这个英文单词，还有一个地名直接用英文而没有

---

① 西海枝裕美.浅谈鲁迅小说中的紫色形象：围绕着《过客》中的女孩的形象问题［J］.上海鲁迅研究，2003（1）.
② 陈梦熊，等.终研集［M］.上海：上海文艺出版社，2012：249.

翻译过来，小说第4页第6行、第9页第6行两处M. sur M这个地名都是用英文直接写出，李译为"滨海蒙特勒伊"，可知M. sur M系法语Montreuil-sur-Mer的缩写，应该是因为缩写未能查出，所以直接用英文。查这篇小说其他地名的翻译，多数符合音译，除巴黎、滑铁庐（今写作"滑铁卢"）这些地名外，其他如"莽芬米尔"（Montfermeil，李译"孟费郿"）、"抱兰格之巷"（Le boulanger，李译"面包师巷"），都采用音译，而且相当准确，说明翻译时应该是依据了英译本的。

然而，这并不能认定非鲁迅所译。在《哀尘》中也涉及一些地名，如"辣斐的街""泰波的街""霞骇街"，郑克鲁译为"拉斐特街""泰布街""百沙街"[1]，"亚耳惹利亚"今译作阿尔及利亚。可以看出，除百沙街，鲁迅对地名的翻译也是比较符合音译的，可能从日文本翻译时同时也参考了英文译本。有必要指出的是，鲁迅后来虽然学德语，但他并不是完全不懂英语。在《说鈤》一文中就有英文注解："又得一新原质曰鈤（Radium），符号为Ra。（按旧译Germanium曰鈤。然其音义于Radium尤惬，故篡取之，而Germanium则别立新名可耳。）"[2]在他与顾琅合译的《中国地质略论》中，第二、第三部分出现大量英文专有名词，这部分可能主要系顾琅所译，但鲁迅作为合译者不可能对这些内容完全不了解。鲁迅虽不精通英语，但查阅专有名词的能力应该是不缺乏的。

文末的"译者曰"很简短，仅三句话：

> 译者曰，此巴黎之秘密。
> 又曰，此中国之常事。
> 媳也，妾也，孤儿也，婢也，多矣。使记者生此世，吾思得无忙煞，忙煞！

跟《哀尘》一样，《天鹨儿》译文后也有"译者曰"，这应该也是受当时日本翻译界的影响。这篇"译者曰"十分简短，主要感慨妇女的不幸，应该也是为

---

[1] 郑克鲁.雨果随笔：见闻录[M].上海：上海三联书店，1991：42-47.
[2] 鲁迅全集：第7卷[M].北京：人民文学出版社，2005：22.

了符合《女子世界》的基调。通常认为，周作人对女性问题有较多思考，形成这样一种看法，一方面因为后来周作人写了不少思考妇女问题的文章，同时也跟他早年在《女子世界》发表作品有关。然而，鲁迅早年是否有这方面的感慨和思考？五四以后鲁迅关于妇女问题的杂文和小说，其所达到的深度难道不是说明妇女问题也是他一贯关心的问题？鲁迅家族中有许多妇女是相当不幸的，例如在兄弟失和后鲁迅写的几篇小说，《祝福》中的祥林嫂、《孤独者》中一辈子寂寞的祖母等，都倾注了他对故乡妇女的深深同情。特别值得注意的是，《在酒楼上》描写了对婚事感到不满郁郁而死的顺姑，"我"曾想送她一朵剪绒花。这对"我"来说是一个多少有些浪漫的举动，这一情节不能不令人联想到鲁迅小舅父的女儿琴姑，琴姑比鲁迅小两岁，死于1904年。如果他们是青梅竹马，琴姑的死对留日时期的鲁迅无疑是一种很深的刺激，无疑也会促使他更多关注妇女问题。

综上，本文认为，这篇译作有可能由鲁迅翻译了第一个章节，周作人翻译了第三个章节，或鲁迅在周作人译文的基础上重点对第一章节做了修改和润饰。女主人公"芳梯"的译名，以及旅店老板娘哼唱的一首歌的翻译采用了楚辞的调子，这两点是明显有着鲁迅印记的。而周作人提出《天鹅儿》可能是他本人所译的一些理由，则不能作为确切的证据。《天鹅儿》的译文，前半部分（对应李译"一　一个母亲遇见另一个母亲"），译笔具有较强的文学性，对一首歌的翻译、"棕发"译成"紫色"等，体现了与鲁迅较强的关联；后半部分（对应李译"三百灵鸟"），译笔较为平实，较少删改，更忠实于原作，更可能出自周作人的译笔。因此，这篇译作极有可能由鲁迅和周作人共同翻译。

三、重审周氏兄弟与《女子世界》之关系

周作人认为这篇译作不可能由鲁迅所译，还有一个原因，就是《女子世界》的稿子都是由他转去的，他不记得寄过这样一篇稿子。关于早年投稿《女子世界》一事，现在周作人书写的《墨痕小识》手稿中有如下记载：

> 甲辰　假名萍云投文《女子世界》，译《一千一夜》中 Ali Baba 为
> 《侠女奴》，又美国坡（Poe）The Golden Bug 为《玉虫缘》予之。
> 丙午　住鱼雷堂，作《孤儿记》，后半录 Hugo：Clande Gueux 为
> 之，售诸《小说林》，得洋廿元。夏，往东京。①

《墨痕小识》未在周作人生前发表过，这里要指出的是，其中的许多翻译工作其实是鲁迅和周作人合作完成的。至少我们知道，在1906年秋周作人赴日本后，兄弟二人开启了共同译介外国文学的翻译模式。②而在1923年兄弟失和之前，周作人关于早年的陈述往往包含了他和鲁迅二人的工作业绩和经历。

1922年发表的《学校生活的一叶》，应该是周作人最早公开提及早年翻译经历的一篇，其中提到向《女子世界》投稿事：

> 我在印度读本以外所看见的新书，第一种是从日本得来的一本《天方夜谈》，这是伦敦纽恩士公司发行三先令半的插画本，其中有亚拉廷拿着神灯，和亚利巴巴的女奴拿了短刀跳舞的图，我还约略记得。（中略）《天方夜谈》里的《亚利巴巴与四十个强盗》是世界上有名的故事，我看了觉得很有趣味，陆续把它译了出来，——当然是用古文而且带着许多误译与删节。当时我一个同班的朋友陈君定阅苏州出版的《女子世界》，我就把译文寄到那里去，题上一个"萍云"的女子名字，不久居然登出，而且后来又印成单行本，书名是《侠女奴》。这回既

---

① 周作人，钟叔河.周作人散文全集：第2卷［M］.桂林：广西师范大学出版社，2009：203.此篇原署"甲寅六月起孟记"。甲寅六月是1914年7—8月，但文中记事至1919年12月27日作讲演稿《新文学的要求》。
② 笔者在以下多篇论文中就"兄弟"合译的情况做过考察。周氏兄弟与商务印书馆"说部丛书"：兼论兄弟合译与鲁迅的"隐身"［J］.上海鲁迅研究，2022（3）."听将令"的独应：再议鲁迅与《天义》之关系.上海鲁迅研究［J］，2023（2）.从《一文钱》的三个版本看章太炎对鲁迅的影响［J］.鲁迅研究月刊，2023（1）."独应"系周氏兄弟共同笔名考论［J］.杭州师范大学学报（社会科学版），2023（6）.《寂漠》译文中的鲁迅印记：鲁迅对爱伦坡的接受再考察［J］.中国比较文学，2024（2）.

然成功，我便高兴起来，又将美国亚伦坡（E. Allen Poe）的小说《黄金虫》译出，改名《山羊图》，再寄给《女子世界》社的丁君。他答应由"小说林"出版，并且将书名换作《玉虫缘》。至于译者的名字则为"碧罗女士"！这大约都是一九零四年的事情。（1922年12月1日《晨报副镌》）①

此外，周作人在《旧日记抄》（1936年3月30日作，收入《风雨谈》）②、《丁初我·随笔外篇（一二一）》（1951年3月3日刊《亦报》）③、《鲁迅在东京（三四）》（1951年6月11日刊《亦报》）④、《知堂回想录》（四一、五二，1961年作）⑤等文中先后提及此事，说法与1922年的追述基本一致，且有他1905年的日记作为有力证据，也因此研究者认为发表在《女子世界》上署名"萍云""碧罗女士""病云"的作品均出自周作人之手。但这其中是有一些疑问的，有必要做一些考察。笔者遂整理周氏兄弟发表于《女子世界》的作品，包括小说林社所出版著作（见表1）。⑥

表1 周氏兄弟在《女子世界》发表作品一览表

篇　目	期　号	时　间	署　名
偶作（两首）	第5期	1904年5月15日	会稽女士吴萍云
说死生	第5期	1904年5月15日	会稽十八龄女子吴萍云
论不宜以花字为女子之代名词	第5期	1904年5月15日	吴萍云

---

① 周作人，钟叔河.周作人散文全集：第2卷［M］.桂林：广西师范大学出版社，2009：825.
② 周作人，钟叔河.周作人散文全集：第7卷［M］.桂林：广西师范大学出版社，2009：158-170.
③ 周作人，钟叔河.周作人散文全集：第11卷［M］.桂林：广西师范大学出版社，2009：448.
④ 周作人，钟叔河.周作人散文全集：第11卷［M］.桂林：广西师范大学出版社，2009：572.
⑤ 周作人，钟叔河.周作人散文全集：第13卷［M］.桂林：广西师范大学出版社，2009年：256.292.
⑥ 本表中作品发表时间参考了谢仁敏.《女子世界》出版时间考辨：兼及周氏兄弟早期部分作品的出版时间［J］.鲁迅研究月刊，2013（1）.

续 表

篇 目	期 号	时 间	署 名
侠女奴	第8期、第9期、第11期、第12期	1904年8月11日、9月10日、1905年3月下旬、1905年5月中旬	萍云女士
题《侠女奴》原本	第12期	1905年5月中旬	会稽碧罗女士
好花枝	第13期（第2年第1期）	1905年7月中旬	萍云
女猎人	第13期（第2年第1期）	1905年7月中旬	会稽萍云女士假造
荒矶	第14、15期（第2年第2、第3期）	1905年9月上旬、1906年1月中旬	会稽萍云译述
《荒矶》译记	第15期（第2年第3期）	1906年1月	会稽萍云
造人术	第16、17期合刊（第2年第4、5期合刊）	1906年7月上旬	索子译，萍云跋语
女祸传	第16、17期合刊（第2年第4、5期合刊）	1906年7月上旬	病云
天鹨儿	第16、17期合刊（第2年第4、5期合刊）	1906年7月上旬	黑石
玉虫缘	小说林总编译所编辑，日本翔鸾社印	乙巳五月初版（1905年）	会稽碧罗女士，常熟初我润辞
孤儿记	小说林社《小本小说》第一辑第一册	1906年6月出版	会稽平云撰

周作人回忆中称："当时我一个同班的朋友陈君定阅苏州出版的《女子世界》，我就把译文寄到那里去，题上一个'萍云'的女子名字，不久居然登出，而且后来又印成单行本，书名是《侠女奴》。"① 然而从表1可知，这位最初署名"吴萍云"的作者，早在1904年5月《女子世界》第5期就发表了三篇诗文，而《侠女奴》早在第8期（1904年8月）即开始连载。这应该是周作人初次发表作

---

① 周作人，钟叔河.周作人散文全集：第2卷［M］.桂林：广西师范大学出版社，2009：825.

品，不知为何这么重要的事，其1904年的日记里未见记载，他自己也忘得干干净净？

在此有必要对现存周作人日记的情况做一说明。周作人的早期日记，从农历戊戌年一月（1898年）开始记录，至癸卯四月三十日（1898年至1903年5月26日），除有时中断，基本上是逐日记载，但1903年5月以后进行了"改革"，他在日记里有这样的记载："予自丁酉创日记，于今七年，得书十册，唯事率琐屑不足道，且日日书之，无论有事与否，必勉强作，甚苦之。四月以后遂弃去，定为记事例，不日日作矣。此十帙可覆酱瓿聊存之。 七十五癸卯五月望 越人萍云书"。①此后1904年日记进行了改良，变成了"纪事体"，但也仅存7、8两个月。1905年则仅存四个月的日记。1936年周作人在《旧日记抄》中抄录了第十三册日记中的一些记载，他自述"第十三册记甲辰十二月至乙巳三月间事，题曰《秋草园日记甲》"，即公历1905年1月6日至5月3日的日记，《侠女奴》和《玉虫缘》及《女猎人》的翻译就在这段时期。但这册日记，周作人是做过删削的，在这篇文章中他自陈"此册只寥寥七纸，中间又多有裁截处，盖关于政治或妇女问题有违碍语，后来复阅时所删削，故内容益微少"②。《鲁迅研究资料》第13辑刊登的《周作人日记 一九〇五年》，整理者标注出了裁掉的几处。

甲辰岁十二月【公历1905年1月6日至2月3日】的日记裁掉以下几处：

初一日 堂中冬季小考第一日考，因昨日考操 初毕，改于明日举行考试。

是日，为余入世二十周年之纪念日【整理者注：手稿中，此处以后至初二日前的内容被裁掉。】。

二十日 风雨竟日，夜雪【手稿中此处后至廿三日前的内容被裁掉。】。

---

① 北京鲁迅博物馆研究室.鲁迅研究资料：第12辑［M］.天津：天津人民出版社，1983：133.
② 周作人,钟叔河.周作人散文全集：第7卷［M］.桂林：广西师范大学出版社，2009：158-170.

廿四日　至下关一游，买靴墨一匣，洋一角。世有轮回，吾愿吾慰，今生不得志，可待来生，来生又可待来生，如掷五琼（骰也），屡么必一六，而今已矣。偶尔为人，忽焉而生，忽焉而死，成败利钝，一而不再，始图再厉，其可得乎？然此持悲观之言，尚未身历日暮途穷之境者也。彼惊弓之鸟，又更当何如？破甑覆水，自达人视之，旷必也，然不可令伤心人见之。吾观吾国女界，婚制不良，每有一误而不可复挽者。人生几何？百年一眴，乃偏于悲惨世界断送一生，较吾辈之感慨，更何如耶？落花返枝，如此庄严世界，吾惟于梦中或见之耳【整理者注：手稿中此处后至廿六日前的内容被裁掉。】。①

乙巳年正月至三月底【1905年2月4日至5月3日】的日记裁掉以下几处：

【正月】初二日　上午至城南访封燮臣、周小孚并罗子余弟，游夫子庙一周。红【整理者注：手稿中此处后至十四日前的内容被裁掉。】

【二月】二十五日　堂中卒业大考，江督来，不进馆。上午独坐，点《起信论》竟。下午偕雾青、采卿、润州、东生、蔚文五君至清凉山扫叶楼一游。该处系明遗民龚半千先生之别墅。既，又至汉西门东生家一坐即出。回堂已晚，劳劳竟半日，未少歇，步行廿余里【整理者注：手稿中此段后被裁掉一条。】。②

如上，1905年的日记，现仅存甲辰年十二月、乙巳年正月至三月（公历1905年1月6日至5月3日）四个月的日记，其中有五处，十多天的日记被裁掉。在这一册结尾处周作人有这样的说明："右四阅月之日记，以体例未尽善，拟另改正，故去之，使自成一帙。四月以后之事，另具别册。　春去日　顽石书于

---

① 北京鲁迅博物馆研究室.鲁迅研究资料：第13辑［M］.天津：天津人民出版社，1984：28，30.
② 北京鲁迅博物馆研究室.鲁迅研究资料：第13辑［M］.天津：天津人民出版社，1984：31，33.

白门寄舍。"① 从这段说明看周作人在南京时对他1904、1905年的日记做了删削处理。既然是重新编排处理过的日记，其可靠性难免打了折扣，亦不能排除这段说明是后来加上去的可能。

可以确定的是，1936年之前周作人的日记就删削过，至于删削的原因可能如他所言，但是否也与兄弟失和有关就无法印证了。对于初次发表文章这么重要的事，在日记中却没有记载，似乎不符合周作人早年的日记风格。而由于周作人日记的不完整性，也就不能排除另一种可能性：最早在《女子世界》上以"吴萍云"之名发表的两篇诗作和两篇议论文章，也可能与鲁迅有关；因这些作品由在国内的周作人转寄投稿，所以就被忘记或不再提及。当然这只是猜测，但从行文上看并非没有这种可能，《偶作》两首诗显然受蒋观云诗歌的影响，另外两篇文章都是议论文，所阐述的思想观点也与鲁迅的主张基本吻合。

当然这里也有一个疑问，周作人这篇《学校生活的一叶》发表于1922年底，鲁迅为何没有指正？1934年杨霁云编《集外集》时，鲁迅曾提及早年发表文章之事：

> 我的不收在集子里的文章，大约不多，其中有些是遗漏的，有些是故意删掉的，因为自己觉得无甚可取。《浙江潮》中所用笔名，连自己也忘记了，只记得所作的东西，一篇是《说𨱚》（后来译为雷锭），一篇是《斯巴达之魂》（？）；还有《地底旅行》，也为我所译，虽说译，其实乃是改作，笔名是"索子"，或"索士"，但也许没有完。
>
> 【……】现在都说我的第一篇小说是《狂人日记》，其实我的最初排了活字的东西，是一篇文言的短篇小说〔7〕，登在《小说林》（？）上。那时恐怕还是革命之前，题目和笔名，都忘记了，内容是讲私塾里的事情的，后有恽铁樵〔8〕的批语，还得了几本小说，算是奖品。那时还有一本《月界旅行》，也是我所编译，以三十元出售，改了别人的

---

① 北京鲁迅博物馆研究室.鲁迅研究资料：第13辑[M].天津：天津人民出版社，1984：35.

名字了。又曾译过世界史〔9〕，每千字五角，至今不知道曾否出版。①

【……】

登了我的第一篇小说之处，恐怕不是《小说月报》，倘恽铁樵未曾办过《小说林》，则批评的老师，也许是包天笑之类。这一个社，曾出过一本《侠女奴》(《天方夜谈》中之一段) 及《黄金虫》(A. Poe作)，其实是周作人所译，那时他在南京水师学堂做学生，我那一篇也由他寄去的，时候盖在宣统初。现商务印书馆的书，没有《侠女奴》，则这社大半该是小说林社了。②

根据鲁迅提供的线索，杨霁云找到了鲁迅发表的文言小说《怀旧》：

用"周逴"笔名的一篇小说已看到。中亦述塾师事，或即豫才先生前所称刊于《小说林》上之一篇亦未可知。惟他坚称小说刊于曾出《侠女奴》《黄金虫》书社中之刊物中，上二书固为《小说林》社所出版者，为郑重计，终当一查全部《小说林》杂志。③

【……】

周先生最初的小说，一定有一篇在《小说林》中，《小说林》一共只出十二期，查查是很容易的。钱先生和 先生如不相识， 先生可托黎烈文先生去转借，他们是相识的。借几本书大概总不至于会不肯的吧！④

鲁迅误记了《怀旧》发表的刊物，但他对小说林杂志社显然有很深的印象，因此杨霁云认为鲁迅肯定有一篇小说曾经发表在《小说林》。鲁迅所说的《小说

---

① 1934年5月6日鲁迅致杨霁云[M]//鲁迅全集：第13卷.北京：人民文学出版社，2005：92.
② 1934年5月22日鲁迅致杨霁云信[M]//鲁迅全集：第13卷.北京：人民文学出版社，2005：113.
③ 1937年4月9日杨霁云致许广平信[M]//鲁迅研究资料：第13辑.天津：天津人民出版社，1984：12.
④ 1937年4月29日杨霁云致许广平信[M]//鲁迅研究资料：第13辑.天津：天津人民出版社，1984：13.

林》，应该是小说林社出版的《女子世界》，在这上面鲁迅至少发表过一篇《造人术》。《天鹅儿》与《造人术》发表在同一期，1906年春鲁迅从仙台医专退学后曾回国，应该正是这期间，他在国内时将这篇译作跟《造人术》一起投给《女子世界》，这种可能性也是有的。

另外，周作人在给陈梦熊的信里说，"黑石可能是我的别号，如另外还有论文之类的东西，那就可以肯定是我的而不（是）鲁迅的作品了"（1962年9月6日致陈梦熊）①。查《女子世界》各期，没有找到署名"黑石"的文章。"黑石"这个笔名可能来自《百喻经》之"煮黑石蜜浆喻"一则，大意是说一个愚人在熬的黑石蜜浆里加了一些水，放到火上，并用扇子使劲地扇，希望黑石蜜浆很快冷却下来。这个故事比喻不灭掉自身欲望之火而希望靠外力加水扇风是没有用处的。我们知道鲁迅回国后曾捐资刊刻过《百喻经》，鲁迅撰写了校后记："乙卯七月二十日，以日本翻刻高丽宝永己丑年本校一过。异字悉出于上，多有谬误，不可尽据也。"②以鲁迅对《百喻经》的了解，以"黑石"为笔名也是可能的。此外周作人信中还提到《天鹅儿》的译笔"模仿冷血体"，而他当时也模仿"冷血体"，但我们知道鲁迅早年翻译也模仿过"冷血体"，如1903年所译《哀尘》就是模仿冷血体。故以此是无法否定鲁迅与这篇译作的关系的。

由《天鹅儿》译作的归属，也让我们重新思考鲁迅早期的文学活动以及兄弟合译起始的时间：在1903年的《浙江潮》与1906年后的《民报》《河南》之间，是否还存在向《女子世界》投稿这样一个阶段？署名"病云"的《女祸论》等文章，是否有可能是他与周作人合作完成的？尽管1904年10月他写给蒋抑卮的信感叹"而今而后，只能修死学问，不能旁及矣"③，但为什么终于还是退学回到东京？除了幻灯片事件等带来的刺激，是否因为1904至1906年在仙台学医期间，他终究还是无法"修死学问"，相反，把不少时间精力"旁及"于跟周作人一起从事文学翻译，最终听从了文学的召唤而放弃了医学，作出弃医从文的重大抉择？

---

① 陈梦熊，等.终研集［M］.上海：上海文艺出版社，2012：247-250.
② 鲁迅全集：第10卷［M］.北京：人民文学出版社，2005：49.
③ 鲁迅.鲁迅致蒋抑卮信［M］//鲁迅全集：第11卷.北京：人民文学出版社，2005：330.

参考文献：

［1］北京鲁迅博物馆研究室.鲁迅研究资料：第13辑［M］.天津：天津人民出版社，1984.
［2］北京鲁迅博物馆研究室.鲁迅研究资料：第12辑［M］.天津：天津人民出版社，1983.
［3］陈梦熊，等.终研集［M］.上海：上海文艺出版社，2012.
［4］鲁迅全集：第7卷［M］.北京：人民文学出版社，2005.
［5］王志松.文化移植与方法：东亚的训读·翻案·翻译［C］.桂林：广西师范大学出版社，2013.
［6］雨果.悲惨世界［M］.李丹，方于，译.北京：人民文学出版社，1992.
［7］郑克鲁.雨果随笔：见闻录［M］.上海：上海三联书店，1991.
［8］周作人，钟叔河.周作人散文全集：第2卷［M］.桂林：广西师范大学出版社，2009.
［9］周作人，止庵.周作人译文全集［M］.上海：上海人民出版社，2012.

【本篇编辑：夏　伟】

历史现场

共和国教育视域下的中国当代文学[①]

李宗刚

摘 要：中华人民共和国教育与中国当代文学有着密切的关系。共和国教育在总体上规范和制约了整个中国当代文学的发展方向和基本形态，并促进了中国当代文学的发生和发展。从共和国教育视域来透视其对中国当代文学的发生和发展的作用，主要体现在三个方面：共和国教育决定了中国当代文学发展的基本走向，形塑了其基本形态。共和国教育孕育了中国当代作家的文化心理结构，规范了文学创作的方向。共和国教育培育了中国当代文学接受主体的文化心理结构，也潜在地影响了中国当代文学的发展方向。当然，在某些特定的历史时期，共和国教育对中国当代文学的发生和发展既起了积极的作用，又可能出现某些偏差，对此复杂关系我们要辩证对待。

关键词：共和国教育　中国当代文学　文学教育

作者简介：李宗刚（1963—），男，山东师范大学教授、博士生导师，主要从事中国现当代文学研究。

Contemporary Chinese Literature from the Perspective of Education in the People's Republic of China

Li Zonggang

Abstract: There is a close relationship between education in the People's Republic of China and contemporary Chinese literature. Education in the People's Republic of China in

---

[①] 本文系作者主持研究的国家社科基金课题"共和国教育与中国当代文学"（项目编号：17BZW021）的阶段性成果。

general standardizes and constrains the direction of development and basic form of the entire contemporary Chinese literature as a whole, and promotes the occurrence and development of contemporary Chinese literature. Fundamentally, the role of education in the People's Republic of China in the occurrence and development of contemporary Chinese literature is mainly reflected in three aspects: education in the People's Republic of China determines the basic direction of the development of contemporary Chinese literature and shapes the basic form of its externalized. Education in the People's Republic of China nurtures the cultural and psychological structure of contemporary Chinese writers and standardizes the direction of their literary creation. Education in the People's Republic of China cultivates the cultural and psychological structure of the readers of contemporary Chinese literature, which has a potential influence on the direction of its development. Of course, in some specific historical periods, education in the People's Republic of China has played a positive role in the occurrence and development of contemporary Chinese literature, and some deviations may still occur. We have to treat this complex relationship dialectically.

Keywords: education in the People's Republic of China　contemporary Chinese literature　literary education

中华人民共和国教育（以下简称"共和国教育"）与中国当代文学有着密切的关系。共和国教育在总体上规范和制约了整个中国当代文学的发展方向和基本形态，并促进了中国当代文学的发生和发展。当然，在某些特定的历史时期，共和国教育对中国当代文学的发生和发展既起了积极的作用，又可能出现某些偏差。对这样一个非常重要的学术问题，学术界还没有进行深入探讨。本文拟从共和国教育视域来透视其对中国当代文学的发生和发展的三大根本性作用，以发现中国当代文学发生和发展的内在规律，从而为这一话题的深入探讨起抛砖引玉的作用。

一、共和国教育决定了中国当代文学发展的基本走向，形塑了其基本形态

随着中华人民共和国的建立，新的人民政权由此建立起来的教育体制和文学秩序便获得了重构的机缘，这从根本上重构了作家及其作品在社会中的次序。有些作家及其作品曾经被选入民国时期的教材，但随着新的教育体制的建立，有些

作品不只不再适合新社会的需要，甚至还背离了新社会的基本要求。这种重新排序，使中国当代文学的第一代作家在新的政治体系中拥有了较高的话语权，其中具有代表性的作家便是叶圣陶。① 作为中国当代文学第一代作家，叶圣陶尽管已经不再从事文学创作，但因其担任教育部副部长和人民教育出版社社长和总编辑等要职，对中国当代文学的影响反而更加深刻——这便是叶圣陶通过教育部这一带有主导性的国家机构直接影响当代教育的发展。至于他所参与编写的教材，则更深刻地影响了文学教育的整体面貌。

中华人民共和国的成立标志着新生的人民政权终于在中国共产党的领导下建立起来，中国历史由此揭开了新的一页。中国共产党领导的中国革命彻底改变了中国既有的政治版图，中国社会由此进入一个社会秩序重构时期和"翻天覆地"的历史巨变期。随之，中央人民政府建立了新生的人民政权，掌管着教育权力的政务院（即国务院）下属的教育部也在共和国的体系中建立起来。由此说来，共和国教育较之民国教育的最大区别就在于，共和国教育是在中国共产党领导下的教育，而民国教育则是在国民党政府主导下的教育，二者的指导思想和教育内容是截然不同的。随着共和国教育的确立，新的教育范式逐渐建构起来。共和国教育作为政治的一种表现形式，体现着国家意志和政党宗旨，不仅对文学产生深刻的影响，而且还从根本上决定了中国当代文学发展的基本面貌。固然，中国当代文学发展是在多种因素的共同作用下形成的，包括政治、经济、文化、历史、现实等因素。但从根本上而言，共和国教育的影响是最为显性的要素，也是关键的要素。

政治对文学的作用大都通过教育等方式来实现，教育在某种程度上承担了中介的作用，这种情形在中国现代文学发生和发展过程中有着清晰的表现。毕竟，作家在从事文学创作时所遵循的基本原则已经内化于心，并不是由外在力量

---

① 1949年后，叶圣陶先后出任教育部副部长、人民教育出版社社长和总编辑、全国文联委员会委员、中国作家协会顾问、中央文史研究馆馆长、中华人民共和国全国政协副主席，第一、二、三、四、五届全国人民代表大会常务委员会委员，中国民主促进会中央主席。1983年当选为第六届全国政协副主席，是第一至四届全国人大代表、第五届全国人大常委会委员、第一届全国政协委员、第五届全国政协常委。

强加上去的。早在中国当代文学发生之前,也就是中国共产党领导的左翼文艺运动时期,具有人民性的左翼文艺运动便在反抗国民党反动文艺政策的实践中得以展开。客观地讲,这个世界上从来没有脱离政治的文学,因为政治作为主导社会一切的意识形态,不可能放任文学"为所欲为"。文学创作尽管是以个体形式展开的,但这一个体形式深受政治的规范和制约。文学本身便与政治有着密切的关系,毕竟,文学无论书写现实,还是书写历史,都自然会与当时的政治发生联系,文学是不可能脱离政治而独立存在的。实际上,有些作家从事文学创作时还特别注重"文学干预生活",像20世纪50年代王蒙等人创作的《组织部新来的青年人》等文学作品便是如此。文学和政治的这种密切关系说明了这样一个基本现实:文学本身就是政治的组成部分,是被建构起来的政治系统,在这个被建构起来的政治系统中,政治在自我表现的过程中便隐含着强烈的意识形态属性。因此,我们要考察中国当代文学的发生,便需要追溯中国共产党领导的左翼文艺运动,尤其是在延安时期所领导的人民大众的文艺运动。在延安时期乃至中国共产党成立后的左翼文化运动时期,中国共产党作为一个新型的政党,已经深刻地影响了中国现代文学的发展方向。随着中国共产党的发展壮大,特别是随着革命根据地的发展壮大,中国共产党已经在区域内获得了独立自主地制定文学发展的方针和引领文学发展方向的能力,其中的代表性成果便是毛泽东在延安文艺座谈会上所作的重要讲话。毛泽东在这一讲话中提出了"文艺为工农兵服务"的方向,这一新的文艺发展方针,使文学成为中国革命在军事斗争之外的又一条重要战线,并对革命的胜利起了积极作用。

毛泽东《在延安文艺座谈会上的讲话》能够对作家的文学创作产生如此深刻的影响,恰是通过"会议""培训班"等多种教育形式完成的。正因如此,毛泽东《在延安文艺座谈会上的讲话》从根本上确立了新的文艺方针政策和发展路径。一些在解放区的现代作家在这一文艺思想的导引下参加了文艺整风运动,并由此开始重构自己的文学观,创作出一批切合毛泽东文艺讲话精神的文学作品。丁玲作为这一历史的参与者,曾经创作出《莎菲女士的日记》这样极力张扬个性解放的文学作品,但在参加了整风运动和延安文艺座谈会之后,其思想开始转变，创作出了《太阳照在桑干河上》这样反映农村历史性变化的长篇小说。周立波在参加东北农村的土地改革后创作出了《暴风骤雨》这样旨在反映革命年代土地改革运动的现实主义长篇小说，在中华人民共和国成立之后，他又创作出《山乡巨变》①这一旨在反映社会主义建设年代农村建设的现实主义长篇小说。这两部小说在其题材上尽管存在较大的差异性，但从其所描写的对象来看，则具有内在的一致性，表明这些接受了革命教育，尤其是中华人民共和国教育之后的作家，其创作出来的长篇小说与那些没有参与过中国革命和建设的作家及其作品相比，正在发生巨变。

1949年前后，"文艺为工农兵服务"这一文艺政策得到了进一步的推广和实践。在这一时期，值得关注的是袁静、孔厥合著的《新儿女英雄传》。它于1949年5月在《人民日报》连载，此时，中华人民共和国还没有成立。但这部小说对中国当代文学的影响却是巨大的，甚至在某种程度上奠定了后来中国当代文学的基本样式，尤其是"十七年文学"这一基本范式。对此，郭沫若在为《新儿女英雄传》写的序中特别指出："应该多谢毛主席在延安文艺座谈会上的指示，给予了文艺界一把宏大的火把，照明了创作的前途。在这一照明之下，解放区的作家们已经有了不少的成功作品。本书的作者也是忠实于毛主席的指示而获得了成功的。"②那么，郭沫若所说的成功标志在哪里呢？这便是从读者接受的角度所作的阐释，即"读者从这儿可以得到很大的鼓励，来改造自己或推进自己"③。郭沫若之所以对这部作品给予较高的评价，关键是因为这部作品可以鼓舞人民，这对中国共产党而言是极为重要的，这也是《新儿女英雄传》在第一次中华全国文学艺术工作者代表大会（以下简称"全国第一次文代会"）得到表彰的重要根据。

1949年7月，在北平召开的全国第一次文代会徐徐拉开了中国当代文学的帷幕。全国第一次文代会进一步明确了建构中国当代文学的思想原则和指导方针，这便是要以毛泽东《在延安文艺座谈会上的讲话》（以下简称《讲话》）作为以

---

① 《山乡巨变》于1958年1月开始在《人民文学》连载，当年6月连载完毕。
② 郭沫若.序［M］//袁静，孔厥.新儿女英雄传.北京：人民文学出版社，1956：1.
③ 郭沫若.序［M］//袁静，孔厥.新儿女英雄传.北京：人民文学出版社，1956：1.

后文艺的思想原则和指导方针。对此，周扬指出，"毛主席的《在延安文艺座谈会上的讲话》规定了新中国的文艺的方向"，便从根本上确立了中国当代文学的发展的方向，要求"新的人民的文艺"要把"民族的、阶级的斗争与劳动生产作为作品中压倒一切的主题"，并在文学作品中塑造出"人民中的各种英雄模范人物"，"语言要做到相当大众化的程度"，"和自己民族的，特别是民间的文艺传统保持密切的血肉关系"。[①]周扬的这一理论阐释，从主题、人物形象、语言等方面确立了中国当代文学发生之后要遵循的基本原则和发展方向。

共和国教育在不同的历史时期有着不同的侧重点，其所承载的思想也有所发展和变化。1949—1976年，共和国教育特别重视政治教育的作用，其教材所选择的范文大都具有鲜明的政治色彩，尤其注重革命英雄主义精神的张扬。如中小学语文课本所选择的反映中国革命不同时期英雄人物革命事迹的范文，便承载了革命教育的使命，这对培养学生的英雄主义精神具有直接的建构作用。与此相对应，这一时期的中国当代文学的整体面貌则表现为对中国革命和中国社会主义建设阶段英雄人物的塑造和英雄主义精神的弘扬。

随着中华人民共和国的成立，中国革命不仅成为共和国教育的重要内容，而且也成为文学叙述的重要内容。二者互为表里、相辅相成，共同构成了这一时期教育和文学的主旋律。从教育来看，这一时期的历史教科书、政治教科书直接承载了中国革命的内容，直接形塑了学生的历史观和政治观。中国共产党认同的思想获得了主导地位，中国革命和中国建设的内容成为教科书的主要内容，教科书的内容及思想便在"革故鼎新"中获得了重写的机缘。这样一来，中华人民共和国成立之后那批接受教育的学生在其文化心理建构的关键期，便系统地接受了共和国教育的熏陶，由此奠定了后来成长为作家的学生文化心理的基本结构，使他们所接受的教育与其所接受、创作的中国当代文学作品，实现了自然对接。

这批作品因为重在反映中国红色政权是如何建立起来的，因此，又被人们称之为"红色经典"。"十七年文学"中的红色文学经典诚然是循着《在延安文

[①] 周扬.新的人民的文艺[M]//周扬文集：第1卷.北京：人民文学出版社，1984：513.

艺座谈会上的讲话》以来的精神而发展过来的，自然与延安时期的文学创作有着内在的联系。这种联系不仅表现在与其所表现的政治主题有一致性，而且还表现在与其文学作品的创作主体有统一性。这一系列红色经典不仅成为中华人民共和国成立之初读者争相阅读的文学作品，而且也成为共和国教育主导下的教科书所选择的重要对象。许多红色经典片段作为独立的范文进入学校的教科书，使得学生在其文化心理建构的关键期开始接受并推崇革命英雄主义，并为这批学生后来从事文学创作奠定了底色，其主旋律则是以共产主义为基调的英雄主义和集体主义。1952年5月10日，《文艺报》在第9期开展了"关于塑造新英雄人物问题的讨论"[①]，这一讨论一直延续到第16期才结束，对革命题材的文学创作起了促进作用。在此期间，诞生了一大批革命题材的文学作品，如已经进入中国当代文学史的20世纪50年代的文学作品：《铁道游击队》（知侠，1954）、《保卫延安》（杜鹏程，1954）、《红日》（吴强，1957）、《林海雪原》（曲波，1957）、《红旗谱》（梁斌，1957）、《青春之歌》（杨沫，1958）、《苦菜花》（冯德英，1958）、《战斗的青春》（雪克，1958）、《野火春风斗古城》（李英儒，1958）、《烈火金钢》（刘流，1958）、《敌后武工队》（冯志，1958）、《三家巷》（欧阳山，1959）。还有一些作品，尽管发表于20世纪60年代初期，但其孕育和创作却在20世纪50年代，像《红岩》（罗广斌、杨益言著，1961年开始在《中国青年报》上连载，后由中国青年出版社出版）便是其中的代表。当然，这一时期有些战争题材的文学作品，在风格上开始多样化，其中的代表性作品是茹志鹃的《百合花》[②]、周而复的《上海的早晨》[③]等。据粗略估计，这一时期的文学作品，"从抗战胜利到'文革'结束的30年间，我国共出版了大约40部左右的长篇抗战小说，质量较高的，却只有10多部"[④]。其中，这一时期的中国当代文学的代表作便是人们常说的"三红

---

① 20世纪50年代，《文艺报》在中国当代文学的发生和发展的起步阶段起了重要的作用，许多有影响的理论性文章在此发表。林默涵的《胡风的反马克思主义的文艺思想》、何其芳的《现实主义的路，还是反现实主义的路》等批评胡风的文章，均发表于《文艺报》。《文艺报》借助中华人民共和国确立的新机制进入学校，从而对学生，尤其是大学生产生了一定的影响。
② 茹志鹃.百合花[J].延河，1958（3）.
③ 周而复.上海的早晨：第1部[M].北京：作家出版社，1958.
④ 房福贤.中国抗日战争小说史论[M].济南：黄河出版社，1999：120.

一创"(《红日》《红旗谱》《红岩》《创业史》)、"青山保林"(《青春之歌》《山乡巨变》《保卫延安》《林海雪原》)。

粉碎"四人帮"后，尤其是在"改革开放"的驱动下，中国教育与世界教育开始融合。一方面，中国各个层级的学校开始进行改革，学校的管理和教育趋于规范化。另一方面，随着翻译的兴盛，一大批西方文学作品和人文社会科学论著得以进入寻常读者的视野。学校图书馆的馆藏也得到了极大丰富，教科书的重写和重编也如火如荼地开展，由此也改变了教师和学生的文化心理结构，为中国当代文学进入新时期奠定了坚实的基础，为中国当代文学的发展做了充分铺垫，使得中国当代文学以新的面貌呈现在世人面前。

1976—1999年，共和国教育尽管依然重视政治教育的作用，但是其侧重点有所不同，这便使教材所选择的范文开始注重那些执著于科学探索的普通人。他们在其日常的工作中，充满献身于事业的执着探索和追求精神。在初期，随着全社会把工作重点从"以阶级斗争为纲"转移到"以经济建设为中心"，中国开始恢复高考制度，并相继建立了较为规范的现代教育体制，由此开启了中国现代教育的新时期。1977年和1978年，被耽搁的一代青年，终于迎来了通过中考和高考改变命运的机缘。这批学生在挣脱了既有思维的同时，开始反思中国的社会主义建设出现曲折的内在缘由，并由此产生了旨在反映时代创伤的"伤痕文学"。这一新时期文学思潮创作的主体主要是那些在"文化大革命"时期有过精神创伤的青年，他们或者是执教过中小学的教师，或者是恢复高考后的大学生，如担任过中学语文教师的刘心武创作出《班主任》[1]，通过高考进入复旦大学读书的卢新华创作出《伤痕》[2]，这一系列作品由此开了"伤痕文学"的先河。

共和国教育在拨乱反正中开启了面向世界和面向未来的新时期，西方的人文社会科学和文学理论著作陆续成为学生的必读书。中国的人文社会科学和古代文论也成为学生的重要读物，这便为中国当代文学注入了新的发展动能。表现在文学创作上，便是各种文学思潮如春潮涌动，各种文学创作实践比比皆是，中国

---

[1] 刘心武.班主任[J].人民文学，1977（11）.
[2] 卢新华.伤痕[N].文汇报，1977-11-17.

当代文学迎来了百花齐放的繁荣发展期。如果说"伤痕文学"重在对"文化大革命"给人们带来的"精神创伤"进行文学表现,那么此后的新时期文学则从历史的维度对这种"精神创伤"进行了文化反思,由此兴起了"反思文学"。反思文学又循着不同的路径往前发展,其中值得关注的有向着中国传统文化挺进的"寻根文学",有向着外国文化借鉴学习的现代派文学,有直面现实的新写实主义文学,有旨在重构历史的先锋派文学,有在西方影响下兴起的后现代主义文学……总的看来,这个时期的中国文学在改革开放春风的吹拂下,以为我所用的"拿来主义"气魄,把西方文学从文艺复兴以来的诸多文学潮流几乎演绎了一遍,几乎也把中国文学,尤其是五四文学以来的精神演习了一遍。中国当代文学正是在共和国教育的驱动下进入了一个前所未有的新时期。

现代派的崛起与共和国教育有着密切的关系。1980年前后,西方20世纪以来的重要的现代派现象逐一在中国文坛亮相。像西方现代派的代表人物波德莱尔、卡夫卡、加缪、萨特、贝克特、海明威、福克纳、乔伊斯、马尔克斯、博尔赫斯、海勒等外国现代派作家的名字逐渐为中国文坛所熟悉。[1]诚然,这一时期的许多作家如徐迟、冯骥才、李陀、刘心武等开始关注现代派文学,然而,从总体上说,这一时期的现代派文学被作家和读者所关注的重要前提是共和国教育对西方文学的容纳和接受。在此基础上,一大批学生开始关注现代派文学,由此才使得现代派文学在中国找到接受主体和创作主体,为中国的现代派文学的发展奠定了基础。对此,有学者认为:"有关现代派讨论,看似是事关对西方现代派的评价问题,但其实质乃是中国当代文学在挣脱原有禁锢过程中,开始谋求与世界、全球的对话,深一步践行中国文学的现代性、寻求文学本体的'破冰'之战……现代派文艺顺理成章地进入了当代文学创作的视野,作家们都或多或少受了现代派的影响,中国文学又一次恢复了与世界文学的对话。"[2]今天看来,这一

---

[1] 据有关统计,1978—1982年,在中国各种报刊上发表的介绍和讨论西方现代派文学问题的文章将近400篇。详见朱栋霖,吴义勤,朱晓进.中国现代文学史(1915—2016):下[M].北京:北京大学出版社,2018:118.

[2] 朱栋霖,吴义勤,朱晓进.中国现代文学史(1915—2016):下[M].北京:北京大学出版社,2018:119-120.

结论无疑是有道理的。我们如果再进一步追问，现代派文学又是怎样对作家产生深刻的影响？读者又是怎样接受了现代派文学？我们只能从共和国教育来探寻。深受现代派文学影响的作家大都在新时期接受了共和国更为系统、更为开放的教育，像莫言的重要作品《透明的红萝卜》是在解放军艺术学院接受教育时完成的，韩少功、郑义、阿城、李杭育、贾平凹、郑万隆等"新锐作家"同样与他们所接受的文学教育分不开。从某种意义上说，这个时期的学校教育对新时期文学多样化的发展起了无可取代的作用——如果离开了学校教育的强力支撑，创作主体和接受主体不会在现代派文学的影响下开启裂变之路，中国当代文学也将难以走出前一时期业已形成的文学形态而跨入一个新的文学形态。这就是说，共和国教育从根本上决定了中国当代文学发展的基本走向及基本形态。

二、共和国教育孕育了中国当代作家的文化心理结构，规范了文学创作的方向

众所周知，教育对文学的影响最为直接和深刻。毕竟，任何一个作家在成长为作家之前的求学阶段首先要接受教育，教育便成为其文化心理结构的直接影响要素。当然，教育并不独立于政治、经济、文化、历史、现实等因素，而是这些因素的承载体。因此，教育从根本上对作家的文化心理结构的形成和发展起着至关重要的作用——没有一个作家不是在他们所接受的教育中获得了从事文学创作的智慧和资源。因此，从根本上讲，教育通过深刻地影响到作家的文化心理结构，进而影响了作家创作出来的文学作品，而作家创作出来的文学作品的集合体又反映了一个时代的文学的基本面貌。

教育作为国家主导的主流意识形态话语实现的重要方式，既是培育新人的客观需要，也是国家主导的主流意识形态话语得以落实的重要保障。因此，教育具有两个基本属性：一是传授人类所创造的文化知识；二是立德树人。这两个方面需要教育把培育新人纳入其核心议程。在诸多核心议程中，一个重要议程便是语文教育。语文担负着培育学生的汉语言文字运用的能力、涵养学生的审美能力、

提升学生的写作能力等诸多效能。

语文教育在培育学生的写作能力上起着一般教育无法比拟的作用。实际上，很多学生能够成长为卓越的作家，大都得益于其在早期所接受的语文教育。可以毫不夸张地说，没有语文教育和语文素养，一个人成长为作家是无法想象的事情。在语文教育中，小学、初中和高中这三个基础教育阶段所开设的作文课程对学生的文学创作的涵养起了积极作用。很多作家的成长便得益于语文课程中的作文课程，他们在接受作文训练的过程中，注重从其所接受的语文课本所选择的优秀范文中汲取文学营养，从模仿开始，逐渐体悟了写作的内在规律，为他们成长为作家奠定了坚实的基础。

在教材的编选上，尤其是在语文教材的范文选择上，那些得以入选语文教材的范文体现的既不是编选者的个人审美偏好，也不是接受者的个人审美意愿，而是国家主流意识形态的审美规范和要求，是国家意志对未来的"接班人"进行审美形塑的愿景表达。因此，在范文的选择上，哪些文章可以作为范文呈现给学生，不仅要看其思想内容是否符合主流意识形态话语的要求，而且还要深思其入选文章的外在表现形式是否切合主流意识形态的审美诉求。从文学的外在表现形式来看，作品的思想与形式往往互为表里、共同服务于某一主旨的表达需求。从这样的意义上说，有学者认为"形式并不仅仅是形式"还是有其道理的。从历史的发展来看，作品的思想与形式有其流变的历史过程，体现了特定民族和特定国家的文化发展的某一特定规律，其"源"与"流"之间具有某种内在规律性，即任何的"流"都应该有其"源"，任何的"源"都应该有其"流"。这一历史的内在要求使得语文教材在选择范文时要注重"源""流"的有机结合，从而在继承历史的过程中既有创新性发展，又在创新现实的过程中有其历史底蕴，让历史在植根现实中获得再生的机缘，让现实在历史的烛照下获得更生的力量。

中国当代文学在发生和发展过程中，深受共和国教育的影响。那些侧重反映革命题材的文学作品能成为文学创作的大潮，除了文学自身发展的内在要求外，与共和国教育的影响也是分不开的。中华人民共和国成立伊始，共和国教育便被纳入国家意识形态的规范要求，以培养合格的社会主义事业接班人为教育目的。教育把政治性视为核心要义之一，由此使得共和国教育培养出来的学生在从事文学创作时，大都从其所接受的教育中所涵养出来的思想和情感出发进行文学书写。

革命的力量确立之后，其表现在文学上必然要打破既有的文学秩序，包括作家秩序。在中国现代文学建构过程中，一些作家尽管已经累积起了盛名，但这些作家所建构起来的文学世界并不能真切地表达出政党的诉求。这样一来，这些作家便被冠之以"资产阶级作家"或者是"小资产阶级作家"之名，进而被这个政治体制所排斥。但是，在建构新中国的过程中，文学的作用毕竟是不容忽视的，这便客观上把如何培养新作家提上"议事日程"。新作家的培养，从延安时期开始，基本上是沿着两条道路进行的。一条道路是对既有的作家进行"思想改造"，通过类似于延安整风运动的思想改造，把这些带有"小资产阶级"倾向的作家改造成为"无产阶级"作家。这是一条最为便捷的路径。就实际情况来看，这种改造的效果在延安时期是卓有成效的，像丁玲经过整风运动之后，其思想便被改造成了"无产阶级思想"，然后，丁玲带着这种"无产阶级思想"深入农村生活，创作出了《太阳照在桑干河上》这样为革命的合理性和合法性张目的作品。类似的情形还出现在周立波、何其芳等作家身上。显然，相对于那些在农民中成长起来的作家而言，这些作家一旦完成思想置换，其所产生的效能要好得多。毕竟，他们已经在五四以来开创的现实主义文学道路上结出了丰硕的果实，他们对文学的驾驭能力自然与那些"泥腿子"作家不可同日而语。

另一条道路是共和国教育培养出来的作家，从一开始就没有受过"资产阶级"或者"小资产阶级"思想的熏染，具有较为纯净的革命底色。因此，一旦培养好了，就会根正苗红，可以源源不断地为革命"流出更多的"更有营养的"血液"。因此，共和国迫切需要的是造就一大批这样的新作家，这些新作家要和新中国的政治体制相吻合。这种情形，势必要求它在寻找自己的代言人时，选择的不再是那些曾经在既有体系中掌握了话语权的人，而是那些原来没有进入体制，没有获得体制的认同，也没有分享体制利益的人。这样，新晋升的文学家，其合法性身份的获得本身就是体制赋予的，他需要依托体制才能获得这种权利，才能够分享这种体制所带来的利益。随着自我和体制的关系的进一步密切，最终成为这个体制的附和物，也就成为新的利益获得者，从而取代既有的利益获得者。由此说来，通过这个路径培养起来的作家，其写作所持有的文化立场，本身就和体制所需要的文化立场具有同构性。对那些本来没有文学基础的文学爱好者来说，只要其写作能够体现出这种新的体制的要求，能够把体制所带来的意识形态话语很好地表现出来，就会获得很好的发展。像杜鹏程这样的作家，本来是为了适应战争需要而从事新闻报道工作，但是，这样具有一定的文字功底的潜在作家，在成长为作家的过程中，其所书写的对象最大限度地符合了体制的要求。或者说，只有这样一些人才能够充当这个时代、这个体制的代言人。而那些和这个体制疏远的作家，一方面对这样的生活缺少必要的体验，也缺少必要的了解，更缺少表达的激情，自然也就无法对这样的生活进行书写；另一方面，随着新的政权的建立，那些已经在既有体制中定型的作家，其所书写的对象则不为新体制所关心，这也是为什么那些知识分子沾沾自喜或者沉湎其中的艺术创作成果并不会获得体制的认同，在这个方面最为典型的就是电影《武训传》。武训作为一个既有体制内可以接纳的艺术形象，到了新的体制中，尽管很多知识分子从朴素的感情出发，对此持有认同和推崇的态度。但是，作为最高层的领导人，则具有极其鲜明的文化立场，对此持有警惕的文化态度。

这个时期的中国文学版图的形成以及其主导力量的诞生，是由政治力量所强力改变的。伴随着政治上以最广大的农民为基础的中国共产党新政权的确立，在文学创作上，中国共产党也逐渐地培养了一大批这样的作家。这些作家的崛起，一方面缘于其创作上的确显示出了某些值得认同的素养，另一方面缘于其所创作的作品获得了占据着这个区域的政治权力的认同。二者结合，形成良性的互动。中国共产党及其领导权的扩大，同他们在这个社会中所占有的层次乃至位置有着非同一般的关联。正是在这样一个改天换地的历史大变动时期，一大批名不见经传的农民作家异军崛起，并且逐渐地取代了在以往体制中那些已经具有威信的作家，作家队伍因此出现了大换班。1949年后，这批来自延安的作家和理论家相继进入文协，并成为新中国文学的主要参与者。如马烽作为"青年代表"、"赴北京参加了全国第一次青代会,被选为全国青联委员,接着又参加了全国第一次文代会,被选为全国文联委员、文协(后改名为作协)理事,留在文协工作,同时兼任北京大众创作研究会创办的《说说唱唱》月刊编委"[1]。随着中华人民共和国的成立,像马烽一样,从延安进入北京的一大批作家和理论家开始从事文艺的领导工作,他们替换了以往那批在民国时期掌握文坛话语领导权的重要人物。实际上,对于这批在民国时期已经占据了核心领导位置的作家来说,他们获得文坛的推崇不仅缘于其文学作品具有的巨大影响力,而且缘于其在社会声望、报刊出版以及图书出版等方面拥有的一定话语权。然而,这样的影响力随着中华人民共和国的成立已经失去了存在和发展的根基,取而代之的是新的政权建立起来的文艺领导体系。在这一领导体系中,郭沫若、茅盾、巴金、老舍、曹禺、沙汀、艾芜、张天翼等人尽管依然拥有较高的话语权,但其影响力已经不再像以前那样显著。这批作家的思想也需要重新整合,尤其是其文学创作由原来所恪守的现实主义创作原则向后来的社会主义现实主义创作原则的过渡,便在客观上要求他们对既有文学创作原则进行必要的扬弃,甚至是必要的否定,然后再重新定位自我的文学创作原则,这一过程无疑是艰难的。与此同时,那些来自"国统区"的作家如沈从文,则难以在这个新成立的共和国中觅得体制内的领导职务。尽管如此,沈从文还是作为体制内的人,主要从事中国服饰史的研究与整理工作。因此,在"十七年文学"中,这批作家的文学创作并没有像"三红一创"那样占据文坛的主流位置。他们的文学创作或处于极为艰难的蜕变期,或进入了沉寂期。

在这一历史蜕变时期,许多作家在新思想的指导下开始创作了一系列文学作品,巴金、老舍等作家便可以视为这一方面的代表性作家。巴金在20世纪50年代继续文学创作,还作为作家代表团的成员到朝鲜战场慰问志愿军战士,创作了《我们会见了彭德怀司令员》等作品。作家带着无限崇敬之情,来书写自己心目中的英雄,巴金便这样说过:"朝鲜山上的春夜相当冷,可是我的心很热,我激动得厉害……我需要唱出这一个半月来堆积在我心里的爱,我需要写出这一个半

---

[1] 马烽.马烽自传[J].山西师院学报,1980(4).

月来堆积在我心里的爱,不是为我自己,是为了祖国的人民。"①

第一代作家中的代表性作家周立波作为一名现实主义作家,尤其是作为一名在农村接受了文学教育而成长起来的作家,勇立不同时期的历史潮头。早在1934年,周立波便加入了中国左翼作家联盟,负责编辑"左联"会刊。1937年,周立波奔赴山西八路军前方总司令部和晋察冀边区,成为一名战地记者,这使得他有了更多跟踪中国社会历史嬗变进程的机缘,也为他从事长篇小说创作提供了无限的空间。1942年,周立波参加了延安文艺座谈会,并由此开启了自我的文学转型过程。对此,周立波在进行自我反思之后这样总结道:"自从这个文件(指毛泽东《在延安文艺座谈会上的讲话》——引者注)发表后,中国文学进到了一个崭新的阶段。许多作者从这个文献里获得了珍贵的启示,受到了很大的教益,我是这些作者中间的一个。"②周立波在1955年在湖南益阳市郊桃花仑乡竹山湾居住,并担任大海塘乡互助组合作委员会副主任。1956年,周立波再次返回桃花仑乡,1957年,他担任益阳市桃花仑乡党委副书记,是农村农业合作化运动的参与者和推动者。③正是缘于沉潜于现实生活中,周立波才获得了创作《山乡巨变》的现实机缘。周立波在此获得的教益,一是特别突出了文艺要跟踪时代的脉搏,这里体现的是历史的发展规律;二是文艺需要作家沉潜于现实生活并深度反映现实生活,这里体现的是创作的内在规律;三是文艺要实现其价值就需要有明确的读者定位,这里体现的是读者接受的内在规律。正是在这种深刻感悟的基础上,受记者身份影响的周立波的文学创作注重跟踪中国社会现实的历史嬗变,全身心地沉潜于现实生活,同时在文学表达上兼顾读者的审美接受心理,由此使他在《暴风骤雨》和《山乡巨变》中具有了内在逻辑的一致性。除了周立波,还有许多第一代作家也相继开始了文学创作的转向,如柳青在1951年创作出了反映中国革命战争的文学作品《铜墙铁壁》④之后,又将文学创作聚焦于农村

---

① 巴金全集:第14卷[M].北京:人民文学出版社,1990:134-135.
② 周立波.后悔与前瞻[N].解放日报,1943-04-03.
③ 胡光凡.周立波评传[M].长沙:湖南文艺出版社,2018:268-273.
④ 柳青.铜墙铁壁[M].北京:人民文学出版社,1951.

的合作化运动,并创作了《创业史》①。作为一部反映农村合作社运动的史诗性作品,《创业史》在中国当代文学发展史上占有极其重要的地位。

需要注意的是,这一时期的革命题材的文学作品通过共和国教育,逐渐影响了读者的审美趣味,尤其是深刻影响了接受过共和国教育的学生的审美趣味。这样一来,这批正在成长的学生在走上文学创作之路时,便对革命主题产生了亲近感——尽管他们并没有像第一代作家那样对战争有着切身的体验,但他们从共和国教育中获得了创作的灵感,由此开始认同第一代作家的革命题材的文学作品,走上了书写共和国新体制指导下所开启的新生活之路,创作了一批反映现实生活的文学作品。

三、共和国教育培育了中国当代文学的接受主体的文化心理结构,对中国当代文学的发展方向具有潜在的影响

中国当代文学的发展离不开接受主体的阅读接受和阅读反馈,这是作家从事文学创作得以实现自我超越的重要驱动力,也是作家进行文学创作自我调节的有效参照系。自然,这也是中国当代文学区别于中国传统文学的重要方面。从某种意义上说,中国当代文学如果离开了接受主体的阅读接受和阅读反馈,就等于失去了其发展所需要的文化生态。②由此说来,中国当代文学的接受主体对中国当代文学发展的作用不可小觑。因此,要考察中国当代文学,自然也需要考察中国当代文学的接受主体,而接受主体又与共和国教育有着密切的关系。换言之,共和国教育从根本上培育了中国当代文学的接受主体,塑造了他们的文化心理结构,对接受主体的审美取向起了重要的规范作用。

作家从事文学创作的过程是一个相对寂寞和枯燥的过程。作家独坐书房,沉

---

① 柳青.创业史[J].延河,1959(4-7).
② 美国学者M.H.艾布拉姆斯在《镜与灯:浪漫主义文论及批评传统(修订译本)》(郦稚牛、童庆生、张照进,译.北京:北京大学出版社,2021)这一著作中认为,文学应该有四个要素:世界、作家、作品和读者。然而,从读者因素来研究中国当代文学的工作还存在着一些不足。

浸于文学的王国中自由挥洒笔墨,但是,作家在此时的表演并没有掌声,也没有鲜花;相反,作家所面对的还可能是因生活琐事的缠绕而无法排遣的写作焦虑。但是,当作家的作品通过文学期刊或者出版社公开出版之后,则会引起接受主体的关注乃至赞赏,由此又带来了无可言喻的成就感。作家的这种成就感不仅来自自我,还来自接受主体。中国当代文学的文学接受主体可以分为两个系列:一是普通意义上的接受主体,他们以人们习焉不察的方式潜在地影响着作家的文学创作,这种潜在的影响大都通过作家某一作品的销量折射出来,构成一个无处不在而又难以察觉的巨大存在,给作家的文学创作以实际的支撑。二是专业意义上的接受主体,他们以文学批评或者文学教育的方式直接地影响着作家的文学创作,这种显性的影响大都在相关的作家作品研讨会或者学术期刊刊发的相关研究论文中得到有效体现,或是通过学校举办文学讲座等方式体现。

从中国当代文学的生产过程来看,接受主体除那些一般意义上的读者,最为重要的便是文学期刊或出版社的编辑,他们是帮助作家创作文学作品的"接生婆"。编辑与一般意义上的读者有所不同,他们是文学作品能否出版的"审查官"和"美容师"。其中,所谓的"审查官"就是要将文学作品纳入意识形态的层面把关,对其政治倾向性进行甄别,由此再作出是否可以发表的裁决。因此,编辑作为特殊的读者,他们的思想和情感将对作家作品的命运产生了深刻的影响。

当然,编辑的思想和情感也不是凭空而生的,而是在特定教育的形塑下逐渐形成的。这就是说,编辑所接受的共和国教育与作家是基本相同的。从根本上说,编辑和作家在共和国教育影响下形塑出来的思想和情感是相通的,这便决定了作家的思想和情感也可以在编辑那里得到共鸣与认同。从作家到编辑,一批人或者说是一代人之所以能够走在历史和现实的前列,恰恰是因为他们接受了类似的现代教育或者共和国教育。由此说来,一代"40后"和"50后"作家或编辑,抑或是掌握着更大的文学作品刊发权的"30后"作家或理论家,一起推开了社会往前发展的厚重大门,从而使得新时期文学的春风在打开的门缝中向着人们扑面而来,这批作家和编辑由此成为"得时代风气之先"并"引领时代风骚"的一代作家和编辑。从这样的意义上说,如果离开了编辑的认同和加工,就不可能诞生中国当代文学优秀作品。

在新时期文学发轫之时,刘心武对历史进行的反思与编辑对历史的反思有着异曲同工之处。这就是说,在某一特定的历史时刻,在历史呼唤英雄和应该产生英雄的时代,一批作家和编辑将会产生类似的思想和情感共鸣。在北京有刘心武这样担任过15年中学语文教师的青年作家,在上海有卢新华这样刚刚入学的青年学生,他们在彼此互不知晓的情况下各自创作出"伤痕文学"的代表性作品《班主任》和《伤痕》。与此同时,在北京《人民文学》杂志社和上海《文汇报》报社,又有一批编辑(包括那些掌握着作品最终刊发权的主编或领导),他们在现实考量与历史责任的权衡下,最终分别拍板刊发有可能引发争议的文学作品。从《人民文学》杂志社的情况来看,发表一篇文学作品一般要经过三级审稿,然后才能进入最后是否刊用的终审阶段。对此,涂光群有过这样的解释:"在三级(责任编辑、小说散文组负责人、编辑部负责人)审稿过程中,编辑部内部可以说有两种意见。一种觉得小说提出的问题是现实的(符合真实的),而且是新颖、深刻、尖锐的('四人帮'的文化专制主义不仅造就了愚昧的'小流氓'宋宝琦这样的畸形儿,还有像团支部书记谢惠敏这样本质不坏的孩子心灵上也深深受了他们愚昧的毒害,这更是令人痛心、发人深思的);但是小说难以发表。正因为它暴露社会真实问题、社会阴暗面(包括老工人在街头玩扑克等等)太尖锐,恐怕属于暴露文学,因此估计不大好发表(责任编辑的意见)。一种认为小说提出的问题及时、新鲜、深刻,很合时宜,应该发表,无须做大的修改。"[①]这说明,编辑作为文学作品的"审查官"要把好政治关,如果没有政治正确,那么随之而来的是更大的问题;如果政治正确,可编辑缺少担当,那么将会愧对编辑应该肩负的历史使命。正是在这些纠葛中,《人民文学》主编张光年于1977年10月把《班主任》的三级审稿人员和相关编辑召集到他家里讨论。张光年说:"这篇小说很有修改基础,题材抓得好,不仅是教育问题,而且是社会问题……写矛盾尖锐

---

① 涂光群.五十年文坛亲历记:上[M].沈阳:辽宁教育出版社,2005:243-244.

好，不疼不痒不好。不要怕尖锐，但是要准确。这篇其实还不够尖锐，抓住了有普遍意义的社会问题，但没有通过故事情节尖锐地展开，没有把造成这个矛盾的背景、原因充分地写出来。"张光年在此充分肯定了《班主任》揭批"四人帮"的尖锐性，并决定发表《班主任》。崔道怡对此有过这样的评价："正是时任《人民文学》主编的张光年，对小说《班主任》的横空出世，对作家刘心武的突飞猛进，起了决定性的推动作用。也正是他的胆识与魄力，对文学事业的拨乱反正，对艺术创造的复苏振兴，可以说起了关键性的促进作用。"①我们通过刘心武小说《班主任》的刊发过程可以看到，编辑作为文学作品的"接生婆"的确是非同一般的读者，他们肩负着"审查官"的政治责任，还需要扛起"美容师"的重担，并且，他们还要对作者持有一种"同情之理解"的态度，积极地促成优秀文学作品的问世，这才有了中国当代文学的不断发展。

无独有偶，卢新华的小说《伤痕》的发表也经历了类似的波折。《文汇报》编辑钟锡知从复旦中文系教师那里听说了《伤痕》在校园报栏张贴后引起轰动之事，便要来手稿阅读。读完后，他意识到这篇小说从根本上质疑了"文化大革命"，认为发表《伤痕》有意义。但编辑部内部对《伤痕》则有不同看法，有人认为这篇小说不宜发表，有人认为这篇小说应该发表。后在《文汇报》总编辑马达的支持下，钟锡知与卢新华见面，表示《文汇报》会冲破阻力发表他的小说，并提出了一些修改意见。②小说修改完成后，根据马达的意见，钟锡知又把小说清样送到上海市委宣传部审查，由副部长洪泽发回了书面的支持意见。《伤痕》这篇小说的发表历程也表明，编辑在小说的发表过程中的确起了极为重要的作用，而编辑能够冲破重重阻力发表这样的小说，恰好说明了作家与编辑所接受的共和国教育在总体上形塑了他们相似的思想和情感，使得他们能够一起走到历史

---

① 崔道怡.报春花开第一枝：张光年和《班主任》的发表［N］.文学报，1999-04-08.
② 根据编辑部的意见，卢新华对小说中可能具有"影射"嫌疑的地方进行了修改。例如小说的第一句话形容除夕的夜里窗外"墨一般漆黑"，改成"远的近的，红的白的，五彩缤纷的灯火在窗外时隐时现"，同时加上一句"这已经是1978年的春天了"；车上"一对回沪探亲的青年男女，一路上极兴奋地侃侃而谈"改成"极兴奋地谈着工作和学习，谈着抓纲治国一年来的形势"；小说的结尾则改成主人公"朝着灯火通明的南京路大踏步地走去"。

的前台。

正因为编辑在作家走向文学创作之路时发挥了如此重要的作用,所以,作家,尤其是步入文学殿堂之前的作家对编辑特别敬重。毕竟,在作家眼里,自己创作出来的文学作品能否顺利发表的决定权在编辑手中。如果不能借助文学期刊或者出版社公开发表,作家的文学作品要进入读者的阅读视域将是非常困难的。像《当代》杂志原副主编汪兆骞曾经这样回忆20世纪80年代文学青年进出杂志社的热闹情形:"那时候文学的地位在社会上还很崇高,这样的文学青年多了,净是自己拿着稿子送上门来的。"至于文学青年王朔的作品能够在《当代》刊出,同样是自己送上门来的:"我记得王朔第一次来编辑部,大约是在1983年的夏天。我们屋里四五个编辑,都在忙着,也没什么人注意他进来。印象中他穿着短裤、圆领衫,平头,不认识我们中的任何一个,也没事先来个电话,就那么拿着稿子来了。来了以后说的话也不多,大概意思是写了篇小说,请各位看看,然后就走了。他人看起来文静,有点儿腼腆,但话又较得体,不死板。"这就是说,王朔在成名前对编辑说话还是相当得体的,这与其文学作品的风格大相径庭。王朔不仅在成名前表现得较为谦恭,而且在成名后依然尊敬编辑,恰如《当代》编辑章仲锷在回忆中所说的那样:"我印象中的王朔,始终是个中学生式的小青年,天生一副娃娃脸,见了我拘谨又腼腆,端端正正坐在椅子上聆听我谈稿子。后来他成了'大腕',仍对我十分尊敬。"[①]这便表明编辑在作家的心目中始终保持着较为重要的位置。那么,作家为什么会对编辑较为尊敬呢?这自然与他们掌握着作品能否面世的审稿权有着密切关系。

在获得了杂志社或者出版社的编辑的认同和编校之后,作家创作出来的作品才真正地进入读者的阅读接受过程。有多少读者阅读了文学作品?读者在阅读作品的过程中到底产生了怎样的认知反应?这些问题似乎并不好通过量化的数据来检测。但是,我们可以通过作品印数和销量进行一番考察。毕竟,作品的销售数量不仅体现在出版社的印数上,而且还体现在作家获得的版税上。况且,作家所

[①] 章仲锷.岁月如歌:我在《当代》的一些回忆[J].当代,1999(4).

领取的版税，对作家的文学创作有着直接的经济利益上的驱动作用。下面，我们便通过考察中国当代文学的文学作品的印数来分析读者的接受情况。

在中国当代文学发展的初始阶段，文学作品的印量大都逾百万册。当然，这百万册的印量并不是一次性印刷的，而是在同一版次的基础上多次印刷累计出来的数据。这样的数据便意味着出版社在每次印刷之前都有一个前提，那就是前一版次印刷出来的文学作品已经售罄，这可以从书店的订单情况得到有效反馈。毕竟，书店如果还有大量库存，自然就不会再追加订单的。这样说来，图书的印数便在客观上折射了其销售情况。罗广斌与杨益言合作完成的长篇小说《红岩》是中国当代文学发展历史上一部无法绕开的文学作品，该书第1版由中国青年出版社于1961年12月正式出版。在2000年，《红岩》已经出版了第3版，总计为第67次印刷；2012年12月，《红岩》的版次又重新排序，并以2012年12月第1版的名义出版。关于这部小说在出版之初的发行量，有一些不同的说法：一是"500万册说"："1961年出版的《红岩》，一年多的时间内就发行了500多万册，创下了当时长篇小说发行的最高纪录，在很长一段时间内，全国各地的新华书店都有人起早排队等候购买《红岩》。"《红岩》的发行量已经远远突破一千万册的大关。"[①]二是"400万册"：《红岩》"1961年由中国青年出版社出版，不到3年就印行了400多万部"[②]。那么，《红岩》到底印了多少册，我们根据已掌握的材料做如下统计：《红岩》由中国青年出版社于1961年12月出版第1版，1963年7月第2版，第2版的印刷时间较长。1997年3月，第2版的印刷次数达到了47次，印数从331.2万册达到了333.7万册。一次印数达到了2.5万册。2000年7月第3版。2001年10月第67次印刷。2012年12月，《红岩》作为红色经典文库的入选作品，其版次又重新排序，并以2012年12月第1版的名义出版，到2015年12月，印数达到了11.5万册。当然，这里的具体数据可能有一定的误差。但总体来看，400万册以上应该是有一定根据的。根据这样的印数，我们可以推测其拥有的读者数量应该在上千万以上。如果再考虑到图书馆馆藏的文学作品的借阅读者

---

① 李杨.50—70年代中国文学经典再解读［M］.济南：山东教育出版社，2003：177.
② 王万森，吴义勤，房福贤.中国当代文学50年：修订版［M］.青岛：中国海洋大学出版社，2006：57.

会更多等因素，保守估算出来的读者数量也可以达到数千万人。如果再考虑到把小说改编为电影、话剧、连环画、广播电台播出的广播剧等多种传播形式，其读者的数量将会更大，由此对作者从事文学创作的"反作用力"自然也更大。遗憾的是，这一良性互动的关系却在20世纪60年代中断了。这也说明，中国当代文学的发展所需要的良好的生态就是要形成一个作家与读者的良性互动。实际上，作家因为文学创作而在"文化大革命"中被冤枉，极大地消解了作家从事文学创作的积极性，这也是中国当代文学在前十七年比较繁荣，在"文化大革命"时期则显得相对清冷，在新时期又实现了大发展大繁荣的原因之一。值得欣慰的是，随着新时期的到来，"四人帮"强加给罗广斌等一大批中国当代作家头上的不实之词被抛到了历史的垃圾堆，《红岩》重新获得了读者的特别青睐，一大批被视为"毒草"的小说也由此迎来了"春暖花开"的好时节。①从这样的意义上说，中国当代文学的发展和繁荣不是作家独立促成的，而是社会诸多因素共同作用的结果，是作家与接受主体共同完成的。

如果说《红岩》的巨大发行量有其特殊的历史背景，那么我们不妨随机抽样考察一下其他小说选的发行情况。早在1957年，人民文学出版社为了促进中国当代文学的健康发展，便把中国现代文学的部分作家作品编选成小说选集出版，其中便有《沈从文小说选集》，该书的印量为2.4万册。②《人民文学》编辑部编在1979年编选了《短篇小说选（1949—1979）（一）》，该小说集由人民文学出版社出版，其第一版便印刷了5万册。该小说选编者在《编选说明》中这样写道："三十年来社会主义文艺创作的丰硕成果之中，短篇小说是一个重要的部分。三十年中间，虽然一度遭到林彪、'四人帮'的摧残和破坏，但是总的说来，我国从事短篇小说创作的作家队伍茁壮成长，新人辈出。"③上海文艺出版社编选的

---

① 2019年，为庆祝中华人民共和国成立70周年，人民文学出版社策划出版了一套"新中国70年70部长篇小说典藏"丛书，《红岩》等作品入选。21位从事中国当代文学研究的学者组成的"评审专家委员会"评选出了70部长篇小说，形成该套丛书。
② 该书于1957年10月出版后，随之而来的是一系列政治运动。这就是说，该书如果再延期出版，也许难以出版。该书出版后，读者甚多，该书对保存和传播沈从文的小说具有积极的作用，对新时期文学从"文化大革命"的羁绊下走出来也有助力作用。
③《人民文学》编辑部编.短篇小说选（1949—1979）：一［M］.北京：人民文学出版社，1979：1.

《建国以来短篇小说》（上中下册）于1978年（下册于1980年）出版，下册首次印量便达到10万册。[①]中国作家协会编的《1981—1982全国获奖中篇小说集》（上下册）由上海文艺出版社1983年出版，首次印量达9.8万册。[②]上海文艺出版社编选的《1983年全国短篇小说佳作集》于1984年出版，首次印量达到了10万册。[③]通过这些数据我们可以看到，中国当代文学能够获得不断发展，既与作家的努力分不开，更与良好的文学生态分不开。尤其是作家的版税收入，更需要靠读者购买作品，这便在客观上成为作家的衣食住行的重要经济来源。[④]从某种意义说，中国当代文学的接受主体是支撑中国当代文学大厦的根基。

除了作品销量这样的显性指标，作家受邀到学校举办文学创作经验讲座，从所面对的学生群体中，也可以感受自我的文学作品在这一接受主体中受关注的程度。有些作家到学校进行讲演时，学生听众报以雷鸣般的掌声，以及部分文学爱好者抱着作家已经出版的作品排队请作家签名时的拥挤，都让作家在寂寞中潜心写作时的枯燥与乏味烟消云散，随之便会自心底泛出无限的文学成就感。普通的读者在文学接受的过程中的心理状态似乎难以被作家察觉，其实并不尽然。因为，在纸媒传播的时代以书信的形式传递给作家，在数字传媒时代则在网络上及时把读者的意见反馈给作家。

中国当代文学的接受主体除了阅读作品，还通过通信等方式向作家反馈自己的阅读感受。为此，有些接受主体还请文学期刊编辑部或者出版社代为转达信函，以表达自己对文学作品的认同乃至赞美之情。这在中国当代文学的历史发展的不同阶段都是常见的现象。第一代作家、第二代作家和第三代作家都接到过读

[①] 建国以来短篇小说：下册［M］.上海：上海文艺出版社，1980：版权页.
[②] 中国作家协会.1981—1982全国获奖中篇小说集［M］.上海：上海文艺出版社，1983：版权页.
[③] 1983年全国短篇小说佳作集［M］.上海：上海文艺出版社，1984：版权页.
[④] 中国当代作家的稳定的经济来源并不是版税，而是他们因身在体制内而获得的"薪水"。在此过程中，中国当代文学建立了独特的作家经济保障机制，那就是作家协会等机构。从名称看来，作家协会有"协会"的性质，但又与一般协会并不相同，作家协会属于体制内的单位，作家进入作家协会也可以晋升文学创作层级，有些著名作家的"职称"便是文学创作层级，这类层级相当于大学体制内的"教授"。自然，作家通过文学创作，也可以获得稳定的工资收入。这是中国当代作家与中国现代作家收入方面的显著区别，也是中国现代作家一般都会进入学校兼课或者担任教师的经济原因。

者的来信，读者来信为中国当代文学架设起文学作品的创作主体与接受主体之间的桥梁，的确对作家的文学创作起了促进作用。

其实，作家与读者的这种信函往来在中国近代文学中便有所表现，在中国现代文学中更为普遍。民初小说家徐枕亚创作并出版了小说《玉梨魂》之后，便接到了不少的读者来信，甚至还由此演绎出了一段爱情故事——徐枕亚的小说深深地打动了末代状元的女儿刘沅颖。刘沅颖作为接受过新式教育的女学生，自然"读懂"了徐枕亚的《玉梨魂》，由此深深地爱上了徐枕亚。费尽周折后，两人最终结为秦晋之好。尽管二人的爱情故事以悲剧告终，但是这种作者与读者的信函之间的良性往来无疑参与了作家的文学创作，成为作家从事文学创作的重要影响因素。

在中国现代文学的发展历程中，作家与读者的良性互动也大量存在。且不说鲁迅与许广平之间的爱情故事，也不说沈从文与张兆和的爱情传奇，单就巴金与萧珊的爱情故事便足以感天动地——他们演绎了一出作家与读者因为文学结缘的故事。巴金与萧珊的相识很是浪漫，是作家与书迷之间的美好童话。有很多读者给巴金写信，但是唯有萧珊的信给巴金留下了深刻的印象。两人笔谈甚欢，书信往来密切，因此，接受过现代教育的萧珊大胆发出邀约："笔谈如此和谐，为什么就不能见面呢？"随信，萧珊还附上了自己的照片。由此，两人从鸿雁传书变成了当面交往。对此，巴金在纪念萧珊的文章中这样说过："她是我的一个读者。一九三六年我在上海第一次同她见面。一九三八年和一九四一年我们两次在桂林像朋友似的住在一起。一九四四年我们在贵阳结婚。我认识她的时候，她还不到二十，对她的成长我应当负很大的责任。她读了我的小说，给我写信，后来见到了我，对我发生了感情。"[①]我们通过巴金与萧珊的经历便可以发现，能够促成他们走到一起的是读者在阅读作家的作品后的信函往来，此可谓典型的"书信为媒"的爱情传奇。当然，这样的爱情能够跨越13岁的年龄鸿沟，恰好在于他们所接受的现代教育具有同构性。

---

① 巴金.随想录：怀念萧珊[M].北京：人民文学出版社，1980：12.

在中国当代文学的创作主体与接受主体的关系中，信函往来也是作家与读者之间交流信息和情感的重要方式，而促成这种信函往来的基本前提同样是他们所接受的教育具有同一性。新时期文学发展伊始更是如此。从文学期刊编辑部的角度来看，许多编辑部为了扩大某一作品的影响力，还会专门组织策划读者来信的栏目，像《人民文学》编辑部为了扩大《班主任》的影响力，便发了一组"群众来信"："为了授予'伤痕''反思'小说合法地位并且扩大它的影响，1978年的《人民文学》还发表了关于'伤痕''反思'小说的'创作谈'和'读者来信'。"① 1978年第2期，《人民文学》编辑部为此还加了"编者的话"："读者的来稿、来信，赞扬这篇作品写得好，提出并回答了社会上关心的问题，反映了当前教育战线抓纲治国的新思想、新面貌，塑造了人民教师张俊石的形象，把长期被'四人帮'歪曲了的知识分子形象重新纠正了过来。"②参与了这篇小说发表过程的涂光群也有过这样的回忆："小说发表后引起社会各方面的强烈反响，出乎编辑部意料。据我所知，编辑部收到的各界读者来信不下数千封。来自祖国东西南北二十几个省区。当然教育战线的来信最多了。也有不少中学生、青少年写信控诉'四人帮'的法西斯文化专制主义对他们心灵造成的伤害。我印象最深的是贵州偏远山区某劳改所一个少年罪犯讲了他与宋宝琦类似的经历，沉痛控诉'四人帮''杀人不见血'。而今读了《班主任》这一篇，他有幡然悔悟，重新起步之意。要而言之，《班主任》在社会各界引起的反响，用'一石激起千层浪'这句话来形容再恰当不过：这是一种心灵的感应和共振。刘心武小说触着了读者心灵深处的痛楚或惊醒了他们。"③刘心武对此也有过类似的表述："《班主任》发表后，读者反响强烈，看到这篇作品的人纷纷给我来信。"④还有人拿着这本杂志来讨教："有个工厂的工人，打听到我家地址，找上门来，他手里拿着一本发表《班主任》的杂志，递给我看，他在那小说的很多文句下画了线、

---

① 许志英,丁帆.中国新时期小说主潮[M].北京：人民文学出版社,2002：44.
② 欢迎班主任这样的好作品[J].人民文学,1978(2).
③ 涂光群.五十年文坛亲历记：上[M]沈阳：辽宁教育出版社,2005：245.
④ 刘心武.我是刘心武[M].天津：天津人民出版社,2006：161.

加了圈,他说那些地方让他感到很生动,比如小说里写到工人下班后,夜晚聚到电线杆底下打扑克,他就觉得那细节'像条活鱼,看着过瘾'。"[1]读者向作家面对面地讨教,对刘心武的激励作用自然是直接的。与此同时,刘心武的《班主任》在《人民文学》发表后,尤其是这部短篇小说在中央人民广播电台以广播剧的形式播出后,影响就更大了。对此,刘心武也这样确认过:"《班主任》发表后,读者反应强烈……尤其是当中央人民广播电台改编成广播剧播出后,影响就更大了。"[2]许多读者或听众便纷纷给作者写信,充分肯定了这篇小说的社会价值和意义,由此使刘心武获得了巨大的成就感,为其后来的文学创作提供了充足的动能。

共和国教育对中国当代文学的接受主体的这种积极的作用,即便在岁月更替之后依然会焕发出不竭的动能。像卢新华虽然到美国初远离了文学,但他此后依然心系文学,并且还创作出了《森林之梦》《细节》《紫禁女》等长篇小说。这也许与卢新华在1977年创作的《伤痕》获得如此之热烈的反响分不开。对此情景,卢新华有过这样的回忆:"以后一连好几天,墙报栏前总是挤满了人,唏嘘声响成一片。还有同学边看边抄,泪水不断洒落在笔记本上。直到《伤痕》在《文汇报》上发表,墙报栏前读者始终络绎不绝。众人对着墙报伤心流泪,成了复旦一景。"实际上,卢新华对当年读者接受盛况的记忆,在他还依然完好地保存着的当年的读者来信中也可以略见一斑。后来,卢新华把保存了几十年的1 000多封来信捐给了复旦大学,这些信件"作者包括工人、士兵、医生、大学生、中学生等。有的读者向卢新华倾诉了与小说主人公王晓华相似的命运经历,感谢卢新华写出了他们的心声,有的写信与卢新华探讨《伤痕》在艺术上的长处和不足,有的文学爱好者把自己的习作寄给卢新华,希望卢新华指点……从这些饱含真情,甚至称卢新华为'姐姐'的信件中,不难感受到《伤痕》发表后产生的巨大社会影响力"[3]。这一鲜活事例说明,中国当代文学的作者固然在中国当代文学的发展

---

[1] 刘心武.班主任的前前后后[J].天涯,2008(3).
[2] 刘心武.我是刘心武[M].天津:天津人民出版社,2006:161.
[3] 姜澎.《伤痕》手稿带你重返"1978"[N].文汇报,2018-10-11(7).

中起了无可取代的作用，而中国当代文学的接受主体也起了同等重要的作用，如果没有接受主体在阅读过程中的互动作用，作家是否会获得源源不断的创作驱动力，将会打上一个大大的问号。

当然，文学作品能够获得一般读者的肯定，并不一定意味着它自然会获得掌握着主流话语权的专业批评家的认同。只有当普通的读者与专业批评家从不同的层级都对作品给予了认可，才标志着该作品真正获得了时代的认同。因此，刘心武非常看重专业人士的意见。当专业权威人士也对这部作品给予了肯定性认可后，刘心武才真正地感受到了被认同的喜悦："当时文学界一些影响很大的人物，像张光年不消说了，正是他拍板发出了《班主任》这篇作品，此外像冯牧、陈荒煤、严文井、朱寨等人都很快站出来支持。"[①]这些"影响很大的人物"对刘心武这样的普通作者的认同，无疑增强了其文学创作的自信心，而自信心的确立则又反过来促成其更加有力地扇动文学创作的翅膀，从而创作出更富有创新性的文学作品。从这样的意义上说，中国当代文学的文学生产方式与中国传统文学的生产方式的区别在于，接受主体在更大程度上参与甚至推动了文学的生产。

中国当代文学的接受主体能够与作家的文学创作同频共振，其关键点恰好在于他们所接受的教育与中国当代文学的第一代作家、第二代作家和第三代作家具有某种同构性和相似性。这主要体现在中国当代文学的接受主体所接受的学校教育与作家具有一致性，他们使用的教科书、课外的阅读参考书乃至社会上公开发行的文学作品类的图书也具有相似性。

作家从事文学创作的基点固然来自其所接受的教育，学者从事学术研究的基点同样来自其所接受的教育，正是在这一基点上，作家与学者的互动有了支撑的平台。刘心武的《班主任》从被普通读者认同到被学者认同，恰是他们的共同的生活体验和共同的教育的结果。从某种意义上说，任何一个时代从事不同专业的个人，其对社会人生的基本感知都是从自我的认知基点出发，其认知的结果是基

---

① 刘心武.班主任的前前后后[J].天涯，2008（3）.

本相似的，这样的个人认知最终汇成了时代的认知。因此，中国当代文学的第三代作家与从事文学研究的学者，能够读懂彼此的思想和情感，并由此作出深入阐释。西来与蔡葵合作撰写的《艺术家的责任与勇气》一文，便针对有些人对刘心武及作品的误读进行了深入辨析："有人说，《班主任》是'问题小说'。问题小说有什么不好？既然问题是一种客观的社会存在，它就必然要在文艺作品中反映出来，必然会有'问题小说'，'问题戏剧'等等。恩格斯曾给以写'问题剧'而称著的易卜生以很高的评价，我们为什么不可以给刘心武的问题小说以肯定的评价。优秀的作家总是为它生活的时代写作的，他不能、也不应当回避现实生活中的迫切问题；优秀的作品，总要表现人们普遍关心的问题，才能够感动读者，产生社会影响。否则，这样的作家就会被忘记，这样的作品也就没有什么价值。因此，我们要提倡《班主任》这样的问题小说。"[1]冯牧也对刘心武这种勇敢地对待生活的态度给予了充分的肯定："希望作家、艺术家们都像刘心武那样勇敢地对待生活，勇敢地挖掘生活，不断扩大生活的视野，坚持创作从生活出发，坚持按生活的本来面目塑造出真实的，不是千人一面的艺术形象来。"[2]显然，在中国当代文学发展的过程中，作家与接受主体的良性互动所赖以展开的平台恰是共和国教育赋予他们的相似文化心理结构，这就给初出茅庐的作家攀登文学高峰提供了源源不断的动能。

共和国教育作为教育的一种形式，强调的是教育的普遍性，它不可能兼顾个别专业的特殊性。具体到其对中国当代文学的发展而言，则是共和国教育不可能取代文学教育的特殊规律。同理，其不可能兼顾作家培养的特殊性，也不可能兼顾中国当代文学的发展特殊规律。

从共和国教育的内在规律看，教育的目的是培养德智体美劳全面发展的人。共和国教育强调德智体美劳全面发展，就在于这种教育是一种通识教育，属于素质教育。这种情形在中小学阶段表现得更为明显，像中小学的数学、语文等基础课，再加上物理、化学、生物、历史、地理和英语等课程，便基本上涵盖了人类

---

[1] 西来，蔡葵.艺术家的责任和勇气：从《班主任》谈起[J].文学评论，1978（5）.
[2] 冯牧.打破精神枷锁，走上创作的康庄大道：在《班主任》座谈会上的发言[J].文学评论，1978（5）.

创造的文明的主要内容。这样的基础性课程尽管对作家的文学创作不一定产生直接的促进作用。但是，这对一个作家在文学创作时秉承科学精神还是有无法取代的积极作用的。在这诸多均衡设置的课程中，学生逐渐地开始聚焦于某一学科领域，由此为未来的发展奠定基本的方向。

接受主体所接受的教育的基本情形决定着他们对文学作品接受的基本情况。这种情形在中国当代文学中极为明显地存在着，第一代作家大都在1949年之前便接受了现代教育，有些第一代作家还在这一时期在中国共产党创办的学校接受了革命教育。第二代作家和第三代作家所接受的教育主要是共和国教育，这便使作家与读者的互动有了共同的教育这一平台的支撑——共和国教育通过对读者的文化心理结构的形塑和审美趣味的培育，直接作用于读者对中国当代文学作品的接受，由此影响了中国当代文学的发生和发展。

我们在关注共和国教育对中国当代文学具有积极作用的同时，也要看到，这种积极作用是有条件且有限度的，我们应避免对此作出形而上学的简单化解读。共和国教育作为国家主导的教育，其主要任务是为社会主义建设培养全面发展的合格人才，并没有把学生培养成未来的作家纳入培养目标的中心位置。因此，我们如果把培养作家视为共和国教育的根基，便是一种非常偏颇的认识；我们如果把共和国教育与中国当代文学发展等同起来，自然也是偏颇的认知。我们在前面的分析中凸显了共和国教育对作家培养的重要性，凸显了其对中国当代文学发展的促进作用。但是，如果把这种关系理解成一种因果关系，则大错特错了。共和国教育固然对中国当代文学的发展有着积极的作用，但任何事物都是一分为二的，我们要想辩证地认识共和国教育对中国当代文学发展的作用，便要看到既有的文学教育在中国当代文学发展中的历史限度。唯有如此，我们才会真正处理好共和国教育与中国当代文学的辩证关系，从而在共和国教育中更好地兼顾文学教育与其他教育的关系，并由此更好地引领中国当代文学实现健康发展。

参考文献：

［1］房福贤.中国抗日战争小说史论［M］.济南：黄河出版社，1999.

［2］郭沫若.序［M］//袁静，孔厥.新儿女英雄传.北京：人民文学出版社，1956.
［3］周而复.上海的早晨：第1部［M］.北京：作家出版社，1958.
［4］周扬.新的人民的文艺［M］//周扬文集：第1卷.北京：人民文学出版社，1984.
［5］朱栋霖，吴义勤，朱晓进.中国现代文学史（1915—2016）：下［M］.北京：北京大学出版社，2018.

【本篇编辑：张全之】

学术译文

迈向失落的世界主义
——关于"世界终结"的论述

马里亚诺·西斯金德 著

江佳月 魏可人 译

摘 要：世界曾被视为一种想象结构，用来支持以全球解放、平等和正义为核心愿景的人文主义及世界主义想象；然而，鉴于当下这个历史节点，现代性赋予世界的想象功能已全然崩溃，本文将重新评估世界主义话语的政治潜力。如今，世界似乎已无法再为世界能动性的文化和审美形式标明一个可能的前景。当下的普遍危机体验（西斯金德称之为"世界终结的体验"）表明，世界文学、世界主义和全球化概念的陈旧是显而易见的，它们依赖一种确定性的世界观念，来作为世界文化交流和翻译的基础。而这种概念总是扮演了一种基石般的重要角色——无论是对于以正义和平等为基础的全球（知识）社区而言，抑或是对资本主义对剩余的文学和经济价值的榨取，乃至风格、思想和主体地位的商品化。通过对罗伯特·波拉尼奥的小说《"小眼"席尔瓦》的详细解读，西斯金德认为，面对世界的终结，这种世界主义和世界文学的特定理解显得尤为脆弱：它已无法再去解释现代人是如何在这个已不再能作为"世界"的场所中所经历的痛苦挣扎。该文的结尾提出了一个极具争议的观点，即在结构性苦难的背景之下——这种苦难正是他所谓世界终结的底色——文学和人文学科可以发挥的作用。

关键词：世界主义 世界终结 全球化 《"小眼"席尔瓦》

作者简介：马里亚诺·西斯金德，男，哈佛大学罗曼语言文学与比较文学教授，主要从事世界文学、世界主义、全球化、心理分析和拉丁美洲文学研究。

江佳月（2001—），女，上海交通大学外国语学院翻译硕士。

魏可人（1998— ），女，爱丁堡大学比较文学硕士。

Towards a Cosmopolitanism of Loss: an Essay about the End of the world

Mariano Siskind

Translated by Jiang Jiayue and Wei Keren

Abstract: This text attempts to recalibrate the political potential of the discourse of cosmopolitanism today, during a historical juncture defined by the total collapse of the imaginary function modernity had assigned to the world — the world understood as the symbolic structure that used to sustain humanistic, cosmopolitan imaginaries of universal emancipation, equality and justice. The world today can no longer fulfill the role of a feasible signifying horizon for cultural and aesthetic forms of cosmopolitan agency. The generalized experience of crisis that defines the present (which Siskind calls "the experience of the end of the world") renders evident the obsolescence of world literature, cosmopolitanism and globalization, which depended on an affirmative notion of the world as grounds for cosmopolitan cultural exchanges and translations that set the foundation for a universal (intellectual) community to come based on justice and equality, or for the capitalistic extraction of surplus literary and economic value and for the commodification of style, ideas and subject positions. Through a detailed reading of Roberto Bolaño's *"El Ojo" Silva* Siskind argues that this particular understanding of cosmopolitanism and world literature is untenable in the face of the end of the world: it has exhausted its ability to account for relevant contemporary engagements with the present state of suffering in what used to be the world. The essay ends with a polemical proposal regarding the role literature and the humanities could fulfill in the context of the structural suffering that defines what he calls the end of the world.

Keywords: cosmopolitanism   end of the world   globalization   *"El Ojo" Silva*

> 我失去了两座城，可爱的城，而且，更辽阔的区域我也曾拥有，两条河流，一整块大陆。
>
> ——巴西诗人伊丽莎白·毕肖普（Elizabeth Bishop）

最近的世界文学和世界主义发生了向拉美文学与文化研究领域的转向（或者说，是开始关注该地区被少数化的、本地性、策略性的世界主义形式），其最有利的影响之一，就是开辟了一个旨在颠覆拉美批评传统的拉丁美洲主义意识形态（Latin Americanist ideology）的话语空间。也就是说，这是一种令人耳目一新的批评话语，它反对学术领域的特殊主义、同一性和地域文化政治，这些学术领域致力于研究我们习惯于用拉美符号标记的过度符号化的文化空白。这种世界文学/世界主义转向反对对我们的研究对象进行由确证拉美文化的特殊性和差异性的战斗愿望所支撑的、过度确定的历史主义诠释，重新开启了比较批判实践。尽管自20世纪70年代以来，有人有计划性地试图将其边缘化，但这种比较批判实践一直活跃在这一领域（当我说比较时，我想到的是同一性与其构成的不稳定性及其秩序和形成的偶然性之间的错位）。比较批判实践，即能够疏远那些现在被视为与拉美理念不可通约的对象，能够从拉美分裂的文化主体的裂缝中阐明非拉美主义批判话语的错位；在这种批判实践中，特殊主义和同一性的预设——无论是国家的、地区的、种族的还是政治的——都被消解了，因为我们重新认识到了符号结构的不可还原的单一性和偶然性，而这些符号结构正是我们研究这些非拉美对象的方法的框架。但是，即使这无疑是朝着学科的特殊主义自我商品化、去中心化迈出的富有成效的第一步，它也依赖于一种所谓稳定的"世界"概念，而定义和湮没2017年的危机经历似乎正在摧毁这种概念。

本文试图重新思考、修正、折叠、扭曲、错位和重新定义世界主义这一概念。因为在这个历史关头，世界主义话语的核心——世界被理解为支撑普遍解放、平等和正义的人文主义想象的符号结构——的世界经验赋予世界的想象功能完全崩溃了。如今，世界已不再能实现世界主义机构的文化和审美形式的可行的象征视野这一角色。那么，没有世界的世界主义在当今的伦理政治潜力是什么？世界主义的扩张、高涨的概念被理解为扩大自身主体性的愿望，直至使其与已知和未知宇宙的整体性相吻合，这种概念是否仍然有助于解决压倒性的失落体验？这种失落体验决定了当代的危机感，我在这里称之为世界末日的体验。

［此处有删节］

世界终结这一幽灵般的主题［正如波拉尼奥在《"小眼"席尔瓦》("*El Ojo" Silva*）中所称的"流浪孤儿军团"，我将在这里分析这篇短篇小说］是许多当代最有趣故事的核心，它们的美学贡献在于有计划地打破其拉美性、民族性，总的来说即身份特色可能会带来的地域限制。这些故事讲述了一群人物（或伪人物、解构人物、草率勾画和模糊的人物、未完全界定人物，等等）的活动轨迹，他们冒险进入一个正在分崩离析的世界，在那里，他们无法实现超本土或全球性的迁徙。这些故事探讨了一种张力，制造张力的双方是失去世界的体验与一种不太纯粹的世界主义的固执，即不愿放弃世界，或者至少是其象征即将到来的普遍解放之下的全球迁徙的潜力……

这些故事包括罗伯托·波拉尼奥（Roberto Bolaño）、若昂·吉尔伯托·诺尔（João Gilberto Noll）、塞萨尔·艾拉（César Aira）、奇科·布阿尔基（Chico Buarque）、瓜达卢佩·内特尔（Guadalupe Nettel）、马里奥·贝拉特（Mario Bellatin）、丽娜·梅鲁安（Lina Meruane）、塞尔吉奥·切赫费克（Sergio Chejfec）、爱德华多·哈夫龙（Eduardo Halfon）、迈克·威尔逊（Mike Wilson）、尤里·赫雷拉（Yuri Herrera）、埃德加多·科萨林斯基（Edgardo Cozarinsky）等人的作品，或许还有一些我不知道的作家（但无论如何，这些作品的数量并不多，至少就具有美学意义的文学作品而言）。无论它们的情节如何，是否叙述了种种被迫和创伤性的迁徙（尽管它们往往确实如此），这些故事的形式特征都对世界的"世界性"（worldliness）构成威胁。它们颠覆了一些结构，这些结构曾经承载了作为现代/现代主义整体意义载体的虚构世界，以及"世界公民"（world-citizenship）这一早已过时的理念中隐含的普遍包容的政治幻想。这些故事犹豫地勾画出一个非世界（non-world）的文化形态，其中特定语言和身份的发生瓦解，这些语言和身份曾经是稳定的，或至少比现在更稳定——或者从来没有真正稳定过；但即便它们一直是岌岌可危的，它们无疑曾在文化政治上具有影响力，但现在情况已经完全不同。从这个意义上讲——为了将这些故事重新构建为场域，从而在其中探索经历，抵抗世界终结并从中存活下来的不同方式——重要的并不是将其"去拉美化"（如果说它们还能被称为拉美叙事的话），而是将它们从一个已经本土化的、行尸走肉般的拉美文化历史阐释框架中移除，因为即使它们对世界终结的叙述无疑受到地方历史形态、想象力和美学传统的特定影响，但世界的终结本身并没有什么特别显著的拉美特征①。

特别是波拉尼奥，在我看来，他是一位书写创伤的地理作家，他笔下的伤痕让世界失去世界性。本文围绕对其短篇小说《"小眼"席尔瓦》的解读展开，但本文本可以基于波拉尼奥最著名的小说《荒野侦探》(*Los Detectives Salvajes*)、《遥远的星辰》(*Estrella distante*)或《2666》中的特定章节②。与这些小说类似，《"小眼"席尔瓦》讲述了那些处于不同形态世界终结之中的流离失所、支离破碎、迷失游荡的主体，该小说也在整体上实现了波拉尼奥所宣称的诗意话语的伦理功能："知道如何将头伸进黑暗中，知道如何跳入虚空，知道文学基本上是一项危险的职业。沿着悬崖边奔跑。"③

《"小眼"席尔瓦》以两个朋友在深夜柏林的一个公园的重逢开始。两人都是智利的侨民，过去25年里，他们在全球各地游荡，迷失且不安，穿越非洲和南亚，从拉丁美洲流浪到欧洲。其中一人为故事的叙述者，他的身份未被直接揭示，但我们可以推测，在通常情况下这个角色或第一人称叙述者名叫波拉尼奥、贝拉诺或简称"B"。他前往柏林，准备推出自己最新小说的德文版。另一位是毛里西奥·席瓦尔(Mauricio Silva)，外号"小眼"(El Ojo)，是一名摄影记

---

① 当我说到世界的终结本身并没有什么特别显著的拉美特征时，我指的是那种构成每一种身份认同和特定主义话语（在此为拉丁美洲主义话语）的特殊主义。从拉丁美洲主义的视角来看，世界终结是可理解的，因为它将立刻被简化为某个特定国家或地区文化历史的一个（黑格尔式的）时刻，它将用来强化身份认同，而非重新赋予拉丁美洲主义的象征废墟以新的意义，该主义在今天只会滋生保守与倒退。

② 胡安·E. 德·卡斯特罗(Juan E. De Castro)在他的文章《拉丁美洲的政治与伦理：论罗伯托·波拉尼奥》("Politics and Ethics in Latin America: On Roberto Bolaño")中，对其小说《护身符》(*Amuleto*)的解读与我在这篇文章中提出的观点十分相似。他认为小说是拉丁美洲式地表达了朗西埃(Rancière)对文学的理解，其认为文学是抵抗和哀悼那些被现代异化、谎言和犯罪所湮没解放的希望。波拉尼奥的小说之所以能在全球取得成功，并不是因为他的小说取得了"最高的艺术成就"，而是因为他们通过拉丁美洲独特的美学操作来哀悼和疏离"总是把解放变成谎言的无休止的犯罪"和"当代[西方]文学的主题和情绪特征"(De Castro)。

③ 在这一思路下，塞尔吉奥·维亚拉洛博斯-鲁米诺特(Sergio Villalobos-Ruminott)将波拉尼奥虚笔下的宇宙描为"一场战争与暴力交织的深沉噩梦"，特征在于"现代文学与公共阅读空间之间的关系已然耗尽，文学失去了曾经拥有特定社会功能（如启蒙、教育、道德示范等）。文学功能以及其"照亮、呈现和/或陌生化日常生活"的能力消失，使文学亦未能成为"拯救人类"的空间，最终剩下的便是维亚拉洛博斯·鲁米诺特所称的"文学与恐怖之间的共存"或"共在"状态(Villalobos-Ruminott)。见R BOLAÑO. "Discurso de Caracas"[M]//C MANZONI. La escritura como tauromaquia. Buenos Aires: Corregidor, 2002: 211.

者。小说中的叙述者看到这位"小眼"坐在长椅上。他们已经20多年没有见面了。但是当"小眼"得知叙述者也在这座城市的时候,便主动联系,并来到他下榻的酒店门前等候。尽管叙述者花了几秒钟才认出他,但是他们一见面便去酒吧消磨了一晚的时间,喝着威士忌和啤酒,彼此叙旧,在交谈中,双方很快激动起来,并陷入忧郁。在返回酒店的路上,他们再次坐在几个小时前相遇的长椅上,"小眼"开始向叙述者讲述那"命运或偶然迫使他告诉我的故事"①。

这篇短篇小说在波拉尼奥的所有作品中颇为特殊。在他最有力的中长篇及短篇小说中,他的文学建构围绕着一种伦理、政治与诗学的创伤,这种创伤与拉丁美洲、西班牙和西欧存在历史联系;也就是说,无论情节发生在何处,我们可以预测,创伤的核心总是在一个跨大西洋的地理框架中。然而,在《"小眼"席尔瓦》中,波拉尼奥将活动场域转移到印度:"我不知道'小眼'到达了哪个城市,也许是孟买、加尔各答,或许是瓦拉纳西或马德拉斯,我记得我问过他这个问题,但他没有回答。"②在这座未具名的印度城市,席尔瓦将前往一个隐秘的、迷宫般的妓院去救出两个男孩(其中一个不到七岁,另一个仅有十岁),年纪较小的男孩将要在为庆祝节日而举行的一场宗教仪式上被阉割,作为阉童献给神灵,有一位神祇的灵魂将转生到他身上,席尔瓦并不想记得它的名字:"一个野蛮的节日,虽然印度共和国的法律禁止,但人们依然在庆祝。"③较年长的男孩在几年前就被阉割,现在被迫给那些寻欢作乐的游客充当性奴。

席尔瓦是一个经历了两次流离失所的人物:作为一名左翼激进分子,他因皮诺切特(Pinochet)在1973年9月11日发动的政变被迫离开智利,前往墨西哥;作为一名同性恋者,他在当地遭到边缘化和欺凌。离开墨西哥后,他先后去了巴黎、米兰、柏林,并从事各种自由工作,满世界漂泊,不知何以为家。他以这种流亡者的身份来到了印度,进行一次常规的摄影报道,他向叙述者描述这一报道时,将其比作介于玛格丽特·杜拉斯(Marguerite Duras)的《印度之歌》(*India Song*)和赫

---

① R BOLAÑO. "El ojo" Silva [M]//Putas Asesinas. Barcelona: Anagrama, 2001: 16.
② R BOLAÑO. "El ojo" Silva [M]//Putas Asesinas. Barcelona: Anagrama, 2001: 17.
③ R BOLAÑO. "El ojo" Silva [M]//Putas Asesinas. Barcelona: Anagrama, 2001: 19.

尔曼·黑塞的《悉达多》(Siddhartha)之间的光鲜杂志作品。

在结构上,《"小眼"席尔瓦》以框架叙事的方式讲述了救助被阉割儿童的故事。文本将康德式世界主义正义的失败时刻(我稍后会详细阐述)设置在席尔瓦与叙述者的相遇中,而这一叙述框架又被置于一个更大的、代际性的背景之下,讲述了一种原生性的、完全拉丁美洲化的创伤,该创伤在波拉尼奥的文字所创造的无可挽回的创伤宇宙中被反复复制。这个更大的框架从一开始便显现出其决定性力量,尤其在短篇小说开头有明确的揭示。

> 这事真稀奇:毛里西奥·席尔瓦,人称"小眼",总是想逃避暴力,哪怕被人骂做胆小鬼。可是,暴力,真正的暴力是不可能逃避的,至少我们这些出生在年代的拉丁美洲、阿连德牺牲时,近二十岁的人们是无法逃避暴力的①。

接下来:

> 那是1974年1月,政变发生后四个月,"小眼"席尔瓦离开了智利。首先到了布宜诺斯艾利斯。接着,邻国的形势逆转。"小眼"不得不来到墨西哥。在这里,他生活了两年。在这里,我认识了他②。

之后,他回忆了"小眼"从墨西哥出发前的那个晚上:

> 我记得聊到最后,我俩信口开河,大骂智利左派。我记得,我还为"漂泊在外的智利斗士"干杯,为一部分"拉美漂泊在外的斗士"干杯,这是孤儿们的军团,如其所名,四处漂流,在世界各地为出价最高的人服务,而出价最高者往往是最坏的家伙。我俩哈哈大笑。随后,

---

① R BOLAÑO. "El ojo" Silva [M]//Putas Asesinas. Barcelona: Anagrama, 2001: 11.
② R BOLAÑO. "El ojo" Silva [M]//Putas Asesinas. Barcelona: Anagrama, 2001: 11.

"小眼"说，他不喜欢暴力。他说：你喜欢暴力，我不喜欢。那口气很悲伤，那时我不理解。他说：我讨厌暴力①。

这里有很多内容需要解读，但我想集中讨论一个对我分析这篇短篇小说至关重要的问题：即对于开篇呈现的结构性暴力问题——该问题看似经过了拉丁美洲的再地域化——的重新解读。换句话说，我希望从反思"暴力，真正的暴力是不可能逃避的"②这一倾向入手，解读《"小眼"席尔瓦》及波拉尼奥的整体小说创作，将其视为一种特别的拉丁美洲现象，一种拉丁美洲的"宿命"（就像博尔赫斯在《假设的诗》["Poema conjetural"] 中所说，以暴力解决社会对立是一种"南美命运"），并且由于其历史特定性，席尔瓦和叙述者走到哪里，暴力似乎如影随形。然而，我认为这并不是波拉尼奥在写作中呈现暴力的形而上和历史形态的方式，在波拉尼奥的作品中，无法逃避的暴力构成了他们无法栖息的非世界的前提条件；它便是我所说的世界终结的征兆，也是波拉尼奥常提到的"恶"（el mal），无论是在智利、墨西哥城、虚构的胡阿雷斯（原型为圣特蕾莎）、还是在卢旺达、基加利、蒙罗维亚和《荒野侦探》里的贝拉诺（Belano）可能死去的利比里亚丛林中，还是在某个未命名的印度城市的黑暗、堕落角落里——"或许是孟买，或许是加尔各答，或许是贝纳雷斯或马德拉斯"③，或者在任何其他地方——因为暴力的具体表现远远不如其结构性、构成性的普遍功能重要④。根

---

① R BOLAÑO. "El ojo" Silva [M]//Putas Asesinas. Barcelona: Anagrama, 2001: 13-14.
② R BOLAÑO. "El ojo" Silva [M]//Putas Asesinas. Barcelona: Anagrama, 2001: 11.
③ R BOLAÑO. "Mauricio 'The Eye' Silva." [M]//Last Evenings on Earth. C ANDREWS, translated. New York: New Directions, 2006: 112.
④ 在关于波拉尼奥的出色专著《无法忍受的现代性》(*La modernidad insufrible*) 中，奥斯瓦尔多·萨瓦拉（Oswaldo Zavala）分析了波拉尼奥作品中暴力与恶的表现，认为其源自一种抽象的形而上学普遍性与具体的、历史的拉丁美洲特殊性的辩证关系："波拉尼奥从模糊的恶和无历史的概念，过渡到具有明确政治、文化和经济坐标的具体暴力，其最精炼的形式出现在《2666》中 [……] 尽管每个时刻的暴力显然在全球背景下运作，波拉尼奥同时也在一个直接的地方层面上加以探索 [……] 与非政治和历史的本体论恶的概念相对，博拉尼的作品揭示了西方系统性暴力在特定的拉丁美洲时空中的物质性。只有这样，才能理解《命运篇》中的人物对圣特蕾莎谋杀案件的强调性陈述："没有人关注这些谋杀案，但在其中隐藏着世界的秘密"（Bolaño 2004a：439）。作为现代西方暴力体系的超越核心，这个秘密不会完全揭示，而只是略微从侧面揭示"（Zavala 154-155）。我认为，我与（转下页）

据这种解读，1973年皮诺切特政变（Pinochet's coup d'état）（以及总统萨尔瓦多·阿连德［Salvador Allende］的暗杀及其引发的长期谋杀和贫困）不过是这些角色无法逃避的暴力在拉丁美洲的一个具体体现；这一事件确实是一个重要的地方案例，因为它以多种因素决定了席尔瓦和叙述者在世界各地观察世界终结暴力的方式，但它依然只是一种普遍暴力的特殊表现。这或许能解释为何这个故事中的创伤发生在一个不确定的印度城市，而不是像波拉尼奥其他故事中那样出现在拉丁美洲或欧洲。因为"印度"并非指代印度。换句话说，席尔瓦的旅行并非真正指向印度次大陆；印度仅仅是一个对一种超越拉丁美洲和欧洲局限的经验的能指，象征着在已知或被认为已知的范围之外的外部性（因为在波拉尼奥的作品中，调解角色与世界关系的并非知识，而是强烈的诗性和情色体验）。它是一个故意模糊的"他者"之名，正是这种地理文化的模糊性使其能够完成叙事目的——强调暴力作为世界终结统一构成条件的普遍性①。

（接上页）萨瓦拉对恶与暴力的辩证性描述存在分歧，在这种观点下他认为圣特雷莎是"特定化的普遍性"，我的不同之处这一说法所强调的方面。虽然萨瓦将《2666》视为拉丁美洲主义目的论的终点，认为它是形而上学的具体实现，但我不认为波拉尼奥适合这种黑格尔式的模式。实际上，我认为波拉尼奥的创作方向正好相反，他受一种强烈的形而上学的驱动：从自我指涉和自传性质的（智利、墨西哥、拉丁美洲）对恶的理解，过渡到无可避免的暴力的全球性、普遍性的设定——这并不是从博拉尼的早期作品到《2666》呈现的发展趋势，他的每一部作品都是如此，在《2666》和《"小眼"席尔瓦》中尤为突出：圣特雷莎与印度乡间的无名村庄的对比，产生了一种相互失位的效果，揭示了波拉尼奥如何将它们转化为不可避免暴力发生的场域。

① 关于波拉尼奥叙事中情节转移到一个虚构地点、远离传统的拉丁美洲和欧洲背景的最后三个评论：
（1）伊格纳西奥·洛佩兹·维库尼亚（Ignacio López-Vicuña）认为，选择印度作为席尔瓦在全球化/非全球化之间转型故事的背景，必须与20世纪末期文学表现危机、现实主义的危机以及文学语言在生产指涉性知识能力上的危机相关联（López Vicuña）。
（2）伊格纳西奥·洛佩兹·卡尔沃（Ignacio López-Calvo）则认为印度背景是后独裁、后见证的智利和拉丁美洲书写的延续："'小眼'那一代的叛逆者为了追求正义而失去了青春，'小眼'在印度的冒险不过是这一过程的绝望延续。无处不在的忧郁和本体的失落似乎压倒了'小眼'，压倒了叙述者，并且进一步压倒了他们所隐喻的作者"（López-Calvo）。我完全同意洛佩兹·卡尔沃对忧郁和失败感的刻画，这种情感充斥波拉尼奥笔下人物的虚构宇宙，然而，我认为这种忧郁的特征并非独裁下的创伤和随之而来的流亡（尽管这些创伤的痕迹在博拉尼的文学中无处不在），而是预示着那些已经在20世纪90年代后期和21世纪初期开始形成的主体性和情感；也就是说，我不是以过去来解读这个故事，尽管它无可否认地包含历史的痕迹，而是更侧重于它所预示的象征语义场的变化。
（3）最后，我认为，在这篇短篇中印度并不是真正的印度，这排除了《"小眼"席尔瓦》与全球南方及南南（South-South）团结之间可能存在的联系。

学术译文

还有一点：作为对可预测的跨大西洋、欧洲—拉丁美洲地理结构以及与之相对应的现代/现代主义流浪经历的否定，波拉尼奥的"印度"构建了一张以流浪为核心的地图，这张地图并不是围绕流亡者这一过时的形象，而是围绕孤儿展开的："漂泊在外的智利斗士，拉美漂泊在外的斗士。"克里斯·安德鲁斯（Chris Andrews）将其翻译为："这是孤儿们的军团，如其名，四处漂流。"① 流浪孤儿——战士，是的，但最引人注目的是，孤儿，流浪的孤儿。事实是，这些分散的、无法联合的、没有世界的世界游荡者（包括席尔瓦和叙述者本人在内的，作为世界终结代名词的集体）以孤儿的形象呈现，构成了一种特殊的失落感和在世界中的迷失感：他们全球流浪的孤儿本质②。我坚持认为：在这里探讨的并不是在阅读波拉尼奥笔下全球流浪时经常提到的"流亡"概念。或者更确切地说，波拉尼奥的叙事，可能比20世纪90年代的任何其他文学作品［例如阿尔贝托·富盖特（Alberto Fuguet）和塞尔吉奥·戈麦斯（Sergio Gómez）的《麦克翁多》（McOndo）］更能象征着一种转变，即从对全球流浪的"后独裁"式的理解以及流亡者的形象转向没有世界的流浪孤儿的形象，这一转变是我们在2018年解读波拉尼奥的作品时所必需的历史变化的一部分③。流亡的象征意义依赖于我们一直

---

① R BOLAÑO. "Mauricio 'The Eye' Silva" [M]//Last Evenings on Earth. C ANDREWS, translated. New York: New Directions, 2006: 108-109.

② 孤儿形象和与之对应的在世界中的"迷失"可以追溯到波拉尼奥的作品中不同的情节转折点。或许最明显的例子出现在《荒野侦探》中：胡安·加西亚·马德罗（Juan García Madero），这部小说第一部和第三部的三个主要人物之一，他在第一部的第一页（"迷失在墨西哥的墨西哥人"）中揭示了自己是一个孤儿（Bolaño）。在小说的第二部中，奥西利奥·拉库图尔［Auxilio Lacouture，小说《护身符》（Amuleto）的核心人物，该小说扩展了《荒野侦探》中的这一情节］自称为墨西哥诗歌的母亲，负责照顾那些生活在城市边缘的孤儿诗人。最后，《2666》中的每一部分都呈现了孤儿形象的多种表现形式。

③ 在论文、新闻报道、小说和短篇故事中，波拉尼奥广泛地书写流亡和文学，无论是作为普遍叙述，还是作为自传记录。他在两种立场之间摇摆。一方面，他书写对于流亡的抽象且美学性质鲜明理解：他将流亡视为文学本身（tout court），是文学的真理，因为在他看来，作家的祖国就是他的图书馆［《文学与流亡》和《流亡者》（"Literatura y exilio," "Exilios"）］，他常常强调回归和归乡的不可能［《归乡片段》《显然无路可走的走廊》和《一个谦虚的提案》（"Fragmentos de un regreso al país natal," "El pasillo sin salida aparente," "Una proposición modesta"）］。另一方面，当写到自己的经历以及与其他移民的接触时，他采用了尖刻的语气，并摒弃了流亡作为一个包含美学潜力的概念："我不相信流亡，特别是当这个词和'文学'这两个词连在一起时"（《文学与流亡》），以及"在欧洲的空气中回响着一种旋律，那就是流亡者的痛苦之歌，一种由抱怨和哀悼组成的音乐，一种几乎无法理解的乡愁。难道可以对自己差点死去的土地产生乡愁吗？难道可以对贫穷、对刻薄、对傲（转下页）

以来对家园的不同想象,即使可能实现的返乡也是一个被无限推迟的幻象①。但在波拉尼奥的世界终结中,家园的观念已经从象征性的视野中消失,同时消失的还有曾经在旅行和流亡的时代组织全球流浪经济的家庭(oikos, Van Den Abbeele, xviii),这种家庭的缺失对于理解波拉尼奥笔下人物从一个地方移动到另一个地方所感受到的无望不安至关重要。在某地定居,给自己建立一个新家对于他们而言要么无法想象,要么则是禁忌,而当像席尔瓦这样的角色认为自己是安全的并且找到了家时,波拉尼奥的诗学结构会以毁灭性的后果来惩罚这种幻想②。与流亡不同,孤儿身份是不可逆的,孤儿身份是一种不可逆转的状态,父亲/母亲或家庭赋予孤儿的象征性铭文被剥夺,将使他/她(连同其他以失落为特征的主体形象,如无家可归者、难民和哀悼者)变成世界末日时成为悲剧性的人物③。

  这些主体经历了失落,见证了毁灭,了解那些无法修复及重新确证之物,因而悲惨地去重新定义自我的能力,无法再立足于世,但这些主体反倒成为一种失落的世界主义的基础,在一种乐观的普世呼吁中,这种世界主义找不到自我的定位。波拉尼奥笔下的人物由于历史地违背了一种普遍道德债务的设想(这种道德债务构成了康德所谓的主体),因而成为失败的、卑微的、盲目的世界主义者。

  (接上页)慢、对不公感到怀念吗?"(《文学与流亡》)。在所有这些文章、评论和旁注中,博拉尼明确表示,他并不认为流亡经验是他叙事的合适诠释框架。

① Said, Edward W. "Reflections on Exile." In *Reflections on Exile and Other Essays*. Cambridge, MA: Harvard University Press, 2000: 179, 181, 184—185.

② 在《罗伯托·波拉尼奥的〈"小眼"席尔瓦〉,或是根深蒂固的世界主义道德观》("El Ojo Silva' de Roberto Bolaño, o la ética arraigada de un cosmopolita")一文中,玛丽亚·路易莎·费舍尔(María Luisa Fischer)也不再将流亡作为解读波拉尼奥全球流浪的框架,因为她认为"流亡意味着对归属地或祖国的渴望,而这种渴望在波拉尼奥的故事设计和意义中完全缺失"(Fischer)。我同意她抛弃流亡这一类别,但我不同意将波拉尼奥的角色视为有归属感(她称之为"扎根")或渴望回到原点(他们更聪明、更世故)。即使"家"在叙事结构上缺失,他们也没有表现出这种渴望。

③ 卡洛斯·M.阿马多尔(Carlos M. Amador)在其著作《智利、阿根廷和巴拉圭的伦理与文学,1970—2000年》(*Ethics and Literature in Chile, Argentina and Paraguay, 1970—2000*)中指出了这一方向。在该书中,他反对民族或群体主体化和排斥的两种机制:结构的、关系的特异性(历史、地方/全球),以及单一的或内在性的、本质的表达/存在,这种表达/存在"通过强加一种与所有人的明显区别"来排斥差异之所在。在以"罗伯托·波拉尼奥的特定流亡者"("Roberto Bolaño's Specific Exiles")为题的最后一章中,阿马多尔认为波拉尼奥的写作是出于他对"文学和阅读是一个全球流离系统"(Amador)的理解的特定产物。波拉尼奥笔下的游牧旅行者则是"摆脱单一性陷阱的一种方式,这是流亡者对家的渴望的一部分"(Amador)。

他们的世界孤儿身份使他们成为一种普遍形式的无归属感的主体，这种无归属感是世界终结下的常态。他们既不特殊，也不普遍，故而他们的非普遍性在任何地方都不可能以正义的名义实现。在《"小眼"席尔瓦》中，当席尔瓦解救年轻男孩免于阉割时，这种世界主义理想的破灭显得尤为明显：

> 他能看到那天黎明或者次日准备给男孩阉割用的外科器具，不管怎么说吧，男孩已经到了庙宇或者妓院；他能明白有一项预防感染的措施、一项卫生措施；男孩已经饱饱地吃了饭，仿佛已经化作神灵，其实"小眼"看到的是一个半睡半醒正在哭泣的孩子；"小眼"还看到了那个已经被阉割的男孩——在他身边，寸步不离——半开心半恐惧的眼神①。

看到最小的孩子即将在仪式中被牺牲，他感到震惊。面对迫近的暴力，一种他自己也无法逃脱的暴力即将降临到孩子身上；他在这个场景中认出了一些熟悉的东西；他受到召唤并被驱使采取行动。这并非出于任何预先想好的计划，而是强烈的、非常有道德感的、对正义的要求："可是心里唯一想的是策划点什么。不是计划，不是朦胧的公正样子，而是一种意愿〔……〕当然了，'小眼'没有什么太大信心地要试一试对话，试试行贿，试试恐吓。唯一确凿的是有过暴力事件。不久，他就离开了那红灯区的大街小巷，样子像做梦，像大汗淋漓。"②他们三个都逃了出来："余下的部分不只是一个故事或者情节，而是一趟旅程。"③席尔瓦带着孩子们能走多远走多远，他们先到酒店收拾行李，之后打车到最近的城镇，在那里坐公交车，之后坐另一辆公交车，又坐火车，再坐公交车，后坐出租车。他们搭便车，直到最后，到达一个小而贫穷的村庄，席尔瓦（还是）不知道这个村庄的名字和位置，"印度某个村庄"④，他们在那里租了一栋房子，决定安顿下来，

---

① R BOLAÑO. "El ojo" Silva [M]//Putas Asesinas. Barcelona: Anagrama, 2001: 21-22.
② R BOLAÑO. "El ojo" Silva [M]//Putas Asesinas. Barcelona: Anagrama, 2001: 21-22.
③ R BOLAÑO. "El ojo" Silva [M]//Putas Asesinas. Barcelona: Anagrama, 2001: 23.
④ R BOLAÑO. "El ojo" Silva [M]//Putas Asesinas. Barcelona: Anagrama, 2001: 23.

休息一下，过上一家人般的生活。席尔瓦似乎打破了魔咒，他找到了一条他无法摆脱的暴力的出路。他拯救了孩子们，给了他们在这个世界上的一席之地以安身栖命。他以一种康德式的方式拯救了他们：以普遍的、道德上的正义之名，同时也是以爱之名——这种爱是一种特别基督教的、带有性别色彩的世界性虔诚观念的核心。事实上，在我对他的拯救使命的分析中，还有一点重要的补充。如果席尔瓦与孩子们分享了孤儿身份，那么为了拯救他们，他就成为他们的母亲，或者说，他就是一个"母亲"，不特别属于某一人："他说了'妈妈'之后，出了一口长气。这就是结果：'妈妈'。"①

作为一个世界孤儿，当席尔瓦与自我指定的母性救世主的角色一致时，他就能以普遍正义和爱的名义行事，将孩子们从仪式上的残害和性剥削中拯救出来，使他们免于沦为低贱商品的命运。在此过程中，席尔瓦也将自己从历史化和形而上学的暴力中拯救出来，正是这些暴力使他无家可归、流浪不已、成为流离失所的孤儿。除了基督教色彩之外，这个角色最明显地从性别角度诠释了世界主义的恢复性概念；由温暖如家般的子宫所定义的母亲这一极其传统的形象，以一种世界主义补偿的形式，为席尔瓦、孩子们以及所有流离失所、无家可归的孤儿恢复了爱与正义，这些孤儿总是因为无法在世上寻到安身立命之所而饱受创伤。如果这就是短篇小说的结局，波拉尼奥的世界主义就完全是康德式的——"他们从此过上了幸福的生活"。当然，这是一个波拉尼奥的叙事，这种形式的恢复性的、修补性的世界主义普遍性（以及母亲形象的理想化）从一开始就注定了结局。小说的最后几页将把席尔瓦和孩子们重新拉回那个他们无法逃离的荒凉而暴力的世界。

席尔瓦和孩子们在一个不知名的村庄定居后（这里重复了我之前在讨论"印度"能指时讨论过的对已知和特定地理的否定），他们过上了短暂而幸福的田园生活："小眼"成了一名农民，他教自己的儿子和村里的其他孩子学习英语和数学；他们一家三口其乐融融，孩子们整天和朋友们玩耍，还设法把食物带回家让

---

① R BOLAÑO. "El ojo" Silva [M]//Putas Asesinas. Barcelona: Anagrama, 2001: 22.

席尔瓦做饭。"有时候，他看见他俩停止游戏，去田野上转悠，好像突然之间变成了梦游患者。他高声招呼他俩回来。有时，他俩假装没听见，继续往前走，直到他看不见为止。有时，他俩回头冲他微笑。"①

但这种看似快乐、恢复正常和自我和解的生活却在孩子们死去时戛然而止。短篇小说没有解释他们是如何死去的，也没有让读者为他们的死亡做好准备。他们就这样死了——突然间，两行字，仿佛死亡是他们既定的宿命，而小说就这样轻而易举地将他们推向死亡的深渊。"后来，瘟疫进村了。那两个男孩都死了。'小眼'说，我也想死，可命不该绝。"②我不知道当读者们阅读这篇短篇小说时，是否会因这反高潮的句子而感到震惊——那些孩子刚刚从性奴役中解脱，得以延长生命，却突如其来地走向了生命的终点，如此遽然而随意。我们无法确定，这究竟是席尔瓦向叙述者讲述这一悲剧的独特方式，还是叙述者有意选择用这种简练、震撼且毫无感情色彩的手法来讲述这一事件，以至于让人怀疑他是否已陷入某种心理上的疏离状态。或者，这句震撼的、直截了当的、实事求是且反常的句子所展现出的形式主义姿态，正是一种点睛之笔，"后来，瘟疫进村了。那两个男孩都死了"，它将读者的伦理—审美上的注意力集中在一处，即在失落的创伤条件下语言表意的极限。在《痛苦的身体》（*The Body in Pain*）中，伊莱恩·斯卡里（Elaine Scarry）解释说，对于那些痛苦的人来说，世界不复存在：痛苦的存在就是世界的缺失……剧烈的痛苦也会摧毁语言：当一个人的世界内容瓦解时，他的语言内容也会瓦解；当自我瓦解时，表达和投射自我的东西就会失去它的来源和主题。③如果说世界末日是整个短篇小说（我认为也是整个波拉尼奥文学）表达的世界历史条件，那么孩子们的意外死亡所带来的无法言喻的痛苦则摧毁了席尔瓦的世界，并取代了用语言解释其毁灭的可能性。每次在席尔瓦讲述孩子们突然去世的故事，并由叙述者复述时，这种失调都会反复出现。因为痛苦

---

① R BOLAÑO. "El ojo" Silva [M]//Putas Asesinas. Barcelona: Anagrama, 2001: 23.
② R BOLAÑO. "El ojo" Silva [M]//Putas Asesinas. Barcelona: Anagrama, 2001: 24.
③ E SCARRY. The Body in Pain. The Making and Unmaking of the World[M]. New York: Oxford University Press, 1985: 35.

（身体上的或其他方面的）是主体失调的体验，在世界末日将席尔瓦和叙述者联系在一起；他们共同承受着一种超稳定的、结构性的痛苦，每当遭遇特定的、偶发的痛苦情境时，这种痛苦便会再度浮现；他们分享着痛苦和失去世界的体验，因失去全世界的人总是一同陷落于迷失，他们一同迷失了[①]。这就是短篇小说的结尾，席尔瓦痛苦地哭泣起来：

> 当天夜里，一回到旅馆他就流泪不止，为两个死去的男孩哭泣，为那些不曾相识的被阉割的男孩哭泣，为自己失去的青春岁月哭泣，为一切已经不再年轻的年轻人哭泣，为英年早逝的年轻人哭泣，为保卫阿连德的斗士们哭泣，为害怕保卫阿连德而战的人哭泣，接着，他给巴黎那位朋友打电话。现在，这位法国朋友与一位保加利亚前举重选手同居了。"小眼"请法国朋友寄一张机票和一点支付旅馆费用的钱过来。法国朋友说：行。当然。马上就办。还问"小眼"：那是什么声音？你哭了？"小眼"回答说：是的。哭个不停。不知怎么回事。已经哭了好几个小时了。法国朋友于是说：好啦，好啦，别哭了！"小眼"哭着说，照办，照办。然后就挂上了电话。可是随后仍然痛哭不已[②]。

世界主义的化身忽然泪流满面，为失去的、无法挽回、补偿或修复的东西而悲痛啜泣。席尔瓦不仅为孩子们的悲惨和突然死亡而哭泣，也不仅仅是因为他迷失在了一个上帝才知晓的所在，等待着（他的巴黎朋友，或任何人都好）的拯救；他

[①] 从这层意义上说，我完全同意胡安·E.德卡斯特罗（Juan E. De Castro）的观点，他指出波拉尼奥的"小说暗示我们一直生活在灾难后的月球表面［……］他的作品完美地表达了我们这个时代——我们发现自己成为灾难后的遗民，却无法想象灾难的出路"（De Castro）。同样，埃德蒙多·帕兹·索尔丹（Edmundo Paz Soldán）在波拉尼奥的作品中，尤其是在《遥远的星辰》和《智利之夜》（*Nocturno de Chile*）等小说中，发现了一种表现恐怖和暴力的末世美学或伦理，并将其与波拉尼奥小说中非常特殊的南美后独裁地缘文化联系起来："世界末日的想象是唯一公正对待20世纪70年代拉丁美洲的想象"（Paz Soldán）。然而，在第二章中，帕兹·索尔丹承认，《2666》的独创性和趣味性恰恰在于"部分作品"也概括了20世纪、世界和人类的状况"，这一本土化的南美末日伦理的再现。

[②] R BOLAÑO. "El ojo" Silva [M]//Putas Asesinas. Barcelona: Anagrama, 2001: 25.

哭泣，而且哭得停不下来，是因为孩子们的死亡揭示了世界末日是一种结构性状态，即使他的朋友给他寄回欧洲的机票，席尔瓦也无法得救——没有人可以得救，因为暴力是不可避免的①。本文标题中的非世界主义概念恰恰试图命名这种失落的普遍化，这种失落构成了难民、移民、无家可归者和流浪孤儿流离失所的体验，对他们来说，世界已经不复存在，他们只能栖身于自己错乱的时间和地点。

附　言

本文的目的之一是探讨以下问题：文学和艺术在象征当今世界终结体验的话语领域中处于什么位置？文学和艺术，连同那些对其抱有深切关怀、倾注毕生时光思考和教授它们、并从中找到归属感的人，能做些什么，来打破我称之为世界终结的当代结构性条件？我们的话语实践和我们所使用的符号表面，是与以普遍正义和补偿理念为导向的政治代理的变革概念相一致，还是以缓解那些在世界末日发生时遭受伤害的人的痛苦的意志一致？在2017年11月的今天，面对身边及远方发生的种种苦难，我深感气馁和悲伤。我想问的是，除了将我们栖身的话语空间（包括教育、批评及审美活动）作为哀悼场所外，我们是否还能做些什么来应对世界末日。说得更明确些，我并不是在问以政治方式参与世界末日的合法性，也不是在问将我们自己置于集体诉求或动员中以颠覆世界末日的合法性，也不是在用政治术语来表述我们的主体化所经历的各种想象和象征过程的合法性。我的问题聚焦于人文学科所约束的话语实践的政治特异性，文学和艺术的有效性，以及它们在今天构成政治抵抗和争论的有效场所的可疑潜力。我质询的是，我们的美学和批评工具与手头的任务之间存在着不可比拟的、令人沮丧的差距。

---

① 本杰明·洛伊（Benjamin Loy）在《恐怖/幸福写作的维度》（*Dimensiones de una escritura horroris/zada*, 2015）一文中，透彻地分析了波拉尼奥文学作品中大量的哭和笑是语言危机及其表意功能失效的表现，也是人物失去对自己身体控制的表现，即主体主权的死亡。另见伊格纳西奥·埃切瓦里亚（Ignacio Echevarria）的观点，他曾将波拉尼奥的写作描述为"悲伤的史诗"，这一概念在《"小眼"席尔瓦》和短篇小说结尾的永无止境的哭泣中表现得尤为强烈："仿佛在哭声中隐藏着［其写作］无法解释的美丽和［其］绝望之谜。"

面对大量研究和出版项目——它们的政治视野往往打着身份利益和道德主义政治的幌子，实质不过是一种自恋和自我肯定的表现——我致力于弥合美学与政治间的裂痕。这一裂痕似乎是世界末日的知识经验的构成，而我们的批判实践却屡次未能有效地调解。也就是说，我试图对弥漫于当今艺术和学术领域的一种非常真实的、压倒性的政治虚无感进行拷问。当然，这并不意味着我们不应继续进一步了解我们所研究的社会、文化和美学形态，以及揭示其中被忽视维度的理论概念，并启动新的批判想象力来阐明过去、现在和新出现的存在模式。任何人都不应该低估人文学科作为解释、叙述和概念创造的集体事业在学术和教学方面的贡献，也不应该低估它们在课堂或书页（无论是纸质的还是数字的）之外的影响。但是，我们最好不要自欺欺人地认为，它们有可能转化为政治实践，能够破坏世界末日的象征性和物质性结构，以及它所造成的普遍失落感。

我并不主张将我们的教学和研究议程非政治化，一点也没有这个意思；我也没有否认在我们的话语领域中存在着内在的政治力量，这些力量发挥着作用，足以产生和消除霸权共识。但有一种观点认为，由于我们的唯物主义分析框架，我们实际上正在将我们的特殊才能政治化——无论是因为我们将边缘化的文化形态和主观性以及导致其被剥削的社会关系可视化，或是因为我们参与了后殖民或非殖民形式的认知抗命（通常围绕对先前构成的文化政治身份的承认和再生产而组织）或者因为任何其他解释学方法被认为或多或少是直接政治性的——取决于我们对人文研究和审美情感在当今公共辩论中所扮演角色的一种过度且表面自愿的自我表现。

因此，我们面临着各种各样的研究和出版议程，它们都围绕着一个共同的信念——即我们确实可以做些什么来避免世界末日的到来：有办法将我们的批判实践与变革性的政治观念结合起来，那种特定划出一个坚定的阐释场所的做法在当时是可能的，现在仍然可能。就我个人而言，在2017年11月的今天（谁也不知道2020年、2021年或2037年会发生什么），我发现不存在这样一个阐释之地令我们栖身，即便是我们用睿智而精妙的理论论证来试图维持对弥赛亚式正义的信念，以激活一种当下的政治潜能——可被理解为"不断将残骸堆砌在残骸之上的一场灾难"①。我真的相信，对于世界末日，我们在艺术和文学方面能做的微乎其微。我知道我的论点非常悲观。写下这段话的时候，我落笔迟疑，深知自己内心的矛盾和纠结，甚至为一种可能性而感到恐惧，害怕明天我论述中所传达的绝望无助，已然凝结为一种消极认命的保守立场。这种弥漫在我们与现实关系中的普遍的忧郁和厄运感，这种悲伤，这种可悲的麻痹需要被认识和克服。我们应该坚持下去，即使（或特别是）这种世界末日的经验不能轻易地被政治化，除非诉诸已经被证明无效的旧政治观念。回到本篇后记开篇提出的问题，我想建议将文学和艺术（以及我们对文学和艺术的特殊的话语关注）视为一种可能性，我们可以在其中找到哀悼世界失落的方式，哀悼我们现在已知永远失去的，不可能再实现的一种普遍的、解放的未来社会的想象结构；没有终结的哀悼，即一种忧郁的哀悼，其无法将力比多从消失的对象中抽离出来，因为失去世界（失去政治乌托邦主义的结构本身）并不是一种可以弥补的损失。

弗洛伊德在《哀悼与忧郁》（"Mourning and Melancholia"，1915—1917）中将哀悼描述为一个人接受失去所爱之物的过程②。虽然他对哀悼者的描述显示了

---

① 在2010年发表的一篇文章《"肮脏的现代性"：罗伯托·波拉尼奥的〈荒野侦探〉中的文学形式和历史的终结》（"A la pinche modernidad': Literary form and the End of History in Roberto Bolaño's *Los detectives salvajes*"）中，埃米利奥·索里（Emilio Sauri）对波拉尼奥的小说进行了透彻解读，并引用了我提到的沃尔特·本雅明《历史哲学论纲》（*Theses on the Philosophy of History*）中的一句话，指出小说中的一位主角概括了一个内心现实主义者（a real visceralistas）的诗歌事业。在与加西亚·马德罗（Garcia Madero）的对话中，利马（Lima）解释说，"真正的内心主义者倒着走……倒着走，看着一个点，却又远离它，沿着一条直线走向未知"（Bolaño）。索里解释说，就像本杰明笔下的历史天使一样，波拉尼奥笔下的现实主义者见证了现代性带来的灾难，"虽然《历史哲学论纲》中的救世主精神仍然憧憬着能够拯救过去的未来，但《荒野侦探》却表明，任何可能性都已被扼杀。本雅明和几代拉丁美洲作家和批评家的现代主义都曾将文学视为通向未来的一种开端，而波拉尼奥的小说则标志着这种特定美学意识形态的终结，哪怕只是表明历史必然会超越它"（Sauri）。我认为我的观点与索里的结论不谋而合：波拉尼奥的小说聚焦灾难与失落的主题（包括对世界的毁灭、解放及拯救的探讨），将文学置于超越或远离政治之处，置于我们过去投资的阵地，并以不同程度的效力颠覆、改变灾难，并重新构想未来的可能性。见 W BENJAMIN. Theses on the philosophy of history. [M]//H ARENDT. Illumination. New York: Schocken Books, 2007: 257.
② 文学批评和理论界有一个重要的传统，即对参与哀悼或促成哀悼的文化和美学形态进行解读，最近的杰出贡献包括朱迪思·巴特勒（Judith Butler）、温迪·布朗（Wendy Brown）、乔迪·迪恩（Jodi Dean）、丽贝卡·科迈（Rebecca Comay）、阿莱西亚·里查迪（Alessia Ricciardi）、劳拉·维特曼（Laura Wittman）和恩佐·特拉韦萨（Enzo Traversa）等人的作品。在拉丁美洲批评中有许多经典的例子。其中最重要的可能是阿尔贝托·莫雷拉斯（Alberto Moreiras）的《恐怖空间：拉丁（转下页）

他对自己能力的一种过分自信，认为自己有能力成功地过渡悲伤，有效地将性欲转移到新的所爱对象上，但他对抑郁症的定义十足负面，将其定义为一个成功哀悼者的反面，即无法悲伤、不可救药的自恋者，无法摆脱对失去的物件的认同，将其等同于自身道德和性欲的缺陷——因此，忧郁症被认为是"一种异常的哀悼形式"[①]。弗洛伊德承认，他对忧郁症的抑制本质感到困惑（"我看不出是什么让他如此全神贯注"）。他解释道，因此他/她经历了"自我价值的极度贬低，大规模的主体性缺失。在哀悼中，变得贫瘠和空虚的是世界；在忧郁中，则

（接上页）美洲黑人的文学》（*Tercer espacio: literatura y duelo en América Latina*），艾德尔伯·阿维拉（Idelber Avelar）的《不合时宜的现在：后独裁时期的拉丁美洲文学和哀悼的任务》（*The Untimely Present: Post-dictatorial Latin American Literature and the Task of Mourning*），以及胡里奥·普雷马特（Julio Premat）的《萨图诺的生活，胡安·何塞·萨尔作品中的写作与忧郁》（*La dicha de Saturno. Escritura y melancolía en la obra de Juan José Saer*）。莫雷拉斯的哀悼概念是文学和写作的重要组成部分，因此，"写作是一种偿还生命债务或完成决斗的方式，因此，写作首先或最终铭刻着无休止的模仿的无尽问题[……]对失去本体论中心的物件本身的哀悼"（Moreiras）。同样，对于普雷马特来说，文学只不过是写作的制度化，作为一种尝试解决自己的死亡的尝试："一个人的写作是反对死亡的，是在哀悼和阐述死亡的过程中进行的；或者说，是关于死亡、源于死亡和无视死亡的写作，这种自相矛盾的逻辑恰好与这种死亡的不可理解性相呼应，这是一个前沿概念"（Premat）。阿维拉对弗洛伊德概念的运用是刻意具有历史性的；在他的论述中，阿根廷、巴西和智利小说家在20世纪80年代处理其当下创伤的方式被哀悼和忧郁概念化，同时，他谴责人们无法成功放下过去，投身于新自由主义资本带来的兴奋之中。他还指出，在当下，人们一方面需要以一种恢复性的方式来纪念过去，另一方面需要以尼采式的主动遗忘来打开一个不确定的未来，而这两种方式之间存在矛盾。显然，我在本篇后记中的观点在很大程度上得益于阿韦拉尔书中的观点。

① 弗洛伊德将忧郁症患者的损失本质仅仅限定为理想的，且对一种铭刻在潜意识领域中的失落的身份感到困惑，与之相对的是哀悼者成功地将其象征化的真实的、绝对的损失（Freud）。这显然对忧郁症患者不公平。在一篇关于波拉尼奥的《遥远的星辰》和《美洲纳粹文学》的文章中，加雷思·威廉姆斯（Gareth Williams）（根据弗洛伊德对忧郁症的消极/二元定义）认为，波拉尼奥的叙事陷入忧郁的麻痹，这种麻痹排除了提出另一种政治或者其他政治的可能性，而是倒向了施密特式的社会领域划分，将政治简化为朋友和敌人不同战壕的镜像。即使阅读过几遍威廉姆斯的文章，也很难产生一个清晰的概念，即波拉尼奥的施密特式政治概念所预见的解构性、非忧郁性政治的名称和特征到底是什么。除了一处，他在文章最后写道："为了获得自由，他（波拉尼奥）必须积极参与叙事解构，打破朋友/敌人之间的敌我分裂政治，而不是一次又一次地重复这种忧郁的重组"（Williams）。虽然我同意威廉姆斯的观点，即尽管波拉尼奥笔下的人物沉浸在忧郁中，但席尔瓦、叙述者和"流浪孤儿军团"的悲伤—忧郁的主体性与施密特式的敌我分歧政治所产生的主体性是不同的。但是，在我阅读《"小眼"席尔瓦》时（我相信《荒野侦探》和《2666》中也是如此）时，我认识到关键在于不可能通过政治手段摆脱世界末日，没有什么可以将书中的人物从世界末日的经验中拯救出来（当然包括政治，不管有没有施密特）。见 J BUTLER. Psychic inceptions. melancholy, ambivalence, rage [M]//The psychic life of power: theories in subjection. Palo Alto: Stanford University Press, 1997: 167.

是自我本身"①。因此，本文论述了现今时代的特征便是世界的失落，以及艺术和文学如何处理这一体验，在这两点基础之上值得注意的是，那些最有趣的、当代非世界主义的艺术和文学——尤其是波拉尼奥的叙事——生存在哀悼的贫瘠世界与忧郁的混沌（在那里，世界的失落与自尊的失落混淆）二者内部和之间的缝隙中。尽管需要考虑这些概念在现实语境中的特殊性，以及1917年与2017年之间的时代差异，但显然我们需要提出一种新的、辩证的哀悼与忧郁的定义②。我们需要这种哀悼，它能够帮助我们与我们的失落共处，即使没有承诺的解决方案，也没有安全的路径通往一个所谓的自我和解、后创伤的状态，在那里我们将再次以力比多式的奋斗重建世界。同时，我们也需要一种不那么忧郁的忧郁概念，它指出，在哀悼急于脱离失落对象、重新分配力比多并继续前进的过程中，有一种创伤性的悲伤反而受到了压抑。在揭露"哀悼本身"（mourning-as-such）[或"哀悼式闭合"（mournful closure）]是一种虚假意识后，忧郁作为一种内在的界限标志了这种意识的不可能性。但如果说忧郁强调了失落是无可避免的（同时也无法清楚地了解和言说到底失落了什么），哀悼则是一种力量，要求我们克服这种失落，不要投降。正如德里达所言，哀悼的工作"并不是众多工作中的一种，而是工作本身，是一般意义上的工作，是通过这种特质，也许我们应该重新审视生产这一概念"③。是的，我们需要哀悼，也需要忧郁——尽管弗洛伊德是分级定义这两个概念的。我的观点是，尽管哀悼的概念和哀悼的工作极其重要，但忧郁不应像弗洛伊德那样被过度贬低和病理化。为了理解我

---

① S FREUD. Mourning and melancholia[M]//The standard edition of the complete psychological works of sigmund freud, volume XIV（1914—1916）: on the history of the psycho-analytic movement, papers on metapsychology and other works. J STRACHEY, translate. London: The Hogarth Press/The Institute of PsychoAnalysis, 1957 [1917]: 245.
② 明确地说，弗洛伊德用二元对立的方法，将抑郁症当作一种过程痛苦但最终获得成功的哀悼工作的病理层面，来对其进行粗暴地区分，这种做法在临床语境中可能是正确和富有成效的——毕竟，抑郁症是真实存在的，必须得到有效诊断和治疗。但我建议对哀悼和忧郁症不必进行如此二元对立的描述，这也是为了我们的后结构主义人文学科研究着想，这种研究在很大程度上受到由弗洛伊德本人开创的精神分析写作——即临床反思和推想思考——的双重维度和张力的启发。
③ J DERRIDA. Specters of Marx, the state of the debt, the work of mourning & the new international[M]. P KAMUF, translate. New York, London: Routledge, 1994: 97.

们在世界终结语境中的言说方式，我们需要这两个概念，也需要摆脱弗洛伊德那篇重要论文中二元对立的形而上逻辑。因为怀着这样一种对哀悼的理解，即不再指望它能够帮助我们克服失落——加上一种不那么消极的忧郁概念，或许能够让我们看到，与这种情绪共存、对当今世界正在发生的一切怀着深切的忧伤、放弃对这种普遍危机体验进行即时的规训和政治回应，因为这种危机实际上可能会（当然也可能不会）为一种新的政治化提供可能，这种政治化或许能够重新定义我们与我们所失去的世界及其随之消逝的一切之间那种哀悼与忧郁的关系。

与此同时，当我们在动员人们（尽管我们怀疑对公开示威的有效性）反对当下那些最为公然的虐待、剥削和非人折磨，并支持那些勇敢的律师、医生、社会工作者、普通组织者和其他奔赴海岸与边境，帮助那些健康状况不佳、与子女分离、遭受非人道拘留的移民的人，作为人文主义者（以人文主义者的身份），我们也应该腾出空间好以忧郁的态度面对世界终结——通过在我们的人文话语中为非世界主义的忧郁的立场提供空间，思考那些笼罩在那些追求普遍正义与包容的激进运动的失败与不可能之上的阴影。也许，作为人文主义者，我们的特殊责任在于坚持向受众（不论他们是否研究人文学科）输出这样一种观点：我们应该对正在发生的事情感到沮丧（甚至痛苦、麻痹）；在试图将我们的痛苦、愤怒和眼泪政治化和工具化以克服这些情绪之前，以哀悼性的忧郁拥抱世界末日或许是唯一途径来完全吸收、真正理解我们周围伤害的严重程度和规模大小，这种伤害有希望影响我们接下来参与的政治主体化进程。当然，希望如此，但谁知道呢。

这正是波拉尼奥的《"小眼"席尔瓦》这类文本能够帮助我们的地方。正如梦境一样，我们所需要的文学与艺术重新安置了我们当下特有的那种不可承受的失落感和无法逃避的暴力，并为我们提供了一个平台，让我们得以尝试使用独特的句法言说我们关键的欲望以及面对世界末日的紧迫性，尽管这个世界可能永远不会终结。

参考文献：

[1] C M AMADOR. Ethics and literature in Chile, Argentina, and Paraguay, 1970—2000 from the singular to the specific[M]. New York: Palgrave MacMillan, 2016.

[2] E BISHOP. One art[M]//Geography III. New York: Farrar, Straus and Giroux, 2008.

[3] I AVELAR. The untimely present. postdictatorial Latin American fiction and the task of mourning[M]. Durham: Duke University Press, 1999.

[4] I KANT. Political writings[M]. H B NESBIT, translated. New York: Cambridge University Press, 1991.

[5] J DEAN. The Communist horizon[M]. London, New York: Verso, 2012.

[6] J DERRIDA. Specters of Marx, the state of the debt, the work of mourning and the new international[M]. P KAMUF, translated. New York, London: Routledge, 1994.

[7] J KRISTEVA. Strangers to ourselves[M]. L S ROUDIZE, translated. New York: Columbia University Press, 1991.

[8] M HARDT, NEGRI, ANTONIO. Empire[M]. Cambridge, MA: Harvard University Press, 2000.

[9] R BOLAÑO. 2666[M]. Barcelona: Anagrama, 2004.

【本篇编辑：杨 一】

学案追踪

学术话语体系的一种自觉建构
——"汉语新文学"概念再考察①

杨青泉

摘　要："汉语新文学"这一立足于百年中国文学实践,并契合新时代中国文学发展的概念,其理论价值尚未被充分认识。从"汉语—母语""中国—祖国""本土—世界"这三重坐标系来看,它所蕴含的语言本位观、文学空域论、文化自信力,不仅与现有学科概念、学术概念形成互补关系,而且可以凝聚整个汉语世界的文学合力,面向世界发出"中国声音"。它自身的理论架构以及与其他概念构成的对话关系,对本土学术话语体系的建构具有一定的启示意义,并有助于坚定当代中国文学研究的文化自信、学术自信。

关键词：汉语新文学　学术话语体系　文化自信　学术自信

作者简介：杨青泉（1976—）,男,文学博士,上海立信会计金融学院人文艺术学院讲师。主要从事中国现当代文学研究。

A Conscious Construction of the Academic Discourse System
— Rethinking the Concept of "Chinese New Literature"

Yang Qingquan

Abstract: The concept of "Chinese New Literature", which is based on a century of Chinese

---

① 本文系国家社科基金项目"百年中国文学框架中的澳门文学文献整理与研究（1919—2019）"（项目编号：19BZW108）的阶段性成果。

literary practice and is in line with the development of Chinese literature in the new era, has not yet been fully recognized for its theoretical value. From the perspective of the triple coordinate system of "Chinese, mother tongue", "China, motherland", and "local, world", the language centered view, literary space theory, and cultural confidence it contains can not only form complementary relationships with existing disciplinary and academic concepts, but also gather the literary force of the entire Chinese language world and issue the "Chinese voice" to the world. Its own theoretical framework and dialogue with other concepts have certain enlightening significance for the construction of local academic discourse system, and help to strengthen the cultural and academic confidence of contemporary Chinese literature research.

Keywords: Chinese new literature　academic discourse system　cultural confidence　academic confidence

人文社会科学领域的学术话语体系建构，其根基离不开概念的精准提炼。概念既是学术研究的起点，也是推动学术创新的支点，一个关键性的学术概念甚至可以"撬动"整个学科的变革。中国现当代文学研究中，最显著的事例莫过于"二十世纪中国文学"概念①的提出。在它的撬动下，"重写文学史""新文学整体观""再解读"等命题陆续出炉，极大地推动了当代中国文学研究事业的发展。21世纪初，由美国华裔学者史书美（Shu-mei Shih）提出的"华语语系文学"（sinophone literature）概念②和中国学者朱寿桐提出的"汉语新文学"概念③引起了广泛热议，再次撬动了学界对于中国现当代文学研究中某些根本性问题的省思。比较而言，学界对于前者相当关注，而对于后者这一立足于百年中国文学实践并契合新时代中国文学发展的概念，给予的重视还远远不够。因此，再次考察"汉语新文学"概念的学理架构，或可为中国特色学术话语体系建构提供进一步讨论的议题。

"汉语新文学"概念的构想缘起于2003年底④，时至今日已有众多学术成果问

---

① 黄子平，陈平原，钱理群.论"二十世纪中国文学"[J].文学评论，1985（5）：3-14.
② SHI SHUMEI. Global literature and the technologies of recognition [M]. PMLA: Publications of the Modern Language Association of America, 2004(119): 16-30.
③ 朱寿桐.另起新概念：试说"汉语文学"[J].东南学术，2004（2）：165-168.
④ 朱寿桐.汉语新文学：作为一种概念的学术优势[J].暨南学报（哲学社会科学版），2009（1）：27.

世，除概念创建者发表的论文、出版的专著①外，其他学者亦有评论和研究成果，由此形成了一个较为丰富的学术话语体系。同时，在体系建构过程中，随着概念论证的逐步展开，它与关联学术概念所建立的对话关系，也是考察这一概念不可或缺的部分。当然"汉语新文学"学术话语体系绝非一个静止的、最终定型的系统，它是一个反思过去并面向未来的开放性系统，是一个需要充分探讨、不断完善的生产性系统。因此，本文无意按学术史发展时序评述文献，尝试从三重坐标系展开考察，即"汉语—母语"的语言本位观、"中国—祖国"的文学空域论、"本土—世界"的文化自信力。

一、"汉语—母语"的语言本位观

文学归根到底是语言创造的结果，是以语言为载体、为媒介呈现和传播的艺术形态。汉语，是人类社会最古老的语言之一，其他古语言渐次消亡，而汉语延绵至今，依然焕发着无限活力，不仅成为全球使用人数最多的语言，也是分布最广的语言之一，这本身就是值得珍视、正视的奇迹。从"汉语"角度来分类、命名文学早已有之，如深受汉语、儒家文化影响的日本、韩国、越南等国将古代本国的汉语文学创作称为"汉文学"。当下的"华文文学"和"华语语系文学"之"华文""华语"，实际所指也是"汉语"。"汉语新文学"与上述概念的不同之处正在于"汉语—母语"的语言本位观。

"汉语—母语"的语言本位观，首先可在"汉语"与"华文""华语"的比较上理解。"华文""华语"中的"华"，指向"华人""华侨""华裔"，即通常概括而言的"海外华人"，这是一种外在于中国本土的视角。正如朱寿桐辨析所言：

---

① 截至目前，朱寿桐关于"汉语新文学"的专著共六部：《汉语新文学通史》（广东人民出版社2010年版）、《"汉语新文学"倡言》（中国社会科学出版社2011年版）、《汉语新文学：中国与世界》（*New Literature in Chinese: China and World*, Cambridge Scholars Publishing Ltd, 2016）、《汉语新文学通论》（生活·读书·新知三联书店2018年版）、《汉语新文学与澳门文学》（社会科学文献出版社2018年版）、《国际汉语新文学史》（南京师范大学出版社2023年版）。另外，"汉语新文学学术范畴论"于2023年5月8日入选中国作家协会重点作品扶持项目（"新时代文学研究"主题专项），出版可期。

"这里的'华'已经是指直接与'非华'相区别以及相对应的'中华'质量,而不是本体意义上的'中华'含义。"① 于是"华文文学"这一概念始终会面临这样一种"悖论":字面意义上应指"中华民族语言文字承载的所有文学",实际使用中却只是指海外(包括"境外")的"汉语文学"。这种"悖论"在"世界华文文学"的概念中依然存在,如刘俊曾经归纳出关于这一概念的11种看法②,朱双一多次辨析它的定义问题③。而且,"世界"一词是否应该加于"华文文学"之前,陈思和提出过不同看法:"世界上有华侨或者华裔的国家肯定是很多的,但有华文文学创作,尤其是能够在所在国得以承认的现象,比例上不会很多","我们说'英语文学''德语文学'都已经包含了若干个国家的同一语种的创作,似乎并不需要再冠上'世界'的名称"。④ 对"华语语系文学"概念的阐释也有同样的分歧,与史书美不同,王德威主张这一概念理应包括"大陆中国文学":"华语语系文学因此不是以往海外华文文学的翻版。它的版图始自海外,却理应扩及大陆中国文学,并由此形成对话。作为文学研究者,我们当然无从面面俱到,从事一网打尽式的研究:我们必须承认自己的局限。但这无碍我们对其他华文社会的文学文化生产的好奇,以及因此而生的尊重。"⑤

其次,"汉语—母语"的语言本位观应在"民族共同语"的层面上理解。汉语作为"民族共同语","书同文""普通话"的意义自不必多言,从文学创作视角来看,以汉语为"母语",或为"第一语言"从事创作的非汉族作家就可列出长长的名单:老舍、沈从文、玛拉沁夫、李乔、白先勇、张承志、阿来等等,这表明汉语不只是汉族作家的母语,也是中华民族作家共同的母语。在共同母语的镌刻下,中华民族数千年的文学遗产,滋养了一代又一代不同民族身份作家的文

---

① 朱寿桐.汉语新文学概念及其延展性的学理优势[J].福建论坛·人文社会科学版,2017(8):37.
② 刘俊."世界华文文学"/"华语语系文学"视野下的"新华文学":以《备忘录——新加坡华文小说读本》为中心[J].暨南学报(哲学社会科学版),2016(12):3-4.
③ 参见朱双一.世界华文文学:全世界以汉字书写的具有跨境流动性的文学[J].华文文学,2019(1):5-12.朱双一."世界华文文学"定义再辨析[J].华文文学,2021(1):11-20.
④ 陈思和.学科命名的方式与意义:关于"跨区域华文文学"之我见[J].江苏社会科学,2004(4):95.
⑤ 王德威.中文写作的越界与回归:谈华语语系文学[J].上海文学,2006(9):91-93.

学创作，还保护了历史上消失民族的文学作品，像《敕勒歌》《木兰辞》这些中国古代北方少数民族的经典创作，以汉语的书写形式长存于文学历史。汉语成为中国各民族共同的文学书写语言工具，体现了民族融合、民族认同的历史进程。历史学者指出："中国自秦汉以来即逐渐成为统一多民族国家，中华民族作为一个'自觉'的民族实体，出现于百余年来中国和西方列强的对抗中，但作为一个'自在'的民族实体则形成于几千年的历史进程中。"[①]"自在"的中华民族实体是多民族组成的共同体，具有多元共生的一体性，费孝通先生的"中华民族多元一体格局"理论早已证明这一点。中华民族作家共同用汉语创造了中国文学的辉煌，这是客观的事实，也是不争的事实。

最后，"汉语—母语"的语言本位观需在"言语社团"理论的视角理解。"汉语新文学"，"从理论上说，就是以现代汉语所构成的'言语社团'所创制的文学样态，作为概念，它可以相对于传统的以文言为语言载体的汉语文学，也可以相对于以'政治社团'为依据划定的中国现代文学等等"[②]。"言语社团"来自布龙菲尔德的现代结构主义语言学理论，借鉴这一理论视角，是为了突出概念中"汉语"的"言语社团"因素，因为它可以弥补单纯从"政治社团"界定的不足。所以，言语社团与政治社团是互为补充的关系，不是否定和取代的关系。汉语所天然形构的"文学共同体"，由于历史的诸多原因，被分割成了不同的板块，"汉语新文学"现在以言语社团角色跨越学科、地理的疆界，不仅弥合了碎片化板块间的裂隙，而且可以介入"离散"板块并"接纳"它们，从而完成了政治社团概念所无法承担的学术任务，维护了"中国文学"的统一性。正是在这个意义上，"汉语新文学概念不仅不可能消解中国的主体和核心地位，而且更强化了其在世界汉语文化中的这种主体和中心地位"[③]。

综上所述，小结如下：第一，由于"华文""华语"意含外在于中国本土的视角，使得以此命名的学术概念具有了难以缝合的裂痕，如何处理与"中国大陆

---

① 王延中.正确认识中华民族历史观[J].历史研究，2022（3）：28.
② 朱寿桐."汉语新文学"概念建构的理论意义与实践价值[J].学术研究，2009（1）：142.
③ 朱寿桐.论汉语新文学的文化归宿感[J].学术研究，2010（8）：143.

文学"的关系,始终是个难题。"华文""华语"与"中文""中国语"本质上没有区别,均为汉语另外的名称,与其"名不副实",不如回归本色。第二,面对中国多民族国家的历史和现实,冠以"华文""华语"名称的概念,同样无力处理汉语言文学与其他民族语言文学的关系问题。汉语作为中华民族形成历史过程中各民族共同使用并认可的"民族共同语"(或曰"民族通用语"),不仅体现了中华民族共同体意识的一体性,而且成为民族融合、民族团结的象征。与"汉语(新)文学"对举,可以形成"民族语文学"(区别于民族文学、少数民族文学)这一新概念①,从而构建出平等共荣的和谐关系。第三,对于文学学科、文学创作板块分离的实际,"汉语新文学"的中心词"汉语"不但有明确而清晰的指涉,而且起了整合学科(中国现当代文学、海外华文文学)和统合"地域"(自然形成的)、"区域"(人为划分的)②分隔的作用,让"中国文学"在"历时"与"共时"的坐标系中实现了真正意义上的"统一"。更为重要的是,"汉语新文学"不是外在于中国本土的视角,而是一种立足于本土又超越于"内外"的视角。对"内"而言,可借用马原常说的那句名言形容,"我就是那个叫马原的汉人,我写小说"(小说《虚构》)。从"外"而言,可借用聂华苓那句真挚而朴实的表达:"汉语就是我的家。"③无论"内"与"外",汉语是"存在的家",是海内外以之为创作母语的作家们——共同的"家",这便是"汉语—母语"的语言本位观。

二、"中国—祖国"的文学空域论

"中国—祖国"的文学空域论,实际上是"汉语—母语"语言本位观的空间化论述,即"中国"对应"汉语","祖国"对应"母语",这一空间化论述既确

---

① 参见朱寿桐.汉语文学与民族语文学[J].首都师范大学学报(社会科学版),2018(3):100-107.另有学者也持类似观点,主张使用"民族文学"概念,而非"少数民族文学"概念,参见谢刚,江震龙.现代中国民族文学观与共同体诗学建构[J].中国社会科学,2021(10):19-38.
② "地域"与"区域"概念的差异,可参见曾大兴."地域文学"的内涵及其研究方法[J].东北师范大学学报(哲学社会科学版),2016(5):1-6.
③ 转引自饶芃子.海外华文文学与比较文学[M].北京:中国社会科学出版社,2005:104.

立了"中国文学"(即"中国现当代文学")与境外的"中国文学"(即"海外华文文学")之间的关系,又确立了"母体文学"与"离散文学"之间的关系。在"汉语新文学"话语体系中,以"汉语言"为主体书写语言的"中国文学",以"中国大陆文学"为中心的"中国文学",均是其不言自明的蕴意。换言之,"汉语新文学"构建的"中国—祖国"文学空域坐标系,不仅维护了汉语的主体性,而且坚持了中国文学的中心性。

理解"中国—祖国"的文学空域论,先要从中国台港澳文学说起。有学者曾经考察过"台港澳文学如何入史"这个问题,如其所言:"尽管我们在政治上认为台港澳地区是中国领土不可分割的一部分,尽管我们在学理上已把台港澳文学纳入中国现当代文学史的编写之中",但"台港澳文学的入史"更多的是一种"拼凑"和"附录"。①虽然此言距今已过十余年,但检视当下的文学史著作,是否解决了这样的问题?恐怕依旧需要反思。其实问题远不止这些,就台港澳地区作家的认定而言,若局限在"台港澳文学"范围内,必然出现某些难以处理的"尴尬"。如白先勇,出生于中国大陆,作品在大陆和台湾都有发表,文学经历和文学活动轨迹均无法在"台湾地区文学"或"海外华文文学"范围内"框定"或"限定"。又如陈映真,生于台湾,长在台湾,晚年定居北京,他自始至终将自己定位为"中国作家",拒绝以任何方式把自己标注为"台湾作家"②。像白先勇、陈映真这样难以用"地区性文学"界定的作家,在中国台港澳文学中绝非少数个案,比如台湾文学中的"在台马华作家",香港文学中的"南来作家",澳门文学中的"新移民作家",都反映出了作家迁徙、流动带来的文学地理身份的变动性。

这种文学地理身份的不稳定性,同样反映在"海外华文文学"中,而且呈现的情形更为复杂。例如有学者较详尽地考察了"离散"这个常应用于分析海外华人作家的概念,其研究表明:"族裔群体在历史和现实中的迁居、回流,二次离散甚至两栖等现象,直接导致离散概念本身出现跨时期的悖反。"③面对如此复杂

---

① 方忠.台港澳文学如何入史[J].文学评论,2010(3):203.
② 申荣彬.陈映真逸闻[J].台声,2022(3):104.
③ 周启星.从文化研究到文学研究:离散理论的演进、转向及问题[J].文艺理论研究,2022(5):100.

的情形，有一种走向极端的做法是将"海外华文文学"划归所在国度的"少数族裔文学"，这种简单化的"安排"，且不论作家、读者是否会同意，至少在学术研究上也"有违于一种文化伦理"[①]，更何况"所在国度"如何确认？势必又产生了更多的麻烦。不可否认，海外华文文学研究取得了长足的进步，但缺陷也较为明显，诚如朱文斌等所总结的："在对海外华文文学的内在本质属性探讨方面，诸如中国性、本土性、民族性、世界性等概念的辨析也还没有形成一个共识，对于海外华文文学与中国文学文化的关系也难以厘清。"[②]也正如李金花所概括的："存在着是否剥离'中国性'的焦虑。"[③]其实，导致"缺陷"的根本原因还是来自概念本身，无论如何阐释它与"中国"的联系，都不可避免"文学身份"本体的撕裂，很多时候它必须在"他国性"中确立自身的文学特性，才能彰显出自己独特的文学价值。

而"汉语"，其经过漫长历史所沉淀下来的"同一性"，构成了一种稳固的根基和连续。中华民族集体共有的历史经验和文化符码深藏于汉语及其文学表达中，同时，汉语及其文学表达也成为一个坚固的意义架构，抵御了中华民族在历史中的分裂与浮沉。佛教初传中国之时，这种异域的语言、陌生的思想，只能以汉语的老庄之学"比附"释义佛经，由之形成"格义"，及至鸠摩罗什、玄奘这样的大师出现，佛经翻译的水准才大幅提升。"汉语翻译"无疑是佛教中国化的必经之路。毋庸置疑，翻译对于人类实现思想、知识的跨国别、跨民族传播有着巨大贡献，不过还可以进一步追问：这种实现是多大程度上的？翻译家即便拥有了双语或多语能力，能否在翻译实践中完全实现不同语言之间的信息传达？能否摆脱母语的影响？答案是显而易见的，"翻译"也有其局限性。犹如学者乔治·斯坦纳（George Steiner）所认为的，"understanding as translation"（理解即翻译）[④]，即使我们已掌握不同语言，也不能完全互相理解，"巴别塔（又译通

[①] 朱寿桐.汉语新文学通论［M］.北京：生活·读书·新知三联书店，2018：2.
[②] 朱文斌，岳寒飞.中国海外华文文学研究四十年［J］.文艺争鸣，2019（7）：33.
[③] 李金花.马克思主义文论中国化进程中的"中国性"［J］.文学评论，2021（3）：48.
[④] 斯塔纳.通天塔之后：语言与翻译面面观［M］.上海：上海外语教育出版社，2001：1.

天塔）之后"，不同语言之间的"翻译"，只不过是一种"理解"。利玛窦等西方传教士初到中国时，必须经由艰苦的"汉语"学习过程，才逐渐理解了什么是"中国"。明清西方传教士及学者早已意识到了"汉语"不单是工具性的语言，而且饱含了"中国思维"，"独特的汉字与汉语的句式构造自开初就给文学打上特殊印记"，因为它"关乎中国人的审美意识和审美习惯"。①

外来文明、文化进入中国，须经汉语"翻译"和"学习"，方能实现传播和影响。我们更应珍惜汉语及其丰厚的文化资源，如果连"汉语"这样一个名称都不敢正视，都惧怕使用，不仅违背自己的传统，又何谈继承传统，更何谈将传统发扬光大。任何现代民族国家都不可能只允许一种语言存在，但肯定有一种主体语言的存在，对于中国而言，这就是汉语。"汉语新文学"构建的"中国—祖国"文学空域，一方面以"汉语"突破地域界限，同时切入文学反映的内容、表现的情感、象征的意蕴，扩大中国文学的疆域并探求中国文学独特的思想内涵、审美意境；另一方面以"新文学"为"母体文学"，整体把握五四先驱和后继者维护现代民族国家所创造的文学文化资源。从朱寿桐主编的两部文学史中，可清楚地看到这一文学空域论的实践成效。其一，《汉语新文学通史》（上下卷）以"中国—祖国"为坐标系，将中国现当代文学史与台港澳暨海外华文文学史有机整合为一体，正如吴敏评论所言："该书以一定的理论阐述和绝对优势的文学史布局，充分说明了大陆本土文学的中心地位和核心价值，显示出以汉语构建文化共同体之后的格局：即由于中国本土拥有中华文化以及新文化的原初记忆和本质资源，其他地区和华人社会板块对于中国本土的归宿感只会加强而不会削弱，这样的文学史现象正好克服了所谓的'语言决定论'"②。其二，《澳门文学编年史》（五卷）③虽为地域文学研究成果，但在"汉语新文学"的文学史观的观照之下，中国澳门文学有机地融入了"母体文学"和中华民族文化共同体，真正与中华文脉接

---

① 方维规.语言的规定性：西方学者关于汉语汉字与中国文学之关系的早期思考［J］.文艺研究，2022（8）：5.
② 吴敏.评朱寿桐主编的《汉语新文学通史》［J］.文学评论，2010（5）：207.
③ 朱寿桐.澳门文学编年史：五卷［M］.广州：花城出版社，2019.

轨，成为中国文学史不可分离的部分。

重回"汉语"，重新审视汉语及其文学表达的艺术魅力，重新重视它所积淀和承载的深厚文化意蕴，就是在坚守"中国性"，更是在传承"中国性"。"汉语新文学"一方面接续了程千帆先生的"汉语文学"①的学术传统，此之谓"学脉中国"之赓续；另一方面则传承了"新文学"的伟大传统，此之谓"文脉中国"之传承。如果说"学脉""文脉"是"经"，"汉语"即是"纬"，经纬互融打造了"中国—祖国"的文学空域。这一广袤空域不仅"在空间上作了超越各种政治区域、打通其间阻隔，将新文学的范围扩大到其所能及的最大域限"②，而且通过强化"汉语"的文化功能，还衍生出其他概念无法企及的深意。关于这一点，回顾历史便会领悟。清代对于满文、满语的维护不可谓不尽心尽力，然而王朝末期不得不将"汉语"升级为"国文""国语"③。文化"化文"之效，虽耗时绵长，却润物无声；汉语"汉化"之功，虽隐而不彰，却水滴石穿。因此，"中国—祖国"文学空域与"汉语—母语"语言本位观实为"同构"关系，"汉语新文学"将"隐性中国"蕴藉其中，自有一种无声的力量，因其"隐性"，因其"无形"，而"无声胜有声"。

三、"本土—世界"的文化自信力

近代以降，"西学东渐"一直深刻改变和影响着中国的学术。就文学研究领域而言，西方文论及其话语长期处于支配地位，对中国文论的变革和发展有着重要的推动作用，却也带来了"影响的焦虑""失语症"等问题，文学理论界就这些问题已多有讨论，此处无须赘言。不过，"西学"很多时候是以"海外华人诗学"的面目出现的，其正面的意义当然需要充分肯定，但也需要反思，如蒋述卓

---

① 程千帆先生晚年与他的高足程章灿合著《程氏汉语文学通史》（沈阳：辽海出版社，1999），后收入《程千帆全集》第12卷（石家庄：河北教育出版社，2001）。
② 朱寿桐.汉语新文学通论[M].北京：生活·读书·新知三联书店，2018：45.
③ 湛晓白.清末国家语文统一与满汉族群关系变化[J].历史研究，2021（5）：77.

所概括的"学术偏差""生搬硬套""贬中扬西"等问题①。正是伴随这样的反思,"汉语新文学"从其开始即确立了"本土—世界"的理论视野:"本土"既指向作为本土主体语言的汉语,也指向由汉语承载的本土文学文化资源;"世界"既面向世界文学之林(英语文学、法语文学等),凸显汉语文学的优势及特性,也面向"汉语世界",整合中国现当代文学与台港澳暨海外华文文学于一体,并由此发出"中国声音",彰显"中国气派"。

"本土—世界"视野首重"本土"。何谓"本土"?可从近年来人文学术界的动态来理解。现代中国学术之建立,陈平原以"学术史三部曲"②进行了较为深入的研究,用心良苦尽在其中,他收官的第三部书《现代中国的述学文体》是关于"述学文体"的探讨,杨联芬指出该著探究的核心问题就是:"学术专著该如何写作。"③吴子林《"毕达哥拉斯文体":述学文体的革新与创造》关于"毕达哥拉斯文体"④的论述,也指向了学术文章的写作问题。如果说陈著是学术史的角度,吴著则是东西方文论史与哲学史的角度,二位学者不约而同地意识到了同一个问题,那就是孙郁总结的,"汉语书写的危机"⑤。无独有偶,哲学研究界也正在致力于倡言构建"汉语哲学"⑥。无论"述学文体""毕达哥拉斯文体",还是"汉语哲学",回归"汉语"是其"共鸣"之所在。"汉语"何止是日常交流的语言,又何止是文学表达的语言,它承载的是中国人的精神结构,它是中国思想的"结晶体"和"运作体",它承载着"中国学术"。本土学术话语体系的建构,若是离开了对于汉语本身特质与规律的探寻,离开"汉语"这一学术言说的基本立足点,中国自主的学理思维、学术思想只会淹没在"他者"的话语洪流之中。

---

① 蒋述卓.百年海外华人学者的文学理论与批评[J].文学评论,2017(2):95.
② 陈平原"学术史三部曲"是:《中国现代学术之建立》(北京:北京大学出版社,1998)、《作为学科的文学史》(北京:北京大学出版社,2011,2016)、《现代中国的述学文体》(北京:北京大学出版社,2020)。
③ 杨联芬.从"声音"发现文体:读陈平原《现代中国的述学文体》[J].南方文坛,2021(2):118.
④ 参见吴子林."毕达哥拉斯文体":述学文体的革新与创造[M].杭州:浙江工商大学出版社,2022.
⑤ 孙郁.我看"毕达哥拉斯文体"[J].文艺争鸣,2023(3):3.
⑥ 孙向晨."汉语哲学"论纲:本源思想、论域与方法[J].中国社会科学,2021(12).

正所谓"未有深于学而不长于文者"①，或可演绎其义为：任何治学于中国文学研究领域的学者，都不可能不重视"汉语"及其表现的"道"与"艺"。由此反观"汉语（新）文学"，其"本土"理论视野的意义，概言之便是：立"汉语"为中国文学研究的学术之本。"汉语"之"道"与"艺"，表层看好像是文学创作和文学研究如何"表达"、如何"书写"这样的技术性问题，深层实为如何讲好"中国故事"、如何发出"中国声音"的问题。上述学者普遍感受的"文体"问题当然不是巧合，而是不谋而合。他们内心深处的共同隐忧乃是本土的创作话语、学术话语该如何建构、怎样建构的根本性问题。汉语之于中国文学创作与研究、之于建构中国文论的重要意义，张江的论断更为坚定："语言的民族性、汉语言的特殊性，是我们研究汉语、使用汉语的根本出发点，也是我们研究文学、建构中国文论的出发点。离开了这一出发点，任何理论都是妄论。"②

只有立足本土，才能面向世界。在西方话语系统的冲击下，在技术主义盛行的当下，吴子林所呼吁的"重写中文"③"在汉语中出生入死"④，不单是对于汉语学术写作创新的诉求，也是对于中国文学创作和研究需要确立文化自信、学术自信的深切吁求。"中国人失掉自信力了吗"？鲁迅先生响亮的呐喊声犹在耳畔。不管"百年未有之大变局"如何变化，矢志不渝地探寻"汉语"之"道"与"艺"，都理应成为新时代知识分子义不容辞的责任和使命。汉语之"道"，凝聚人心；汉语之"艺"，美化人心。凝聚起海内外中华儿女的"心"，中华文明、中国文化才能更有"自信力"。"汉语新文学整合中国现当代文学、台港澳文学以及海外华文文学的全部力量，就能将汉语文化的民族品格，汉语语言特性及其巨大的表现力，汉语文化所包含的整整一个世纪的文明经验，以及汉语文学长期锻造的文体形态，以巨大的有力的形质呈现在世界文学的格局中，成为世界文学中不

---

① 此言为钱穆致余英时信中所云，原文是："未有深于学而不长于文者，盼，弟能勿忽之"（余英时《犹记风吹水上鳞》）。转引自长安.东瀛闲话[J].书城，2023（1）：107.
② 张江.作者能不能死：当代西方文论考辨[M].北京：中国社会科学出版社，2017：25.
③ 吴子林."重写中文"："毕达哥拉斯文体"的文化拓扑空间[J].南方文坛，2022（2）：38.
④ 吴子林."在汉语中出生入死"："毕达哥拉斯文体"的语言阐释[J].学习与探索，2020（7）：172.

容忽略也不可小视的板块。"①这是"汉语新文学"的世界性意义,也是它的凝聚力,更是它的自信力。

面向世界的文化自信不是孤芳自赏的自信,是在"本土—世界"的坐标系中定位自身的价值,并传播独特的价值,提升中国文学世界影响力的自信。经过近20年的理论建构和研究实践,"汉语新文学"以其较多的实际成果和切实的文学行动②,证明了它在树立"文化自信"上的有效性,其功能优势大致可归结为三点:第一,凝聚汉语世界的文学合力,向外语文学世界发出独特的"中国声音"。第二,促进"世界范围内的汉语文学与非汉语文学的互动"③。第三,认知"国际汉语文学"的文化品性及价值④。当然也必须看到,"汉语新文学"这一概念及其建构的学术话语体系还有许多不够完善的地方,概念本身的延展性不够,对"汉语旧体文学"、跨语种创作无法包容等问题,还需要进一步思考和探究。但瑕不掩瑜,它所彰显的"汉语"魅力,它所独具的理论锋芒,已经显示出中国本土学术昂扬的自信力。

余　论

从汉语视角命名"中国文学"并非"汉语新文学"的专利,除前文所述的程千帆先生的命名,还有不少学者认同这一命名方式。钱理群2002年提出过"现代汉语文学"这个名称⑤,后黄万华、曹万生均有以"汉语文学"命名的专著出版⑥,

---

① 朱寿桐.汉语新文学的世界性意义[J].文艺争鸣,2012(4):41.
② 可参见朱丛迁.朱寿桐学术年谱[J].名作欣赏,2023(4):29-45.
③ 陈国恩."汉语新文学"的功能优势及研究方法[J].中国文学研究,2011(1):65.
④ 可参见三篇文章:朱寿桐.汉语文化自信与国际汉语文学的价值认知[J].探索与争鸣,2021(11):47-56.朱寿桐.汉语新文学的欧洲运作与国际体验:从梦娜长篇小说"飞燕三部曲"说起[J].世界华文文学论坛,2022(1):5-9.朱寿桐.汉语文化自信与国际汉语文学的文化品性[J].名作欣赏,2023(4):5-12.
⑤ 2002年在浙江师范大学召开的中国现代文学研究学术生长点研讨会上,钱理群提出"现代汉语文学"的命名。参见朱寿桐.汉语新文学:一种文学范围的学术呈现[J].理论学刊,2010(6):112.
⑥ 两部专著分别是黄万华.中国和海外:20世纪汉语文学史论[M].天津:百花文艺出版社,2006.曹万生.中国现代汉语文学史[M].北京:中国人民大学出版社,2007.

中国台湾地区亦如是。近年,学界有冯胜利所提"汉语韵律文学史"①,宋炳辉所提"汉语文学谱系"②。上述命名的共同点,不光是回归汉语视角研究中国文学,其实也折射了现有学科框架、概念的不足,包括赵稀方指出的"等级的意味"③,李怡所说"地方性知识"的"盲区"④,池雷鸣所关注的"华侨外语写作"⑤等问题。

刘跃进在总结"中国文学研究四十年思潮"的文中指出:"20世纪中国文学研究的经验教训,昭示着这样一个基本事实:推动学术质变的关键因素是观念的更新。"⑥在这个意义上,推动以"汉语"重新考察"中国文学"的"观念",未尝不是一种"观念的更新"。代表中华民族共同体意识的汉语,不仅需要一再探寻,也值得永远探寻。当前中国文学研究学术话语体系的建构依然存在着诸多尚未完备的地方,诚如张福贵所言:"从理论层面看,既要解决思想观念问题,也要解决思维方式问题。"⑦"话语体系是标识性、原创性、实践性的思想表达"⑧,已有理论话语的惯性常常会导致学术思维的惰性,以至于学术话语与学术发展之间形成某种"时差",要改变这一点,必须对已有的逻辑范畴、研究方式进行认知重构,甚至进行一种颠覆性的革新。"汉语新文学"对于现有学术概念的突破意义正在于此,它对中国现当代文学、台港澳暨海外华文文学的重新论述,既是本土学术话语体系自觉建构的体现,也为当代中国文学研究学术话语体系建构提供了可资借鉴的经验。

参考文献:

[1] 陈平原.现代中国的述学文体[M].北京:北京大学出版社,2020.

---

① 冯胜利.汉语韵律文学史:理论构建与研究框架[J].中国社会科学,2022(11):27-48.
② 宋炳辉.汉语文学的谱系与世界文学空间[J].中国比较文学,2023(2):91-108.
③ 赵稀方.从后殖民理论到华语语系文学[J].北方论丛,2015(2):35.
④ 李怡."汉语新文学史"中的知识/权力问题[J].理论学刊,2010(6):110.
⑤ 池雷鸣.华侨外语写作与文学史"再"重写[J].文艺理论研究,2022(2):54.
⑥ 刘跃进.中国文学研究40年思潮[J].武汉大学学报(哲学社会科学版),2018(1):28.
⑦ 张福贵.当代中国文学研究话语体系的建构[J].中国社会科学,2019(10):59.
⑧ 张政文.中国式现代化文化强国中的新时代文艺理论建设理路与逻辑规定性[J].文学评论,2023(2):21.

［2］饶芃子.海外华文文学与比较文学［M］.北京：中国社会科学出版社，2005.
［3］吴子林."毕达哥拉斯文体"：述学文体的革新与创造［M］.杭州：浙江工商大学出版社，2022.
［4］张江.作者能不能死：当代西方文论考辨［M］.北京：中国社会科学出版社，2017.
［5］朱寿桐."汉语新文学"倡言［M］.北京：中国社会科学出版社，2011.
［6］朱寿桐.汉语新文学通论［M］.北京：生活·读书·新知三联书店，2018.
［7］朱寿桐.汉语新文学与澳门文学［M］.北京：社会科学文献出版社，2018.

【本篇编辑：夏　伟】

近代词人谱牒之学再检讨①

——以《夏承焘年谱》一九四〇年八月条为线索

王 贺

摘 要：近代词人、词学家夏承焘先生，一生著述累累，创作研究并擅。关于其生平行止之历史考察，有《夏承焘年谱》等著作导夫先路。不过，从词学、年谱及谱牒之学、文献学、历史学等多学科视野出发，细绎《夏承焘年谱》，可见其存在着体例不够严密、史实不够准确、去取史实之标准不能一致、文字讹误等六方面问题，而这些问题，既有一定的特殊性，指向近代词人谱牒之学本身，亦是当代纂辑、撰述之近人年谱中普遍存在的问题，本文即对此加以探讨。

关键词：夏承焘 《夏承焘年谱》 词学 谱牒之学

作者简介：王贺（1986—），男，上海师范大学人文学院副教授，上海师范大学数字人文研究中心研究员兼副主任。主要从事中国近现代文学与文献、数字人文研究。

A Re-examination of the Study of the Chronological Biographies of Modern Lyricists
— Taking *The Chronological Biography of Xia Chengtao* as a Case

Wang He

Abstract: Mr. Xia Chengtao, a modern lyricist and scholar of ci-poetry, had a prolific career in writing and was proficient in both creative work and research. Regarding the historical examination of his life and deeds, works such as *The Chronological Biography of Xia Chengtao*

---

① 本文系国家社科基金重大项目"中国现当代文学思潮中的古典传统重释重构及其互动关系史研究"（项目编号：21&ZD267）、上海市高校"文化转型与现代中国"重点创新团队项目、上海市人才发展资金资助计划中期成果。

have blazed a trail. However, from the multidisciplinary perspectives of ci-poetry studies, the study of chronological biographies, philology, and history, when carefully analyzing *The Chronological Biography of Xia Chengtao*, it can be seen that there are six aspects of problems, including a not strict enough style, inaccuracies in historical facts, inconsistent standards for selecting historical facts, and textual errors. These problems not only have a certain particularity, pointing to the study of the chronological biographies of modern lyricists themselves, but also are common problems existing in the chronological biographies of modern people compiled and written by contemporary scholars. This article will explore these issues.

Keywords: Xia Chengtao *The Chronological Biography of Xia Chengtao* ci-poetry studies chronological biography and its studies

夏承焘（1900—1986），浙江温州人，字瞿禅，晚号瞿髯，曾服务于无锡国专、之江大学、浙江大学等校，毕生精研词学而多所创获，亦工于诗词，被誉为"二十世纪词学四大家"之一，有《夏承焘集》《夏承焘全集》等著作行世，近来更有新的作品、文献资料被持续发掘出土①。论者尝谓，研究当代词学，必得从此入手。②因此，品评其词作、探究其词学思想、为之编纂年谱，便是极有意义的工作了，况乃与为政要、名流作谱相比，"文人墨客，放浪江湖，本不能如学者之事功煊赫，其可以成谱者不论。凡不足成谱者，宜别勒一编……今不为搜讨，后恐更为难工。"③

2010年12月，《词学》杂志第24辑刊出李剑亮《夏承焘年谱》（下作"《词学》本"），虽甚简略，亦足资参考。2012年，作者同名专书出版，全书凡30万言、近300页篇幅，其后出转精之程度，读者可以想见。不过，在阅读这一年谱，尤其是专书《夏承焘年谱》的过程中，笔者仍感到，此书尚存在着若干问题，有待商量；且此类问题，似具有一定的普遍性，若能充分讨论，或可对以后的词人、文学家年谱之编纂提供镜鉴，是故，本文拟以其中1940年8月条为线索作一考察，试论其所存在的不足及相应的解决办法，以为后之来者著书之助，至于其拓荒之成就，似亦毋庸赘言也欤。

---

① 王静.新发现的夏承焘《讲词散记》略说[J].名作欣赏，2023（28）：93-96.
② 施议对.夏承焘与中国当代词学[M]//施蛰存.词学：第12辑.上海：华东师范大学出版社，2000：188.
③ 张尔田.与夏瞿禅论词人谱牒[J].词学，1936（1）：171.

检《词学》本《夏承焘年谱》一九四〇年八月部，只有两条记录，内云：

十一日　以《四声平亭》寄陆微昭、胡宛春商讨。
二十二日　接柳亚子编《南社词集》。

专书《夏承焘年谱》（下称"李书"，以为区分）则增至五条，且述及本月未有明确时间之事迹，共七条记录。其第一条记录是：

八日　与徐一帆同访冒鹤亭。论及夏所作《词四声平亭》，冒鹤亭颇不以为然。夏认为，夏文对于冒的旧作《四声钩沉》有评语，故少拂其意。冒劝夏出书不可太容易。夏一方面感到"此语当终身佩之"，一方面又觉得"辛苦为文字而损人情谊，亦何苦哉"。①

按：本条记录颇为重要，为《词学》本所无，确需补入。一则从中可见夏承焘为学之慎重：彼凡作一文，著一书，多请同人予以批评，所搜集之有价值之意见或补入正文，或单独列入文后、书后（诸书之《承教录》即是明证）；二则可见在学术工作中，夏氏与同行读者之间的微妙关系，这种微妙关系即在冒鹤亭对夏氏《词四声平亭》之批评，及夏氏为自己的辩护中显现，于焉可觇近代学术风气之一斑。不过，是书所记录之事实虽或不谬，但对夏氏心曲之解读，似未达一间。

考夏氏《天风阁学词日记》（下简作《日记》），当日记录曰："彼于予词四声平亭颇不以为然，谓譬之刑法，例不能通之于律……予请为举例驳之，彼谓近治管子，已无意于词。劝予出书不可太容易，此语当终身佩之。念予以四十日为此文，极殚精力，而朱章持论于人忌者，恐不止冒翁一人。辛苦为文字而损人情谊，亦何苦哉。后当戒之。"②

---

① 李剑亮.夏承焘年谱［M］.北京：光明日报出版社，2012：77.
② 夏承焘.天风阁学词日记［M］// 夏承焘集：第6册.杭州：浙江教育出版社，浙江古籍出版社，2000：218.

然而，在此之前，就在夏承焘寄出其文稿后，便曾担心因与冒鹤亭看法不同，可能会遭到后者的批评。本月一日《日记》曰："冒老于此不知意见何如。予文颇与其四声钩沉之说不同也。"①可是，后来的事实证明，冒鹤亭对其《词四声平亭》确实大不以为然，并且当第三人在场时，也毫不掩饰自己的看法，最后，他谆谆告诫夏氏"出书不可太容易"。因为冒鹤亭是前辈词家，夏氏当时不好辩驳，于是在当日日记剖白心迹，首先承认"出书不可太容易"作为一种为学态度，固然极为正确，当终身铭记，但为作《词四声平亭》文，"极殚精力，"费去四十日之工夫，并非大笔一挥即就、倚马可待之作，正是借着述说自己作文之辛苦（实际上是为自己的文章的价值委婉地作出辩护），说明冒鹤亭的批评是不知甘苦者言。但因着冒鹤亭的批评，夏氏情不自禁地想到，像冒氏这样的批评意见可能并不会少。盖《词四声平亭》之持论，多有不同于前修时贤之处，在健康的学术讨论、批评风气从来都极为缺乏的中国学术语境中，立论之不同，极易被误解为人身攻击或门派之争，但这不仅是读者不想看到的，也是作者、评论者都不想看到的，"辛苦为文字而损人情谊，亦何苦哉。"于是也就有了"后当戒之"的自我告诫。显然，承认冒鹤亭此条建议具有普遍的、抽象的正确性，"此语当终身佩之，"与事实上认为自己并没有犯"出书""容易"的过错，并不矛盾，亦难以构成平行、对举关系（即通俗所谓"一体二面"）。换言之，在李书所谓"夏一方面感到'此语当终身佩之'，一方面又觉得'辛苦为文字而损人情谊，亦何苦哉'。"此一论述之间，缺乏一个必要的过渡，即夏氏并不十分认同冒鹤亭之批评，而认定其文全无价值，且其重心落在勿"辛苦为文字而损人情谊"之上，而非是其他方面。

另外，"颇不以为然""故少拂其意"二句，皆系夏氏日记之原文，似以注明出处为宜。盖古人之记注、撰述、诗文，多所漏引、误引、袭用他人之原文而不出注，甚或时有简括、一物多名等问题，然当代之学术，皆有一定之作业规范，此不独词人谱牒纂修一道，凡学术作品，皆不可不留意者也。

---

① 夏承焘.天风阁学词日记［M］//夏承焘集：第6册.杭州：浙江教育出版社，浙江古籍出版社，2000：216.

再者,"冒鹤订定"一语应为"冒鹤亭"之误植。

李书又云:

> 十一日 以《四声平亭》寄陆微昭、胡宛春,请举反证以相辨难。①

按:本条记录与《词学》本大致相同。令人费解者,乃是夏氏以《词四声平亭》寄陆微昭、胡宛春一事何以如此重要,竟至于不列入本日其以《词四声平亭》文征求另一人之意见事?

事实上,本月八日,夏氏早已以《词四声平亭》寄张尔田(《日记》作"孟劬"),后三日,复以此文寄陆微昭、胡宛春之同时,还修书夏敬观(号映盦,《日记》时作"夏映翁"),并附录前寄张尔田信,以"孟劬嘱转呈也。"②这就说明,最迟至十一日,夏氏可能已得到张尔田的复书或至少是口头上的指示,只是由于种种原因,为《日记》所漏记。然则夏氏致信夏敬观,又所为何事?

查夏氏十七日《日记》曰:"得夏映翁书,论予《四声平亭》……"③据此可知,此信亦为就《词四声平亭》,求政于夏敬观也。而本月一日《日记》又有"以《四声平亭》寄夏映庵、冒鹤亭二老"④之记录,同样为年谱所漏。但更重要的是,在夏敬观的复书中,还肯定了此文持论之价值,批评了冒鹤亭"以曲证词"而误判此文的看法,正可与一日、八日事——夏承焘以《词四声平亭》求教于夏敬观、冒鹤亭,继而遭到冒鹤亭批评——连接起来,相对完整地给出此事缘起、发展之叙述。

其次,在夏承焘心目中,就此文而听取夏敬观、张尔田之意见,无疑较陆、胡尤为重要。其于一日向夏敬观寄出此文,是为一证;八日受冒鹤亭批评后,着

---

① 李剑亮.夏承焘年谱[M].北京:光明日报出版社,2012:77.
② 夏承焘.天风阁学词日记[M]//夏承焘集:第6册.杭州:浙江教育出版社,浙江古籍出版社,2000:219.
③ 夏承焘.天风阁学词日记[M]//夏承焘集:第6册.杭州:浙江教育出版社,浙江古籍出版社,2000:221.
④ 夏承焘.天风阁学词日记[M]//夏承焘集:第6册.杭州:浙江教育出版社,浙江古籍出版社,2000:216.

即致信张尔田，而致信陆、胡却是在第十一日，是为二证；其十一日《日记》足为三证。《日记》曰："发夏映翁信，附去孟劬先生信，孟劬嘱转呈也。以《四声平亭》寄陆微昭、胡宛春，请举反证以相辨难，为学术明此一义。社中老辈于此多不尽了了，且各有所见，唯不知映翁有何议论耳。"①值得注意的是，本日日记所记通信事有二，但致函夏敬观之记录，仍较致信陆、胡之记录在先，已见前者之重要。或疑此一书写先后之顺序，源出二事发生之时间略有先后者，则阅"社中老辈于此多不尽了了，且各有所见，唯不知映翁有何议论耳"数语，应涣然冰释。

复次，我们知道，终其一生，夏承焘与张尔田、夏敬观交谊之深，较与陆微昭、胡宛春不知凡几；另一方面，张尔田、夏敬观等人之学术思想，给予夏承焘之影响，亦远胜陆、胡等人（三家作品俱在，此二点皆可复按）。由是观之，夏承焘与张尔田、夏敬观关于《词四声平亭》问题的通信记录，更为重点，此点岂能被年谱忽略？

末次，若我们站在作谱者之立场，将夏氏与陆、胡通信并寄以《词四声平亭》事视作要事，予以编次，那么，其在一日下漏记（或有意不记？）其以此文寄夏敬观与冒鹤亭、八日下漏记其以此文寄张尔田、十一日下漏记其求政夏敬观三项，又该作何解释？限于体例，年谱或无法提供选材、取舍诸史料之因由，然无论著者出于何种考虑，至少应给予上述数事同等重要之地位，而非忽略此三项事实。因年谱者，史著之一体也，取舍、选择之标准须保持一致，若在一月之间，以双重甚至多重标准纪事，竟以用与谱主有关之次要人物、次要事迹为主要，以致本末颠倒、主次混淆，则期期以为不可。

与此相反，以此谱八月一日、八日、十一日所漏记的夏承焘与夏敬观、张尔田等人书札往来事而言，今人陈谊所撰《夏敬观年谱》则保有一日、十一日之记录，②虽史源同出夏承焘《日记》，亦有所遗漏，仍可见出其裁断之高明。

另，"请举反证以相辨难"句，亦出夏氏《日记》原文。

---

① 夏承焘.天风阁学词日记［M］// 夏承焘集：第6册.杭州：浙江教育出版社，浙江古籍出版社，2000：219.
② 陈谊.夏敬观年谱［M］.合肥：黄山书社，2007：174.

李书又云：

> 十七日　接夏敬观函，论《四声平亭》。谓文人做词，付乐工作谱，乐工编谱二十八调，有一调合者，即为合律，否则须改动字句。故宋词有二调句法平仄同而入二律者，或同调而句法平仄有更变者，皆是作成后迁就音律所致。①

按：本条记录亦为《词学》本所无，系成书时新添，大体无误。但同日之《日记》中，夏氏还透露出对上述意见的评语，称许"此说甚新。"②即，夏敬观论"四声"之诞生，乃是以词调迁就音律之故，易言之，"四声"因词作追求音乐性而形成，是乐工与文人互相协商之结果，但在此一特质在不同阶段词作之体现等方面，则与夏承焘观点接近。③不过，夏敬观"又谓研求音律，四声阴阳皆不可抹杀。鹤亭以曲证词，似尤不可，嘱转请孟劬翁印可"。这第二条颇为重要之意见，亦为李书所漏。至如其重要之缘故，前文已有简论，更可证夏敬观、张尔田、夏承焘三人同声相应、同气相求之故实，兹不赘述。

然自第二条记录中"嘱转请孟劬翁印可"一语，似可推知夏氏所述夏敬观语或为对原信的直接引用。"印可"系佛学术语，其本义为"证明弟子之所得，而加以赞美许可"④。用于弟子得到佛陀、禅师的肯定，而表达其自我谦抑之感。如《维摩诘经·弟子品》："若能如是宴坐者，佛所印可。"《五灯会元·清凉益禅师法嗣》卷十："初不喻旨，后因阅《华严》感悟，承眼（法眼文益禅师）印可。"⑤后演变成一俗语，仍不失其自我谦抑意味，如苏轼《次韵王定国南迁见寄》诗云："心通岂复问云何，印可聊须答如是"。但夏敬观与张尔田既为同辈，且夙有

---

① 李剑亮.夏承焘年谱［M］.北京：光明日报出版社，2012：77.
② 夏承焘.天风阁学词日记［M］//夏承焘集：第6册.杭州：浙江教育出版社，浙江古籍出版社，2000：221.
③ 朱惠国.夏承焘"四声说"探论［J］.北京大学学报（哲学社会科学版），2016（2）：118-128.
④ 陈义孝.佛学常见词汇［M］.台北：财团法人佛陀教育基金会，2002：156.
⑤ 中国佛教文化研究所.俗语佛源：增订版［M］.上海：中西书局，2013：72.

交往，关系极熟，何须如此谦抑，待以师生之礼？盖张尔田精研佛学有年，友人多所钦佩（夏承焘早年还请其开佛学书目），于是夏敬观下笔，便不免借用佛学术语，"在佛言佛"而已，殆无他故。

若上述推论可以成立，则对于夏氏《日记》之文献史料价值，我们可以有更深之认识。此即其中不仅记录了夏氏之生平事迹，为研究其学术思想者宝爱；还蕴含着在夏氏眼中相当丰富的近代学术、文化、历史之遗迹，虽一家之言，犹可据此修正、补全、商榷诸多"宏大叙述"；其更以原信、原文直接引用的形式，录存了大量古代、近代文献资料，正所谓文献中有文献也，后人循此可辑佚、辨伪，考订故实，其用之大，非浅学者所能妄语也。

另，本条记录中"谓文人做词，付乐工作谱，乐工编谱二十八调，有一调合者，即为合律，否则须改动字句。故宋词有二调句法平仄同而入二律者，或同调而句法平仄有更变者，皆是作成后迁就音律所致"皆出夏氏《日记》。质之著者，如此大段原料之征引，可以不出注释、而伪作自家文字否？

李书又云：

二十一日　接吴天五函，知许超（督仁、又作笃仁）在泰顺病故。作许超小传。①

按：类似此种与谱主有关之次要人物、次要事迹之记录，遭李书列入者，不可胜计，但与此同时，其却忽略了本月当中其余若干较为重要之事实。如十八日，夏氏以《宋词事系》（即《宋词系》）求教于吴庠（《日记》作"眉孙"）。而本条记录之价值，或在提示一问题：以后公开出版的《宋词系》，是否为听取了吴庠等人的建议，完善而成？同日，夏氏阅《朱子大全》，欲为宋学系年。将夏承焘的此一心愿，与其对宋史的浓厚兴趣、对宋代诗词的关怀联系起来看，不是给我们提出了另外一个饶有意味的研究课题吗？而十九日，张尔田复信评论《词

---

① 李剑亮.夏承焘年谱［M］.北京：光明日报出版社，2012：77.

四声平亭》,二十日,致信吴庠、附寄张尔田信稿,其意义皆无须申论焉。

实际上,如二十一日此类记录,若是出现在作为未定稿的"年谱长编"之中,似亦无可厚非,但既名之曰"年谱",则无法搜罗并备述谱主之一切,而须在诸种事实记录间有所选择、去取。不待言,这正是考验著者治学的卓识、功力的地方。当然,这也与一年谱之定位有关。在近现代文学史、学术思想史上,夏承焘既以"一代词宗"名世,而展卷《夏承焘年谱》的读者,或以研求词学者为主,因此,年谱编纂过程中,去取事实之标准,当以其词学有关之事迹为主要,兼及其余。

李书又云:

二十二日　徐一帆送来柳亚子编《南社词集》。

本月,作《孙沧叟嘱题春申避乱图》(五律)。

本月,阅《北山楼集》。阅《通鉴纪事本末》。[①]

按:二十二日之所记,较《词学》本所谓"接柳亚子编《南社词集》"更形详细。但自此以后之若干重要事迹,仍被刊落在外,读者对照《日记》即可检证,兹不备举。至于"本月"两条,何以将三事列入,仍感费解,其主要理由,如同本文对此书十一日、二十一日之评论,次要理由是:"本月"一项(意同"本年")是否可以列入有具体时间者?阅《北山楼集》,明明有其具体时间(八日、九日),何以列入?阅《通鉴纪事本末》,则是在廿九日、三十日、卅一日,直至九月一日,且集中在其中有关杨氏之乱、安史之乱两节,简单只谓其"本月""阅《通鉴纪事本末》",可乎?

至于"本月"一项下、所勒之事实前,皆须出现"本月"二字,不免使人怀疑著者是否参考过古人、近人纂修之年谱著作。事实上,莫说此书与"年谱"之固有体例相违,只在其所记之史实不够准确、可靠这一方面来说,难免就要被质

[①] 李剑亮.夏承焘年谱[M].北京:光明日报出版社,2012:77.

疑、商榷了。

不过，我们尤其不应该忽视的一点是，作为谱主的夏承焘的名山事业之一大部，正是为唐宋词人撰作年谱。以是可以想见为年谱大家修年谱之难度，定然远远高出一般之年谱。著者不畏艰辛、而作此谱的筚路蓝缕之功，应予肯定。然而唯其如此，更宜审慎、精心从事，不能降低要求，和一般之年谱相提并论。

承前所论，以《夏承焘年谱》一九四〇年八月条为线索，考察此书之缺陷，计有如下六端：

第一，体例不够严密。关于年谱之体例，梁任公《中国历史研究法补编》分论三之第五章之乙《年谱的体例》、丙《年谱的格式》两节所论甚详，足供参考，况复其后一般之观察，未逸出就中范围。若乃近现代词人、文学家之谱牒编修体例，或未尽合，然须专门讨论，此处不便发挥。但此谱不仅《凡例》思虑不周，容可商兑，且有如下不足。

其一，全书之编次，多有淆乱谱例者。如于《凡例》后先插入一夏氏《自述：我的治学道路》，然后才排列正文。但是，此一将夏氏自传文字置于年谱正文起首之做法，不仅与一般之年谱体例相悖，而且不免语意冗赘，就是文体也不能协调（全谱正文及《凡例》俱用简要之文言，而自传系白话所写），插入中间，滋可怪也。

著者或许是体会到前人修谱，常有将谱主所撰生平纪历之文列入的做法，故而仿效之。但是，生平纪历之文容有不同，或有名作"自纪""自述"而实为"自定义年谱"者，[①]或有名作"自纪""自述"而实为"自传"者，自定义年谱与自传，年谱与传记，"同而异，近而远，合而离"[②]。再者，年谱正文之中亦有著者所作之谱主小传，可供读者参考，则于小传之前，再全文著录谱主所作之"自

[①] 冯尔康.清代人物传记史料研究［M］.天津：天津教育出版社，2005：121.又，此书以其"知见"而论学，不止将年谱视作传记之别体，所论亦未逸出梁任公、来新夏等人之范围，几无创见。又，以知见而论版本、目录之学可矣，斯亦可谓"横通"之士，其余之精要，学之精要，仍不能窥见，说详章学诚《文史通义》卷四内篇四《横通》篇，并曹仕邦《书目答问编次寓义之一例》等。此外，西人倪德卫《现代中国的传记写作》等研究，亦视年谱为传记之一种，不赘叙。

[②] 章学诚，叶瑛.文史通义校注［M］.北京：中华书局，2014：361.

述",不免冗赘。其实,此文若有重要之参考价值,非得列入,可作"谱后"之《附录》篇之一。

再如正文后又有《谱后》及《参考文献》。《谱后》收夏氏下世后之哀荣,但以《谱后》作一书之篇章之名不妥。其实,谱牒之学所谓"谱前""谱后"云云,只是一种用以概括谱牒正文之前、后内容的专名,并非是指凡百谱牒之篇章,正文前后必得有《谱前》《谱后》二项也。若须记入谱主身后事,可有"后一年""后二年"等说。至于"本月""本年"之称,亦无须重复出现。不过,这也是一般年谱未能充分注意前人理论思考所致之误。

其二,全谱正文以叙述行之,几无按语,以为钩沉、考订,亦使人不禁恍惚,莫非夏氏之生平、交游、著述毫无疑点?既有之述夏氏诸方面之论述,全无误舛、疏漏?即如上文所示,夏承焘《日记》尚有漏记之情事,何况其他?至于搜集《夏承焘集》集外文献及其相关资料,此谱亦有所措意,但尚未完备。

其三,全谱逐年记录夏氏生平著述,兼及其同时代人之生卒行事,而对时代背景、谱主之家世渊源、生徒亲故等与谱主有关之人物,较少着墨,颇难使读者顾及"全人""全篇""全体",知其人论其世。

其四,若干专名(如人名、地名、文名、书名等)之前后不能统一,亦可见出其体例之不够严密。如《词四声平亭》是夏氏重要之论文,是谱时而作《词四声平亭》,时而作《四声平亭》。

第二,史实不够准确。按章学诚《文史通义》,年谱虽史体,却非"著述",而是"记注"之体,其贬抑意味不言自明;梁任公《中国历史研究法》并其《补编》皆称其为史学之"创作",意犹"著作";至于今人,亦有视作传记之体者(如来新夏《近三百年年谱知见录》、冯尔康《清代人物传记史料研究》),然以传记之文学性质较浓故,未可视为确诂。但是,无论章、梁对年谱之学术价值之评价有何歧义,其认定年谱之为史体、史学作品则一也。至谓其为史学作品,则所记载之史实务须准确为第一义,然仅就李书极有限之一部分作一观察,我们便可得出其史实不够准确的印象,何其憾也。至于例证,可见上文,兹不赘述。

第三,去取史实之标准不能一致。标准之不一致,所造成的问题是主要史实被忽略，而次要史实满纸。仅以李书一九四〇年八月条为例，我们对作为谱主之学术创获，及其与颇亲密之师友、词社成员就此而交换意见，切磋学问等情事便不甚了了，其余记录更可想而知。此岂一词人、词学家年谱之大较？由是观其大较，可乎？

此谱由今人所纂，且离集别行，循旧例当以材料搜罗之闳富、事实记载之详备为上，但以多取材于《日记》，日记所记更为完善，势必得有所去取。正如清人冯辰修《李恕谷先生年谱》，端在就谱主的"日谱"删繁存要，后经谱主李塨自定义，成为一种名谱；①近人许寿裳为其亡友鲁迅修谱，亦多取材自鲁迅日记，因此，《鲁迅先生年谱·凡例》第一条即为："先生至民国元年五月抵京之日，始即写日记，从无简短，凡天之变化如阴、晴、风、雨，人事交际如友朋过从、信札往来、书籍购入，均详载无遗，他日付印，足供参考。故年谱之编，力求简短，仅举荦荦大端而已。"②以是多获一般读者之赞誉，但周黎庵指出，此书忽略谱主之生前身后、时代背景、与同时代人之关系等等，读者难以据此谱而知其人论其世，确为不刊之论。③

由上述二例，足见撰作年谱之难度，泰半即在如何去取事实。但较早系统地研究年谱编纂的任公，虽主张"去取得宜"之为重要，同时却认为，后人所撰、离集单行之年谱"越简单越不好"，应注重搜罗材料，详加记录。不过，窃以为，"为免读者的遗憾起见，把全集的重要见解和主张，和谱主的事迹，摘要编年，使人一目了然，……而且还要在集外广搜有关系的资料，才可满足读者的希望，"④固然是必要的工作，但在当代，为近现代词人、文学家撰写年谱，由于大量资料的取得、保存，变得非常容易，因此年谱、年表之类的著作，如何剪裁事实、并能收"去取得宜"之效，无疑更加重要。⑤虽然，其标准委实难以泛泛

---

① 梁启超.中国历史研究法补编[M].北京：朝华出版社，2019：94.
② 鲁迅先生纪念委员会.鲁迅先生纪念集（评论与记载）[M].上海：上海书店出版社，1979：1.
③ 周黎庵.关于鲁迅年谱[M]//中国社会科学院文学研究所鲁迅研究室.1913—1983鲁迅研究学术论著资料汇编：第3册.北京：中国文联出版公司，1987：146-149.
④ 梁启超.中国历史研究法补编[M].北京：朝华出版社，2019：97-98.
⑤ 王贺."让文献说话"的难度：评邱各容著《台湾图书出版年表（1912—2010）》[J].书目季刊，2016（4）：95-100.

而论，但即便如此，总以一致为上，而非无标准或多重标准混用。

再以词人年谱而言，此标准似即在于凸显词学家之学问、及与其相关之时代背景、人事、亲族师友之事迹。以鄙见看来，一九四〇年八月，对于词人、词学家夏承焘而言，最重要的事情莫过于就其《词四声平亭》而与诸师友之讨论，按此标准著录，则此事之缘起、发展，不能不一一列示。若其阅读之书刊、酬唱之诗词云云，自是次要事实，似可酌情采录，而不必备载。

第四，参考文献不足。本书《参考文献》之部，除夏氏《日记》等一手资料，二手资料仅有夏氏友朋生徒所撰回忆文章，而海内外研究夏承焘词学之论著皆无一列入，若谓后者对此谱之编纂毫无参考价值，有几人信之？将此谱所引用之极有限之材料，与谱主夏承焘为词人所作年谱而下的功夫作一对照，我们当更能明了这一点。

譬如，有研究者曾统计夏氏纂修《温飞卿系年》而引用、参考到的材料，范围极其广泛，包括"《旧唐书》《新唐书》《北梦琐言》《玉溪生诗笺注》《唐摭言》《容斋随笔》《册府元龟》《四库全书总目提要》《古今诗话》《云溪友议》《唐诗纪事》《直斋书录解题》《全唐书》《全唐文》《诗话总龟》《楚南新闻》等等"文献资料皆可见到。"由此观之，夏氏编纂《唐宋词人年谱》主要参考词人本集、旧人所作年谱、宋人小说笔记、史书、类书等典籍，对词人生平事迹、世系、著述等进行多方考察，博采众书，务求锱铢不遗。"① 已为我们作出示范，而著者不能循此广搜博取，有所创造，令人遗憾。

第五，撰述不够规范。这主要是指，任何形式的征引，皆须注明出处，切忌以引文伪作自家文字。因在今天我们的思想观念中，年谱同样是一种严肃的学术作品，在其编纂成文、成书过程中，既可以有大量注释，又可以有《参考文献》，就不能以古人引书之省简或不注出处之成例，作为自己不规范的借口。

第六，少量文字讹误。此或系输入计算机、印刷、校对致误。为节省篇幅，此方面例证不再举出。稍稍对当代图书出版事业内情有所了解的读者也都明白，

---

① 徐笑珍.夏承焘的词学研究[D].香港：香港中文大学，2002：47.

今日一书稿之出版，自文字录入至编辑、校对，多由著者一人承担，出版方多负责出版、印刷，因此，作为著作者，虽由于种种原因，难免出错，但比之铅印时代之前的著作者，显须付出更多心力，须更加仔细、谨慎。

上述六端，虽然只是就考察《夏承焘年谱》一九四○年八月条所得，具有一定之代表性，但尚不足以涵括此谱之全部不足。不过，需要再次申明的是，笔者并无意全盘否定此书，或给读者留下此谱整体水平欠佳、完全不值一谈的印象。其实，纵观全书，在许多方面，著者仍以全神贯注、一丝不苟之精神勤勉从事，如留存至今的《天风阁学词日记》起自一九二八年，迄于一九六五年，中有全佚者，尚待今人搜讨，但作谱者却能利用其他一手、二手之资料，补全其生平著述，及至薄物细故，以考镜其源流，发皇其幽光，诚属弥足珍贵。想本段之补述，或有裨读者对此谱及谱牒在内的著作，能有一同情、周正之认识，而不必以皇皇大言欺世，动辄指摘寂寞同道中人。①

本文之重心，虽在以《夏承焘年谱》一九四○年八月条论其不足，步伍半塘、彊村、天风阁学词主人，重新检讨词人谱牒之学之要义，然进而及之，不独是谱，当代出版的诸多有关近现代文人学士、政要名流之年谱，大率皆有上述所总结之六病，其中尤其以上述第一、二、三、四点最为关键。此所谓无体例不足以成书，无准确之史实不足以成史书，无准确而主要之事实不足以成年谱，无大量文献资料不足以成年谱者也。

如何对症下药、祛除此病，既是探求词人谱牒之学者深感兴味之问题，也应该是一般文献整理、研究者和历史研究者、编纂者普遍关心的要务。窃以为，首要的一点是，从思想观念上走出那种视此类工作为经验性、技艺性等性质的学问（其实此间所谓"经验"，与社会科学所谓经验研究、定性研究，尚有极大之不

---

① 陈福康. "年谱长编"的"长"是什么意思？[N]. 中华读书报，2016-03-23（15）. 此文云："近三十年来，忽然一下子涌现了一批数量惊人的年谱长编，我见到过的就有六十来种。这些撰著者和出版者，似乎全然不知'长编'一词的本意……'长编'看来亦是如此，错用和别解已有年头，至少从国民党'党史办'的秀才们就已经开始误导了。"其论断之粗率、充满意识形态偏见而至于此，至若将经年累月编撰年谱之人，视作被鲁迅肆意嘲骂之"中国的聪明人"一类，真令人起不知今夕何夕之感。

同）的陷阱，尽可能地从一己之实践、前人之经验及可能的理论观照这多重交错的学术思想视角出发，认真地考虑如何展开此类工作，而非简单抄撮资料、按年月排比成书而已。

一己之实践，亦即个人之实际编修经验，不必多言，不过，我们似还有必要强调在编修过程中，对前人之经验的承继。众所周知，由俞正燮《易安居士事辑》滥觞的、此一以年谱而研求词学之学术进路，中经王鹏运、夏承焘等人而发扬光大，[1]延至当代，则有马兴荣等先生的词人年谱数种，[2]开一新面，此外，《词学》杂志亦曾发表一些上佳之作，凡此种种，似皆足资其后的年谱编纂者参考。见贤思齐，吾人岂不勉旃！

此外，今天亦有必要发展出包括年谱在内的文献、历史编纂工作的理论论述。应该说，由于长期以来视此类工作为经验性、技艺性等性质的学问，相关的理论论述还很贫困，我们最多只能从谱牒序跋、评论中辑得一些片言只语，从几位近代学人偶然论及年谱的文章里领域易代之际谱牒之学的学术思想变迁大势（虽然如此，已相当可珍），但在今天，面对数千部的年谱，似乎还可以有一些理论层面的思考。窃以为，这主要包括两方面的工作：一是厘清中国年谱编纂的史之脉络，充分总结前人的学术经验、教训，以年谱而论年谱，将年谱区别于其他谱牒（如族谱、家谱）、传记、编年史等的特点和方法，揭示出来；二是借鉴西方的年代学、中西历史哲学及历史编纂学的研究，在更为广阔的、古今中西贯通的学术思想脉络中，讨论其成败得失，参与当代学术建构（如有观点认为，年谱是一中世纪学术产品，是前近代之学术。年谱作者、纂辑者当如何回应），如此，则更高层次的理论建构、对话，也就有其可能。

若能将此三方面予以结合，不独近代词人年谱，谱牒之学庶几有望创新焉。但有鉴于当代学风浮躁，即使向来以扎实、厚重见长之文献整理、研究工作亦难以避免，因之，我们似乎还有必要在此提出一个关于年谱编修工作为何特别需要

---

[1] 曾大兴.夏承焘的考据之学与批评之学［J］.浙江大学学报（人文社会科学版），2008（3）：81-88.按：此文称夏承焘为词人谱牒之学开创者，不确，实由俞正燮肇端。
[2] 这些年谱最早亦在《词学》杂志发表，今已收入《马兴荣词学论稿》。

审慎、严谨的重要理由。众所周知，包括年谱在内的许多文献工作成果，至今不时仍被主流学术生产与评价体系视为无足轻重的、不够严肃的"学术成果"，不能与专书、论著等同视之，当此之时，我人何以塞悠悠之口？抑宜作壁上观、坐而待毙乎？苟非以十二分之慎思、明辨、笃学之精神，严格辑校、考释、研究一文献，严格考证史实、精心撰作一高质量之学术作品，自不免贻人以口实，加固其"刻板印象"，被鄙弃作"资料书"，而永远"低著一等"……愿天下知我者，同解此忧。

参考文献：

［1］仓修良.谱牒学通论［M］.北京：商务印书馆，2022.
［2］陈福康."年谱长编"的"长编"是什么意思？［N］.中华读书报，2016-03-23（15）.
［3］陈义孝.佛学常见词汇［M］.台北：财团法人佛陀教育基金会，2002.
［4］陈谊.夏敬观年谱［M］.合肥：黄山书社，2007.
［5］冯尔康.清代人物传记史料研究［M］.天津：天津教育出版社，2005.
［6］来新夏.近三百年人物年谱知见录：增订本［M］.北京：中华书局，2011.
［7］李剑亮.夏承焘年谱［M］//马兴荣，邓乔彬，等.词学：第24辑.上海：华东师范大学出版社，2010.
［8］李剑亮.夏承焘年谱［M］.北京：光明日报出版社，2012.
［9］梁启超.中国历史研究法补编［M］.北京：朝华出版社，2019.
［10］鲁迅先生纪念委员会.鲁迅先生纪念集（评论与记载）［M］.上海：上海书店出版社，1979.
［11］施议对.夏承焘与中国当代词学［M］//施蛰存.词学：第12辑.上海：华东师范大学出版社，2000.
［12］王贺."让文献说话"的难度：评邱各容著《台湾图书出版年表（1912—2010）》［J］.书目季刊，2016（4）.
［13］王静.新发现的夏承焘《讲词散记》略说［J］.名作欣赏，2023（28）.
［14］夏承焘.天风阁学词日记［M］//夏承焘集：第6册.杭州：浙江教育出版社、浙江古籍出版社，2000.
［15］徐笑珍.夏承焘的词学研究［D］.香港：香港中文大学，2002.
［16］张尔田.与夏瞿禅论词人谱牒［J］.词学，1936（1）.
［17］章学诚，叶瑛.文史通义校注［M］.北京：中华书局，2014.
［18］中国佛教文化研究所.俗语佛源：增订版［M］.上海：中西书局，2013.
［19］中国社会科学院文学研究所鲁迅研究室.1913—1983鲁迅研究学术论著资料汇编：第3册［M］.北京：中国文联出版公司，1987.
［20］朱惠国.夏承焘"四声说"探论［J］.北京大学学报（哲学社会科学版），2016（2）.

【本篇编辑：夏　伟】

书　　评

作为方法的"关系"
——评齐晓红著《文学、语言与大众政治》

向吉发

摘　要：《文学、语言与大众政治：1930年代的文艺大众化运动考论》以"大众"为关键词，在追问"大众是谁"的过程中揭示了大众/知识分子、大众/文艺、大众/语言、阶级叙事/民族叙事、本土话语/域外资源等存在于文艺大众化运动内部的"关系"景观。作者齐晓红"在'关系'中看问题"，跳出了既往以宏大叙事收编文艺大众化运动或以文学性/政治性评论文艺大众化运动历史得失的研究范式，提供了一种观察文艺大众化运动，甚至观察文学史问题的新方法。

关键词：齐晓红　关系　大众　文艺大众化运动

作者简介：向吉发（1994—），男，文学博士，湖南大学中国语言文学学院博士后。主要从事中国现代文学研究。

"Relationship" as a Method
— A Criticism of *Literature, Language, and Popular Politics* by Qi Xiaohong

Xiang Jifa

Abstract: *Literature, Language, and Popular Politics: An Examination of the Literary and Artistic Popularization Movement of the 1930s* takes "the masses" as the keyword, and in the

---

① 本文系湖南省社科基金青年项目"沈从文对俄苏文学的接受研究"（项目编号：23YBQ014）的阶段性成果。

process of asking "who are the masses", it presents the landscape of "relations" within the literary and artistic popularization movement, such as the masses/intellectuals, the masses/literature, the masses/language, the class narrative/national narrative, local discourse/extraterritorial resources, and so on. Qi Xiaohong's "looking at issues in 'relations'" goes beyond the previous research paradigms of compiling the literary popularization movement with a grand narrative or commenting on the historical gains and losses of the movement with a literary/political approach, and provides a new way of looking at the movement, and even the history of literature. It provides a new way of observing the literary popularization movement and even the issue of literary history.

Keywords: Qi Xiaohong　relationship　mass　literary and artistic popularization movement

文艺大众化运动是中国现代文学史上一个非常重要的事件。既往研究或将其放入20世纪文艺大众化运动的整体视野中考察；或以瞿秋白、鲁迅为突破口，从个案角度进入；或引入西方概念史理论，在中西"大众"话语坐标系中确定其位置，总之尝试对其进行多样的解读。2023年由社会科学文献出版社出版的齐晓红的《文学、语言与大众政治：1930年代的文艺大众化运动考论》（以下简称《文学、语言与大众政治》）是这一论题的新作。该著作在充分吸纳既有研究成果的同时又对其进行了反思，认为文艺大众化运动的流行说法受到了20世纪末兴起的以消费文化为主题的大众文化研究的影响，看似理路清晰，实则忽视了文艺大众化运动的历史性和特殊性；认为借用大量西方理论的研究方式，损伤了"大众"问题的发生语境和文艺大众化运动的复杂关系，所以该著作没有预设某种宏大的叙事框架，也没有奉西方理论为万能法宝，而是以20世纪30年代的文艺大众化运动为论述重点，以"大众"为关键词，在追问"大众是谁"的过程中揭示文艺大众化运动背后的复杂关系和文学政治学问题。之所以作出20世纪30年代的限制，作者也有解释，即20世纪30年代的文艺大众化在反驳和重构五四文化思想的过程中塑造了自己的时代个性，同时又与20世纪40年代战争情景下的文艺大众化运动有所不同。作者依据这种独特性确立了20世纪30年代文艺大众化运动相对独立的意义，指出相关问题必须在20世纪30年代的历史语境中找寻阐释的可能性。对于关键词"大众"，作者也注意到"大众不是一个有着固定所指的群体，而是具有其历史阶段上的意味的"，①相关释义应该结合文献史料说明。这样处理的结果则如汪晖所说，这部著作一方面显示了齐晓红在调查史料、考证文献方面的功夫，另一方面"包含了诸多历史洞见"。②本文不欲对该著作进行全面评析，而从书中提到的"在'关系'中看问题"入手，评析其在书中的运用和对学术研究的启示。

一、"在'关系'中看问题"

《文学、语言与大众政治》从"'大众'释义"入题，先清理了中西方语境中"大众"的所指。可以看到，"大众"在中国古书中指"农兵和农工的大队"，在中古时期指聚在一块儿的和尚、尼姑和居士，到了近代指多数的人，到了20世纪30年代，随着中国知识界讨论马克思主义学说的日臻成熟，"大众"的内涵才变得丰富和多元起来。这样的清理让人联想到雷蒙·威廉斯的《关键词：文化与社会的词汇》（以下简称《关键词》）。威廉斯在书中说，词典提供的词义通常是"适当意义"，对于一些牵涉思想及价值观的词并不适用，因为"词义本身及其引申的意涵会随时代而有相当的不同和变化"。③威廉斯的《关键词》一书即通过探寻被选词汇的词义变化及彼此间的关联，来分析存在于词汇内部的争议问题。齐晓红先考察"大众"一词的意义变迁也是基于这样的考虑。她说，"一个词语只有变动不定的暂时含义，它不会被一劳永逸地使用，而是随着时代和使用者的不同而不同"。④威廉斯在确定词语的词义时，有意识地借助词语所处的语境，"在

---

① 齐晓红.文学、语言与大众政治：1930年代的文艺大众化运动考论［M］.北京：社会科学文献出版社，2023：2.
② 汪晖.语词密林中的大众面影：齐晓红著《文学、语言与大众政治——1930年代的文艺大众化运动考论》序言［M］//齐晓红.文学、语言与大众政治：1930年代的文艺大众化运动考论.北京：社会科学文献出版社，2023：3.
③ 威廉斯.关键词：文化与社会的词汇［M］.刘建基，译.北京：生活·读书·新知三联书店，2016：31.
④ 齐晓红.文学、语言与大众政治：1930年代的文艺大众化运动考论［M］.北京：社会科学文献出版社，2023：29.

我所分析的语意中,有许多实际上是由语境来决定"。①齐晓红讨论"大众"的具体含义时,也特别注意"大众"所处的历史语境,比如她说"大众"在晚清时期是"国民"的白话用法,就来自对《天演论》《中国白话报》等文本语境的分析。这些语境也让她发现,此时的"大众"还属于既有社会秩序中的下层社会,面目不甚清晰。威廉斯也意识到词语的意义问题不能完全依靠语境解决,因为词语是语言社会化过程的一个要素,并且词语的用法由语言体系的复杂特性决定,所以他对他所谈论的"关键词"作了"在此刻"的限制。如是,他的《关键词》一书才较好地完成了既定的研究目标,"这本书的主要目的是要指出一些重要的社会、历史过程是发生在语言内部,并且说明意义与关系的问题是构成这些过程的一部分。"②由这一目标可以确定,威廉斯将《关键词》的研究落脚点设定在了词语上,词语的社会性关系一定程度上是用来证明词语的特性的。在这一点上,齐晓红与威廉斯恰好相反,她要考察的是20世纪30年代的文艺大众化运动,环绕在"大众"周边的社会性关系是其展示的重点,词语"大众"则是其选定的锚点和串联其考察的线索,所以《文学、语言与大众政治》没有对"大众"作"在此刻"的限制,而是将其放入各种"关系"中,即齐晓红说的,"对大众的认识必须放到一个'关系'性的体系中来认识"。③

不限于对"大众"词义的考察,在《文学、语言与大众政治》的其他部分,作者齐晓红也反复强调在"关系"中看问题,如第三章讨论大众语运动及周边问题时,她说"这些都需要在20世纪30年代大众语发生的具体社会关系中探讨"④;第四章分析文学作品时,她说:"对文学是什么的认识受到当时社会的意识形态的影响,因此,对民族主义文艺和左翼文艺的解读也需要将之放在

---

① 威廉斯.关键词:文化与社会的词汇[M].刘建基,译.北京:生活·读书·新知三联书店,2016:38.
② 威廉斯.关键词:文化与社会的词汇[M].刘建基,译.北京:生活·读书·新知三联书店,2016:37.
③ 齐晓红.文学、语言与大众政治:1930年代的文艺大众化运动考论[M].北京:社会科学文献出版社,2023:66.
④ 齐晓红.文学、语言与大众政治:1930年代的文艺大众化运动考论[M].北京:社会科学文献出版社,2023:129.

具体的社会关系和历史关系中来讨论。"[①]在《后记》中,她则说"摆脱单一思维,还原历史语境,在'关系'中看问题,渐渐成了一种思考的习惯"[②]。可以说,在"'关系'中看问题"是齐晓红运用于《文学、语言与大众政治》的主要考察方法。结合前述引文来看,该方法中的"关系"又不是指某种固定的关系,而是一种观察视角和方式,一定程度上可以转换为历史语境,但比历史语境更有指向性,即特别关注历史语境中的关系组合。实践层面,不同的问题或被放入不同的关系中观照,但它们始终没有脱离"在'关系'中看问题"这一观察方式。

"在'关系'中看问题"的学理可以沿着《文学、语言与大众》中的线索往两个方向追溯,一是前述提到的雷蒙·威廉斯的《关键词》。《文学、语言与大众政治》多处引用了《关键词》中的观点,作者齐晓红"在'关系'中看问题",或与雷蒙·威廉斯存在某种学理联系。上文反复将《文学、语言与大众政治》与《关键词》并举,可以看作对这种联系的说明。二是文艺大众化运动。作者齐晓红在《文学、语言与大众政治》中说:"与中国1930年代独特的将'文学'放诸具体的社会关系中来重新定义的努力相比,后来的研究者用现代化过程中所确立起来的'文学'的'趣味性''审美性',乃至'创造力''想象力'这一套'普遍性'的机制去评判这种努力,便变得相当没有说服力了。"[③]这句话表明20世纪30年代的知识分子讨论文学定义时将之放在了具体的社会关系中,同时表明齐晓红站在了20世纪30年代的知识分子一方。她"在'关系'中看问题"或是对20世纪30年代的知识分子思考问题的方式的赓续。她在《后记》中提到的"做笔记"也体现了这种赓续。

---

① 齐晓红.文学、语言与大众政治:1930年代的文艺大众化运动考论[M].北京:社会科学文献出版社,2023:205.
② 齐晓红.后记[M]//文学、语言与大众政治:1930年代的文艺大众化运动考论.北京:社会科学文献出版社,2023:336.
③ 齐晓红.文学、语言与大众政治:1930年代的文艺大众化运动考论[M].北京:社会科学文献出版社,2023:106.

二、被看见的"关系"

"在'关系'中看问题",可以想见的是,作者齐晓红所看见的将会是各种纠缠不清、欲理还乱的关系,比如知识分子与大众的关系。自"五四"始,知识分子如何处理自我与大众的关系就是一个难题,一方面,知识分子和大众的区别是一种客观存在;另一方面,在人人平等的现代理念中,知识分子和大众不应该作区分。这种实然与应然的距离导致知识分子叙述大众时将自我归入其中又排除在外,就像瞿秋白说的,"他们口头上赞成'大众化',而事实上反对'大众化',抵制'大众化'",①表现出一种吊诡性。此外,还有大众文艺与民族主义文艺的关系,大众文艺与通俗文艺的关系,阶级叙事与民族叙事的关系,本土话语与域外资源的关系等。也可以想见,这些关系表面上或是对抗,内质里可能存在共向;表象上或为分歧,实则有重合的部分;看似发生在文艺内部,实则溢出了文艺的界域,总之难以概括为单一模式。齐晓红选定"在'关系'中看问题",这些"关系"中的所见便成了《文学、语言与大众政治》的考察对象。换言之,《文学、语言与大众政治》以"关系"为窗口,描述和论析了文艺大众化运动的关系景观。

举例来说,1928年9月,《大众文艺》创刊,"大众文艺"一词正式进入中国。郁达夫在"创刊词"中说,"'大众文艺'这一个名字,取自日本目下正在流行的所谓'大众小说'"。②《文学、语言与大众政治》介绍郁达夫的"释名"后,就进入日本语境中的"大众文艺",勾描其与郁达夫的"大众文艺"的关系,并从接受和转化的角度解释郁达夫之于"大众文艺"的借用,勾描"大众文艺"所隐含的郁达夫与革命文学家的关系,"大众文艺的提出实际上是暗示了对无产阶级文学中所带的鲜明的意识形态性的不满"。③革命文学家也发觉了郁达夫的不

---

① 瞿秋白.我们是谁?[M]//瞿秋白文集:文学编:第1卷.北京:人民文学出版社,1985:486.
② 达夫.大众文艺释名[J].大众文艺,1928(1):6.
③ 齐晓红.文学、语言与大众政治:1930年代的文艺大众化运动考论[M].北京:社会科学文献出版社,2023:54.

满，并作了反批评，不过他们很快又接受了"大众文艺"。对于这一关系的转变，齐晓红解释，因为"大众文艺"一词的包容性契合了革命文学家的政治文化需求，"所谓大众文艺的包容性在于，它的面向更加宽泛，它所蕴含的民主性、大多数的内涵不仅可以包含无产阶级文学所彰显的阶级性，并且提倡者也可以在大众文艺的内涵里面加入无产阶级的领导作用。"①也就是说，革命文学家使用"大众文艺"一词，不但没有丧失无产阶级的领导地位，还扩大了无产阶级的阵营。在关系上，该解释揭示了一组以"大众文艺"为载体的文学与政治的关系。再以"大众化"和"化大众"论争为例，该问题经常被当作"普及"与"提高"的问题讨论，齐晓红则认为，"普及"与"提高"只是这场论争的表层含义，如果视大众为主体，那么"大众化"和"化大众"就不再是知识分子启蒙大众的技术问题，而是知识分子调整自我，向大众靠近的过程。这一观点描述了一组全新的知识分子与大众的关系，其中大众变成了关系的中心。"大众语"运动也被既往研究反复讨论。据曹聚仁的解释，"大众语"是几个关心语文问题的人有感于"文言复兴""读经尊孔"的可怕而提出的，②最初要求是"大众说得出，听得懂，看得懂"。③由是来看，"大众语"及相关建设问题是一个学术问题。苏汶批评"大众语"运动时说，"文字所载的道是千变万化，而世界上断没有因所载的道不同而名之为另一种文字这一类奇怪的事情的"，④也是视"大众语"为语言工具而展开的。齐晓红从语言和言说主体的关系中发现，语言由谁来说和为谁说决定，曹聚仁等提出"大众语"，其实是邀请大众进入语言交流之中，从原来的被说状态变为自己来说，掌握言说主动权。这里面隐含了一种新型关系的创生。同理，"大众语"关注方言也不是单纯的语言学问题，"其最终目标是造成与国语对立的一种统一的、国际化的无产阶级语言共同体"，⑤隐含了一组语言和政治的新

---

① 齐晓红.文学、语言与大众政治：1930年代的文艺大众化运动考论［M］.北京：社会科学文献出版社，2023：62.
② 曹聚仁.上海通信：大众语问题的新局面［M］//沈从文全集：第17卷.太原：北岳文艺出版社，2002：74.
③ 陈子展.文言——白话——大众语［N］.申报，1934-06-18（17）.
④ 苏汶.大众语运动批判［J］.现代，1934（1）：138.
⑤ 齐晓红.文学、语言与大众政治：1930年代的文艺大众化运动考论［M］.北京：社会科学文献出版社，2023：176.

型关系。从这个角度看，苏汶批评"大众语"是"奇怪的事情"，其实是没有领会"大众语"的政治意涵。

将20世纪30年代的文艺大众化运动及周边问题放入国民党与共产党、文学与政治的关系组合中深描，揭示关系中的对抗、共向和转化，解析关系双方的价值立场、语言策略和政治意图，应该说是齐晓红在《文学、语言与大众政治》中的主要努力。就像她在"绪论"中提到的，如果重新界定文学和大众，就会发现讨论文艺大众化运动不必拘泥于功过评价，"而是需要在对大众和文学的重新思考中发现运动发生的契机"。①深描和解析文艺大众化运动中的各种关系，某种程度上跳出了依据文学性或政治性评论其得失的研究范式，转而从运动本身中确立其意义。

这样的努力赋予《文学、语言与大众政治》两个特质。一是强烈的历史感。汪晖在"序言"中也提到《文学、语言与大众政治》具有强烈的历史感，不过他是从史学角度说的。②这种历史感在逻辑上也内含于"在'关系'中看问题"的方法中，因为将问题放入关系中观察，就需要对关系周边作"史"的描述，如是才能使问题有效地显现出来，也才能在关系中对问题作出有效阐析。《文学、语言与大众政治》确也如此，如在"大众语运动的发生及其规定性"一节，著作没有直接进入"'大众语'的提出"部分，而是先考察"新生活运动"，且在标题中提示这是"一个必要的考察"，然而在考察"新生活运动"之前，著作又介绍了"民众教育"运动，之后才写到"'新生活运动'这个名字，源于……"进入"新生活运动"。这样的铺展为"大众语"问题的讨论提供了"史"的背景，或者说，通过《文学、语言与大众政治》观察"大众语"运动，所看到的不是被抽离出历史的、孤零的"大众语"运动，而是镶嵌在历史背景中的"大众语"运动。然而也可以看到，《文学、语言与大众政治》描述"新生活运动"等历史背景时没有

---

① 齐晓红.文学、语言与大众政治：1930年代的文艺大众化运动考论［M］.北京：社会科学文献出版社，2023：2.

② 汪晖.语词密林中的大众面影：齐晓红著《文学、语言与大众政治——1930年代的文艺大众化运动考论》序言［M］//齐晓红.文学、语言与大众政治：1930年代的文艺大众化运动考论.北京：社会科学文献出版社，2023：2.

面面俱到，而是遵循了节制的原则。这种"度"的把握保证了问题的论析不至于被史的描述淹没。二是密致的论辩性。该特质内含于《文学、语言与大众政治》所选定的研究问题上。如上文提到的，国共两党从合作走向对抗，同将自己的诉求诉诸文学，文学向政治溢出，政治借助文学的形式，如是交织缠绕的关系组合使文艺大众化运动中的诸种关系包含多重纠缠，难以概括为单一模式，需要研究者反复往返于关系之中，冷静分析，细致考辨，以厘清关系的形貌和找出关系的症结。这样的梳理和辨析赋予《文学、语言与大众政治》以论辩性。

三、也在"关系"之中的自由派作家

"在'关系'中看问题"的"关系"不指向确切的"关系"，但在实践层面，"在'关系'中看问题"又要求研究者先选定一种"关系"，然后再"看"。"关系"内含远近之分和内外之别，选定了"关系"，也意味着那些处在"关系"之外或离"关系"中心较远的部分被排除在外。齐晓红在《文学、语言与大众政治》中有说明，其对文艺大众化运动的考察主要是在国共两党的文化政治斗争中进行的，"本书对它的处理方式是将这一运动放在国共两党不同政治构想的斗争中来考虑的"①。这就意味着不在两党之内的自由派作家暂不被讨论。这样的选择自有其学理性，因为文艺大众化运动的主要参与者是国共两党；这样的选择又让人略感不足，虽然自由派作家离文艺大众化运动漩涡中心较远，但他们也以自身的方式注视和参与着这场运动，也与文艺大众化运动发生着某种关系。这种关系的具体形貌和历史演进到底怎样，在《文学、语言与大众政治》的启示下延伸成一个问题。

《文学、语言与大众政治》有所提及的是，"大众语"概念被提出后，曹聚仁列了五个问题向各界人士征求意见，"先后被征集的人有鲁迅、吴稚晖、赵元任、

---

① 齐晓红.文学、语言与大众政治：1930年代的文艺大众化运动考论[M].北京：社会科学文献出版社，2023：41.

陆衣信、林语堂、沈从文、叶籁士等，他们的回复也随之被附于信后"[1]。其中提到了沈从文等自由派作家，可惜著作没有就此将自由派作家纳入讨论范围。其实在曹聚仁征求意见之前，沈从文就关注到了"大众语"运动，且写有《从"小学读经"到"大众语问题"的感想》一文来表达自己的看法，此外，他还在《大公报·文艺副刊》上编发了杜秦的《在南方的大众语的论战》，向北方知识分子介绍这场运动。收到曹聚仁的《上海通信》后，他又写了《〈上海通信〉附记》，再次表达自己的观点。文章中，沈从文没有像鲁迅那样积极支持"大众语"运动，而是态度谨慎："我个人的意见，却是想先弄明白这讨论究竟是'项庄舞剑'的玩意儿？还是真在本题上设想，对目前中国大众，希望他们能得到认字的好处与用处？"如果是"'项庄舞剑'的玩意儿"，沈从文则持消极态度，因为他认为再热闹的讨论也不及好作品"持久切实"；如果真为大众计，沈从文认为可以先从译著入手，使白话文不恶化，再多加研究，使白话文走向合理化、大众化；如果两者是一回事，沈从文认为运动重心不应该在论争上，"即便是这诅咒如何有毒，也仍然不过成为徒然的诅咒而已"，而应该在作品的创作上，"便是破坏，也只有富于建设性的作品或工具方能达到破坏的目的"。[2]这样的回应没有完全否定"大众语"运动，但又与曹聚仁的问题有所错位。沈从文坚持了他的一贯主张，即以文学为本位，用作品改造社会。在这里，应该将沈从文所说的作品和垢佛在《文言和白话论战宣言》中所说的作品区分开来。垢佛说"可否请几位提倡'大众语'的作家，发表几篇'大众语'的标准作品，使记者和读者，大家来欣赏欣赏，研究研究"，[3]是否定"大众语"之后对"大众语"的调侃和刁难，沈从文呼吁作品指向务实，与无意义的论争相对。所以在大众觉醒、民族强盛的希冀上，沈从文与曹聚仁等人没有根本分歧，但在路径上，两者又有所殊途。如齐晓红的分析，"大众语的命名是希望通过大众和语言的结合来达到对于新的大众和大众

---

[1] 齐晓红.文学、语言与大众政治：1930年代的文艺大众化运动考论［M］.北京：社会科学文献出版社，2023：138.
[2] 沈从文.《上海通信》附记［M］//沈从文全集：第17卷.太原：北岳文艺出版社，2002：71-72.
[3] 垢佛.文言和白话论战宣言［N］.申报，1934-06-26（19）.

意识的创生和促进。具体而言，大众语召唤的是知识分子和大众之间的新型关系"。① 这种新型关系的创生来自"大众语"运动本身，沈从文所呼吁的作品固然有意义，但不是意义的唯一来源，因此曹聚仁征求沈从文等人的意见，重要的不是意见，而是沈从文等人的入场。沈从文用"项庄舞剑"来猜测这场运动，表明他对这场运动的真实含义有所怀疑，他的入场只会是有限度的入场。

《文学、语言与大众政治》对丁玲的小说《水》也有非常精彩的论析，"《水》的创作看到'大众'作为一个主体和统治阶级的对抗性性质，并且也是对知识分子如何融入大众和把自己看作大众的一员的呼吁"。② 与《水》有些近似，沈从文的小说《战争到了某市以后》也以大众为主角，写到了大众的力量。某种意义上，这篇小说可以看作沈从文对文艺大众化运动的参与。军警暴力抓捕集会的市民后，"平时十分胆小，此时却十分愤怒的市民，团结成人群可观的一群"，去到公安局门口要求放人，第二天又自发罢市。迫于形势，当局释放了被捕七人中的六人。这一结果可以看作大众的"胜利"，也可以看作大众的"失败"，因为还有一人被安上反动罪名送到了军事法庭，"××市的市民，全是那么可惊的诚实，被哄着，被骗着"。小说接着写到药铺先生向市长递交呈请书，结果被当作刺客击毙，市长为了掩饰错误，捏造罪证说这是有预谋的刺杀，"××市民有疑心到这个错误事情没有？没有的"，③ 进一步揭示大众的"失败"，且提示大众的"失败"不在力量上，而在认知和视野上。沈从文的另一部小说《大城中的小事情》也写到大众，也可以看作沈从文对文艺大众化运动的参与。××军进城后，街上挂满了新政府的旗帜，工人们拿到了印有"为民众谋福利""反抗资本家""反对压迫虐待学徒的厂主"等标语的传单，加入了工会，还学会喊"打倒"一类的口号，厂主利用工人资格变成了工会委员，最后的结果是"工厂中还依然是老样子，学徒们，遇到用言语戏谑时，多一种格式。"小说写道，"所谓觉醒的因子，

---

① 齐晓红.文学、语言与大众政治：1930年代的文艺大众化运动考论［M］.北京：社会科学文献出版社，2023：148.
② 齐晓红.文学、语言与大众政治：1930年代的文艺大众化运动考论［M］.北京：社会科学文献出版社，2023：215.
③ 沈从文.战争到了某市以后［M］//沈从文全集：第5卷.太原：北岳文艺出版社，2002：480，481，485.

是不是当真就会在这一时代这类东西中酝酿,那完全无人敢说。"①其中抛出大众的启蒙问题以及启蒙是否可能的问题。瞿秋白等左翼批评家评论《水》时说《水》的最高价值"是在首先着眼到大众自己的力量,其次相信大众是会转变的地方"②。沈从文的这两篇小说在肯定大众力量的同时,又认为大众很难自觉转变,提供了一副不同于《水》的大众面孔。同时期的何大白也提供过类似的大众面孔,指出大众不受"我们"影响的问题,但遭到了瞿秋白的驳斥,"也许群众比作者更加理解革命得多,群众自己在那里干着革命的斗争"③。检视瞿秋白的说法,他以"也许"作修饰,将自己的大众形象建立在了假设之上,所以他的驳斥只能代表革命对知识分子的要求,不能反映大众,更不能回答沈从文及何大白所提出的大众问题。现实层面,沈从文及何大白所描述的大众问题或广泛而真实地存在。那么,如何在文艺大众化运动中认识沈从文所描写的大众问题,以及如何评论沈从文之于文艺大众化运动的参与,就成了一个学术问题。同理的还有上文提到的沈从文之于"大众语"运动的看法和参与。

"在'关系'中看问题",提示沈从文等自由派作家与文艺大众化运动也存在着某种关系,且这种关系不同于国共两党与文艺大众化运动的关系。如果深入观察,想必能从"关系"中看到自由派作家的另一副面孔和文艺大众化运动的更多旁支。于深化自由派作家和文艺大众化运动的理解和认识而言,这样的观察应该是必要且有意义的。

结　　语

《文学、语言与大众政治》以"大众"为关键词,以20世纪30年代的文艺大众化运动为论述重点,史料翔实,辨析密致,揭示了大众—知识分子、大众—文艺、大众—语言、阶级叙事—民族叙事、本土话语—域外资源等存在于文艺大

---

① 沈从文.大城中的小事情[M]//沈从文全集:第5卷.太原:北岳文艺出版社,2002:430,428.
② 丹任.关于新的小说的诞生:评丁玲的《水》[J].北斗,1932(1):236.
③ 瞿秋白.我们是谁?[M]//瞿秋白文集:文学编:第1卷.北京:人民文学出版社,1985:487,489.

众化运动内部的"关系"景观。作者齐晓红"在'关系'中看问题",跳出了既往以宏大叙事收编文艺大众化运动或以文学性—政治性评论文艺大众化运动历史得失的研究范式,提供了一种观察文艺大众化运动,甚至观察文学史问题的新方法,至少在"关系"中可以看到,自由派作家并不像传统以为的那样远离"大众",而是以另一种方式注视着"大众"和参与着文艺大众化运动。这是一个由本著作延展开来的或有价值的学术问题,在更多的问题上,"在'关系'中看问题"或也适用。

参考文献:

[1] 曹聚仁.上海通信:大众语问题的新局面[M]//沈从文全集:第17卷.太原:北岳文艺出版社,2002.
[2] 陈子展.文言——白话——大众语[N].申报,1934-06-18(17).
[3] 达夫.大众文艺释名[J].大众文艺,1928(1).
[4] 丹任.关于新的小说的诞生:评丁玲的《水》[J].北斗,1932(1).
[5] 垢佛.文言和白话论战宣言[N].申报,1934-06-26(19).
[6] 瞿秋白.我们是谁?[M]//瞿秋白文集:文学编:第1卷.北京:人民文学出版社,1985.
[7] 齐晓红.文学、语言与大众政治:1930年代的文艺大众化运动考论[M].北京:社会科学文献出版社,2023.
[8] 沈从文.大城中的小事情[M]//沈从文全集:第5卷.太原:北岳文艺出版社,2002.
[9] 沈从文.战争到了某市以后[M]//沈从文全集:第5卷.太原:北岳文艺出版社,2002.
[10] 苏汶.大众语运动批判[J].现代,1934(1).
[11] 威廉斯.关键词:文化与社会的词汇[M].刘建基,译.北京:生活·读书·新知三联书店,2016.

【本篇编辑:夏　伟】

编　后　记

《文治春秋》第二卷如约而至，时节虽然已是深秋，但窗外明亮的阳光让人感到些许暖意。

本卷"名家访谈"采访的是香港中文大学讲席教授潘海华先生。潘先生是有国际影响的语言学名家，在访谈中他对话题和述题等重要问题进行了全面细致的论述，既通俗易懂，又有理论深度。"学术致辞"是学术会议的重要环节，致辞内容多是客套、问候、介绍情况、祝福等语，由于大多缺乏实质性内涵，所以致辞文稿历来不受重视，公开发表的也不多。然而，中国现代文学研究会会长刘勇教授的学术会议致辞有着鲜明的个人风格。他的每一篇致辞都是精心撰写的：有必要的问候、客套、祝愿，也有对会议议题的深度阐发，有致辞的轻松幽默，也有学理性的开掘论证，与学术论文有着同样的价值，是"致辞文体"中的精品。本卷选载了刘勇教授的5篇致辞，因会议性质不同，致辞的风格、内容也各不相同。可以毫无夸张地说：刘勇教授是为数不多的、把学术会议致辞作为一种严肃文体来苦心经营的学者。自此以后，学术致辞不再是应景文章，而是有趣味、有新意的一种学术文体。

"古典新义"栏目，马进勇的论文《汉文佛典随函音义衍变史管窥：写本时代（二）——《金光明最胜王经》随函音义衍变史之写本时代》是接着首卷连载的，内容充实厚重；肖瑜对日本藏《诸葛亮传》伪卷的考证、苏永强等对孟浩然浙西行旅的阐释，雷欣翰对《鹖冠子》文学成就的发覆，都对已有研究有所推进。"审美新场域"中的论文《消费主义语境下的时尚审美表征》聚焦时尚在消费主义语境下的表征方式，探索消费主义对时尚的深层影响，对理解时尚美学有启发意义。"史料与阐释"登载的两篇论文都在史料或校勘方面有所发现。陈子善教授对张爱玲作品版本问题的举隅,显示了张爱玲作品版本的复杂性,是张爱玲研究中值得重视的问题。乔丽华对《天鹨儿》译者的考辨,不仅指出了鲁迅与这篇译作的关系,还触发了鲁迅与《女子世界》的关联。"历史现场"栏目的文章,论述共和国教育与中国当代文学之关系,角度新颖,为理解当代文学的发展提供了新的视野。

"学术译文"是一个新设栏目,目的是介绍国外重要或前沿的研究成果。本卷推出的这篇论文是关于"世界文学"和"世界主义"的重要成果,作者是哈佛大学教授,一直深耕这一领域,有着世界性影响。"学案追踪"两篇论文,或追溯"汉语新文学"概念的学术旅程,或检讨"近代词人谱牒之学"的轨迹,都是极有学术价值的论题。

书评栏论文评议的是《文学、语言与大众政治：1930年代的文艺大众化运动考论》一书,该书是近年来研究这一问题的标志性成果之一,书评从研究方法入手进行评议,不只是对书的评价,在研究方法的总结方面也引人深思。

本卷内容丰富,论域广泛,倘能引起阅者兴趣,则于愿足矣。

张全之
2024年11月于上海

稿　　约

《文治春秋》是由上海交通大学人文学院中文系和中国语言文学学科主办的学术论丛，每年出两卷，2024年开始出版，由吴俊教授、张全之教授担任主编。《文治春秋》旨在深耕人文及相关跨学科研究领域，推动中国语言文学及相关人文学科建设，传承文化精华，启迪思想智慧，培育青年人才，汇聚科研力量。《文治春秋》的内容主要包括原创性研究和文献类发掘研究，涵盖中国古代文学和古典文献学、中国现当代文学和文学批评、比较文学与世界文学、文艺学和美学、民间文学和艺术遗产、创意写作、理论语言学和应用语言学、汉语言文字学等学科领域。

《文治春秋》竭诚欢迎海内外同仁不吝赐稿！赐稿者敬请遵循以下学术要求：

1.《文治春秋》为正式出版物，请勿一稿多投；作者文责自负，编辑部有权对文章进行规范性删改；作者不愿意文章被删改的，请在文章末尾注明。

2. 来稿选用实行编辑部初审与外请专家评审相结合的审稿制度；除特约稿件外，来稿请勿寄给个人；投稿作者自投稿之日起三个月内没有收到录用通知，可以自行处理。

3. 来稿以学术质量为唯一标准，长短不拘，长篇文章或书稿可以连载；所有引用文字必须准确核对可靠版本原文，注明准确出处；文章发表后即付稿酬。

4.《文治春秋》不收任何形式的审稿费和版面费。

5. 文章引文格式，按照《中华人民共和国国家标准（信息与文献　参考文献著录规则）》执行。

6. 编辑部联系方式：

上海市闵行区东川路800号上海交通大学人文学院220室

《文治春秋》编辑部（邮编200240）

电子邮箱：Wenzhichunqiu@163.com

本邮箱为唯一接受投稿的邮箱。

7. 凡投稿者，均视为同意上述约定。

《文治春秋》编辑部